君子

命中有狐

〈上册〉

多多 著

长江出版社
CHANGJIANGPRESS

图书在版编目（CIP）数据

君子，命中有狐 / 多多著. — 武汉：长江出版社，2023.11
ISBN 978-7-5492-8937-0

Ⅰ.①君… Ⅱ.①多… Ⅲ.①长篇小说 - 中国 - 当代
Ⅳ.①I247.5

中国国家版本馆CIP数据核字(2023)第127451号

君子，命中有狐 / 多多 著
JUNZI, MINGZHONGYOUHU

出　　　版	长江出版社
	（武汉市解放大道1863号　邮政编码：430010）
市 场 发 行	长江出版社发行部
网　　　址	http://www.cjpress.com.cn
责 任 编 辑	梁　琰
特 约 策 划	于　棠
特 约 编 辑	朝歌晚丽
封 面 设 计	青空工作室
封 面 绘 制	秃颏颏
印　　　刷	北京盛通印刷股份有限公司
版　　　次	2023年11月第1版
印　　　次	2023年11月第1次印刷
开　　　本	710mm×1000mm　1/16
印　　　张	32
字　　　数	783千
书　　　号	ISBN 978-7-5492-8937-0
定　　　价	69.80元（全两册）

版权所有，翻版必究。如有质量问题，请联系本社退换。
电话：027-82926557（总编室）　027-82926806（市场营销部）

目录

序章 —— 001

壹·午夜之约 —— 002

贰·传道授业 —— 008

叁·狐影迷阵 —— 013

肆·公输遗家 —— 018

伍·有匪君子 —— 024

陆·白鹭书院 —— 031

柒·风流画仙 —— 037

捌·夜半鬼影 —— 044

玖·机关武考 —— 052

拾·故人魅影 —— 061

壹拾壹·涂山之玉 —— 069

壹拾贰·月下美人 —— 077

壹拾叁·人鱼族长 —— 084

壹拾肆·高塔寻药 —— 091

壹拾伍·风中残局 —— 099

壹拾陆·破解之道 —— 104

壹拾柒·旧梦如昔 —— 110

壹拾捌·相携探湖 —— 117

壹拾玖·公输遗迹 —— 123

贰拾·明月长弓 —— 128

君子，命中有狐

- 贰拾壹·与君别离 —— 134
- 贰拾贰·重新启程 —— 143
- 贰拾叁·黑龙矫舞 —— 150
- 贰拾肆·谷中秘宝 —— 157
- 贰拾伍·携手探谷 —— 163
- 贰拾陆·再次重逢 —— 169
- 贰拾柒·飞天仙岛 —— 175
- 贰拾捌·峡谷玄机 —— 182
- 贰拾玖·黄雀在后 —— 189
- 叁拾·黑龙血石 —— 197

◆

- 叁拾壹·初入京城 —— 204
- 叁拾贰·迷途难返 —— 211
- 叁拾叁·灯舞画影 —— 219
- 叁拾肆·三道试题 —— 224
- 叁拾伍·蜃楼之舟 —— 230
- 叁拾陆·紫云梦魇 —— 236
- 叁拾柒·调转乾坤 —— 243
- 叁拾捌·朱雀之谜 —— 250
- 叁拾玖·命运之火 —— 255

序章
XUZHANG

  天边乌云密布，铅灰色的云重重叠叠，像是千万鳞片覆盖着广袤的天幕，仿佛一只庞大无比的鱼在苍穹下游弋，宛如《逍遥游》中描述的，鲲凌空飞舞的奇景。
  北风呼啸，吹得云层化为纯白的雪花，飘洒而落，悄无声息地覆盖了被血染红的土地，冰冷的盔甲，折断的刀戟和数不清的尸体。
  雪像是一只温柔的手，落在这横尸满地的战场上，为千百个无处葬身的人，保留了最后一份尊严。凌乱的飞雪中，一个庞大的影子，遥遥伫立在冬日苍茫的天空下。那是一座城池，宛如山岳般坚不可摧，又无法逾越。几匹披挂着铠甲的战马缓缓走了过来，马蹄踩碎了积雪，露出残肢断臂，马背上的，则是身穿黑色盔甲，佩戴着重剑的魁梧武士。
  他们站在这修罗场中，望着不远处的城池，异色的眼眸中，满含着愤怨的怒火。
  "墙头上的是什么？"其中一人指向城墙上的兵车样的物事。
  "那是机关，此城久攻不下，就因为华国掌握了机关术。"另外一人答道，"此外城墙是黑色的，是挂着避火用的机关，听说华国人把它叫作'贞女墙'，就是形容它如贞女般难以攻破，任何火箭射到墙上都会熄灭。据说还有武器机关，是能喷火的战车，如士兵般砍伐杀戮的巨大木人，还有能在天空飞翔的雷鸟。"
  "机关？"为首的一人沉吟道，"此城不破，接下来的仗也不用打了，倒是这个'机关'十分奇妙，要尽快禀报王上，看能不能学到此术。"
  几人在战场上转了一圈，才纵马离去。风雪越发大了，飞雪在狂风中疾舞，将天地染成一片苍茫。骑兵们的身影转瞬便消失在雪影中，宛如在怒海中消失的小舟。
  而在他们身后，一只沾满了鲜血的手，从累累尸山中伸了出来。

◇ 君子，命中有狐 ◆

壹
WUYEZHIYUE

午夜之约

  这一年的春日与往年并无不同，杏花开得热闹，粉的白的凑在一起，如烟似云，而那边厢柳枝刚刚抽芽，在风里摇曳着，远看像是一片青色的烟雾。粉云和绿雾交织，让人看了心都如春水般柔软，更别提那些叽叽喳喳在檐下穿梭的燕子，更是将热闹的春意送到了耳边。檐下是个私塾，窗户大敞四开，春光涌入室内，正有十几个少年书生在夫子的带领下，摇头晃脑地读书。

  今年科考将至，私塾中这些青衣方巾的少年，都想金榜题名，报效朝廷。他们稚嫩的眼中闪烁着希冀，仿佛多背诵些四书五经，就离那条通天坦途更近了一些。私塾的先生是县里最德高望重的秦夫子。这座县城被群山环绕，位于青丘附近，谁提起秦夫子都会竖起拇指，说他是本县数一数二的博学之人。

  此时长眉白须的秦夫子也很满意学生们的表现，他端坐在桌前，一边捋着胡子，一边看着少年们。仿佛看到他们一个个都成为士大夫，衣锦还乡，在他的私塾前拜谢他的教诲之恩。这幅桃李春风的画卷，是每个师者最期待的景象。可他双眉一皱，察觉到了不对劲，因为他的锦绣宏图上竟平添了一只苍蝇，让他瞬间怒火中烧。

  他站起身，匆匆走向最后一排，挥袖掀翻了一位学生的书本。随着蓝封黑字的《中庸》跌落在地，露出了藏在书后的人。只见那竟是个木头人偶，头是半截木桶做的，画着滑稽的五官。身上歪歪斜斜地套着件青衫，头上的书生巾也是潦草地团成一团。书桌上放着一张纸，写着的不是今天所教的科目,而是《诗经》上的一篇《有狐》。

"有狐绥绥,在彼淇梁。心之忧矣,之子无裳。"

旁边几个学子见了,都忍不住笑出声。

"颜君旭这家伙,还惦记着他的狐狸呢?"

"他真是疯了,连课都不上,想靠这机关木人中状元吗?"

木偶脸上潦草涂就的五官,还有桌上漫不经心的字,都像是长了嘴巴,在嘲讽他的愚蠢。这个满脑子奇思异想的学生,估计一大早就逃学外游了,而后知后觉的自己,却到现在才发现!

他气得老脸涨红,连胡子都不住颤抖,撩起袍角,一脚就踢翻了木偶。但木偶倒下时,竹竿做成的手臂一晃,竟然勾到了他新裁的靛蓝长袍上。

只听"嗞嗞啦啦"几声轻响,簇新衣袍被撕掉了一大片,露出了下面穿得发黄的旧衬裤,他急得手忙脚乱地遮掩,却遮前也遮不了后。方才还为人师表的秦夫子,转瞬就变得狼狈不堪。几个不识趣的学子没忍住,还"扑哧"地笑出了声。

"颜君旭,你这个臭小子!看我怎么收拾你!"幽雅的草庐中,传来了秦夫子愤怒的吼声。哪里还像什么饱读诗书的先生,倒跟骂街的老头没什么两样。

此时的颜君旭完全没有发现自己闯了祸,这个头发总是乱蓬蓬的,双眼微挑的少年正优哉游哉地坐在田埂间,摆弄着一个木车。他长得并不丑,皮肤洁白,鼻梁挺拔,甚至还算得上清俊,可一袭长袍却皱巴巴的,沾满了灰土,头发也因忙着劳作,从书生巾中散落出来,显得邋遢散漫。他的身边还围着几个叽叽喳喳的小童,最大的八九岁,小的才刚刚学会走路。他们都是农夫的孩子,父母在田间劳动,他们就跟着过来一起干活,不要说念书识字了,经常连饭都吃不上。

"君旭哥哥,你为什么把炉子放在车里?"小童们看他改造着小车,好奇地问。

"这样你们晌午就能吃上热饭了,免得再啃冷馒头。"颜君旭眯着眼睛,将煤块放进炉子里点燃,又在上面架了口小锅,耐心地为他们讲解:"看!这是我研制的热饭车,你们的父母出门时,不仅能把锅带过来,还能将劳作用具放在车上一起推过来,能省下不少力气。炉子里的炭,小火燃烧可保一日不灭,大人们吃了热腾腾的午饭,下午还能多干些活呢。"他越说越兴奋,忍不住手舞足蹈,眉开眼笑。若不是穿着青衣,头戴书生巾,哪里还有半分读书人的样子?

小童们早就习惯了他这副模样,趴在他的膝上,七嘴八舌地问:"君旭哥哥,你脑子里的点子真多,大家都说你是狐狸变的,所以才如此机灵,这到底是不是真的?"

"狐狸啊,此地多山,看到狐狸也没什么稀奇。不过若说我是狐狸变的,也太离谱了……"

颜君旭挠了挠头,头发越发乱了。因为他确实总能看到狐狸的影子,甚至还经常做一个关于狐狸的梦。梦里他还是一个六七岁大的顽童,孤身一人走在深山中,山中多雾,那些嶙峋怪石、遮天蔽日的大树,都宛如水墨画般朦胧,毫无真实感。而唯一真实的,就是在他耳边盘桓不去的动物叫声,声音凄楚可怜,宛如婴儿的啼哭。

梦里的他循声而去,很快就在长草深处发现了一只毛色赤红的狐狸,狐狸的腿被兽夹夹住,一双漆黑灵动的眼睛，满含泪水地望着他，凄婉的眼神与人类无异。之后发生了什么，他半点也记不得，在梦的尽头，他只看到自己躺在草丛中，左腕鲜血汩汩。

而在不远处，一只狐狸正躲在草丛中，直勾勾地盯着他，狐狸的眼睛是金黄色的，像是夏日透过树影的斑驳光芒，又仿佛是地狱业火的光。

"颜公子，谢谢你总惦记我们，今日又有什么好玩意儿？"恰逢正午，农忙的农夫们到了歇息时间，刚扛着锄头回来，就看到了被孩子们围着的颜君旭。

"别叫我公子了，我年纪还小，担当不起。"颜君旭被他一说，不由脸红。

走在前面的一个提着筐的农妇奔来，一眼就看到了车上的炭炉。她从筐中拿出了水和碗，又把馒头和冷菜放在了炉上，立刻又惊又喜道："有这个玩意太好了，以后晌午就不用吃冷饭了，我们怎么就想不到这么好的点子呢？"几个男人这才明白小车的用法，待发现车上还能放下锄镐，更是欣喜万分，每日耕作时若是推着它过来，还能省不少力气。

"此车最多可以热五家人的饭，希望能有用吧……"颜君旭脸皮薄，话也不好意思多说。

"有用啊，特别有用！"几个农夫赞叹连连，纷纷感谢他，"没想到像颜……颜小书生这样的书香门第之子，不仅深谙厨艺，还会记挂着我们这些农夫呢。我看别的读书人，不要说下田了，厨房都不肯进，说是什么'君子远庖厨'。"

"哈哈哈，狗屁君子，要我看就是四体不勤，五谷不分，废物一个！"

颜君旭被他们左一句右一句地夸赞，不由飘飘然起来。他自小就喜欢做这些木工玩意儿，不喜读书，觉得做出新奇的物事的成就感，比背那些劳什子的书高多了。不论父亲还是夫子，都对他的爱好十分鄙夷，觉得是下等人才做的事，但跟这些劳作的农夫工人在一起，他制作的新玩意儿却总能得到夸赞和认可。久而久之，他没事就爱往田间地头跑，用自己的制作的机关帮助百姓，更不爱去学堂了。他被众人夸得飘飘然，猛一抬头，看到了头顶明晃晃的太阳，不由"啊"地大叫了一声。此时正是午休时间，如果再不赶回私塾，自己留下的木偶人就要露馅了。他连忙跟众农夫道别，急匆匆地离开，却没听到身后的议论纷纷。

"这孩子也太聪明了，他到底从哪里学来的这些？"

"嘘，听说他是狐狸变的，小时候在山里走丢了，颜家找了几天才找到，都说回来的根本不是之前的孩子，而是个狐狸精了。"

"管他是狐狸还是人，只要有善心，就比什么都好。"

颜君旭脚步匆忙地穿过青绿相间的麦田，头上的书生巾迎风飘飞，倒真像两只竖起来的狐耳。但待他跑到私塾门口，心中暗叫"糟糕"，只见他的文房四宝和一大摞书，通通被丢到了门外，一看就是东窗事发了。

他蹑手蹑脚地溜进大门，穿过空空庭院，平时在天井中苦读死背的学子们都不见了，只有聒噪的喜鹊停在树梢，叽叽喳喳地叫个不停。他摸到学堂窗下，刚刚要探头看个究竟，就被一只手拽了回来。他连忙回过头，只见站在他身后的是他邻居赵家的三郎，赵三郎将中指放在唇边，示意他不要发出声音。

颜君旭连忙屏住呼吸，大气都不敢喘一口。

"君旭，你快跑吧，夫子被你气得一口气没上来，正躺在卧房休息。他不但将你在私塾除名，还要去你家告状呢！你赶紧回家为自己开脱，看能不能搪塞过去，不然我怕你爹会打死你……"

颜君旭一听到他提到颜老爷，立刻脊背生寒，连微微上挑的眼角都耷拉下来。虽然他爱管闲事，天不怕地不怕，但最怕的就是颜老爷，毕竟他手里那抽人生痛的紫荆条可不是摆设。

他再也不敢停留，拱手谢过赵家公子，就匆匆跑出书院，捡起门口的文具盒书本就往家赶。

他家离私塾十几里，每旬能回家两天，而且往返都有人帮他提着行李。此时他一人扛着个大包袱，难免吃力，兼之天气炎热，他走了一会儿就大汗淋漓，这十几里路像是永远也走不到头似的。他坐在路边，望着身后茂密的树林，只见层叠阔叶遮蔽了阳光，正是一把辽阔无边的大伞，撑起清爽凉荫。与其在大路上挨热受累，还不如在树林中穿个近路呢！他此念一出，就无法遏制，将行李打成个巨大的包裹，负在背上，向丛林中走去。

他看着头顶的树枝辨别方向，枝叶茂密处为南方，他一路走走停停，树林中清凉舒适，比方才在烈日下赶路轻松许多。可他又走了几步，登时就停住了。只见眼前竟出现了一块空地，而空地的中央，竟然伫立着一个奇怪的木桩。只见那木桩足有两丈余高，上面有一个圆桌大小的木头轮轴，而轮轴上又有八根木杆，每根木杆上都紧缚着厚厚的帆布。

偶有微风吹过，帆布兜住了风，就发出"嘎吱"轻响，带动整个轮轴转动不休。

"天啊，这是公输风车？传说是公输子发明的，可我从未见过这么大的！"他一见到机关就将诸事都抛到脑后，只觉行李碍事至极，随手丢在一边，快步向风车走去。

民间一直流传着公输子是木工之神的传说，甚至还有人将公输子的事迹编纂成册，供识字之人翻看。书中不仅有常用的木工器具，还汇集了很多不可思议的机关术，有的能工巧匠照葫芦画瓢地做出了一些工具和农具，但是复杂的机关一直鲜有人能做成。世人多将这书当作茶余饭后的消遣，谁也没当真。但颜君旭从五岁开始，做起木工活来就兴致勃勃。等到十岁识字多了，便将此书奉若至宝，只要拿起来就不肯撒手，并相信书中的机关都是真的。

颜父撕一本，他买一本，后来他索性不买书了，直接就在书铺里看，看了就全部记在脑中，自己动手做起了各种工具活儿。颜父气急败坏，将他送到了离家十几里远的私塾读书，可即便规矩森严的私塾，也管不住他一颗热爱木工活计的心。

庞大的风车，像是个巨人般伫立在眼前，看得颜君旭激动万分。他从每日不离身的布袋里掏出草纸炭笔，飞快将整个木架机栝画下来，又翻出了私藏的小斧凿，打算依样做个小的回去研究。

他手拿纸笔，仰着头忘乎所以地绕着风车走来走去，突然脚下一软，像是踩到了什么物事。

"救、救命……"只见长草之中，正有一个灰扑扑的影子伏在地上，哀叫不止。

颜君旭吓得双腿一软，一个跟头跌倒在地。他定睛看去，只见那叫唤不休的是个身穿灰衣的邋遢老人，老人又干又瘦，长发胡子遮住了面容，露出的手臂不过一握，毫无水分，干巴巴的宛如枯枝。

"老丈，你这是怎么了？"颜君旭天性良善，看到眼前干尸般的老人，虽心中害怕，也关心地问了一句。

"水……，给我水……"老人艰难地说着，嘴巴一张一合，活似一条濒死的鱼。

颜君旭忙从行李中翻出个装满水的竹筒，将水凑到了老人唇边。老人只一吸，满满一桶水霎时消失了，甚至没有任何吞咽的动作。

"还、还不够，我、我要很多很多水！"老人似乎比方才有些力气，急切地催促他。

颜君旭抬头四顾，只见周围只有绿树参天，灌木丛生，哪里有半分水源？焦急之中，他突然想起家中后屋有个养鱼的大池塘，足有六亩之大，怎么也够了。

他也顾不上拿行李，将老人负在背上，撒腿就往家中跑去。

"你、你这小子，要带我去哪里？"

"去我家！"

"我要水，带我去你家干吗……"老人诧异道，"你这混账小子，我又不是美貌娘子……"

颜君旭被他逗得忍不住发笑，紧绷的心也放松了些。回家的路他再熟悉不过，跌跌撞撞地一路疾奔，很快就跑出了树林。而且说来也奇怪，老人的体重极轻，背着他跟背着个七八岁的小儿无异。他此番是抄了近路，出了树林没多久，就看到了位于自家大宅后的池塘。

此时已是傍晚时分，池塘在夕光的照耀下波光闪烁，像是一面明亮澄净的金色镜子，嵌在碧绿芳草之中。

"快、快把我放入水中……"老人一见到这池塘，就立刻迫不及待地叫嚷。

颜君旭忙蹲下身，刚刚要将他放下，却突然觉得背上一轻，只见老人悄无声息地就溜下了他的脊背。他虽衣衫褴褛，姿态却优雅从容，宛如一条大鱼轻盈地滑入水中，连半点水花都没有溅起，只在水面上留下几朵涟漪。老人入水后，许久没有浮出水面，那花一般的涟漪荡了几个圈，最终恢复了平静。颜君旭蹲在池塘边，望着碧波如镜的水面心急如焚，生怕将老人淹死，自己好心却办了坏事。可他足足等了一炷香的工夫，水中仍没有半点动静，倒有几条鱼蹿上来顽皮地吐了几个泡泡，又游弋而去。

"喂，老人家，你怎么样了？"他看着平静的池塘，吓出一身冷汗，慌张地问，"你是不是溺水了？我不会游泳，我这就喊人去救你！"

他说罢卷起袍角，就要去家里叫人，然而就在这时，池塘中传来"哗啦啦"一阵轻响，水花四溅，老人终于从水底浮了出来。暮色四合，霞光似血，照在老人的身上，似为他穿戴了一层金光盔甲。他干巴巴的肌肤变得莹润饱满，枯桑般的四肢上，也长满了健硕的肌肉。虽然他依旧眉须皆白，但满面红光，双眸炯炯有神，看起来竟比方才年轻了十几岁。

颜君旭揉了揉眼睛，不敢相信一个人在短时间内有如此大的变化，喃喃道，"怎么人还能跟山里的干菜似的，用水一泡就泡发了？"

"小书生，谢谢你……"老人一瘸一拐地走上了岸边，坐在石头上，垂头丧气地说，"今日真是太险了，想不到我调试风车，竟然被扇叶打伤，这鬼天气又热得很，若不是你正好经过，估计我就要变成鱼……，不，是人干了。"

"不用谢，救死扶伤本就是君子之道，这是我应该做的。"颜君旭小心地回答，不知为什么，面对这个奇怪的老人，他竟有点害怕。

"小家伙，我的腿断了一条，估计一时回不了山中。你若是能给我找个地方歇歇，我就再感激不过了。"

颜君旭总跟村民农夫打交道，知道在不远处就有一间荒僻的工棚，只有秋天收割稻谷时，才有农民住在棚中，其余的时间多半都空着。眼看天就要黑了，也没有别的去处，他就将老人安置在了林中的工棚中。所幸工棚里有些简单家什，他放心不下，还捡了些柴，为老人烧了壶水才起身告辞。

"老人家在此好好休养吧，我要回家了，明日我会托人送些米面过来。"此时天已经蒙蒙黑，他想到严厉的父亲，心中越发忐忑，只想快点回家。

"嘿嘿，你这小书生，是不是也喜欢机关？"老人直盯盯地望着他，突然没头没脑地说。

这话像是有魔力一般，绊住了他的脚步。

"也？"他准确地抓到了关键字，好奇地转过了身，"这么说，老人家您还认识其他喜欢机关之人？"

"哼，小家伙还挺机灵，怪不得一身狐狸的味道。"

"狐狸的味道，我怎么闻不到？"他扯起衣袖闻了又闻，只闻到了奔跑之后的一身汗臭。

老人一瘸一拐地站起身，绕着他转了两圈，也不知他使了什么手法，只眨眼间，他布袋中藏着的刻刀木凿以及纸笔都被他掏了出来，抓在手中。

"嘿嘿，你这书读得倒是有趣。我可没见过哪个书生随身带着这些玩意儿的。"他拿起一页纸，眯着眼睛看上面的风车草图，"原来你那么久才发现我，是在画图纸啊。"

"君子不器，哦，不，君子要躬身于行，读书之余还是要动动手的……"他脸上一红，慌忙抢走老人手中的东西，一股脑全塞回了自己背着的布袋中。

"不过你这图画错了，如此做法，根本做不出风车，搞不好还会酿成大祸……"老人捋着白须，连连摇头。

"是吗？那正确的画法是怎样？"颜君旭听他这么说，不由心痒难耐，急切地追问，"老丈能不能指点一二呀？"

老人微笑着看他，似他的一举一动都在自己的预料之中。

"明晚亥时，携美酒来此，我传授你风车的做法。"

他说完这句话，就将颜君旭推出了竹棚门，又将门关得紧紧的。

颜君旭长这么大，就从未见过有人跟他一样热衷于机关，甚至父母师长看到他摆弄机关，就追上来会一顿打骂，认为他是玩物丧志，同窗见他做木工更是讥笑不停，想不到今日竟遇到了一位知己！一想到明晚就能学到风车的做法，他心花怒放，竟是哼着歌回到家中的，完全将自己捅的娄子忘到了脑后。

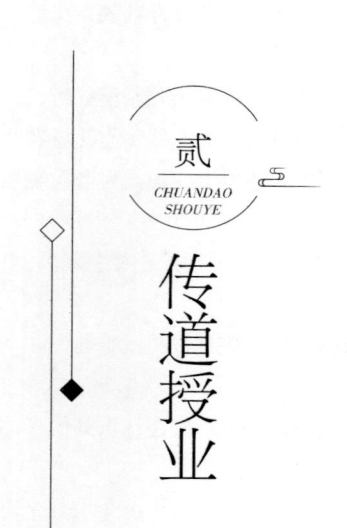

贰 传道授业
CHUANDAO SHOUYE

　　不过秦夫子可比他记性好多了，他一走进家中厅堂，便见太师椅上正坐着脑门贴着膏药、怒气冲冲的秦夫子，还有更加愤怒的老爷。之后经历自不必说，一顿暴风骤雨后，当晚他被抬回床上时，腿已经挨了几十藤条，双膝也跪得青紫，肿得宛如馒头。

　　"儿啊，你为什么好好的书不读，就喜欢做木工呢？凿子斧子有什么用，咱们是书香世家，你怎能去做工匠？"娘亲偷偷给他送饭，伤心地拉着他的手哭，"金榜题名就能做大官呢，还能造福百姓，你怎么就这么糊涂？"

　　"可是我现在做的，也能帮上很多人呀，何必绕那么大个圈子？"颜君旭脸皱成一团，手捧着热腾腾的包子，不明白世人的想法。但他的话说完，他的母亲哭得更厉害了，像是觉得儿子疯了。工匠和当官能比吗？古往今来，也只有公输子一人，靠着精妙的机关术名扬天下，而他去世之后，机关术就后继无人，逐渐没落。

　　一对母子对着春日的明月叹息，明月像是也不堪承受他们的困惑和悲伤似的，将脸偷偷藏在了云丝后。挨了顿揍之后，颜君旭被颜父禁足在家，他的房门从外面被闩住，窗户也被钉死，而且颜父还特别派了两个家丁，在他卧房外轮流看守，就怕他不好好读书，又跑出去惹祸。

　　颜君旭捂着胀痛的小腿，坐在书案前直哼哼，他提笔写了几个字，毛笔就像是有自己的想法似的，画起了图。他画的是昨日见过的风车，如果把这风车造出来，既舂米又能拉磨，定能造福百姓。但他连画了几张，却总觉得不对劲，不知是哪里出了问题，这风车根本就做不出来。他望着窗外的艳阳，想到了昨日古怪老人说的话。

"他真的能懂机关术吗，会不会是在骗我？可他说是从风车上跌下来才摔伤的，难道那个庞大的风车，真的是出自他手？"他叼着笔，越想越是心驰神往，眼中也浮现出熠熠光芒。

于是当天晚上，从颜君旭的门缝中就探出了一只由细木条和牛筋做成的木头小手。

这只手笨拙地推着门外的门闩，在尝试了几次之后，门闩发出"啪嗒"一声轻响，掉在了地上。一个黑影溜出了门，再次把门闩好，接着轻车熟路地跑到了花园旁的一堵矮墙边，踩着根树枝就翻过了墙。刚刚解完手的家丁晃悠悠地走回来，坐在院子里的矮椅上，盯着颜君旭书房的窗户。但见绿纱窗中，烛火明亮，映出一个少年书生的影子。他头戴书生巾，正捧着一本书，摇头晃脑地用着功。

家丁看到这番景象，满意地裹了裹衣服倚在矮椅上睡去了。而只有朦胧春月，像是一只睿智的眼，映入了纱窗中，照得端坐在窗前的书生无所遁形。那是一个简陋的木人，头是一片木板做成的，脖子则是一根螺旋的细铁丝，窗外的夜风浮动，吹得这木人的木板头微微摇晃，恰似一个摇头晃脑的小书生。

颜君旭从家中逃出时天色已晚，等他深一脚浅一脚地来到竹棚时，只见棚中并未燃灯，天地间只有一轮皎洁明月，洒下霜糖般朦胧的月辉。

"老人家，你在吗？"他轻轻推开了竹棚的门，只见棚中床铺凌乱，空无一人。

他摇了摇手中的酒壶，不由苦笑，觉得自己太傻了，竟然会相信一个疯疯癫癫的老人的话。

"咦？这是什么味道？"

就他心灰意冷之时，身后响起了一个惊喜的声音，他回头一看，只见老人浑身湿漉漉的，正倚在门边，盯着他手中的酒壶。

"这酒是我娘亲给我拿来活血的……"他见到老人，心中一喜，忙将酒壶递了过去，"一时也找不到陈年佳酿，请老丈将就喝吧。"

"是花雕呀，虽然年份少了点，不过也聊胜于无啦！"老人喜滋滋地捧着酒壶坐在榻上，他变戏法似的从怀中掏出了熏肉和几个馒头，摆在了桌上。

颜君旭忙从怀中掏出火绒，点燃了油灯，很快就发觉这熏肉有点眼熟，"老丈，这熏肉，好像我晚上刚吃过……"

"嘿嘿，小子眼睛还挺毒辣，这肉确实你从你家后厨拿的。我腿受伤了，总不能一直饿着肚子，谁让你家离得最近呢。"老人一口酒一口肉，吃得不亦乐乎，丝毫没有愧疚感。

"老丈，你看，酒我已经带来了，那风车的造法……"颜君旭凑在他身边，小声地提醒他。

"你这小子急什么？待我喝完了酒再说，也不忙这一时。"老人眯着眼睛喝干了半碗酒，感慨道，"真是多年没喝过酒了，自从守墓之后，就再也没有喝过山下的酒，自己酿的果子酒，总是差点意思。"

"守墓？守什么墓？"颜君旭再次准确地听到了关键字。

"嘿嘿嘿，你这小家伙，多说一点都会被你抓到线索，精明得像个狐狸！"老人眯着眼睛，徐徐道，"我姓鱼，是大鱼的鱼……"

"鱼翁伯伯！"颜君旭腼腆地凑到他身边，亲切地笑着，"我叫颜君旭，你叫我君旭就行。"

"谁让你跟我套近乎了？"鱼翁瞪圆了眼睛吓他，但在喝了口酒后，又恢复了美滋滋的样子，"我守的什么墓你无须知道，你只需知道我会造风车，而且精通机关之术就行了。"

这次颜君旭不说话了，他好奇地打量着眼前的鱼翁，似在确定他是否神志清醒。

"哼，小子以为我在说胡话？"鱼翁冷哼一声，飞快地喝酒吃肉，"待我喝完了酒，跟你露一手，定让你心服口服！"

"小子，我先问你，你为何要学机关之术？"鱼翁吃饱喝足，打了个嗝，才问他。

颜君旭不想他突然有此一问，愣了一会儿才答："其实我也不知道，不过我每次做出新奇的玩意儿，帮助下地的农民，还有工坊里干活儿的工人省省力气，就能开心好几天，比被夫子夸了还高兴。"

"嗯，学武重在止戈，学机关术就是要用在田间巷陌。"鱼翁点了点头，喝完了残酒，大咧咧抢过颜君旭手中的图纸，左改右改，就把他画错的地方都修正了。

"你这风车的扇叶太长了，风一吹就得倒，风车扇叶跟风车立柱的比例一定要准确……，扇叶的宽度也不行……，哎，真是废柴！"他边改边摇头叹气，"还有这下面是什么玩意儿？你想拿它舂米吗？加个木锤子干吗？要加轮轴！"

果然，经他一改，纸上的风车不再头重脚轻，似乎照着做轻易就能做出一架风车。

颜君旭手捧他修改过的图，看得心生向往，眼中闪烁出激动的光芒，掏出布袋中的斧凿，就要依样做个小号的风车试试。

"你这小子，动手倒是挺快。"鱼翁见他把一根竹子剖开，用竹片组装起了风车，不过一会儿工夫，就做得像模像样了。

"鱼翁伯伯，求你再教我新的机关吧！"颜君旭此时经对他的机关术深信不疑，缠着他哀求道，"我拜您为师，我看您一个人孤零零的，有我这么一个徒弟跑前跑后，还能照顾您，岂不美哉？"

"哼，我才不收徒弟，毕竟我这本事也是偷学……不，是家传的！怎能轻易教给外人？"鱼翁将头摇得似拨浪鼓，半点不肯松口。

"既然是家传的，那我管您叫爷爷吧，反正我爷爷去得早，我连他的面都没见过，想来他也不会怪罪。"提到自己去世的爷爷，他还真动了几分真情，眼中隐含泪花。

"你这孩子，也忒能缠人了……"

颜君旭的目光落到了鱼翁喝干的酒坛上，立刻心生一计，"我家地窖里还有青梅酿、梨花白、醉八仙……"他话还未说完，就见鱼翁脸上现出向往的表情，只差口水没流出来了。

"你先回去把这风车做完，三天后的亥时，咳……带着那个什么醉八仙来找我。"

"爷爷！"颜君旭见他松口，不由大喜过望，飞快朝他磕了几个头。

"真是服了你了，若不是看你本性还算良善，我才不想教你！"鱼翁连拦都拦不住他，就这么多了个孙子，哭笑不得，"既然认了爷爷，再带几样小菜过来吧。"

颜君旭不善言辞，心中乐开了花，扑上去又给他捏肩，又给他捶腿，结结巴巴地道，"爷爷您放心，我颜君旭发誓，以后有我的一口饭就有你的，定不让你在这山中孤零零地老无所依……"他说的这番话倒是诚挚感人，鱼翁也没有推开他。老人坐在榻上，仰头望着窗外的明月，眼中喜忧参半。透过皎洁的月光，他仿佛看到了命运的脚步，如影随形地跟在自己的身后。

　　三日后，颜君旭再次翻墙跑出来，这次他提前钻进了父亲藏酒的酒窖，抱了一小坛醉八仙出来。这醉八仙是由八种花草泡制的陈酿，每一口都能品出不同味道，前味甘甜后味绵长，喝上一杯唇齿留香，如优美丝竹般余韵无尽。鱼翁连他拿来的小菜都顾不上吃，一小口一小口地喝着酒，夸赞不停。一直喝到了后半夜，才想起教授机关之事。颜君旭倒也有耐心，一句都没催他，即便困得呵欠连连，也要让他尽兴。

　　鱼翁见他为人宽厚，也有些过意不去，教了他飞天灯的做法，这飞天灯以油布为罩，内燃灯油，便能在半空中悬飞。颜君旭被这新奇的设计惊呆了，掏出纸笔，按照鱼翁所说的画了张草图，连夜捧回去研究了。又三日后，他又带了青梅酿过来，这青梅酿入口甘甜，配上果子最是消暑，又将鱼翁哄得十分开心，这次传授了独轮推车。这推车轻巧灵便，虽只一轮，却能负十担米，大是节省人力。颜君旭喜不自胜，又跑回去按图做车，这次他做了五天才做出来。等到再携着梨花白去探望鱼翁时，只见鱼翁正倚在门边，已经望眼欲穿了。他这时才意识到鱼翁孤单一人，煞是可怜，从此每日都来探望，即便鱼翁不传授给他机关之术，也陪他聊会儿天。

　　如此过了半月，鱼翁的脚伤已经复原，他坐在竹棚外，要跟颜君旭告别。

　　"孩子，你我的缘分，就到此为止了。"鱼翁笑着看他，胡须颤动，似颇为豁达。

　　颜君旭此生第一次经历分别，虽然只跟鱼翁相处半月，但两人都热爱机关，极为投缘，仿佛已经相识了多年一样。他心中难过，只觉这春风冷月，都满含着悲戚之情。

　　"爷爷，您还会来看望我吗？"他抱着一线希望问。

　　"我在这山中一个人孤单地守了几十年，难得跟你相识，又喝了十几日的美酒，对老夫来说已是意外福缘，怎能奢求过多呢？"鱼翁难得认真地看着他，"你对机关颇有想法，一点就通。但传说能掌握这公输子机关术的，非鬼即神，绝非凡人。我只教你这么多，是为了你好，怕你学得多了，反而对自身有害。"

　　"公输子机关术？"颜君旭又灵敏地听到了关键字。

　　"真拿你这孩子没办法，没错，我所传授你的，正是公输子的机关术。他曾写过一本书，叫作《公输造物》，我也只学了这本书的一些皮毛，对机关只是略通。若是得到《公输造物》的全本，据说就能得到天下。"鱼翁沉郁地说，"很多人想要这本书，因为书上有可能记录着传说中威力最大的机关'天雷'和'地火'的做法，'天雷'和'地火'一出，这世间再无兵器可以匹敌。只是他去世已久，这些厉害的机关都失传了。据说他还擅用一种叫'血石'的矿物，可以为机关提供动力。用在车上车跑得比十匹马还快，用在机关上，做出的机关巨人能抵挡千万兵马，只是现在的人无缘目睹这些精妙的技术了。"

　　颜君旭满含憧憬地看着鱼翁，如果不是他知道鱼翁神志清醒，简直以为他在说梦话呢。

　　虽然多年来，他执拗地认为公输子的机关术是存在的，但当另一个人告诉他这传说中的机关是真的时，他又不敢相信，其玄妙离奇超越他的想象，那些机关怎能是存于世间之物？

"孩子，我要走了，此次一别，后会无期！"鱼翁见月上中天，已是午夜，跟他告辞。

"爷爷，这是我今晚为你带的'千里香'，你拿去喝吧，也不枉我们相识一场。"颜君旭也不挽留，只从布袋中掏出一皮囊美酒递给他。鱼翁嗜酒如命，临别之时，还能得到美酒相赠，自然不会推辞。他转身走出了竹棚，身影一晃，就消失在树林之中。只余清风徐徐，月华如霜，将颜君旭的身影映得伶仃孤单。

但不过一天之后，他们就相见了。彼时日落西山，鱼翁正惬意地坐在他的洞窟前品尝美酒，就见灌木微晃，竟然有个人踩着齐腰高的碧草走了过来。那人身材高瘦，五官俊逸，一双眼微微上挑，头上顶着个乱蓬蓬的发髻，是个十七八岁的清秀少年。鱼翁一见到他，仿佛见了鬼似的，立刻从竹制摇椅中跳了起来，颤声道："小、小子，你、你怎么找到这里的？"

少年微微一笑，从怀中跳出了一只小黑狗。小狗一跳到地上，就朝鱼翁奔去，围着他叫个不停。"您喝了我送您的'千里香'，此酒馥郁芬芳，酒气能三日不散，我就让小黑顺着酒气找过来啦。"颜君旭凑到他身边，扶起他的胳膊，"爷爷，看来我们的缘分，一时还断不了呀！"鱼翁已在此处住了多年，根本无法搬家，如今老巢被颜君旭发现，也只能认命。

他走到一处断崖前，转动了一小块石头，只听山中隆隆作响，眼前的巨石向旁边滚开，露出了一个山洞。颜君旭没想到这么大一块巨石竟能轻易被搬开，再仔细一看，巨石下放着一个圆圆的大铁球，在凿出来的轨道上移动，连带着上面的巨石一起移动，颇为机巧。

洞穴露出后，只见里面灯火通明，嵌在阴森灰暗的高崖下，宛如一块璀璨的宝石，将天边瑰丽的晚霞都衬托得黯淡了几分。颜君旭心驰神往地缓缓跟在鱼翁身后，走进了洞穴，只见里面一只机关木舂正在舂米，发出"当当"轻响。

而当他走到洞口，立刻有只木鸟从天而降，落到了他的肩膀上。他抚摸着木鸟，鸟儿雕刻得栩栩如生，红身绿尾，煞是可爱。鱼翁命他坐在藤椅上，椅子立刻自动摇晃起来，像是一个舒适的摇篮。也不知他又按了什么机栝，一只水壶从竹制轨道上滑下来，壶里泡着芳香四溢的桂花茶。颜君旭见洞顶和墙壁上挂满了绳索和机关，种种机关之巧令他目不暇接，一时竟不知该看向哪里。他如入宝山般兴奋，掏出纸笔就开始一一画图。鱼翁见赶也赶不走这小书生，也只能接受这上天馈赠的缘分，又跟他探讨起了机关。

到了鱼翁的家中，颜君旭窥到了更多机关的奥秘。有时他一琢磨就是一天，连饭都忘了吃。在这山洞之中，仿佛时间都静止了，只余下一个个机关，等待着他的探究。鱼翁看着认真钻研的他，恍如看到年轻时的自己。山中寂寥，昼短夜长，他无法打发这漫长的岁月，就研究起机关之术。哪知这机关术似有魔力，他这一钻研就是几十年，竟然忘了时光的流逝，当从镜中看到自己由个精壮青年变成了个耄耋老人，只觉此生恍惚如梦，不可置信。

他隐约觉得，不能让颜君旭这孩子跟自己走上一样的道路，在这山中与机关为伍，寂寂一生。

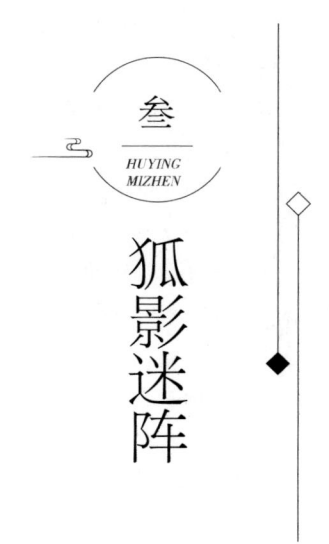

叁 狐影迷阵
HUYING MIZHEN

夜色苍茫，颜君旭这晚又忘了时间，从鱼翁的洞窟中走出来时已是酉时。他提着个灯笼，深一脚浅一脚地走在荒林中，却见眼前几个黑影在灌木中纵跃而过，依稀是几只狐狸。

"咦？最近山里狐狸怎么多了起来？"他揉了揉眼睛，觉得定是自己眼花，平日他总是看到狐影，也不以为意，继续向家中走去。

那几只狐狸却潜在草丛中，通身毛发漆黑，幽蓝色的眼睛在黑暗中莹莹发光，活似一簇簇鬼火。黑狐在灌木中奔走，似乎在寻找着什么。长草中传来"簌簌"轻响，引起了黑狐的注意，它们向响声处奔去。只见长草中出现了一只毛发火红的小狐狸。红狐狸左窜右窜，飞快将几只黑狐引到了山坳中。黑狐找不到它的身影，开始在山坳中来回打转。

它自己则迅捷灵活地爬上了山巅，眺望着脚下的如海群山，夜风猎猎，树影像是一个个巨大的神魔，在黑暗中舞动。它又朝山谷中瞧了一会儿，一甩尾巴，转身离开了。

夜雾在林中弥漫，红狐如闪电般在林中穿梭，在经过一片花丛时，狐影闪动，激得花瓣缤纷而落。随着花瓣落在地上的，还有一只少女的纤足，方才的红狐不见了，取而代之的是个身穿绯色衣裙的美貌少女。她杏眼桃腮，生得娇俏动人，尤其一双眼睛灵动有神，湛如秋水，令人一见之下，为之失魂落魄。少女弯腰摘下一朵蔷薇，插在鬓间，脚步轻盈地向丛林深处走去。

"珞珞，这么晚，你又跑哪儿去了？"她刚走进雾霭重重的树林，就有一个颇有威严的老妇人走了出来。

"咱们青丘这几天很是热闹，我见来了几名不速之客，就将他们引到我摆的迷阵中去了，保管他们转到明天也转不出来。"少女说得开心，拍起了巴掌，"话说我那迷阵摆了好久了，此番终于能派上用场。"

老妇人虽头发花白，身材肥胖，打扮却极为年轻。她梳着高高的发髻，发髻上插满了鲜花，身穿紫色衣裙，严肃中又有几分活泼。

"你这孩子，就是爱多管闲事。青丘之外不是我们的领地，人类自相残杀我们也无权干涉，至于几个小贼，更不用管理他。须知这世上有天道轮回，神仙、人类、精怪都逃不过天道，他们种下孽因，将来自有恶果等着。"她皱了皱眉，教训起了少女。

名唤珞珞的少女吐了吐舌头，但丝毫没有悔过之意，脚步轻盈地跟在老妇人身后。

老妇人裙底伸出了一条洁白蓬松的狐尾，她徐徐走在林间，脚步落在哪里，哪里就绽放出几朵鲜花。不过须臾，她走过的路已经变成了一条鲜花满绽的花路。

"珞珞，虽然青丘里年幼的狐狸很多，我却最担心你，你知道为什么吗？"狐狸奶奶拉过她的手，忧虑地说。

"是因为我特别美丽吗？"珞珞偏着头笑，一副不知忧愁的模样。

"离你的渡劫之日，只有一年多了……"狐狸奶奶声音都变得深沉，"你体内的灵珠少了一颗，所以必须要将它找回来。"

"啊？可是您之前不是说我是生下来就这样吗？"珞珞迷茫地看着老狐狸奶奶，"要去哪里找回来？"

狐狸奶奶叹了口气，缓缓道，"你失去了这枚灵珠，自然连关于它的记忆也一并消失了。我一直骗你这是天生的，其实你在十年之前，将这枚灵珠赠予一个凡人，要想取回，就要找到这个凡人。不过此人还你灵珠，可能会付出生命的代价，人性自私，没有几人能同意这种要求……"

"那便也没什么，反正我还有八枚灵珠，也不妨事。"珞珞倒是很豁达，一点也不在意。

"只靠八枚灵珠，怕是没法抵御那天雷之劫吧。"幽静的树林中，传来了一个清朗的声音，声音在林中回荡，如琴声般悠扬听。只见一个身穿白衣的俊美少年，踏着鲜花蔓生的道路，向她们缓缓走来。他眉目英挺，黑发只用一根缎带系在脑后，周身似笼罩了一层朦胧轻雾般飘逸出尘，宛若仙人。

"无瑕，果然有珞珞的地方就有你。"狐狸奶奶慈目流转，脸上浮出戏谑笑容，似看出这两个少男少女的心思。

"奶奶，你总是笑话我……"珞珞脸色绯红地垂下头，避开了无瑕的目光。

无瑕是青丘年轻狐狸里的佼佼者，不但长得俊美，本领还高，年纪轻轻就修炼出了三尾。这个完美的少年，总是守在她的身边，目光时而会淡淡地扫在她的脸颊上。她并不傻，当然明白他的心意，但却觉得他为人严谨，过分认真，自己在他面前总是束手束脚的。

"立夏之后，天地之间将有异动，很多人的命运也将改变，包括你我，甚至整个青丘。"狐狸奶奶抬起头，遥望着广袤星空，"而你跟失去的灵珠，也将会在不久的将来，再次相逢。"

苍穹浩瀚如烟海，银河如玉带般横贯九天，璀璨星空中，有一枚星子陨落，像是在丝绒般的天幕上，划出了一道伤痕。

珞珞和无瑕被这奇异的天象震撼，仰望星空，许久没有说话。像是在回应狐狸奶奶的召唤一般，天幕上群星闪烁，月辉皎皎，将青丘照得亮如白昼，仿佛拉开了命运的帷幕。

时光飞逝，转眼颜君旭已经跟鱼翁相识了俩月。昔日的杏花凋谢，枝头结出了酸甜的青杏，此时正是蔷薇开满山坡的盛夏。山中美景四时不同，颜君旭跟鱼翁一起研究机关，闲暇时就品尝美酒，畅饮闲谈，过得逍遥自在。而且自他初春时将秦夫子气得差点中风，县里就没有一家私塾肯要他，即便颜老爷带着厚重大礼登门拜访，也处处吃闭门羹。须知读书人最讲究尊师重道，颜君旭如此欺师，在这些夫子的眼中，已是无可救药。

颜家历来是书香门第，哪想会出了这么个喜欢木工的痴儿，颜老爷别无他法，只能把他送到外乡读书。一听到这不幸的消息，颜君旭整天都无精打采，他不想离家读书，更不想跟鱼翁分别。不过无独有偶，鱼翁也一反常态，时而看看天，时而看看树林，也一副心事重重的模样。"喂，小子！"两人各怀心事，直至晌午时分，鱼翁才打破了僵局，朝他喊道，"过来陪我喝杯酒。"

颜君旭前几日将那五彩斑斓的木鸟拆了，发现木鸟的肚子中藏着个机栝，只需把机栝上满弦，钢丝做成的弦就能牵动翅膀，令木鸟振翅飞翔。他正在削树皮，晒皮革，打算依样做个大的。听到鱼翁叫他，就垂头丧气地走了过去。鱼翁斟满两只酒杯，将其中一只塞到他手中。颜君旭平时是不喝酒的，可今日心情实在是不好，杯中又是香喷喷的玫瑰蜜酒，掺了这山中绽放的野玫瑰，便将杯中酒一饮而尽。鱼翁见他喝完，又给他斟了一杯，他再次喝光。如此三杯酒下肚，他的头已经晕乎乎的，多日来的烦恼，仿佛也随着酒气蒸发了。

"从明日起，你便不用来了。"鱼翁沉着脸，冷冷地说。

"为什么啊，爷爷！你是不是讨厌我了？"颜君旭惊得从矮凳上跳起来，明明前几日他还对自己和蔼可亲，怎么突然就翻脸了？

鱼翁的脸色更难看，皱着眉道，"没什么缘故，我说不用来就不用来了！"

"不行，留下你一人在这山中，我不放心。"

"屁的不放心！老子在遇见你之前，已经一个人在这鬼地方守公输遗冢守了几十年，还不是好好地过来了？"鱼翁气得眉毛倒竖，瞪圆了眼珠。

"公输遗冢？"像是前几次一样，颜君旭又敏锐地发现，鱼翁再次说漏了嘴。

"没错，就是公输遗冢！我的机关术就是从他的手记中偷学的，被你这小子知道了又怎样？"鱼翁气急败坏地指着他，"你瞧瞧你，小小年纪不学无术，明明有大好前途，却终日窝在这山沟中，成什么样子？我若是你就进京赶考，考个状元扬扬威风，天天就知道唉声叹气，真是没出息！"

颜君旭身边的人，几乎都在劝学，只有鱼翁一人从不提科考之事。他想鱼翁隐居山中，心中自然对凡尘俗事毫不牵挂，还对他颇为敬佩。

可没想到就连不问俗世的鱼翁，竟然也要他去读书了。他心中难过，仿佛失去了这世上唯一的知己，颓然地垂下头，小声问："那如果我不来了，谁给你送酒呢？"

鱼翁愣住了，最终还是咬牙道，"老头从此戒酒，没了你小子的酒，怎的还活不成了？"

话已至此，多说一句都是多余，鱼翁别过了脸，不去看他。颜君旭也没再说留下，他躬身朝鱼翁拜了三拜，转身离去。

颜君旭一人失魂落魄地离开，从未觉得从山中到家的路这么难走。

树枝绊住了他的衣角，似一只只牵绊他的手，风吹动了他的书生巾，像是在说着挽留的絮语。

他神思恍惚地在山中兜来转去，足足走了一个时辰，还未走出山林。

待他回过神来，发现自己竟然来到了一个陌生的山谷。山谷中一簇簇绽放的红蔷薇连成花墙，绿叶红花相映成趣，像是有人精心栽培的。

他好奇地走进花墙欣赏蔷薇，转了几圈后，却发现自己总在一个地方绕来绕去，竟走不出来了！他心中一紧，连忙打量四周，才知自己深陷迷阵之中。可深山中杳无人烟，在这里摆个迷阵，是要困住谁呢？

他琢磨了一会儿，觉得此事必有蹊跷，这迷阵的中心，搞不好有什么了不得的宝物。

所幸他喜欢旁门左道的书籍，知道点辨位之法，很快就根据太阳的方位找到了正北。明确方位后，他根本将蔷薇花墙视若无物，径直向北方走去，有时花墙挡路，他要么绕过去，要么钻过去，身上扎满了花刺，痛得他眼泪直流。这般直接猛进，不过半个时辰，他就来到了迷阵的中心。

只见迷阵中有块水井见方的空地，空地上有个烤架，架子上正架着一只褪了毛的野鸡。野鸡被炭火熏烤，靠近火焰的部位已经焦黑，而另一边还没熟，显然这烤鸡的人毫无烹饪技巧。

他做梦都没想到，自己费尽力气突破了蔷薇迷宫，居然面对的是一只烤鸡。他登时觉得自己蠢到了家，当然，这建迷宫的人跟自己也是半斤八两。

他刚转身要走，却又看到了那只半焦半熟的烤鸡，只觉碍眼至极，忍不住又管起了闲事。他利索地卷起袖子，把鸡从木架子上拿下来，从花墙下挖出些湿泥，糊在了鸡皮上，又将被泥封好的鸡放进了炭火中。

忙了一会儿，已是傍晚时分，眼见落日即将坠下林海，他暗叫糟糕。若是天黑了找不到方位，还真不容易破这迷阵。

他再也不敢耽搁，再次冲破了一堵堵蔷薇花墙，钻到了迷阵之外。此时西天已经变成了黯淡的紫色，夜幕如绛纱帷帐般笼罩了深山，树林变得幽暗而深邃，恰似一座庞大无匹的迷宫。

颜君旭前脚刚走，就有一个身穿樱色衣裙的少女哼着歌，翩然如彤云，左绕右绕，轻车熟路地走进了花墙迷阵。

眼前花枝颤动，青色的衣角一闪，似乎有个人钻进了蔷薇丛。她摇了摇头，觉得一定是自己想多了，但是当看到架子上的烤鸡不见了之后，又立刻气得火冒三丈。

可她鼻尖轻嗅，很快就发现不对劲了，她的鸡并没有被偷走，还散发着诱人的香气。

她走到炭火前，用木枝把焦炭拨开，只见余烬中煨着一个黄泥土包，香气正是从这烤干的土包中飘散的。

她把土包也拨出来，用石头敲裂，里面登时露出一只皮焦肉嫩的烤鸡。鸡皮烤成了金黄色，鸡肉也流出汁水，她忍不住撕了只鸡腿来吃，果然柔嫩多汁，满口留香，比她自己做的烤鸡不知好吃了多少倍。

"今日真是怪了，难道破我这迷阵的，竟是个厨子？"珞珞边吃边琢磨，却怎么也猜不到是个书生破阵，"我这几日得守在这儿，倒看看这家伙到底是谁。"

她吃完了鸡又去修复蔷薇花阵，暮春时她就是用这迷阵困住了几只外来的狐狸，她并不想伤人，所以并未用坚硬的土石为阵，就是怕有人误入其中，几日转不出来，丢了性命。

她忙了一会儿，又跳到高处休息，眺望着巍峨的山岭。此时暮色四合，天色已暗，脚下连绵起伏的山崖，像是一匹匹蛰伏的猛兽，神秘而凶险。

不知为什么，虽然这山景她已看了二百多年，山中的一草一木她都熟悉无比，而此时看来，竟觉得陌生了。

近日来山中总有生人来探路，还有别处的狐妖的踪迹，他们都在晚上行动，搜寻着这山中的每个角落。今日更有人钻进了她的蔷薇阵，却不知又是何人？

"这些人到底在找什么呢？"珞珞偏着头，坐在古松上，双脚一荡一荡，"要费这么大的心力，真是有趣。"

肆 公输遗冢

GONGSHU YIZHONG

"长老说过，公输遗冢就在此处，怎么你们找了这么久还未找到？"

仿佛是为了回应珞珞的疑问似的，同一时间，位于山脚下的一处树林中，几个黑衣人正在密谋。其中一人身材高大，披着件绣金的华丽斗篷，虎眼含威，质问着属下。

"蓝将军，这片山脉连绵不绝，地势复杂，而且此地毗邻青丘，我们搜寻时还要躲着青丘狐族，只能在晚上行动。饶是如此，属下也搜遍了每一寸山石，根本没发现什么坟墓，是不是地方错了……"他身前一个年轻的黑衣人，忙躬身汇报。

可他话音未落，一道蓝影便如虬蛇般从蓝将军的斗篷下飞窜出来，一下抽在了这黑衣人身上。他痛呼一声，跌落草丛中，变作了一只毛发灰黑的狐狸。狐狸的背部被打得皮开肉绽，鲜血横流，哀哀鸣叫不停。

"长老说过，公输遗冢在此处，那就是在此处！"蓝将军压低声音，阴沉沉地说，"长老是涂山会的首领，不世出的智者，怎会弄错？"

余下的十几人再也不敢吭一声，垂手站立，身影伶仃颤抖，十分疲惫。

蓝将军看出他们已毫无斗志，从袖中掏出了一个蜡丸，轻轻捏开，抽出了一条细细的绢布。

"这是昨晚从京城来的书信，上面有长老的指示。"他展开绢布，轻声念，"七日之后，山河异变，遗冢现世……"

属下们听得这消息，不由暗暗欣喜，这琐碎而毫无头绪的搜索，终于要告一段落了。

"七日……，驿马送信也起码要六日，这书信上所说的第七日，不是今天就是明天。"

蓝将军眺望着山峦黛影，眸光中充满期待，"如果长老所料不错，传说中的公输遗冢，就要出现了。"

遥远的天边，乌云堆叠，遮蔽了星月，仿佛一场大雨呼之欲出。

颜君旭回到家中，却心神不宁，辗转反侧也无法入睡，索性坐在灯下，提笔画起了图。

可他画来画去，眼前却总是浮现出鱼翁的苍老的面容，和蔼的笑容。回想起两个多月来跟鱼翁在竹棚和山中研究机关，探讨交流的时光，真是如鱼得水般欢乐自在。

鱼翁对他来说，亦师亦友，更是知音，即便自己做出再精妙的机关，若是没人欣赏，又有什么快乐？他咬着笔杆，突然想起鱼翁下午对自己恶形恶状的模样，他明明说着难听的话，为何双眼却是红红的，似对自己非常不舍？他又仔细回忆鱼翁这几日的举动，确实十分反常。自己在做机关时，他却总是唉声叹气，有时还独自一人走到深山中，也不让自己跟随，不知有什么秘密。而且最近两日他面色阴沉，常常发呆，自己问他些问题，却总换来一顿呵斥。

"他一定是有事瞒着我，我不能丢下他不管。"他在灯下思来想去，决定明日无论如何，一定要去再看看鱼翁。

次日清晨，天色便阴沉晦暗，天边乌云堆积，仿佛在酝酿一场大雨。灰蒙蒙的天空中鸟雀叫个不停，还有走兽从山中跑出来，冲到了县里的街上，惹得百姓竞相追逐。

颜君旭也忧心忡忡地看着窗外暗沉的天幕，看这样子今日必有雷雨，也不知会不会引起山洪，将鱼翁的山洞冲塌了？他越发坐立不安，到了午后细雨飘飞，院子里的家丁不再盯着他之后，才拿起一套蓑衣斗笠，翻墙而出。

他快步跑出了县城，刚刚走到半山腰，雨势就变大了，豆大的雨点劈头盖脸地砸了下来。雨水一冲，山路变得越发湿滑，他摔了一跤，再爬起来时已经浑身淤泥，竟成了个泥人。

"爷爷，我这就来找你……"他却毫不退缩，仍手脚并用地在泥地里攀爬。

便在此时，突然间地动山摇，他再也站立不住，一下子坐在了泥水中。周围高耸入天的古树都晃个不停，几枝巨大的枝丫发出"噼啪"巨响，砸在了地上。他从未见过这等异象，只能护住头脸，随着地动滚来滚去。

山谷附近，珞珞正手持竹伞，坐在一株古松下，眺望着青山密林。天边积云如堆，方才还是烟雨如画，转眼间就变成了雨势磅礴。竹伞在风中飘摇，恰似一朵被雨打风吹去的花，已经遮不住风雨，将她的裙摆打湿。她也不避雨，一袭红裙在风雨中飞舞，飘飘欲仙。然而落雨纷纷中，只见几个黑影正在林中树梢上窜动，竟然是几个身穿黑衣之人，他们身影灵动，跳过一株又一株树，如履平地。珞珞美目流转，手持竹伞，纵身也从松树上跳下去，宛如一朵彤云，轻飘飘地落在了一根树枝上，恰好阻住了黑衣人们的前路。

几人在树枝上对峙，风吹树动，黑衣人们的身姿随着树枝上下起伏，谁也不肯先动身离开。

为首的黑衣人看着这妙龄少女，认出来她就是前一段时间将他们引入花墙的小红狐变的，心下就有了退避之意，此地毗邻青丘，不用问便知这少女必是青丘狐。

他们被她诱入蔷薇花阵，足足转了整晚，直至次日清晨，太阳升起后才筋疲力尽地逃了出来，显然这青丘狐族并不是好惹的。

"走！"为首的黑衣人轻啸了一声，掉头就跑，其余的几人不发一言，跟在他身后就退。

珞珞却手持着竹伞，脚步轻盈地追了上来，她熟悉地形，即便以少女之姿奔跃，也丝毫没有比几个大男人落后。

"这小丫头古怪得很，上次她诱我们，这次她又来追我们，不知是要干什么？"几个黑衣人边跑边慌张地商量。

"她只有一人，把她甩得远远的，如果实在不行就动手将她打昏甩掉，总之万万不能惊动其他的青丘狐。青丘狐们专攻法术修行，据说都是厉害家伙。"他们边跑边说，前方已经是一片空地，没有树木可以借力，只能下树奔走。可他们在空地上跑了几步，突然脚下一空，竟然跌进了一个大坑中。坑里插满了尖利的竹子，是山中猎人用来捉野猪的陷阱。他们急忙变成狐狸模样，缩小了身量，总算没有被尖竹刺死，但也或多或少地受了轻伤。

"哼，你们鬼鬼祟祟地在这山中忙了两月有余，到底是在找什么？"珞珞轻飘飘地从树上跃下来，袅袅婷婷站在陷阱边，居高临下地问。几只黑狐在陷阱中"吱吱"高叫，似在咒骂。此时雨势更大了，顷刻间积水就将陷阱淹了一半。

"不肯说就待在这里，做死狐狸吧，我看这雨一时半刻也停不了，真是妙极……"

可她话未说完，刹那间整座山都晃了起来，她一个站立不稳，也掉进了陷阱。

她反应极快，身子尚在半空，就灵活地翻了个身，将手中的伞踩在了脚下。当伞掉落到尖竹上时，她已经变成了一只毛发火红的狐狸，后腿在伞面上一蹬，借力冲出了陷阱。

珞珞活了两百多岁，深知这山中变化，知道这是地震了。而地震之时山石崩塌，泥石成流，再危险不过。她不敢逗留，忙加速狂奔，想要找个安全的所在。

然而就在这时，树林中出现了一个浑身淤泥的人，她收势不住，一头撞进了那泥人的怀中。

这泥人不是别人，正是颜君旭。地震方歇，他便听鱼翁的住处传来隆隆巨响，似乎是山石滑落。他担心鱼翁的安全，手脚并用地爬山，居然突破险境，爬了上来。

可他刚站起来，便有一团毛茸茸的东西撞到了自己怀中。他摸着这东西又软又暖，就忍不住多摸了几下。不过随即他就觉得手背一痛，再一看怀中正抱着个毛发火红的狐狸，狐狸的眼睛是金棕色的，正满含愤怒地瞪视着他。

"你是不是害怕了？所以才匆忙下山？"颜君旭双手举起狐狸，好奇地问。

但红狐狸却十分乖戾，毫不领情，扬起毛茸茸的大尾巴在他脸上扫了几下，趁他惊讶之时，迅速地翻身落在地上。狐狸刚刚落地，突然山体又抖动了几下，一块水桶般大小的巨石滚落下来，直冲狐狸落地之处砸来。颜君旭想都没想，上前一步，用胳膊狠狠撞上石头，把巨石挡开，然后把狐狸挡在身下，山上又洒落几块碎石，打在他后背上。他疼得龇牙咧嘴，好在石头都不大，他活动了一下胳膊，直了直后背，还好，没伤着骨头。他低头看了看狐狸，红狐狸正抬头看着他，似乎不知道他为何会如此，金色的眼睛里放射着奇异的光。

"小狐，你若是害怕，就跟着我吧，我正要去见鱼翁爷爷，他一定会喜欢你。"颜君旭朝它伸出了手。在刹那间，珞珞看到了他左手腕上有个伤疤，似被利器割破，经年累月，疤痕已经变成了淡淡的白色。

她恍然失神，眼前出现了奇怪的画面，一个男孩正在用力扳开兽夹，兽夹上尖利的锯齿，割破了他的手腕，鲜血如注，染红了她的视线。她突然心中惶恐，似要逃避什么似的，转身就跑。

就在这时，山体又震了一下，身后的颜君旭"哎哟"一声，再次跌在了泥地里。

地震方歇，颜君旭忙手脚并用地爬上了山坡，来到了鱼翁所住的洞窟附近，他一看到眼前的情状，心立刻凉了半截。只见雨幕之中，山崖竟然塌方，滑落了一半，巨石和树木堆在了鱼翁所住的洞窟前，高达四五丈，宛如一座小山。

他慌忙向被掩埋的洞窟奔去，暗暗希望鱼翁不要在里面。

"爷爷，爷爷你在吗？"他急切想要找到一丝缝隙，钻进洞窟里看个究竟，可哪里还找得到。山石和树木垒在一起，像是一只密不透风的大手，将洞窟封得死死的。

他看着这泥石成冢，仿佛看到鱼翁面容慈蔼地对他微笑，渐渐远去。他再也忍不住悲伤，扑在土堆上，号啕大哭起来。可他哭了一会儿，只听渐歇的雨幕中，传来了几声"叮叮当当"的细响，奇怪的是，这声音竟是从他头顶传来。他忙退后几步，抬头一看，只见滑坡的山体上，竟然凭空多了一个大洞。想来这洞窟一直都在，但被人以巨石挡住，经年累月，这巨石上又积累泥土，泥土上复生树木，跟山体融为一体，完全遮蔽了洞窟的所在。

但今日地震，巨石被地动震落，才露出了这掩藏已久的洞窟。遥看此洞构造跟鱼翁的住所极为相似，只是大了两倍有余。两个洞穴一个在山腰，一个在山脚，交相辉映，宛如天成。

在看清这洞窟的一瞬，"公输遗冢"这四个字，便浮现在他的脑海中。

鱼翁一直说他是守墓人，可他却万万没有想到，鱼翁守的墓竟然离自己这么近，他跟传说中的机关之神，不过几丈之遥。既然洞中有声音，多半是鱼翁还活着。他再也按捺不住心中的激动，爬上了落石堆积的土堆。还好此时雨已经小了，他没费多少力气就爬到了洞口。只见洞中铺着青石砖，正中有一条注满了清水的甬道。甬道两侧是两列仙鹤造型的长明灯，仙鹤振翅欲飞，被鹤嘴衔着的火光映得栩栩如生。

他满怀激动地打量着眼前的景象，抬头看着山洞顶部，穹顶上刻着的车轮和尺矩的花纹。

可他再往前走了几步，却见甬道中的清水竟然变成了暗红色，吓得不由后退了一步。

他忙稳住心神，定睛看去，只见洞窟的暗处正伏着几个人，他们都穿着黑衣，再加上自己专注于洞顶的图案，方才竟然没察觉。血正是从这几人身上流出来的，沿着青砖的缝隙，流入了甬道之中，才将清水染上血色。他忙跑过去查看，只见一人被几根锋利的铁箭射中了要害，手中的尖刀也丢在了地上。那人口角流血，双眼翻白，显然已经死透了。

尸体上的箭都是半尺来长，短而坚韧，箭杆上还有凹槽放血，且没有羽翎，一看就并非由寻常弓弩射出。

"我只是偶然路过，你也不是我杀的，千万不要来找我啊……"这是他这辈子第一次看到死人，忙嘀咕了几句，恨不得立刻转身逃跑。

可一想到鱼翁还生死未卜，他硬生生地压下了内心的恐惧，向洞窟深处走去。

"爷爷，鱼翁爷爷……"他小心翼翼地唤了两声，生怕鱼翁也遭此横祸。

可哪里有人回答他，呼唤在空旷的洞穴中化为连绵不绝的回声，幽魂般在耳边游荡。

他踩着长明灯纷乱的鹤影，来到了第二个洞穴。只见洞穴正中摆着一具石棺，棺边散落着玉枕缕衣等物事，石棺的盖子被推开了一半，里面放着一个半人多高的木制机关。

当他看到机关时，胸腔中一直被恐惧之手攥着的心，刹那间放松了。

只见这机关是一个两尺来宽的圆形转盘，上面有十个鸡蛋般大小的孔，而有几个孔中还装着箭矢，看大小形状，那些黑衣人就是被这机弩射死的。他好奇地想要看看这机弩的后半部是什么样，就一脚踏进了棺材。可哪想脚底却踩到一个软绵绵的物事，随即棺内还传来一声闷哼。他登时吓得魂飞魄散，连叫都叫不出来，生怕里面躲着一具僵尸，被自己给踩活了。

"是臭小子吗？离老远就闻到你一身的狐狸臭味……"

声音幽幽的，毫无中气，变得虚弱如蚊蚋，但听起来正是鱼翁。

"是我，我来了！"颜君旭钻进石棺，果然见鱼翁正半躺在里面。他一扶之下，只觉满手黏腻，一股刺鼻的血气直冲鼻翼，立刻知道鱼翁受伤了。连忙道，"我们快下山去找常大夫，他家药房的门上挂着'起死回生'的牌匾，应该能有办法……"

"呵呵，你不但是个臭小子，还是个傻小子……"鱼翁被他扶出了石棺，艰难地笑了笑，"无论人还是妖，甚至是天地万物，死了就是死了，又怎能复生？他挂个牌匾就能起死回生，还要阎王爷做什么……"

他话未说完，咳出了两口血，脸在灯光的辉映下黄如金纸。在这刹那，颜君旭只觉眼前的并非他所熟悉的鱼翁，而是个纸扎的假人，像极了他过去在老人下葬时看到的纸人人偶。

"爷爷……"他心中难过，哽咽着说，"你一定会没事的，我这就带你去水边，上次你一遇到水就活过来了。"

他连忙将鱼翁负在背上，往山洞外跑去。鱼翁的身体轻飘飘的，像是一片干枯的树叶，又像是一阵随时会消逝的风。

"这些人觊觎公输子的墓，拿着刀剑就硬闯硬打，咳咳，可他们太蠢了，我诈死躲进了石棺，启动了弩机，将他们全部射死了，总算没有丢了公输子的脸。"鱼翁看到地上横七竖八的尸体，嘿嘿地笑了，"幸好发现这墓穴的是这些蠢货人类，若是别的可就没这么容易……"

颜君旭不敢跟他说话，生怕他劳心费神会加速死亡。他从滑坡的软泥上溜了下去。还好此时雨已经停了，山路也变得好走了许多。

"小子，待我死后，你从我胸前的衣袋里，把东西取走。那些歹人就是为它而来，千万不能让他们得逞……"

颜君旭脚一滑，摔在了地上，连着鱼翁也跌倒在地。

"爷爷,你不会死的,我们就要到水边了,我一定会救活你！"他眼见昔日硬朗高大的鱼翁，此时缩成了一团，连起身都不能了，泪水登时夺眶而出。

"臭小子，一点出息也没有，天天就知道哭，你要、要去读书，去考功名，去为官一方，用学到的机关术，去造福世人……

"小子……"鱼翁声音越来越低沉，"你还要替我看看这世界……读万里书不如行万里路……我去的地方太少了，机关术在于应用，去的地方多了，就能做出更多的好东西……要让世人……都得益于机关之术……"他边说边向巍峨青山伸出了手，仿佛似在黑漆漆的夜里看到了光。

"爷爷，爷爷，你能撑过来的……"颜君旭抱着他的头，号啕大哭。

"撑不了了……我死了，把我放进水里……我……要……回……家……"

说完最后一个字，鱼翁枯枝般的手软绵绵地垂下去，头也歪在了他的胸前。

颜君旭跟鱼翁相识时间不长，但一老一小都热爱机关，又一同研发了不少机关玩意儿，倒像是认识了几十年一般。

他抱着鱼翁的尸体，悲伤恸哭了许久，直至哭累了，才慢慢地来到了山脚的溪边。

因昨日下了一夜的雨，平时清澈的溪流也水势汹涌，变得污浊凶险。他把鱼翁的尸体放入溪流，但老人并未像上次一样丰盈强壮，而是变得像干枯的树叶般脆弱透明，最后竟变成泡沫化入水中。

"爷爷，爷爷呀！"颜君旭做梦都没想到鱼翁的尸体会融化，伸出双手在水中打捞。

可他捞了几把，没有捞到鱼翁的半片骨肉，倒捞到了个油布纸包，他把油布包捏在手里，又哭了一会儿，才将它放在怀中，又继续在水中寻找鱼翁的遗物。

最终他两手空空，什么都没有捞到，湍急的水流向东奔涌，一去不回头，恰似匆匆而逝的时光般，带走了一切。

他凝视着水流很久，觉得生如清风，死若尘埃，人生到头，宛如一场幻梦。他颓然地回到了岸边，又哭了一会儿，才摇摇晃晃地起身离开了。

◇ 君子,命中有狐 ◆

伍 有匪君子
YOUFEI JUNZI

地震之后,颜家才发现颜君旭居然不知何时偷溜了出去。颜老爷暴跳如雷,胖胖的身体像是个球一般在厅堂里跳来跳去。而颜夫人只顾抹泪哭泣,如此大雨,又逢地震,也不知儿子在外面会不会遇难。

两夫妻折腾了半日,好不容易挨到雨势渐歇,就赶紧打发所有的家丁出去找颜君旭。

可外出寻找的家丁们还没回来,颜家的门口,就多了个身披蓑衣,浑身湿泥的泥人。

颜夫人眼尖,发现这泥人正是自己的儿子,而颜老爷见他如此狼狈地回来,气不打一处来,拿起藤条就又要教训他。

哪知他刚刚举起手中的藤条,一直默不作声的颜君旭,就"扑通"一声跪在了他的面前。

"别以为你跪下求我,我就会饶你!看看你这副样子……你、你不在家中读书,又去哪里撒野了?"颜老爷气得浑身直颤,根本不打算放过他。

"爹,我想去读书!送我去书院吧,我要进京赶考,金榜题名!"颜君旭抽噎着说,一字一句都无比坚定。

颜老爷从未在儿子嘴里听到过"读书"二字,手中的藤条登时惊得掉在了地上。知父莫若子,颜君旭见父亲这模样,知他这是不信自己,忙又重复了一遍。

"儿啊,你终于开窍啦,不负为父的一番苦心呀……"颜老爷自这个儿子开蒙,就从未听他说过一句如此顺耳的话,激动得抱住儿子痛哭流涕。

"父亲啊,儿子只想快点去读书……"颜君旭也抱着胖胖的颜老爷,毫不客气地把身上的泥都蹭到了父亲身上。

颜老爷哭了一会儿，擦了擦脸上的泥水，圆润的脸庞上升腾出一股杀气，"为父要送你去最好的书院，白鹭书院！华国近几年一半的人杰都出自那里，我儿如此好学，一般的书院也太委屈他了！"

颜君旭也没想到父亲会如此激动，他只想离开这个伤心地，去他乡求学，至于去哪里倒是无所谓。

于是三天后，颜君旭就带着大包小包的行李离开山脚下的县城，踏上了求学之路。县里的百姓听说木工呆子颜君旭要去念书了，像是见到了太阳打西边出来，都纷纷跑到路边看热闹。

结果为他送行的人足有百十人之多，蔚为壮观，只是这些人脸上或戏谑，或鄙夷，或是在忙着看热闹，没一个相信他会金榜题名，科举高中。

颜君旭年轻的生命中，第一次经历生离死别，仍沉浸在与鱼翁阴阳相隔的悲伤中，对送行的乡亲视若无睹，骑在青驴背上，失魂落魄地踏上了赶考之路。

远山之中，烟雾笼罩之地，身穿樱色衣裙，头戴金环的珞珞，正坐在郁郁葱葱的大树下，跟几个美人玩闹。

地震当日，她与颜君旭分别后，就跑回了青丘，但眼前却总出现奇怪的幻象，想又想不通，令她心结难解。本来喜欢独来独往的她，这几日净跟青丘的姐妹们混在一起，玩闹调笑，寻求安慰。

这些或清纯或妖娆的女子都听到了风声，知道她明年要历天劫，纷纷向她传授经验。

"你可以躲在个行善之人的床下，若是个颇有修行的和尚就再好不过了！"

"不然就跑远点，去大漠敦煌，据说那里根本没有雷雨，挨过这几日，就是渡劫成功。"

"不过奶奶说我少了一颗灵珠，是过去给了人类了，得先把那珠儿拿回来才能渡劫……"珞珞叹了口气，秀眉皱成一簇。

几个美女听了，立刻倒抽一口凉气，纷纷说人类最是贪婪，一定会借此机会，提非分要求。

"就像我的哥哥，跟个人间女子交好，结果被抓住把柄利用至死，连皮毛都被做成了围脖……"一个妩媚风情的白衣女子，以袖抹泪道，"从此我只穿白衣，就是为他服丧。"

"你这小妮子，真是爱作怪，你之前明明跟老身说过，自己适合白衣。至于你的兄长，他跟人类的女子成婚，跟老身许诺过终身不回青丘。"

一个苍老的声音地打断了叽叽喳喳的姑娘们，却是整个青丘最德高望重的狐狸奶奶到了。

但见她手持紫檀木杖，白发上戴着鲜花花环，一袭紫衣紫裙拖曳及地，如一团朦胧的烟霭般走了过来。

年轻的狐女们都畏惧她的威严，立刻作鸟兽散了。珞珞也想开溜，却被她叫住。

"前几日山中地震，你有没有见到什么人？"她将手杖放在地上，坐在珞珞身边，满怀关切地看着她。

珞珞眼前闪现出一个浑身污泥的人，但不知为何，她却不想说："有看到……又没看到，因为是个泥人……"

狐狸奶奶皱起了眉："泥人？怎么你没看到他的面容？"

"嗯，而且我是偶然撞入他怀中的，惊慌之时，实在没顾上那么多。"

狐狸奶奶叹了口气："看来这都是天意，令你们见面也不能相认……天意既然如此，你想取回灵珠，估计会劫难重重。"

"啊？我、我看他也不似坏人啊，怎会劫难重重了？"珞珞吓得瞪圆了眼睛，她还记得被颜君旭抱在怀里的感觉，他的胸膛温暖而宽阔，像个舒适的垫子，这几日她回想起来，还颇为留恋。

"知人知面不知心呀……"狐狸奶奶忧虑地叹气，"你不想看看，他现在在做什么吗？"

"哼，看不看也无所谓，我本来不想取灵珠，甘受雷罚，可听您说什么天意要我历劫，我却突然想试试，到底有什么劫难？"珞珞冷笑一声，已经不见了平日里的娇憨天真，露出了一对虎牙，眼神也变得冷酷。

狐狸奶奶从怀中珍而重之地掏出了一面巴掌大的铜手镜，镜框上花冠缠绕，雕刻精美。"你不想看，我还好奇哩，这是我青丘狐族秘宝之一，因为他身上有你一枚灵珠，也能看到他的踪迹……"

"奶奶，你不是说这镜子是你年轻时的定情之物吗？怎么又变成青丘秘宝？"

"狐狸都惯爱骗人。"狐狸奶奶调皮地挤了挤眼睛，刹那之间，脸上皱纹仿佛褪去，华发变成青丝，又是几百年前的那个娇俏少女了，"况且这世间的事，若都实话实说，便无趣得很了。"

珞珞皱眉看向镜中，只见光滑的镜面中，出现了一个身穿蓝衣的书生。他骑着一头青驴，背着如小山般的冗繁的行李，走在颠簸的山路上。书生身体伏在驴背上，左摇右晃，依旧看不清他的面容。

"他这是在赶路？难道他离开青丘了？"

"正是！三日前出发的，如今应该到了允州。"

珞珞一跃而起，美目中精光四溢，"我这就去会会这书生，看到底有怎样的劫难在等着我。"

她说罢身影一晃，已经化为一只毛发火红的小狐狸，几个起落就窜出了树林。却完全没有发现，自己这个无拘无束的山野小狐，不知不觉地被命运的大手推着，踏上了一条崎岖道路。

深山之中，身材高大的蓝将军，正跟几个黑衣人一起站在公输遗冢之中。长明灯灯火忽明忽暗，将他们的影子映得扑朔迷离，如鬼似魅。

"属下们赶到此处时，就是这样了……"一个黑衣人躬身汇报，他没敢说他们中计掉落进陷阱，只说被地震耽误了。

"哦？这些人类跑得倒比你们都快！"蓝大人踢了踢洞中的几具死尸，不满意地瞪着他们，"你们可是长着四条腿呢？是不是以后也想只有两条腿？"

几个黑衣人吓得瑟瑟发抖，一个胆大的继续道，"属下们知错了，不过我们也不是全无收获……"

"什么收获？你找到了公输子的手记吗？"

"遍寻不获，连青砖我们都翻开了，没有任何发现，应该是有人拿走了……"他哆哆嗦嗦地捧上了一条黑色的丝带，"这、这是我们在棺木中发现的，手记应该是被此人拿走了。"

"这破布条是什么？"蓝将军将布带拿过来，皱了皱眉。

"是书生巾，我见那些赶考的学生们都戴着这玩意儿，好像谁没戴，就是没读过书似的。"

"怎么会有书生来这山里？他们不都该忙着读书应考吗？"蓝将军若有所思地揉着下巴，"不过不能放过这条线索，去找找附近的书生，有谁最近进过山？"

几人俯首称是，山洞之外，风云际会，浓重的白雾如海潮般弥漫，遮蔽了连绵不断的青山，令偌大的世界也变得神秘莫测。

颜君旭一路上被驴颠得七荤八素，足足走了五日，才抵达了位于允州的驿馆。驿馆中的住客一半是行商走贩，一半是赶考读书的学子。

于是盛暑之中，小小的驿馆便出现了个怪象，左厢的旅人在喝酒划拳，喧嚣吵闹，右厢的客人们则在摇头晃脑地背书，什么"君子中庸，小人反中庸"等。两厢客人各分天下，互不干扰，仿佛被一面看不见的墙壁隔开了一般。

颜君旭也混在这些学子中，但他却没有背书，而是打开了一个油纸包。这是鱼翁的遗物，他这几日悲伤抑郁，难以遣怀，一直没有勇气看看这是什么。来到驿馆后，身边人声鼎沸，似也冲淡了哀伤，他才打开来看。

鱼翁留下的会是什么？看他死时的状态，显然并非人类，非鬼即妖，他留下的物事，会不会是妖物？

可当他打开纸包时，却见里面只放着一本普通的旧书，封面以篆字写着"公输造物"四个字。书只有封面，没有封底，像是被人从整本书上撕下的一部分。

"夫机关术者，乃天下秘术之首，为安邦定国之术。君子得之，必自强；小人得之，必自毁。"

当他看到第一页上写着的字时，忍不住笑了："写这书的人好自大，他怎么知道看书人的品性，猜到各人的结果？"

但他在看到第一章后，笑容就渐渐消失了。因为第一章的名字是"四两拨千斤"之术，讲的即便是羸弱小儿，也能搬动巨石的办法。

他如获至宝，捧着书细细钻研，还把随身携带的纸笔掏出来画出一个个图案。连天何时黑了都不知道，更没有发现，身边已经多了个人。

那是个身穿月白色布袍的书生，他皮肤白若凝脂，容貌俊秀，一双剑眉下双眸如星，悬丹鼻下红唇微翘，堪称是个绝色美少年。虽穿着粗陋布衣，也难掩风姿。

驿馆中烛光昏暗，颜君旭累得眼睛酸涩，才伸了个懒腰。可他一抬头，就看到了一双如珠似宝的眼睛，对方显然已经观察他许久了。

四目相对，不知为什么，他心中登时一荡，连忙别开了脸。而对面的书生显然也觉得不妥，飞快扭过头，却低声说："原来他没有我想的那般丑陋……"

颜君旭忙将书揣到怀中，只见驿馆大堂中已经空荡荡的，白日里喝酒的行商和读书的书生们，都不知去哪了。

"这位兄台，可是在找人？"美少年见他茫然四顾，好奇地问。

"我只是不明白，怎么看了会儿书，人都不见了呢？"颜君旭挠了挠头，迷茫地答。

"因为此时已是亥时，他们都回房休息了，只有这位兄台你苦读不止，废寝忘食，今年的科考榜首，非兄台莫属呀！"白衣书生笑嘻嘻地答，一双妙目在他画图的本子上溜来溜去，似看破了他的秘密。

颜君旭被他说得涨红了脸，不好意思地挠了挠头，连忙把残卷和本子都放在的随身背着的布袋中，朝这美貌书生作了个揖。

"我叫颜君旭，不知这位学子如何称呼？"

"我姓'珞'，单名一个'珈'字，大家都叫我珞珞，哦，不，是珞珈。"白衣书生微笑着说，"我今日赶路颇费周折，晚上才到，没想到一来就看到厅堂中孤灯独明，颜兄一人在此苦读，也是有缘吧。"

"珞君谬赞了……"颜君旭头越来越低，连忙要回去休息。

可他刚要转身，就被珞珈拉住了衣袖，灯火下，但见他肌肤莹白如玉，一双略带棕色的瞳仁含笑看着他，"颜兄，长夜漫漫，不知能不能陪小弟喝两杯？"

夜阑人静，花木飘香，颜君旭仿佛被狐鬼迷惑了似的，不由自主地点了点头。

珞珈叫来小二，让他宰只鸡烧了，又让他端出几坛黄酒，要跟颜君旭共饮。颜君旭见他如此热情，也不好推却，而且这是他孤身外出以来遇到的第一个陌生人，难免有些激动。

鸡很快端上来，驿馆厨子没什么手艺，只炖熟了放些佐料，图的是简单方便。珞珈吃了两口，就觉得索然无味，忍不住跟他说，"你吃过一种黄泥包的鸡吗？可比这种鸡美味多了。"

"你说的是叫花鸡？这有何难，我跟耕作的农民们学过。"颜君旭立刻来了精神，说起了叫花鸡的做法，末了还补了一句，"前几日我看有个呆子在山中烤鸡，烤得半生不熟根本没法下嘴，幸而我会做这叫花鸡，给补救好了。"

这番话听得珞珈又惊又怒，但很快俊美的面容就恢复了平静。他一杯接一杯地劝酒，没一会儿就将颜君旭灌醉。

"竟说我是呆子！我看你才是呆子！"在扶他回房间时，珞珈气得伸出玉指，在他脸上狠狠地拧了两下。

颜君旭一吃痛，顿时酒醒了点，只觉得自己依偎在一个又香又软的身体上，说不出来的舒服，忍不住摸上了珞珈的头。

他似乎在哪里也摸过这种柔软温暖的物体，手指还搓了搓，留恋至极。珞珈再也忍耐不住，扬起手就给了他一巴掌，这下彻底将他打醒了。

"珞君，我好像做了个梦……"颜君旭被他打得倚在走廊的墙上，迷迷糊糊地说，"好像梦到了一只小狐狸，我摸了它两下，就被打了。"

"颜兄一定是喝多了，小弟这就送你去歇息。"珞珈笑嘻嘻地托着他，把他推进了"卯"字房。

颜君旭认得这是他的客房，回头看看一直跟在他身后，如影随形的珞珈，紧张得咽了咽口水。

"珞、珞君，你、你想干吗？"他在私塾读书时，听说有些文人有断袖之癖，可哪想自己这么快就遇到了。

哎，一定是自己容貌出众惹的祸。虽然平日不修边幅，他也知自己长得不丑，怪不得这珞珈一见到自己就请客喝酒呢。

他正暗自惶恐，却见珞珈也大大咧咧地走进房间，一头就躺在了床上。

只见房中有三张床，还有一个书生早就睡着了，鼾声如雷。而珞珈就躺在靠墙的那张床上，脚下还堆着行李。

他立刻明白是自己想错了，他的行李是驿馆的小厮帮忙搬上来的，根本不知道原来这"卯"字房是三人同住的。

颜君旭酒气上涌，躺在床上，很快就进入了梦乡。而他刚刚沉睡，一直假寐的珞珈，就缓缓睁开了眼睛。

他的瞳仁是棕色的，比寻常人浅了许多，像是剔透的琥珀，在黑夜中看了有些诡异。

"珠子在哪里呀？"他凑到颜君旭身边，伸出鼻子闻来闻去。纤纤玉手并指如刀，在他露出的脖颈上来回划着。

书生珞珈，正是狐妖珞珈假扮的。她跑出青丘，很快就超过了颜君旭，可学子众多，她又不知他的面容，就提前在驿馆等候。这晚颜君旭孤身一人在空旷的厅堂中苦读，她闻出了他身上的味道，与曾在山中见过的泥人一模一样。

她刀锋般尖利的手指，停在了颜君旭的胸口，感受着心跳的起伏。只要她轻轻一按，这少年书生就会死于非命，而体内的灵珠，她也能轻易取出。

就在她露出贪欲之时，眼前再次出现了一个躺在血泊中的男孩，吓得她急忙缩回了手。

狐狸奶奶说过，失去的灵珠也承载了她丢失的记忆，万一拿回来了，发现他对自己有恩怎么办？岂不是铸成大错？

颜君旭在酣睡中感受到了杀气，他哼了一声，浓眉微皱。月光之下，他头发虽然乱糟糟的，但皮肤光洁，鼻梁挺拔，长长的睫毛轻颤，竟有几分俊秀。

珞珈心中一动，有些不忍心下手。她眺望着窗外的月光下起伏的山岭，想到了前几日的地震，眼珠一转，已经想到了一个好主意。

"哼，笨蛋才会双手沾血，本姑娘才不做呢！"她拍了拍手，睡回到自己的卧榻上，轻哼着道，"且等明晚，自会让你将灵珠拱手送我。"

次日颜君旭喂饱了他的小毛驴，刚打算上路，就被珞珈缠上。这个俊逸脱俗，不沾人气的美貌公子，居然提出要他一起去驿馆周围逛逛，毕竟是第一次到允州，要体验一下当地人的生活。

可她一开口，颜君旭就打量着他一袭光鲜的衣饰连连摇头，怎么也不信他会去体验生活。

"颜兄，若是考场上有关于治国的题目，你我多了解些各地风土人情，可是大大有利呀。"她巧舌如簧，早就想好了理由。

颜君旭抓了抓脑袋想了想，这话很有道理，便点头同意了。

可出乎珞珞意料的是，颜君旭这个读书人不往城里跑，专门往田间地头钻。一天下来，他帮几个农民改进了犁田的犁，又修了两架摇晃的水车。

每次他都说着"这有何难"，卷袖便上，如变魔法般将这些农具修理得焕然一新。看得珞珞啧啧称奇。她第一次见到机关，觉得十分新奇，颜君旭忙着修理改造，她蹲在一边看得津津有味。

当夕阳西下之时，颜君旭从田间站起，身上又沾了不少泥污，变得面目全非了。

珞珞见他浑身污泥，脸上也有不少泥印，兼之头发蓬乱，像极了田间的稻草人，忍不住"扑哧"一声笑了。

她笑了一会儿，摆出书生的模样，拿折扇指向了驿馆附近的山崖，"颜兄，此时天色已晚，小弟知道有个绝妙的所在，比驿馆好了不知多少倍，我们不如去看看。"

"这、这不太好吧……"颜君旭看了眼被紫色晚霞包围的黝黑山脉，不想跟他同去。

珞珞在青丘待惯了，周围的朋友都是狐狸，在狐族眼中大山就像家一样舒适，哪有黑天白夜之分，倒忘了人类很少在晚上出门。

她眼珠一转，刚想换个说辞，却见颜君旭不知从哪里掏出把小刀和其他工具，三下五除二就从树上砍下粗枝，削成了两根结实的手杖。

"珞君，山路一定很难走，你我拿着这登山杖才能进山，方才我是怕找不到趁手的木头。"他将其中一根手杖递给了她，坦荡地笑道。

"这么说，你不是怕黑？是要准备登山的工具？"珞珞接过手杖，惊诧地问，"你怎么如此信我？毕竟我们昨晚才认识。"

"当然，因为我觉得你是个君子，君子行止端方，怎能有欺人之举？"颜君旭率先拿起手杖，向山上走去。

珞珞看着他努力攀爬的背影，扁了扁小嘴，也学着他的动作，困惑地抓了抓脑袋。

"君子"是什么？是不是当了君子，就不能骗人了？可是狐狸却是以骗人为戏，连青丘威望最高的狐狸奶奶，没事都会编排些无伤大雅的谎话，骗小辈们逗趣呢。

她只觉颜君旭格外不同，是无法理解的存在，比她喜欢的迷阵还难懂。

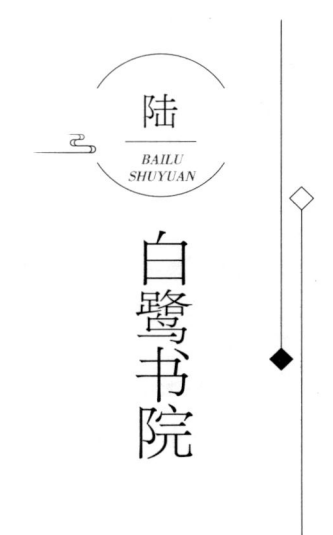

陆 白鹭书院
BAILU SHUYUAN

　　珞珞轻盈地走在前面引路，颜君旭毫不怀疑，跟在她身后一路沿山路攀爬，最终来到了一处山崖下。此时天已经完全黑了，夏夜清朗宜人，一轮弦月，像是只金色的小舟，泊在云丝之中。珞珞眯着眼睛走在颜君旭身边，看了看头顶，朝半空中吹了口气。刹那之间，高处传来隆隆轻响，颜君旭吓得慌忙抬头看，只见几块巨石正向他身上砸来。

　　"小心！"走在前面的珞珞回身扑来，抱着他巧妙地避开了落石。

　　颜君旭吓得抱着脑袋，耳边尽是"隆隆"巨响，鼻翼中尽是飞扬的尘土，等他回过神来，才发现自己被巨石困住，但不幸中的万幸是，没一块石头砸在他的身上，巨石排列整齐，交错叠垒，围成了一个密不透风的石牢，将他困在其中。

　　"啊？这是怎么了，是山塌了吗？"方寸之中，一片黑暗，他惶恐地摸来摸去，却摸到了一个温软的身体。

　　"颜兄，是我呀。"黑暗中响起了个清脆的声音，正是珞珞。

　　颜君旭回想起落石掉下的一瞬，好像就是珞珈推了他一把，才让他幸免于难，否则自己早就被压成了肉酱，却累得他也被困住了。

　　"看样子，我们被压在山石下，一时半会出不去了。"珞珞叹了口气，状似忧虑，"只能等上山樵夫发现我们，可这崖下很荒凉，不知几时才会有樵夫过来，要是一个月后才有人发现，我们搞不好会变成两具干尸。"

　　颜君旭待了一会儿，双目适应了黑暗，能隐约看到周遭的环境。石头垒成的空间很小，他跟珞珞几乎是紧挨着蜷在一起，连伸腿都很费力。

巨石之间也并非毫无缝隙，有隐隐的月光，像是猫须般钻了进来。

此时发生的一切，尽在珞珞的掌握，她装出愁苦的模样，却暗中窃喜，因为事情进展得太顺利了。

这就是她昨晚想到的计谋，用落石将颜君旭困住，要想脱困，就要让他自己取灵珠还给她。眼下进行得一切顺利，只要给他些压力，在他精神最脆弱之时提出要求，必可成事。

她沉浸在自己构造的美梦中，几乎要笑出声来。在她身边的颜君旭一直扭来扭去，不知在捣鼓什么。

"颜兄，实不相瞒，小弟有个法子，只要颜兄给小弟一样物事，小弟定能助颜兄脱困。"她以为颜君旭被吓得手足无措，连忙说出自己的要求。

"什么物事？我的行李都留在客栈中……"颜君旭问道，从随身背着的布袋中拿出了一个信封，恋恋不舍地说，"这是去白鹭书院的引荐信，是我最珍贵的东西了。据说这家书院是华国最好的书院，你去了一定不会后悔。我当你是朋友，才舍得将这个荐函送你的。"

"我不是要这个……"珞珞朝他翻了个白眼，将手按在他的胸膛上，低声道："我要的物事，在你的身体里……"

颜君旭哪里听得懂她没头没脑的话，将一根木杖塞进了她的手中，"珞君，想不想出去？"

"啊？出去？这不可能！这山石如此巨大，就算我有法术都不易搬开……"珞珞做梦都没想到他竟会这么说，一不小心说漏了嘴。

"你有法术吗？那我也会！"颜君旭却以为她在开玩笑，一点也没当回事，"我会的可多了，等会儿就让你瞧瞧。"

巨石叠垒的空间很狭小，他左右腾挪了一番，想要抽出手来，难免会碰到珞珞。

珞珞从未跟异性如此接近过，摸到他身上的肌肉，看到他修长的脖颈，羞得脸色通红，恨不得变成一只狐狸逃走。

"颜兄，你体内有一枚灵珠……"她毫不放弃，还在做最后的挣扎。

"猪？猪怎么会跑到我的身体里？"

可惜颜君旭根本无法理解她的意思，两人说话如鸡同鸭讲。珞珞见他一副自信满满的模样，知道再说也说不通，索性一翻身骑到了他身上，且看他如何脱困。反正这小子如果使尽招数都推不开巨石，依旧会来求她。

"哇，你好轻呀，我背着你一点也不累。"颜君旭回手将一块碎石塞到了她的手中，"等会儿我撬开这块石头时，你就把这石块塞到缝隙里。"

"这石头足有百斤，你要如何撬动？"珞珞打量着眼前的巨大石块，这块石头垒在另一块巨石之上，有两人合抱那么大。她突然有些好奇，不知他到底有何手段。

"这有何难？昨日我刚学了些'四两拨千斤'之术，没想到这么快就派上用场……"

"你好像总说'这有何难'？我倒要看看，你真的有这本事没有。"珞珞讥讽地笑。

颜君旭却不反驳，将两根结实的登山手杖绑在了一起，又拣出一块大点的石头垫在手杖下面，接着将手杖塞进了两块大石的缝隙中。

他用尽全身的力气压在手杖上，说来奇怪，石头发出咔咔轻响，竟然真的被他撬开了一点缝隙。

"快把石块垫上！"

他话音未落，珞珞手腕微动，手中拳头大小的石块就飞了出去，分毫不差地卡在了巨石的缝隙里。

"好本领！"颜君旭又捡起一块石头塞在她手中，笑道，"咱们配合无间，很快就能脱困。"

珞珞已经将设局之事抛到脑后，她倒要看看，这个古怪的少年，最终会如何搬开巨石。

有了第一块碎石垫着，他再撬动大石时已经轻松了一些，珞珞继续往不断扩大的缝隙中塞石块。待他们塞到第五块时，巨石下已经出现了一个由碎石支撑的碗口宽的缝隙。

颜君旭上下打量了一下巨石，用尽全力推起了石头。珞珞也没有袖手旁观，从他背上溜下来，跟他一起推。石头本就是虚叠在一起的，并不牢固，被撬开缝隙后，又被碎石卡住，破坏了它的平衡。两人齐心协力地一推，它就松动滚落，"砰"的一声砸在地上，激起一阵尘土飞扬。他们两人灰头土脸，狼狈地从石堆中爬出来，才发现此时已是黎明时分。东方夜空中金星闪烁，天边已经泛起了鱼肚白。

珞珞跟颜君旭两人携手脱困，看着对方满是灰土的面容，都忍不住相视一笑。经历了这番波折，虽然只认识了两日，倒像是相识了很久似的。

"看来没法去珞君所说的，那个绝妙的地方了。"颜君旭看着天色，惋惜地摇了摇头。

"再有半个时辰天就要亮了，正好可以看到我说的风景！"珞珞振奋精神，雀跃地答。

"那太好了，也算是不虚此行。"颜君旭挠了挠蓬乱的头发，连连点头，仿佛这位姿容俊美的珞珈公子说什么，他就只有点头的份。

珞珞看着他狼狈的样子，忍不住又笑了，只觉得他这人有趣至极，脾气又好，跟自己之前猜想得完全不同。

两人一路走上山，路上珞珞不停地问他机关之术，颜君旭也滔滔不绝为她解答，每说出一个机关，都会获得她的称赞。自鱼翁死后，他好久没有这种被理解的感觉了，竟希望这条山路永远没有尽头。两人走到珞珞所说的所在时，已是巳时，夏日的太阳也变得毒辣起来。颜君旭远远就听到了隆隆水声，随即一股清凉感像是雨雾般笼罩了他，瞬间就驱散了周围的热气。

珞珞拉着他跑了几步，只见巍峨青山中，竟然有一条瀑布。瀑布如一条白龙般从山崖上飞下，落入潭中，激起飞花碎玉，简直像是天上之水。

颜君旭哪里见过如此美景，立刻被吸引了，高兴得手舞足蹈："太美了！太美了！诗人们说得没错，果然是'飞流直下三千尺，疑是银河落九天'！"

"还有更美的呢！"珞珞拉他踏上潭边布满青苔的石头，让他看向瀑布之下。

只见一弯彩虹，缤纷而瑰丽，像是一座桥，横跨在青山之间，蓝天之下，梦幻而缥缈，仿佛踩着它就能平步青云了。

"你说得没错，这景色确实难得。我赶路这几日的气闷，好像都消失了。如果珞君不嫌弃，就请收下我的薄礼。"颜君旭开心至极，从怀中掏出了巴掌大的机关木鸟，塞到了珞珞手中。

珞珞见这鸟红翅翠羽，一双眼睛乌溜溜的煞是可爱，竟然做得跟真鸟一样。颜君旭一拉鸟腹上的绳索，它的翅膀就开始扇动，正是他前一段时间仿造鱼翁的木鸟做的。

"为什么给我这么贵重的礼物？"珞珞捧着木鸟，有些奇怪。

"因为珞君欣赏我的机关术，跟鱼翁爷爷不同，你是读书人，却不觉得这是'奇淫技巧'，所以我很感动……"颜君旭脸红了，不好意思地挠了挠头。

"是吗？那我若是想要别的，你也给我吗？"珞珞往前迈了一步，棕色瞳孔中闪烁出奇异的光。

"如果我有的话，而且你拿去不是用来做坏事，那也没什么。"

珞珞微微一笑，刚要说出自己的心愿。恰在此时一阵大风刮过，吹起了瀑布飞流直下的水，泼了两人一头一脸。她脚一滑没站稳，一下就跌入了潭中，瞬息之间，就被瀑布的激流冲到了下游。颜君旭不知她去了哪里，抹了把脸上水，就见眼前只有山石瀑布，这奇怪的新朋友竟凭空消失了。他在瀑布边又站了一会儿，仍等不到珞珞回来，只能沮丧地离开，觉得自己定是哪句话说错，把这俊美的公子给气跑了。

"他说过白鹭书院是吧？那就在书院见。"山涧下游，水势稍缓，一只毛发浸湿的红狐狸爬上了岸边。

它眯着眼睛仿佛在笑似的，灵敏地窜入了丛林中，不知踪影。

颜君旭回到驿站，发现珞珈的行李也不见了，他睡过的床铺上，只留下了几片树叶。

"看来他是不告而别了。"好不容易交到了一个朋友，又如此分开，他难免有些失落。

他收拾了一番，就又晃悠悠地骑上青驴，背着行李上路了。

次日当他抵达第二个驿馆，发现书生中已经有人跟他同路了，都是前往白鹭书院的学子。而又走了几日，到了扬州府内的驿馆，馆内的学子已经有一大半都是去白鹭书院的。

这一行人足有三十余个，家贫者徒步，家境一般者骑驴乘马，更有富裕人家，是坐着金碧辉煌的马车而来。颜君旭见这些学子要么时刻不放松地苦读，要么在研究诗文，打算在科举之外做文章，没有一个懈怠的。

他也只能收起《公输造物》的残卷，一路在驴背上看科考的书，摇摇晃晃地往书院走。

"这位兄台，也是去白鹭书院吗？"这天烈日当头，他被晒得头晕眼花之时，一个长相老成的书生，好奇地跟他搭话。

"是啊，走这条路的，都是去白鹭书院的吧？据说书院为了防止学子们被打扰分心，特意建在了荒僻之地呢。"

"哎，其实我来的时候，听到了些不好的传闻，还颇为忐忑。不过见到这么多人都去求学，总算放了点心。"年长的书生做出一副轻松的样子笑道。

"什么不好的传闻？"颜君旭的好奇心起，驱驴凑到他身边，连忙擦了擦汗问道。

"听说，这书院闹鬼……"他压低声音，神秘地道，"每年都有学子在这里就读，却莫名其妙地变成了痴呆……"

"那是压力太大了吧？"颜君旭只觉脑后生风，小声嘟囔着。

"当然不是，说是有屡试不中的学子在书院中自杀，变成了鬼魂，专门害那些成绩优异的学子。只要被这个鬼盯上，无一幸免。还有人从书院出来后就性情大变，连自己的父母都不认得，考上功名也不报告家中，仿佛像是没养这个儿子一般。"

"可、可是这跟书院无关吧？是不是他们读书读傻了？"

"哼，你这后生还小，才会有此想法。一次发生可以说是偶然，年年都有同样的事发生，就很离奇了啊！"年长书生感慨着看向同路的几人，"可惜世人被功名蒙蔽了双眼，只要能有高中的机会，即便明知是魔窟妖穴，也奋不顾身地往里冲，简直是飞蛾扑火。"

他说罢摇头叹息，从布囊里掏出了一只巴掌大的金色锦囊，说："这是我家传的辟邪锦囊，里面放着香灰和符咒，有驱邪避祸的功效，这位小书生，要不要买一个？只要五文钱！"

"不要！"颜君旭听他说了这么多，一颗心提到了嗓子眼，但没想到他竟转眼就开始卖东西，登时觉得自己太傻了，竟听这个奸商似的家伙说了这么久。

他拍了拍青驴的屁股，青驴立刻发足疾奔，将年长书生甩在身后。当他跑远时，还听到身后传来不死心的呼唤声："我姓卢，记住了啊，在书院若是遇到怪事，别忘了找我买锦囊！"

颜君旭胯下的青驴似知道主人的心意，跑得飞快，一路不停歇，竟然在日落之前就赶到了白鹭书院。颜君旭只见这书院方圆十里外都没有人家，虽屋舍俨然，占地不小，却死气沉沉的，伫立在荒山野岭之中，宛如一座巨大的坟冢。书院外有一条青石铺就的道路，两边有高大的槐树，暮色四合，霞光似血，照在这寂静的路上，令人不由心生畏惧。

驴蹄踩在石板路上，发出"嘚嘚"轻响，此时此刻，整个世界仿佛就只剩下他孤身一人。方才卢生说的话又开始在耳边响起，难道这书院真的闹鬼？否则怎会如此诡异？

他刚想停下脚步，再等等看看，却见不远处一直紧闭的大门突然打开了。从里面走出一个身穿青衣，梳着总角发型的书童。

"这位学子，远道而来，是来书院求学的吧？"书童朝他行了个礼，颇为斯文。

"你、你怎么知道我来了？"

"这铺路的青石板下都是空的，公子的驴蹄踩在上面，我们在门房处就听到了回音，特来出门迎接。"

"这个办法好呀！可以用在防贼上，也可以用于歌舞，舞者踏在地上，也能增加节奏之美……"颜君旭忍不住拍手称赞，但随即又摇头道，"不过听说现在的舞姬都能在鼓上起舞，若用此法，又显得笨拙了。"

书童见他一个人自言自语嘟囔个不停，只觉得好笑，将他的荐函收下，就带他进入了书院。

颜君旭牵着驴，左顾右盼，看着书院中起脚飞檐的建筑，和屋脊上形色各异的镇宅兽雕，被这神秘而陌生的所在吸引。

他却丝毫没有发现，没有人，也没有一丝风，他身后书院那两扇沉重的大门，居然悄无声息地自动阖上了,宛如一双有魔力的大手,将院内院外,隔成了两个世界。

此时,天色方黑,夜枭长唳。

书院屋舍排列整齐有序,东西两侧的十几间屋舍,住的全是来求学的学子。正中是一个开阔的厅堂,足以容纳百人之多,方便夫子训话。厅堂两侧则是宽敞的课室,分为明经科和进士科。此时华灯初上,正有学子们坐在课室中,摇头晃脑地苦读。读书的声音像是海涛般在庭院中涌动,听起来沉闷压抑。颜君旭的青驴在进门之后,就被门房给拉到书院外的马房去了。他背着沉重的行李,跟在青衣书童身后,在回廊下绕来绕去。

昏暗的天色中,只见几名戴着面纱的婢女,有的负责掌灯,有的提着水壶为学子们添水,还有的为他们研磨,如蜜蜂般忙碌不停。

颜君旭毕竟年少,虽心思纯良,但乍一下看到这许多少女,也忍不住多看了两眼。

"这些婢女是为学子们洗衣做饭,扫洒寝室的。进了白鹭书院,一律不许带家奴书童,以免助长学子们的骄纵之气。"书童见他左顾右盼,言有所指地说,"但平时她们都要戴上面纱,以免让学子们分心。我看公子一心向学,是不会为之所扰的。"

颜君旭忙收回目光,盯着自己的足尖,再也不敢四处乱看。

书童将他安置在东厢的一处卧房中,就告辞离开,说是还要去接别的学子。颜君旭一看这房间的模样,心立刻凉了半截。只见一间卧房中有四张卧榻,每张卧榻旁又有一方书桌。除此之外,再也没有其他家什摆设,简直比寺庙还清简。

此时已经有两个少年先到,正在整理被褥行李,看到他都颇为友善地朝他微笑点头。

两人都生得一张团团的圆脸,眼睛和鼻头也是圆圆的,而且面容像是一个模子里印出来的,竟是一对儿双胞胎。

"小生名唤丁宝玉,这是我弟弟,名唤丁宝贝,有缘跟这位兄台同窗就读,不知如何称呼?"两人中的一个走过来,热心地接过颜君旭的行李。

"我姓颜名君旭,我看你们跟我差不多大,咱们就以名字相称吧。"颜君旭见两人一团和气,心中暗自松了口气,所幸没遇上不好打交道的舍友。

可他才高兴了半个时辰,刚收拾好被褥行李,就笑不出来了。因为最后一个舍友也来了,此人年纪比他们大了几岁,看样子二十有五,脸色阴郁,眉头紧皱。

此人叫作冯守正,也正如他的名字般端正严谨,他穿着一身靛蓝色长袍,在踏进房间的一瞬,烛火似乎都黯淡了几分。他跟颜君旭和丁家兄弟简单地互相介绍一下,连被褥都不铺,就坐在自己的桌前苦读。

颜君旭吐了吐舌头,哪敢跟他搭话。丁氏兄弟也是如此,两人不约而同地以被蒙头,呼呼大睡。白日里赶了一天的路,颜君旭也疲乏至极,一倒在床上就进入了梦乡。他半夜睡得迷迷糊糊时,似乎仍看到冯守正在灯下苦读,这股韧劲,竟如顽石一般。

烛光缥缈,将冯守正的身形映得伶仃消瘦,似一剪挂在西窗的月影。

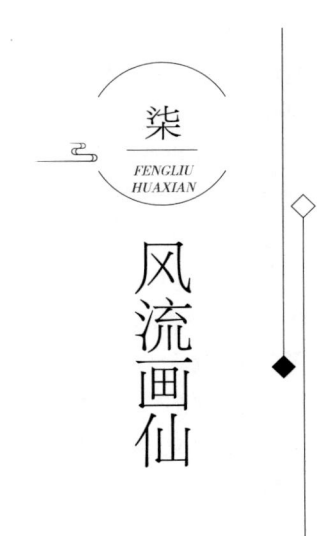

柒 风流画仙
FENGLIU HUAXIAN

次日鸡鸣之时，东西厢房响起了嘹亮悠长的钟声，颜君旭惊得一下从床上跃起，抬头一看，丁氏兄弟也迷蒙地揉着眼睛，一副不知身在何处的样子。

"新到达的学子，请一并移步去大厅堂。"窗外，响起了一个婢女娇脆的呼声。这声音一路渐行渐远，可以听到随着她缓缓走过，每个房间都传来了洗漱的动静，看来有不少学子都到了。

冯守正早已出门了，桌上白烛早已燃尽，只余一摊熔化的烛泪，床铺上也没铺上被褥，看样子他昨晚通宵苦读，根本没有休息。颜君旭跟丁家兄弟结伴，有说有笑地来到了厅堂，别人都拿着书本和文房四宝，他仍背着他的布袋，里面装着矩尺和纸笔。

只见厅堂足有十几丈宽，黑柱绿瓦，装饰得华贵而不失端庄。房梁下每隔五尺便悬着一副白色纱幔，共有十几幅，每一幅都以上乘书法写着圣人之言。如"敏而好学，不耻下问，是以谓之文也""知之者不如好之者，好之者不如乐之者"，等等。纱幔如翻云，又似轻雾，随夏风轻摆，令偌大的厅堂超然出尘，宛如仙境。颜君旭和丁家兄弟各自找了喜欢的位置坐下。颜君旭见到一条白色的纱幔上写着"逝者如斯夫，不舍昼夜"，心下颇为喜欢，就坐在了这幅字旁边。可他刚坐了一会儿，就听耳边响起个粗声粗气地呵斥："你这小子，怎么敢坐在这里？"随即后背就被人重重推了一把，他差点就扑倒在地。他忙回头看，只见推他的是个身材高大，满脸横肉的少年。

他大概二十出头，身形比别的书生魁梧许多，若不是也穿着件青衫，头顶书生巾，简直

◇ 君子，命中有狐 ◆

与街上卖肉的屠户无异。

"怎么，我占了别人的位子？"颜君旭拿起屁股下的软垫看了看，"上面没有名字啊？"

"这座位在第三排，位于大堂正中，聆听夫子训话时既不用仰头，也不会被遮蔽视线，是绝佳的位置，该是本届学子中最优秀的方思扬方公子坐的，怎能让你这种无名小子占了？"胖书生理直气壮地说。颜君旭迷茫地看着他，听不懂他在说什么。

"方公子出身书画世家，画艺高妙，年方十八，就被誉为'画仙'，每张画都价值千金，能跟他成为同窗是荣耀之事……"胖子边说边抬手指向门口。

颜君旭顺着他手指的方向看去，只见一个身穿浅黄色丝缎长袍的俊美少年，正衣袂飘飘地穿过门庭。他身材高挑，高鼻深目，皮肤比寻常人洁白细腻，瞳仁略带蓝色，头发是浅栗色，似有几分夷国血统。但见他翩然而行，姿态潇洒，宛如轻云出岫于幽谷，又似仙鹤照影于湖泊，视诸生于无物，径直朝他走来。气质既高雅又风流，将身后跟着的几名书生衬托得如同尘泥。

方思扬来到厅堂，穿过纱幔，如仙人驾雾，停在了颜君旭的面前。

"我很喜欢这幅字！"他收起折扇，指着晨晖清风中龙飞凤舞的大字，微笑道，"不知这位同窗可否将座位让给我？"颜君旭从未见过他这样高傲的人，只觉世界之大，无奇不有。他本就对书画毫无执念，毫不留恋地转身离开，见丁家兄弟坐在角落，也过去坐在两人身边。

夫子很快就到了，今日为他们宣讲书院规则，以及读书的意义，明日开始众生就要按照明经科和进士科归类，分别学习。"天下之水，莫大于海，万川归之，不知何时止而不盈……而吾未尝以此自多者，自以比形于天地，而受气于阴阳，吾在天地之间，犹小石小木在大山也。"

他选的是《庄子·秋水篇》中的一段，劝诫学生们的胸襟要如同大海，即便磅礴浩大，无边无际，也不要骄傲，要潜心学习。这些文章学子们早就学过，即便如颜君旭这般无心学习的，也对这些道理十分熟悉。大家听着无趣，便免不了交头接耳。

"颜兄，你知道这位自诩为'画仙'的家伙，为何想要参加科考吗？"丁宝贝见他被欺负，有些气不过，小声说。"当然不知。"颜君旭摇了摇头，他只觉远远看来，方思扬衣随风动，坐在"逝者如斯夫"几个龙飞凤舞的大字下，颇有几分意境，宛如一幅水墨画，确实比他更合适。

丁宝玉也帮衬弟弟，凑过来说："听说去年他被一位将军的儿子斥骂，说他是个'小白脸子''一介布衣'，文武皆废，还说他如果没有那张脸，根本卖不出画……所以他一怒之下，就也来读书考试了。什么书画世家，只是听起来风雅，左右不过是个卖字画的，也不比我们这卖油世家高明多少。没想到来书院就开始摆架子，欺负人。"

颜君旭只见远处的方思扬挺直的脊背动了一下，仿佛听到了他们的话。丁家兄弟急忙闭嘴，周围又恢复了平静，只余夫子讲课的声音，在晨风中回荡。

这课一讲就讲了两个时辰，晌午时分，厨娘便带着几名婢女，为众学子送饭。颜君旭的心思早就不知飞到了哪儿去，在纸上画出了一个个机关构思，都是他在这半日间，琢磨着能给书院的生活增添便利的物事。学子们有的如冯守正般一边吃饭一边埋头苦读；有的如丁家兄弟般忙着攀谈交友；还有如卢生般趁休闲时散布谣言，售卖咒符。

但只有颜君旭和方思扬在埋首作画，不同的是，颜君旭孤身偏安一隅，身边空无一人。

方思扬却被众人包围，时而还响起喝彩之声。

两人画图的间隙抬起头，看到对方在跟自己做一样的事，登时不约而同地"咦"了一声。

"这位公子，请用膳了。"他正看着图纸出神，一个温柔的声音在他耳边响起，"公子如此用功，废寝忘食，定是要高中状元吧？"

这声音娇美动人不说，所说的话他似乎在哪里听过，忍不住就抬起了头。只见眼前一双如珠似宝的琥珀色美目，正饶有兴趣地瞧着自己，他的心不由一荡，魂魄都似飘到了夏日的晴空中。此人是个小婢女，她身穿粗布衣裙，秀发仅以一根粗糙的荆钗挽住，脸上也如别的婢女般罩着面纱，却也能看出她姿色非凡，丽容惊人。

"公子？"她径直看着他，眼神大胆，完全不似别的女子般扭扭捏捏。

"多谢姑娘……"颜君旭忙接过她手中的餐盘，但见午餐是一碗糙米，几样小菜，简单而清淡。婢女为他拿起竹筷，塞在他的手中，在竹筷的衬托下，她十指纤纤，宛如白玉雕就。

两人手指相碰，颜君旭的脸登时就红了，等他找回理智时，只见那婢女已经在为别人送饭了。遥看她体态苗条，腰如裹素，他往嘴里扒饭，还不住偷瞄她。此生他第一次忘记了科考，也忘记了机关，满心只想着这美丽的少女，连枯燥压抑的白鹭书院，都变得温柔缠绵了。

但他却没有发现，坐在不远处的方思扬将这一幕看在眼中，这高傲才子哼了一声，将笔掷出。墨点飞溅，毁了张刚刚成型的仕女拈花图。

从此之后，颜君旭便有些留意这小婢女，而她也很奇怪，一天下来总会出现在他身边几次，要么大胆地看着他，要么就是为他研墨添水。可当颜君旭想跟她说几句话时，她又翩然走开了，仿佛为他做的一切都是理所当然，并非故意为之。学子们都不知道婢女们的名字，因她衣角绣着朵红蔷薇，头上的荆钗也是蔷薇花朵的图案，他便暗自叫她"蔷薇"。而自从他为她起了这名字之后，觉得再衬她不过。她顾盼神飞，性格活泼，恰似一朵在盛夏摇曳生姿的蔷薇。

不过很快他就发现，跟他同分到了进士科的方思扬，居然也在暗暗留意这小婢女。

跟他不同的是，方思扬姿态倨傲，每次都直接地奉上自己新的画作，或者采来沾着露水的蔷薇花送给她。小婢女也不拒绝，方思扬送她的礼物她都照单全收，心情好的时候，还会跟他调笑几句。颜君旭觉得也得表达自己的心意，用了一下午的时间，拆了课舍地板上的竹篾，做了个卷帘门送给她。

"这是做何使的？"他将卷帘门送过去时，小婢女抱着沉重的卷帘门，眼中尽是迷茫。

"将此帘装在门上，可以通过转动竹篾，调整光线，夜可遮光，白日里可以阻挡暑气，希望姑娘能用得上"他不好意思地挠头笑。

小婢女被他逗得连连娇笑："此物虽好，但小婢手拙，不会安装呀。"

"这有何难？且看我的！"颜君旭立刻拿起钉锤，跑到婢女们的卧房，叮叮当当地忙活，没一会儿就装好了卷帘门。

"你这人真有趣，怎么天天把'这有何难'挂在嘴边？是不是金科状元也唾手可得呀。"在为他递钉子时，小婢女抬头浅笑，眼波流转，俏皮娇美。

颜君旭心中一动，一锤子就砸在了自己指上，痛得他呼喝大叫，连连跳脚。

众婢女见了，都吃吃怪笑。她们见的学子无数，却没一个像他这样喜欢木工的，更不要说亲自拿锤子替她们服务了。所幸她们都知道颜君旭是为她们着想，没一个跟夫子告状的，他才逃过了一劫。忙完之后，下午的课又要开始了，小婢女为他端了碗堆满了菜的饭，跟他并肩坐在花荫之下，偏巧这又是蔷薇花丛，淡淡的清香在夏风中飘散。

"这花真像你呀。"颜君旭吃完了饭，好奇地说，"敢问姑娘芳名？不知可否告知？"

"那可不行，被夫子知道了，会将我赶出书院的，小女家贫，全家都靠这份工养活呢。"她垂着头，做出可怜的样子，随即指了指花朵，"既然你说这花儿像我，就唤我'蔷薇'吧。"

颜君旭一愣，听她说的名字，竟然跟自己为她起的不谋而合，脸不由红了。而他还想多说几句，古怪精灵的小婢女一把抢过他手中的空碗，蹦蹦跳跳地跑了。

颜君旭方才还荡在半空中的心，登时落了地。他见时候不早，下午的课即将开始，忙朝课舍奔去。他刚跑到花园的一条窄路上，便见几个书生正或坐或站地守在路边，其中一人身穿淡蓝色绣花长袍，以金冠束发，手拿折扇，倚在假山上，姿态悠闲，正是方思扬。

他心中暗叫不妙，但此处并无第二条路可走，只能将头一低，硬着头皮闯一闯。

"给我站住！没看到我们方公子在这里吗？"高大肥胖的书生叉着腰挡在他的身前，狭窄的小路，被他如肉山般的身躯，堵得严严实实。这高胖书生名唤唐鹤，是方思扬的忠实狗腿，方思扬去哪里他都紧随不舍，恨不得要跟他同寝同食。

"他在又怎样，难道路就不能走了？"颜君旭反问道，丝毫不怕。

"谁让你天天缠着那小姑娘的？你知不知道是方公子先看上的她？我们比你可是早来好几天呢！"唐鹤卷起袖子，晃了晃坛钵大的拳头，阴狠地说，"你若是再见她，别怪我不客气。"

"咦？这么说比方公子来得更早的人，岂不是更有资格？那估计是招工的工伯。"颜君旭笑道，"以此类推，若是我起个大早，去集上转两圈，街上的粮铺油铺岂不都成了我的？"

唐鹤被他一说，支吾着不知如何应对。方思扬将折扇一展，示意他退下，走到颜君旭面前。

"看来颜君喜欢跟我竞争呢？"他剑眉一扬，颇为不屑地说，"上次是争座位，这次又是姑娘。"

"喂！你搞明白点行吗，上次的座位明明是我先到的，是你跟我抢！"颜君旭气不打一处来。

方思扬倨傲地抬起头，微蓝的双眼，上下打量着颜君旭。他冷哼一声，从袖中抽出了一张画，展开在他的面前。只见画上画的是个婀娜的女郎，正在溪边浣纱，她黑发如云，眼如水杏，看上半边脸，像极了他的蔷薇少女。虽然颜君旭不懂画，也能看出这画画得极好，画上的一草一木都散发着勃勃生机，画中美女更是生动活泼，似随时都能走出来一般。

"这画画得真不错，我就不成了。"颜君旭心无城府，立刻感慨道，"我若是有你的本事，画图就不愁了，失败的机关也会少些。"

方思扬虽然没太明白他的话，但也听出来他是在夸赞自己，顿时觉得这个呆头呆脑的书生似乎也不错。

"所有我画过的人，都会名声大噪，我能让这少女成为文士们传颂的一代佳人，你行吗？"

颜君旭却摇了摇头："子非鱼，安知鱼之乐，你怎知她想要的是出名？搞不好她更喜欢奇诡多变的机关呢。"

"好！既然如此，你我公平竞争！实不相瞒，我一见到这位姑娘灵感就蓬勃而生，我给京城许多贵女名妓画过像，但却没有一个人像她这般能启发我的。此女我绝不会相让，将来离开书院，我也要将她带走。"方思扬俊脸一扬，高傲地说，"我是君子，定不会食言，若是她更喜欢你的机关，我自动退出，不会出现在她三丈之内。"

颜君旭本来对这少女只是颇有好感，根本不懂男女之情，只想多见见她，多跟她待一会儿就满足了。可被方思扬这么一挑衅，他的少年热血也被激发出来，痛快地答应道，"那就看你的画和我的机关谁能赢吧，我们一言为定，击掌为誓！"两人"啪啪啪"拍了三下手掌，方思扬让出道路，放颜君旭过去。颜君旭为了不被人看低，走时还衣袖迎风，特意将腰杆挺得笔直。不过方思扬才比他大一岁，也是情窦初开的年纪，他出身书画世家，从小就受熏陶，比旁人多了些自由不羁的气质，就被人叫作"风流画仙"。

他只知一见到这小婢女，就有挥笔作画的冲动，各种奇异的画面如泉水般从脑海中汩汩涌出。可颜君旭一来就围着这少女转悠，他刚有些绮丽的遐想，只要一看到拎着锤子忙活的颜君旭，灵感就立刻烟消云散。起初他只想吓唬这个傻书生，让他离小婢女远点，但不知是哪里搞错，竟变成了跟他打赌。

他被人捧惯了，哪肯在其他的学子面前丢脸，无论如何都得赢得这场赌局。

如此两个少年各自忙碌，七天之后，方思扬画出了一幅美人春睡图，颜君旭做出了个绝妙的机关。两人趁着午饭时间，不约而同地向书院后的婢女住处走去，在路上两人看到对方身影，生怕被抢先，忙加快了脚步。但因方思扬只拎着个画轴，颜君旭却扛着个沉重的木桶，自然落后了几分。待他来到院子前，只见夏阳之中，蔷薇丛旁，方思扬正跟小婢女站在一起。

方思扬身穿蓝纱衣袍，棕色长发以金冠束在脑后，一副风流倜傥的贵公子模样。可小婢女站在他面前，虽衣裙简陋，却不见卑微，倒像个仙女穿上了凡人的衣裙，丝毫不减风姿。

但见方思扬手臂一展，卷轴打开，出现了一幅美轮美奂的画。画中是个身穿红衣的少女在花丛中小憩，看眉眼身姿正是这小婢女，不过画中人脸上没戴面纱，露出了月牙般小巧的下颚和樱红的嘴唇。小婢女看到这画，立刻惊讶地"咦"了一声。旁边有个看热闹的婢女叫了起来，"这画，居然跟她丝毫不差呀！"

"你怎知我长什么样的？"小婢女好奇地看着方思扬，眼中多了几分敬佩。

"想要将画画好，可不是简单的事儿，要研究人体的骨骼肌肉，我看到姑娘的上半边脸，就按照骨骼肌肉的走向，推断出了姑娘的真容。"方思扬将画双手奉上，微笑道，"望姑娘收下这画，毕竟是小生的一片心意。"

"没想到你还有点本事"小婢女毫不客气，将画收下，调皮地笑，"若是有一日我摘下面纱，是个龅牙，你可千万不要后悔！"

方思扬摇了摇头，似对自己的推论十分自信，朝颜君旭瞅了一眼，得意地摇着折扇离开了。

颜君旭见他露了这一手，有些自惭形秽，扛着沉重的木桶，进也不是，退也不是。

还是小婢女捧着画朝他走来，笑着问："这个大木桶是什么？如何使的？"

她眸光闪亮，满含期待，一点不嫌弃他的礼物粗陋。

"是、是个洗衣的玩意儿，我见你和其余的婢女每天在井边浣衣，有时忙至深夜，就做了个能帮你们洗衣服的机关……"

他话未说完，原本看热闹的众婢女都围了过来，连厨娘都拎着铲子从厨房跑出来。大家对画欣赏不了，对能省力气的玩意儿可是十分欢迎的。

颜君旭方才被方思扬压了一头，本有些沮丧，此时被厨娘婢女们围住，看着她们期待的目光，立刻又恢复了自信。

他仿佛又找回了在家乡的田间，那些被农夫交口称赞的日子。

讲解机关本是他的拿手好戏，此时让众女一捧，他更是舌灿莲花，为众人讲解这桶中如何注水，如何放进一个能带动水流旋转的四叶木桨，又如何将这木桨跟桶外的手柄安装在一起。

"如此往桶中注入清水，再放些皂角粉，再把脏衣服放进去，最后用手摇动木柄……"他边说边做着这一切，脸上神采奕奕，连鼻梁上的汗水都在夏阳中闪闪发光。

别人都惊异地看着脏衣服在桶中滚来滚去，只有小婢女的视线，一刻不离地粘在颜君旭的脸上。他藏在蓬蓬乱发下的狐狸眼，挺直的鼻梁，无处不流露着狡黠聪明，竟像极了一只狐狸。

衣物在水中转了半个时辰，再拿出来已经洁净如新，而桶中的清水都变得污浊不堪。婢女们都啧啧称奇。几个勤快人忙将洗过衣服放在清水中涤了几遍，发现竟跟她们平时费大力洗的一样干净。尤其此桶洗床单帷帐等大件织物，更能节省不少力气。

婢女和粗使妇人们立刻欢呼雀跃，围着颜君旭不断道谢，还拜托他再多做几个洗衣的木桶，颜君旭没想到自己的机关如此受欢迎，自然一口答应。

而小婢女更是开心，她将方思扬的画丢在了一边，开心地拉住了颜君旭的手，笑着道："你哪里来的这么多好点子？真想知道你的脑袋里装着什么。"

其实这是颜君旭研究了半宿，受《公输造物》的笔记上记载着的轮叶篇的启发，做出来的小机关。此时他握着少女温暖柔软的手，鼻翼中闻着她发丝上的清香，看到她如琥珀般明亮的棕色瞳仁，心底涌出甜蜜的兴奋。虽然他无数次帮田间的农夫制作机关，但都抵不上此刻的欢喜。原来为自己喜欢的人做事，是如此快乐。

此时此刻，他才明白鱼翁逼自己考学的用意。如果自己仍在县里安于现状，是不会见到广博的世界，更不会遇到能欣赏自己机关术的姑娘了。

"这有何难，将来我还要做出更高明的机关……"他激动得双颊通红，忍不住就说出了心中的想法。

"然后呢？"她问道。

"我要做出'天雷'和'地火'，让华国无往不胜……"这些传说中的机关都是他从鱼翁那儿听来的，不由脱口而出。

"再然后呢？"小婢女摇了摇头，继续诱导他。

颜君旭想到了在家乡看到的梯田，和在田间劳作的人民，闭上了眼睛，说："造福百姓，让天下苍生都受益于我的机关。"

小婢女满意地点了点头，拉着他的手，将他送回到了课室。而这一切，都落入了方思扬的眼中，他咬着笔杆，眼中满含怒意。

之后颜君旭越发沉迷于做机关，跟在家乡一样，很快就引来了周围同窗的嘲笑。他们都笑他是"木工状元"，要带锤子矩尺参加科考。

连丁家兄弟都看不下去了，出言劝他珍惜考试的机会，喜欢木工可以考完再做。至于他们的同屋室友冯守正，更是不屑地搬走，大有跟他割席断交的架势，虽然两人之前也几乎没有交流。可惜冯守正脾气太怪，常常阴着脸，一天也说不出三句话，又喜通宵读书，没人愿意跟他同住，书院的小童只能给他单找了个仓房暂住。

如此又过了三晚，这天深夜，颜君旭正在院子里锯水桶，便见墙头黑影一闪，似乎有只狐狸一闪而过。

自他离开家乡，已经很久没有看到狐影了，他揉了揉眼睛，觉得一定是自己眼花，又埋头干活了。

而在仓房之中，冯守正正在熬夜苦读，他的脸因缺乏睡眠变得又黑又青，将一束头发悬在房梁之上，避免睡着。

身后的木窗传来"吱呀"一声轻响，他回头一看，窗户敞开了一条缝隙，似是被风吹开了。

"夜风多情，推我门扉……"他念叨了一句，可再回过头，却见墙边多了一道黑影。

"鬼、鬼呀！"凄厉的叫声在暗夜中回响，惊醒了几只休憩的乌鸦，发出不祥的叫声。

捌 夜半鬼影
YEBAN GUIYING

这晚过后,整个白鹭书院都陷入了沉重压抑的氛围中,书院还不知从何处调来了十几个精壮的护院,手持着木棍,日夜在书院内外巡逻。

每个学子来上课都要记名签到,甚至休息时间也不能在书院中乱走。众学子不知发生了什么,都觉得奇怪。

"昨晚听说有个书生死了,就是那个天天死读书的,他是被鬼害死的……"大家都闷闷不乐,只有卢生又在暗地里偷卖咒符。

"只有我的咒符才能保平安,不要犹豫,再犹豫过不了今晚了。"

他妖言惑众地到处游说,而奇怪的是,大家发现他确实说的没错。那个天天阴沉着脸坐在第一排,如顽石般只知死读书的冯守正,竟然真的不见了。

有胆大的学子去他的住处看过,说里面笔墨依然,行李搁在墙角,冯守正根本不像是离开了书院,但人却凭空消失。

而且不只是冯守正消失一事,颜君旭在午休时,跟小婢女悄悄聊了几句。但见她眼神严肃,完全不似平日活泼俏皮,似有心事。

"怎么了?难道你也信鬼神之说?害怕了?"

"不是……"她摇了摇头,放下了茶水,"是有人把你做的洗衣桶弄碎了,也不知是谁干的。"

她一边说着,目光不由自主地飘向了方思扬。方思扬一袭月白色长袍,袍角还画着两朵墨莲,正坐在窗边画画。

颜君旭看她的眼神，立刻明白了她的意思，她是怀疑方思扬竞争不过自己，使出卑劣手段。

方思扬却毫不心虚，拿起笔朝他们摇了摇，皱眉道："看我干吗？是也想跟我求画吗？"

颜君旭从未见过如此自恋之人，伸了伸舌头，忙别过了头。小婢女若有所思地看了方思扬一会儿，才翩然端着茶盘离开。

课堂中传来一阵骚动，以唐鹤为首的几名书生，拉帮结伙地走了进来，推开了一个挡路的瘦弱书生，坐在了方思扬的身边。

唐鹤拍了一下桌子，赔笑道："方公子，你许诺给我们的画，什么时候能给到呢？"

"本公子答应你们的，何必心急？"

方思扬当然看出小婢女的眼中满含怀疑和惊惧，不知她为何如此看自己。此时唐鹤过来巴结，难免有些不耐烦。

"那臭小子的玩意儿，兄弟我昨晚给弄散架了。"唐鹤压低声音，讨好地对他说，"让他再到处逞能，压你的风头。"

方思扬立刻明白了方才小婢女的眼神，他愤怒地想骂唐鹤两句，但一想到他是为自己出气，满腔怒火又咽回了肚中。

"方公子，你若有空，给我画几张画吧，我还能捉弄他一下。"唐鹤笑嘻嘻的，脸上横肉纵横。

其余的几个书生也七嘴八舌地撺掇他，让他给颜君旭点颜色瞧瞧。

方思扬本就年少气盛，哪经得住这么多人劝说，便朝唐鹤道："说吧，你要什么画？不过千万不要惹是生非，既然咱们在读书，就是君子，即便竞争也要用光明正大的手段。"

唐鹤拍了拍胸脯，笑道："方公子你放心，我才不会那么粗俗。再说水墨丹青，又怎能伤人呢？"

方思扬松了口气，水墨丹青就是在指他的画了，这轻飘飘的，被风一吹就能飞走的画，确实没有什么危险。

唐鹤讨好地凑到他的耳边，细如蚊蚋地说了几个字，于是方思扬的眉毛，皱成了一团，宛如乱麻般拧在了一起。

之后颜君旭偷偷去婢女们的住处看过，只见他的洗衣木桶被拆得七零八落，几处木板甚至碎成了粉末，破坏这桶的人，显然力气非凡。

"这贼人是晚上悄悄把桶弄走破坏的，若是在院子里干这种事，非被我抓到不可。"小婢女恨恨地道，琥珀色的眼中闪烁着寒光。

颜君旭见她身姿窈窕，估计也没几分力气，还在逞强卖狠，不由暗自发笑。

"不要紧，我再给你做个新的。我回去后又想了一下，这个桶是手摇的，不如脚踏的省力。所谓旧的不去新的不来，便是如此。"

"近日你晚上尽量不要外出，千万切记。"

临走时，她还不忘细细叮嘱他，但颜君旭只笑着道谢，根本没放在心上，脑中全是新想出来的脚踏洗衣桶。

这晚夜幕降临，学子们依旧像是往日一样在灯下苦读，灯火照亮了几十间客房，荧荧如炬，令夜晚的白鹭书院如天宫一般静谧美丽。

渐渐月上中天，灯火一盏盏熄灭，白鹭书院完全被黑暗吞噬，天地之间，只有一轮弦月高挂天心，洒下淡淡银辉。

这时便听走廊上传来"嘎吱"一声轻响，一个衣衫不整的书生从房中摸了出来，迷迷糊糊地向茅房走去。

茅房离他的住处没有多远，他便没有提着灯笼。可刚走到茅房边，他就觉得不对劲，再一回头，只见假山旁赫然站着一个青面獠牙的恶鬼。

那恶鬼手持着双斧，斧子上还有淋漓鲜血，格外狰狞可怖。

"鬼！鬼啊！"书生连登时吓得屎尿齐流，边跑边大叫着奔回了卧房。

恶鬼似阴笑了一声，身影一晃，消失在夜风中。而书院中的灯在这叫声之后依次亮起，护院们也在院中奔走寻找，这次辉辉灯火直亮到天明，方才熄灭。

书院中最高的那棵大树上，正蹲坐着一只毛发火红的狐狸，眯着眼睛，将整个书院尽收眼底。

次日清晨，晨课的钟声一响，众书生就如孤魂野鬼般，脚步虚浮地从房中走了出来。

他们大多都一宿没睡，脸色青灰，眼下挂着两个硕大的黑眼圈，来到课室就趴在桌上补眠。

这次书院的风云人物换了人，不再是万众瞩目的方思扬，而是卖咒符的卢生。但见他身边人来人往，大家都心照不宣地朝他使了个眼色，他的咒符就流水般卖了出去，钱袋里铜钱落袋的声音"叮当"不绝。

"听说昨晚真的有人见到了'鬼'！那人吓得屎尿流了一裤子，直到天明时分，才赶去盥洗。"

"那鬼还拎着两个斧头，也不知是要去砍谁？"

丁家兄弟也没睡好，你一言我一语地聊个不停。他们聊了一会儿，见颜君旭正在琢磨什么，便好奇地来问他："颜兄，你怎么不怕呀？"

颜君旭皱着眉道："因为我觉得有蹊跷，之前冯守正是直接消失了，这次却只见鬼影，没人失踪呢？难道这鬼改了脾气？"

"或许是这人跑得快呢！你知道冯守正那家伙，除了读书什么都不会，就是逃跑都得抱着他的书本，自然比别人慢一些。"

颜君旭听他们说得有道理，便去偷空补眠，眼光却不由自主地落在了方思扬身上。只见平素高傲风流的他，此时正抿着嘴，满脸凝重，不知在想什么。他握着笔，既不画画，也不看书，倒像个呆子。

颜君旭看出他的反常，但他素来不爱猜忌他人，很快便陷入沉眠，梦中也全是新式洗衣桶的雏形。

书院里的气氛一日比一日紧张,转眼又是三日过去。颜君旭已经整整三天没见到小婢女了,她也没有像往常一样为自己送饭,便想找个机会去探望一下。

正好他设计的新式洗衣桶草图已经画好,决定做一个新的给她送过去,再借机见上一面。

这晚他好不容易挨到了灯火完全熄灭,悄悄摸出了卧房。自从前几日闹鬼之后,即便是深夜,书院的回廊中、灌木里也燃着油灯,虽灯光微弱,也好过黑漆漆的一团。

他沿着回廊行走,像是走在一条荧光辉映的道路上,看着两侧郁郁葱葱的花木,仿佛又回到了在山里玩耍的日子,思乡之情油然而生。

"哎,不知那只小红狐狸跑哪儿去了?"他想到地震之时遇到的脾气极大的小狐狸,突然很想摸摸它软软的毛发。

花木中传来"扑哧"一声轻响,似乎是谁打了个喷嚏,颜君旭定睛看向花枝,只见一只毛发火红的小狐,正蹲坐一簇蔷薇花丛下。

"咦?你怎么在这里?"他喜不自胜,真是想什么来什么,欢呼一声,将狐狸抱在了怀中。

狐狸被他揉得不舒服,发出"呼噜噜"的叫声,伸爪便在他手背上重重挠了一下。

颜君旭吃痛,手一松,狐狸便跳到了地上,钻进了花丛中。但它却不走远,蹑手蹑脚地跟着他,观察他的一举一动,琥珀色的瞳仁中闪烁着警惕的光,似在守护着自己的宝物。

这小红狐正是珞珞,她跌入瀑布中,跟颜君旭分离后,就一路疾奔,赶到了白鹭书院。

恰好书院为了迎接新一批的学子,在广招婢女,她就假扮成个农家女孩,顺利地被招进来。她女红厨艺一律不会,所幸会点小法术,经常偷着使些隔空搬水、御风劈柴等小伎俩,居然混了过去。

在青丘时,她听狐族姐妹们说,对付人类男子最好用的就是"美人计",只需将他们迷得七荤八素,不要说一枚灵珠了,怕是将他们的脑袋摘下来都不在话下。

珞珞第一次下山,从未施过此计,但她揽镜自照,觉得目前所见的人类少女,没一个姿色超过自己,不由信心满满。

但人算不如天算,从第一个学子登门之后,书院的管事就让她们都戴上了面纱,将脸遮得密不透风,只余下一双眼睛视物。再加上婢女们都穿着一样的灰衣布裙,站在一起俨然一个个灰扑扑的人桩,不要说美丑了,怕是连谁是谁都分不清。

可怜她的美人计还未施展,便胎死腹中。

她郁郁地在书院中等了七天,终于等来了颜君旭。她略施小计,像是青丘的姐妹们教她的那样,对他抛抛媚眼,多关心他一下。果然,这个背井离乡的小书生就对她另眼相看了。

更妙的是半路还冒出一个方思扬,两人为她争风吃醋,每天争着讨好她,多了个竞争对手,颜君旭对她更热情了。

后来她跟年龄稍大的婢女们聊天,这些妇人们信誓旦旦地说,男人们就是喜欢"狐狸精",一见到就挪不动步了。即便受"狐狸精"们坑害,也是一副甘之如饴的蠢样。她们说到愤怒处,还会小声咒骂,暗自垂泪,似乎都有被"狐狸精"抢走男人的经历。

珞珞一颗悬着的心才落回肚中，暗道原来如此，自己是个如假包换的"狐狸精"，他们被迷成这样也是理所当然。

就在颜君旭几乎对她有求必应，取珠大业即将完成之时，她在书院中，竟然闻到了别的狐狸的味道。次日便有书生离奇失踪，晚上还有鬼怪出没，闹得学子们人心惶惶。在这氛围中，她不要说施展"美人计"了，常常一天下来，连颜君旭的面都见不上。

而她也寝食难安，生怕颜君旭万一真被"鬼"害死了，自己那颗宝贝灵珠也要跟他一起共赴黄泉。

自此她夜夜都变成狐狸，守在颜君旭的身边，没想到这个傻小子半夜出来溜达，居然想起他们在山中的初遇，还对她这个小红狐念念不忘。

哎，怪不得古人都说"红颜祸水"，果然没错。看来无论做人还是做狐，自己的魅力都无法阻挡。

"吱吱！"她想着想着，又笑出了声。

此时颜君旭正从灌木中拖出了一只木桶，想要改造成洗衣桶，听到声音后一抬头，就见一只小红狐正站在假山之上。

"原来你没走远，一直陪着我。"他很开心，笑得眼睛眯成两条线，"那太好了，不然夜这么深，我还有点害怕呢。"

珞珞跳下假山，蹲坐在他的脚边，离他更近了。

"你真好，还守着我呢。"颜君旭一边用锯子锯木桶，一边满心欢喜地说，"希望我今晚能把这桶做好，就能送给我那个小姑娘了。她的手那么嫩那么白，经常洗衣服一定会受伤的……"

"本姑娘洗衣服只需用尾巴在盆里转几下，就干净如新了，傻子才费那么大力气！"珞珞又吱吱叫了两声，还翻了个白眼，但不知为何，虽然夜风清凉，她的心却有些温暖。

"你也在夸我体贴吗？"颜君旭欣喜若狂，手中的动作更快了，揉了揉鼻子道，"若是她能陪伴我做机关，我不知该有多欢喜。"

珞珞摇了摇头，觉得他傻得无可救药了，追求姑娘竟是要人家陪他做机关，而不是生儿育女，也不知谁肯嫁给这种呆子。

可想到这点，她突然脸热得厉害，也不知是为什么。

但颜君旭毫无所知，对这只小狐狸，开始口无遮拦了，"其实吧，我连这姑娘的面都没见过，我估计她再美也美不过我的三表嫂，顶多跟秦夫子家的宝贝女儿差不多……"

珞珞听到此处，气得喉中"呼噜"作响，恨不得扑上去在他俊秀的面庞上抓两道血痕。

"可不知为什么，我就是觉得她很亲切，像是很久之前就与她相识。跟她在一起我总是很快乐，哪怕有时候知道她在耍我，我也一点不生气。"

珞珞登时愣住了，这话像是说到了她的心坎里，自从在驿馆见到他第一面起，她就觉得这个少年很有趣，尤其当他侃侃而谈地说着机关时，眸子亮得像青丘夏夜的星辰。

他会变戏法似的做出一个个匪夷所思的机关，引得她十分好奇，经常只顾猜想下次他还会拿出什么新奇玩意儿，甚至有时连取灵珠的大事都忘到了脑后。

宁夜静谧，星图浩瀚，一人一狐相伴，在星空朗月下各自想着自己的心事，温柔的夏风吹过他们身边，都绕成了千千心结。

如此过了一个时辰，颜君旭的洗衣桶即将完工。珞珞困得睁不开眼睛，卧在花丛中打起瞌睡。

就在这时，草木中传来"沙沙"轻响，似乎有人在接近。珞珞耳尖，马上跳了起来，颜君旭却依旧毫无察觉。

"小狐狸，你怎么不睡了？"他放下手中的锤子，好奇地看着珞珞。

珞珞抬头一看，只见颜君旭身后，一个朦胧的影子正在缓缓接近。

那是一个拎着铁索，瘦骨嶙峋的小鬼，它飘飘然拂过花木，仿佛完全没有重量。

她吓得一个激灵，一头扎进了颜君旭的怀中。颜君旭被她差点撞了个跟头，只觉怀中毛茸茸的狐狸瑟瑟发抖，像是受到了惊吓。

"喂，你怎么了……啊啊啊！"颜君旭刚一回头，就看到了身后的小鬼，立刻吓得连声大叫。

眼见这狰狞恶鬼即将扑到他身上之时，不知从何处吹过来一阵风，鬼影在黑暗中一闪，竟凭空消失了。过来一会儿，他才睁开了眼睛，只见月色下花木扶疏，书院里荧灯闪烁，静谧而安详。

他揉了揉一头乱发，觉得定是自己又产生了幻觉，毕竟他在山里时也总是看到狐狸的影子，可能换了个地方居住，连幻觉都跟着改变。

可他也提不起精神继续做机关了，将木桶再次藏在了灌木中，打算回去睡一觉，忘了今晚可怕的经历。

珞珞挣扎了几下，从颜君旭怀中跳出来，一双金棕色的瞳仁闪烁着警惕的目光。

跟颜君旭不同，珞珞五感敏锐很多，她起初被吓了一跳，不过很快发现其中的奇异之处。

哪知颜君旭急匆匆从花园中绕出来，才走到回廊上，便见莹莹灯光中，一个白影轻飘飘地悬在离他两丈远的半空中。

白影双脚离地一尺，整个身体随着夜风轻颤，根本不像个人，倒像一片悬在半空的树叶，只见这鬼脸色铁青，双眼翻白，红色的舌头垂到了膝盖上，像极了老人们说的白无常。

难道自己寿命将至，这是白无常要来拿自己了？他再也抵受不住内心的恐惧，大叫一声，撒腿就要跑。

他逃命还没忘抱上狐狸，可他伸手一揽却揽了空，一直跟在他脚边的小红狐，居然双腿一蹬，朝悬在半空的白无常扑去。但见白无常被扑得在空中晃了晃，衣袂飘起，居然露出了方方的白色的一角。

狐狸一晃就落在花木中消失了，颜君旭一愣之下，也转头撒腿便跑。奇怪的是，他这一跑不要紧，身后居然又响起了两声尖叫，而且还有杂乱的脚步声，似有人正在他的背后急追不舍。

可他方才明明看到白无常是飘着走的，怎会突然生出脚来？他越想越不对，忙拐到一根梁柱后，悄悄观察。

只见两个人影大呼小叫地跑来，同时从他身边疾冲而过，居然是丁宝玉和丁宝贝两兄弟。他向他们身后看去，只见回廊上空空如也，方才的白无常居然消失了。

他忙要追上丁家兄弟，想要他们不要跑了，哪想丁家兄弟听到了他紧追不舍的脚步声，跑得比方才更快。

如此一闹，三人乱成一团，直至跑到大门边，颜君旭总算追上了他们。两兄弟本来挥舞着拳头，做出拼命的架势，在看清是颜君旭后，才终于松了口气。

"我、我们二人睡到半夜，见你出去了许久也不回来，便有些担忧，出来寻你……"丁宝贝气喘吁吁地道，"可哪知刚走到回廊上，就见一个白幡飘在半空中，可吓煞我们。"

"白幡？"颜君旭愣住了，"不是个人吗？"

"哪里，是块白幡啦！"丁宝玉摇了摇头，"那玩意儿在半空中一闪就不见了，我们刚敢回寝室，就听到了有人在后面追我们，简直吓煞我了！早知道是你，我们也不跑了。"

颜君旭皱起了眉，陷入沉思，他不会记错，自己看到的就是白无常，那血红色的舌头、青白的脸色，如烙印般刻在脑海中。怎么到了丁家兄弟眼中，就是一块白幡了呢？还有方才小红狐突然一扑，似乎是在暗示他什么，当时白衣人的衣角飘了起来，却是方方正正的一块。

"最近书院禁止学子晚上在外游荡，我们趁人还没发现，不如快逃吧……"丁宝贝又急又怕地扑到了书院的大门上。

"没错，我们还不如回家去继承油坊呢，一辈子当个油老板，也好过把命丢在这鬼地方。"

"等等，我觉得这是有人在捣鬼，就是要将我们吓跑！如果被夫子发现夜半外出，我们都会被除名。"颜君旭冷静思索，连忙拉住了他们。

"你、你发什么疯啊？我们跑了,对书院有何益处……"丁宝玉刚说了一半，便张大了嘴巴，惊恐地望向颜君旭的身后。

他的弟弟丁宝贝也没好到哪儿去，牙关打战，抖得如同筛糠。

颜君旭连忙回头看去，只见半空中竟悬着几个狰狞的鬼怪，它们有的手持双斧，有的拎着锁链，还有他方才看到的白无常，正缓缓向他们飘来，在夜色的衬托下，格外狰狞恐怖。

他强自压抑住心中的恐惧，从随身背着的布袋中掏出了一把小刀，就要朝这些恶鬼们冲去。

然而就在这时，身后响起辘辘车轮声，很快就停在了门外。白鹭书院门外的青石板路下是空的，这车轮声在寂夜中听来被放大了数倍，在书院中回荡，宛如雷鸣。

此时已是深夜，谁又会这么晚来到这位于荒郊野外的白鹭书院？

颜君旭被这车轮声一搅，脚步也不由慢了几分。而丁家兄弟本就吓得半死，再听到这声音登时瘫坐在地，不停嚷嚷着"打雷了""鬼现身了"之类的话。

车轮声很快平息，大门发出"吱呀"一声轻响，被徐徐打开，一个身穿靛蓝衣袍的青年，正站在门口。

他手持一个精巧的铁制提灯,看到悬在半空中的鬼怪时微微一笑,从怀中掏出了几支火棉,在灯笼中点着,手指一弹,火球就划破夜空,落在了离他最近的白无常身上。

　　火焰飞舞,吞噬了青面长舌的白无常,灰烬落在地上,竟然是一团被烧成了灰的纸。他又弹出两团火球,另外两个恶鬼也转瞬在火光中化为飞灰。

　　灰烬在灯影中飘飞,宛如几十只翩翩黑蝶,围在他身边旋转飞舞。

　　"雕虫小技,徒惹人发笑尔。"他轻哼一声,眼含轻蔑。

　　但见这人年约二十五六,身形高挑,面容儒雅,脸颊略有些消瘦,似经历了奔波之苦。

　　他额发比寻常人长,几乎盖住了左边的眉眼,而且左眼上挂着块透明的水晶片,除此之外身上毫无装饰,一袭靛蓝色衣袍,以蟒带束腰,显得精干利落。

　　颜君旭和丁家兄弟都对服制略有所知,普通百姓是不能穿靛蓝、束蟒带的,眼前这位青年,必是位官员无疑。

　　"请、请问,这位大人是谁?"丁宝贝从地上爬起来,小心翼翼地问。

　　"本官是工部员外郎,姓莫名秋雨,今日路上耽搁,才这么晚才到白鹭书院,没想到却意外看到了一场好戏!"莫秋雨朗声道,打量了颜君旭一番,最终目光停在他手中的小刀上。

　　颜君旭连忙将刀放回布袋,跟丁家兄弟一起,向莫秋雨行礼,报上了姓名。

　　白鹭书院的书童被闹声吵醒,一见到莫秋雨,连忙叫来了五六名仆人,几人一拥而上,将莫秋雨请进了书院。

　　颜君旭似被攫住魂魄般,动也不动,只盯着门外莫秋雨乘坐的车,只见他坐的车车辕上并没有骏马,取而代之的是一个奇形怪状的机关。

　　机关下有两条履带,上面还有轮轴,看起来非常复杂。

　　他满怀激动地看着这辆车,不知为何,觉得自己的人生,即将被改变。

◇ 君子，命中有狐 ◆

玖 机关武考
JIGUAN WUKAO

　　莫秋雨在众人簇拥下走到门庭处，停下脚步，回头看向颜君旭："这位学子，你居然随身带刀，方才是要跟这画中鬼怪拼命一搏吗？"

　　"当然不是……"颜君旭摆了摆手，随即想到问自己话的是位朝廷命官，忙恭谨地答，"回大人，小生是想要斩断丝线。"

　　众人皆你望望我，我望望你，不知这两人在说什么，连跟颜君旭一同逃命的丁家兄弟也一头雾水。

　　莫秋雨眼中含笑，欣赏地点了点头道："你既也看破了这装神弄鬼的玄机，不妨说一说。"

　　颜君旭受到鼓励，清了清嗓子，朗声道："小生以为，是有人以丝线悬挂着鬼怪的绘画，在晚上出来吓人。方才我看到的白无常是画的正面，而丁氏兄弟只看到了背面，却是一块白幡，又恰好有只小狐路过，扑到了画上，我才勘破此计！看鬼怪悬浮的高度和移动的速度，这些人应是手持钓竿，躲在树丛中捣鬼的……"

　　他话音刚落，便听门庭旁的灌木中传来"哎哟"的叫声，一个浑身黑衣的人跳了起来，骂道："哪里来的死狐狸，竟然咬我……"

　　他骂了一半，立刻闭上了嘴，看向了莫秋雨和书童家丁等一干人，但此时再想躲已经来不及了。

　　书童见状立刻卷袖而上，带领家丁跳进树丛捉拿，果然又揪出了两个同伙。三人都穿着黑色的短打直身衣裤，脸上也蒙着黑布，完美地与黑夜融为一体，如果不是他叫了一声，还真不易发觉。

家丁摘下他们脸上的黑布，只见为首一人身材高大，满脸横肉，正是方思扬的跟班唐鹤，而另外两人也是经常跟唐鹤混在一起的欺负弱小学子的，是书院一霸。

此时三人再无平日里的威风，如霜打的茄子般沮丧，任书童和家丁如何询问，他们只说是读书枯燥，才想出这个法子吓人取乐。

"你们这取乐的主意倒也新奇，但我想单凭你们，应该画不出这么绝妙的画吧！"莫秋雨摆弄着从他们手中搜来的钓竿，沉声问道。

他这么一问，整个庭院里的人倒有一半心知肚明，毕竟方思扬是这届书生中风头最劲的，谁都知道他画什么像什么，这些惟妙惟肖的恶鬼，多半出自这位"画仙"之手。

书童欲言又止；丁宝贝刚想说话，就被自己的双胞胎兄弟捂住了嘴巴；颜君旭低垂着头，盯着自己的脚尖，心中却暗叫着"怎会如此"。

在他眼中，方思扬虽轻狂高傲，为人却很正直，否则他根本不用答应跟自己竞争小婢女，只需让家人花笔钱，把婢女从书院买回去即可。但他却以水墨丹青，跟自己的机关术较量，丝毫仗势欺人。

莫秋雨看到众人的脸色，知道这些一定都不约而同地想到了某个人，他将钓竿交给书童，懒洋洋地打个哈欠："天色已晚，又闹了半宿，大家都回去睡吧。这几个顽劣的学子，就让夫子们照规矩责罚，本官还要准备讲课，就不奉陪了。"

他轻咳了几声，仿佛不胜风寒似的，在众人的簇拥下，匆匆走进书院，很快就消失在婆娑树影中。

丁家兄弟奔得疲惫，跟颜君旭一起向他们的住处走去，路过一扇雕花木窗时，油灯忽明忽灭，将窗内的景致也映得飘忽幽远。

颜君旭从窗外一瞥，看到一个明艳的少女站在窗后，雕花木窗在她白玉般的面庞上投下错落阴影，仿佛片片花瓣，又像一个个深情的吻。

他被攫住心神，不由停住脚步凑到窗前，却不见什么少女，只看到一只毛发火红的小狐狸。

狐狸朝他眨了眨眼睛，尾巴一甩，转身而去。

"方才，多谢你了！"颜君旭朝木窗拱手拜谢，随即跟着丁家兄弟而去。

寅时三刻，正是一天中最黑暗之时，闹腾了半宿的白鹭书院，像是个疲惫的旅人般，陷入了酣甜的睡眠。

此时草眠花宿，更深露重，天地之间一片寂静，似乎连星子和月亮都在夜空的拥抱下沉睡不醒，世界安静得一只紧闭的珠宝匣子。

这匣中最美丽的一块宝石，便是位于白鹭书院东侧的一片湖泊了，湖泊波平如镜，在月光中散发着幽幽蓝光，优美而神秘。

但如此深夜，却有几个人正在湖边谈话，其中一人身材高大，眉粗如帚，眼神犀利狠辣，正是之前在山中寻找公输遗冢的蓝将军。

跟上次不同,他的手下多了一倍,足有几十名,都静静地站在夜风中,听候着他的指示。

"进入公输遗家的书生,找到是谁了吗?"他坐在树墩上,沉声问道。

一个身材矮小,身穿布衣的人站出来,躬身道:"回将军,那天既有暴雨,又有地震,我们盘问了附近镇上所有的读书人,他们都没有在当天出门。"

"呵,谁说戴着书生巾的就一定是书生?你们就问了读书人,怎么不问问别的人?脑子是石头做的吗?"他勃然大怒,气得拍断了身边的一株矮树。

众人见他如此威猛,立刻吓得缩头缩脑,不敢出声。

"继续给我查!"蓝将军眼珠一转,朝穿着布衣的手下道,"我听说这些书生好像要赶考?你回去探查之时,别漏掉了背井离乡,进京赶考的书生,也许会有收获。"

布衣手下诺诺称是,连忙退去。

蓝将军看向了一个躲在最后的人,起身朝他走了过去。月光下,只见那人目光涣散,脸颊凹陷,看他黑黑的脸膛,消瘦的身形,竟然是白鹭书院消失的学子冯守正。

"你怎么样了?"他俯首问道。

"属、属下,会尽力为、为蓝将军效力……"冯守正断断续续地说,仿佛说了这几句话,就费了很大的力气。

"把你知道的知识尽快移到这灵玉上,才能交给长老大人,据说白鹭书院这期的佼佼者就是你呀。早晚有一天,你的肉身会消失,这灵玉却会放在涂山会的'藏灵阁'中流芳百世,你该感到荣幸才对。"蓝将军从怀中掏出一块温润的白玉递给了他,白玉上刻着一个火焰的图形,是涂山会的标记。

"属下十分荣幸……"冯守正接过白玉,朝他跪拜,又低声道,"但这期学子除了我,还有一个杰出之人,听说他号称'画仙',年纪轻轻就小有名气。"

蓝将军满意地点了点头,似在赞许他的忠诚。他低声嘱咐了冯守正几句,转身一抖斗篷,大踏步离开。

"人鱼湖湖底的东西,限你们七天内打捞出来,不管用什么手段,若是这次再失败,长老必不会饶了你们!"

斗篷随风招展,像是一面猎猎旌旗,待这旗帜落下之时,他高大威猛的身形已经不见了,取而代之的是只矫健的黑狐。

黑狐长啸一声,纵身一跃,消失在湖边长草之中。其余的人也纷纷变成了狐狸,四散奔离。

只剩下冯守正一人,宛如行尸走肉,神色木然地手握灵玉,呆望着眼前平静的湖泊。

湖水幽蓝深邃,既美丽又神秘,一个婀娜洁白的影子跃出湖面,在半空中划出了优美的弧线,复又落入了水中。

激起千万水珠,水珠扬在夜空中,像是一条缀满了珠玉的裙子,勾勒出她动人的身姿。

次日清晨,整个白鹭书院被晨起的钟声唤醒,学子们坐在课堂中,却不似前几日那般胆战心惊了。

夜半的鬼怪是唐鹤等人一手策划的消息，像是一阵风似的，无声无息地传遍了书院。唐鹤和另外两人的座位是空的，证明传言并非空穴来风。

但方思扬却依旧神采飞扬地坐在自己的位置上，似乎对所有的事一无所知。

"听跟他睡在一起的学子说，最近他晚晚外出，也不知去了哪里，多半是跟别人一起搞鬼。"

"怎么把他给漏了，应该让这个'画仙'跟他的跟班一起去扫厕所。"

"每天都装得高人一等，没想到这么龌龊，为了赶他看不顺眼的同窗出去，竟然使出这种手段！"

夫子还未到来，几十个学子都在摇头晃脑地晨读，可琅琅书声中，却夹杂着窃窃私语。

说话的人像是生怕方思扬听不到似的，还拔尖了嗓门，很快方思扬就皱起了眉头，俊脸上却写满了疑惑。

除了"画仙"他明白是在说他之外，其余的话他竟一句也听不懂，什么装神弄鬼？什么龌龊手段？昨晚到底发生了什么？

方思扬听到了，颜君旭自然也听到了，他把书往桌上一摊，做出朗读的样子，眼睛却没有离开方思扬片刻。

大家口中所说的"看不顺眼的同窗"，当然是在指自己了。两人这段日子的你争我斗，别人都在看在眼里，都知道方思扬这是借鬼怪之名，要赶他出书院。

他看着方思扬紧皱的眉头，迷茫的眼神，不知为什么，竟想到了过去因为酷爱机关，被同窗们排挤的自己。

直至夫子敲响了醒木，学子们才不得不闭上嘴，个个捧着书本摇头晃脑地读了起来。一上午的时光眨眼间就过去，午饭时分，颜君旭终于见到了阔别四天的小婢女。

她显然精心打扮过，一头秀发梳成了个同心髻，发髻上还别着一枝沾着露水的黄蔷薇。

她送饭时特意最后送给颜君旭，在端上饭菜时，还朝他挤了挤眼睛。颜君旭低头一看，见自己的碗中多了只鸡腿，显然是她给自己偷加的料。

他笑嘻嘻地咬了一口，笑容顿时凝固在脸上。这鸡腿又咸又干，靠近骨头的地方还有缕缕血丝，实在是难吃至极，让他想起了曾在蔷薇迷阵中看到的，那只半生不熟的烤鸡。

"我的手艺怎么样呀？"小婢女不停地追问，仿佛对自己的厨艺很自豪。

"好、好得很呀！"颜君旭欲哭无泪，苦着脸道，"哪天我给姑娘烤鸡，看看我们谁做得好吃。"

"好呀好呀！我最喜欢吃烤鸡了！我这就去捉鸡，这山中野鸡不计其数，你一定要烤给我吃，千万不能食言。"她乐得连连拍手，眼中满含期待。

见她如此开心，他也不好把口中的鸡腿肉吐掉，只能硬着头皮咽入肚中，还要装成很好吃的样子。

就在这时，课室中却突然响起一阵喧哗，竟然是方思扬和一个书生扭打了起来。大家都纷纷放下吃食，围过去看热闹。

颜君旭暗叫一声谢天谢地，吐出嘴里的鸡，逃也似的钻进人群中跟着围观，生怕再被逼着吃那难吃的鸡腿。

只见方思扬揪住了一个书生的衣领，俊脸气得涨红，质问道："你方才说我什么？背后说人坏话，算什么君子！"

"你还好意思自诩为君子？画鬼画晚上吓人，竟使些龌龊手段，自己做得出还不让人说了吗！"那书生振振有词，毫无畏惧。

众人皆点头称是，还有人小声说方思扬太不讲理了，大丈夫一人做事一人当，做得出又不敢认，就是个怂包。

方思扬见学子们七嘴八舌都在指责他，一张俊脸憋得通红，连声道："我、我没有……"

"你没有？除了你谁还能画出那么好的画？你是觉得画已经被烧了，就可以不承认了是吧？岂知公道自在人心！"

"我、我画那《地狱变相图》是送人的！我怎知被用到这种地方？"他委屈至极，蓝色的瞳仁浮上了一层水汽。前几日唐鹤拍着胸脯，承诺不会惹是生非，他才画了几张画给他，哪知他竟如此利用，拿来吓人。

"你是送给谁了啊？还不是你的跟班们，跟亲自出手有什么分别呀？"被他抓住的书生一把甩开他的手，冷哼道，"亏你脸皮够厚，居然能编出如此低劣的借口。"

众人皆是一片嘘声，觉得方思扬一定是幕后主使，这种小人不配待在白鹭书院，纷纷嚷着要将他赶出书院。

几个愤怒的书生一起将他推开，把他桌上的笔墨纸砚都丢出了窗外。方思扬寡不敌众，被推搡着趔趄着后退，眼看就要被推出课室。他不停地分辩，又根本没人听，气得他双眼通红，马上就要哭出来。就在这时，一个身穿青衣的少年从人群中走了出来，他挠了挠蓬乱的头发，朝众书生道："思扬的画本来是要送我的，想必大家是误会了……"

他一张嘴，愤怒的书生们都不再咒骂，因为这少年不是别人，就是方思扬的死对头颜君旭。如果换成别人说了这话，都会被怀疑跟方思扬是一伙儿的，为了讨好他才撒谎解围。

可谁都知道颜君旭跟方思扬势同水火，他怎会帮死对头说话？

方思扬忙用衣袖擦了擦眼角的泪，不解地看向颜君旭，不知他葫芦里卖的什么药。

"你怎么不说画是为了送我的？"颜君旭走到他身边，一把揽住他的脖子，笑着道，"我跟他打赌，输了就要画一套《地狱变相图》给我，结果他还没画完，就被人偷了。就算平素不睦，我也不能眼睁睁地看他被冤枉啊。"

方思扬厌恶地想甩开他的手臂，但转念一想，也只有这家伙能帮自己解围，也只能揽住他的脖子，挤出了些笑容："我这不是脸皮薄，不好意思说我打赌输了，既然被你揭破就没办法了。"

众书生见他俩平日争得头破血流，此时却突然好得像一个人似的，还紧紧抱在一起，仿佛看到太阳打西边出来了。一个个啧啧称奇，连画的事都无人追究了。

当日傍晚时分，颜君旭念了一天的书，跟丁家兄弟有说有笑地回到住处，就见门外堆满了箱笼。而一个衣饰飘逸的少年，正站在冯守正睡过的床前，指挥着书院的家丁铺床挂蚊帐，居然是方思扬。

"你、你……"三人看到这一幕，惊得眼珠差点掉在了地上。

"我们不是好朋友，是死党吗？"方思扬叉着腰，颇为认真地看着颜君旭，"那就要同寝同眠，才对得起这份情谊！"

"是、是……"颜君旭忍不住以衣袖擦汗，他做梦都没想到，自己一时发善心为他解了围，却惹来了这个麻烦精。

他们身后的树上，一只红色的狐狸正蹲坐在茂密的枝叶间，在看到颜君旭的窘境后，轻笑一声，甩着尾巴纵身离开。

可是跟方思扬住在一起，比前几日闹鬼还要可怕，他晚上根本不读书，兴致一发就泼墨挥毫。

"思美人兮如痴如狂，思美人兮肝肠寸断，烟水迢迢，山重路远，美人宁不来兮？"他边画还边吟诗，吵得丁家兄弟根本睡不着，只能用布条塞住耳朵。

颜君旭起初以为他口中的美人是小婢女，还心头发酸，可是看他画的画，居然是一片静谧的湖泊，湖水中有个少女的背影。

少女光裸着肩膀，黑发如水草般披在脑后，怎么看也不似小婢女。他看着在灯影下沉浸作画的方思扬，只见他眼中深情款款，唇边含笑，一副少年多情的模样，显然是有了心上人。

也不知这短短几日是发生了什么，方思扬竟如此大的变化，令他看直了双眼，抓破了头也想不出缘由。可还没等他琢磨明白方思扬，白鹭书院里就变了天。次日清晨，敲钟的书童将钟敲得如同催命，叫学子们洗漱的婢女，也不再慢悠悠地摆出端庄稳重的架子了，而是像个疯婆子般奔走高呼。

"各位学子，洗漱后请去后院晒场，今日的早课在晒场上。"她惊慌失措，像是从未传达过如此匪夷所思的消息。

所有人都被惊呆了，这些学子读书从小读到大，谁都没有去过晒场，更不要说在晒场读书了。他们匆匆梳洗一番，结伴而去。连前日被罚扫厕所的唐鹤三人，也不情不愿地跟在最后，学子们都嫌他们人品差，离他们远远的，有的还捂着鼻子讥笑他们身上的臭气。

遥遥可见，晒场上的晾衣竹竿和柴堆都被搬走了，辟出来一块方圆十几丈的空旷场地。

天上白云悠悠，晴空如洗，周围山影连绵不绝，宛如黛色的起伏的波浪。金色的晨光中，正有一人站在晒场中央，他的身边还摆放着一个奇形怪状的木头玩意儿，有半人多高，五尺来长。颜君旭看到这人，心顿时"突"地一跳，再看他身边的木头工具，心立刻"怦怦怦"乱跳个不停，仿佛就要冲出胸腔。

人是莫秋雨，木头工具则是个机关，正是他在公输遗家看到过的，可以发射短箭的弩机。

众书生挤在一起，沐浴着金色的晨晖，好奇地打量着这位靛衣蟒带、眼睛上还挂着片薄薄水晶的青年官员，不知他葫芦里卖的什么药。

"这位是工部员外郎莫大人，此番来白鹭书院，是为大家讲解今年科考的新规则。"书童上前为大家介绍。

他的话一说出口，嘈杂的晒场立刻变得鸦雀无声。大家都为了科举高中才来到了白鹭书院，一听有新规则，立刻竖起耳朵倾听，还有人掏出纸笔准备记录。

"今年与往年不同，科考新增设一门状元，是机关武考状元。"莫秋雨轻咳一声，清朗的声音顺着晨风送了出去，"这门状元，是为擅长机关术者准备的。众位可知道机关？"

所有人都在摇头，除了颜君旭。他激动得口干舌燥，连视线都变得模糊，莫秋雨所说的话，一字字像重锤般敲打在他的心房上。他欢喜至极，又惊讶至极，一时竟呆若木鸡，不知该做何反应。

"看来学子们都去读圣贤书了……"莫秋雨见众学子都脸现迷茫，没一个人响应他的问话，有些失望地摇了摇头，"那诸位可知'鹿城'？"

这次不少人纷纷应和，都说知道"鹿城"。鹿城位于夷国和华国交界处，是片水草丰美，山峦连绵的宝地。

十八年前，华国和夷国兵祸不断，为争夺鹿城打了足足三年的仗，死伤无数，对国力消耗很大，最终两国都打不动了，才不得已撤兵言和，鹿城总算恢复了平静。但昔日的林木已成焦土，几千屋舍仅剩断垣，鹿城成为一片死地。之后两国相约互通有无，恢复商业往来，至于商旅贸易之地，就被定到位于边境处的鹿城。这片土地由两国交替接管，鹿城才慢慢重建，变成了边境最大的贸易市场。

"那诸位可知？这'鹿城'名字的来历？"莫秋雨又继续问，眼睛上的水晶片，在阳光下闪闪发光。

"我知道！"一个年纪稍大的书生道，"之前这地方是叫'潞'城的，后因附近的涂山有鹿出没，才改名叫'鹿城'。"

莫秋雨摇了摇头，缓缓道："你只知其一，不知其二。此城之所以叫'鹿城'，是因'鹿'有暗示天下之意，自古君王纷争，开疆扩土之举，都被称为'逐鹿天下'，这是暗示此城有如一头鹿，任两国竞相争夺。"

颜君旭听到此处，只觉莫秋雨人长得文质彬彬，但说的话却充满了兵戈之气，手心不由出汗。

"大人，那为什么要用鹿比喻天下呢？"一个年龄不过十二三岁的小书生，稚声稚气地问。

"因为鹿驯良、软弱、盲从，代指百姓，当被猎人围攻，被霸权所迫，鹿也只会奔跑，跑不过就跪在地上，任人宰割。"莫秋雨十分有耐心地笑着，回答了他的问题。

这个比喻读过书的都知道一些，可经他一说，大家都联想到自己，力量渺小，又一窝蜂地来赶考，原来不过也是一头盲从的鹿而已。

"之所以说这鹿城，是因为我华国跟夷国约定每三年进行一次机关演武，取胜的国家，就可拥有鹿城三年的管理权和税赋，这十几年来，两国胜败交替，倒也平衡。可是最近三年，夷国机关术突飞猛进，眼看演武之期将至，天子开明，便在本年科举新设机关武考状元，擅机关者皆可报考。以期选拔良才，利用机关之术，为国争光。"

莫秋雨徐徐说来，琅琅清音在蓝天白云下回荡，特意强调了新设的机关武考状元和机关之术。

这话像是一缕阳光，驱散了众学子心中的阴霾，他们又跃跃欲试起来，恨不得立刻就摩拳擦掌地做个机关。可他们平素除了读书，连个碗都不会刷，要他们摆弄斧凿木料，简直是要了他们的命。

这一大堆人站在晒场上，眼睁睁地与这大好机会失之交臂，不由扼腕叹息。

"喂，你的运气来了。"颜君旭脸色涨红，不知该如何是好，方思扬拉了拉他的衣袖，悄悄地说。

"我、我不知该怎么办……"颜君旭想到了死去的鱼翁，想到了公输遗冢，他隐隐觉得，自己今日若是踏出这一步，就再也回不去了。

"有时做事就像画画，要有笔意连绵，又要有高峰迭起，还要有足够留白，才能引人遐思……"方思扬摇头晃脑地说，"等会儿我咳嗽一声，你便站出去，定能出尽风头。"

他话音刚落，便见莫秋雨开始摆弄起连弩机，书童捧着一堆短箭在旁伺候，他手速飞快，不到一刻钟，就把箭全部放进了箭筒中。

"诸位可知？这机关是什么吗？别看它只有一个车辕般大小，却能置几十人于死地！"

方思扬扬眉浅笑，志在必得地摇着折扇，只需莫秋雨再多问几个问题，再让颜君旭一一说破，便能大大露脸。

他小小年纪，却因画得一手好画，经常参加酒局应酬，最擅长用各种手段把自己的画卖出高价，对人的心态把握颇有技巧。

哪知莫秋雨一个问题刚问完，站在他身边的颜君旭，就一步走了上去。方思扬急得瞪眼，拉都拉不住，只能在心中大骂"傻瓜"。

莫秋雨见一个头发蓬乱的少年书生走出人群，再看他微微上挑的双眼，随身不离的布袋，想起正是前晚见过的少年，满意地颔首微笑。

"回大人，这机关是'连弩机'。"颜君旭拱手道，额上激动得有汗流出。

"此机关确是'连弩机'，你可知这如何操作？"莫秋雨挥了挥手，让家丁抱着几个干草扎成的草人，放在了弩机前。

"之前没操作过，不过小生可以一试。"颜君旭把袖子卷起来，绕着连弩机走了一圈。

来到白鹭书院后，颜君旭怕再被同窗嘲笑，很少在众人面前提起机关，大家对他的印象仅限于"那个敢跟方思扬作对的家伙"，此时一见他走出来，都惊叹连连，甚至跟他同室而居的丁家兄弟，下巴也差点砸到了地上。

颜君旭很快就明白，这弩机是须扳动手柄，依靠两侧弓弦的拉力发动。他看了一眼身边的莫秋雨，小声问："可以吗？"

莫秋雨朝他点了点头，水晶片在阳光下折射出异样华彩。

他用力扳动手柄，弩机两侧的弓弦立刻拉紧了，同时箭匣中传来响动，有一枚箭自动放入了凹槽。

他再一用力，一根箭立刻呼啸着冲出了弩机，射在了草人身上。他手臂不断按下机关，扳动手，十几根箭接连发出，利箭划破长空，发出"嗖嗖"轻响，像是在弹奏一曲死亡的哀歌，顿时将几个草人射得七零八落。

众学子哪见过这种威力强大的机关，先是一愣，随即掌声纷叠而起。颜君旭没想到自己竟成功地发射了机关，更没想到这弩机的杀伤力竟这么大，一时之间，热血上涌，脸也涨得通红。

"干得不错，你叫什么名字？"莫秋雨赞许地拍了拍他的肩膀，亲切地问。

"小生姓颜，名君旭。"他紧张地答。

"君旭，你喜欢机关？"

"喜欢！"此时喜悦驱逐了不安，一说到机关，他的胸口几乎都要被愉悦胀满。

"以后每天你抽出两个时辰，我跟你一起研究机关之术。"莫秋雨说罢朝别的学子道，"你们谁有兴趣学习机关？"

满场的人都鸦雀无声，大家不知道该不该丢下书本，去学这种古怪玩意儿。而且万一没学会，连科考都耽误了，岂不是丢了西瓜捡芝麻？

就在众人在心中打小算盘时，只见一个人缓缓举起了手，这人身穿淡蓝纱袍，穿着打扮跟别的学子格格不入，竟然是方思扬。

"你也要学做机关？"莫秋雨打量了一下他修长的手指和毫无力量的肩膀，还有他优雅的气质，满怀疑惑地问。

"不，我要学画图，一个杰出的机关，怎么少得了精确的图纸？"他扬眉浅笑，丝毫不露怯意。

见方思扬加入，又有几个学子跟风举手，颜君旭看着这些同窗认同机关，甚至也要学习，高兴得心花怒放。

演武结束，莫秋雨为众学子讲解这连弩机的奥妙，婢女们为他们准备了冰镇的酸梅汤送了上来。颜君旭认真听莫秋雨讲解，正听到入神处，突然有一只温暖滑腻的手，搭在了他的手背上。他连忙回头，只见自己喜欢的小婢女，正站在他的身边，俏皮地看着他。她棕色的双眸明亮深邃，似夜晚的星子，美丽得令人目眩。

他脸色一红，连忙接过她手中的酸梅汤，眼睛都不知该往哪里看。

"恭喜你呀，未来的机关武考状元。"她凑在他耳边，轻声调侃。

"不、还不知道会怎样呢，会机关的这样多，哪里轮得到我。"他连连摆手，不敢多想。

"能不能请未来的状元郎帮个忙？"她微笑着说，"我在后山抓了只山鸡，有空请来品尝一下。"

颜君旭想起昨天吃到的那半生不熟的烤鸡，当时脸都吓白了。奈何佳人在侧，温言软语，他怎能拒绝，只能硬着头皮答应。

拾 故人魅影

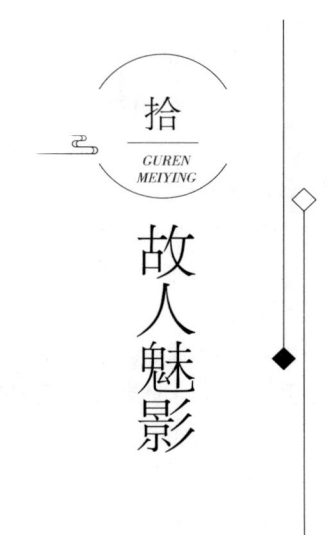

GUREN MEIYING

结果这一整天,颜君旭都跟莫秋雨待在一起,其余的学子听完了弩机的制作方法,都半知半解地又回去读圣贤书了。

到了下午,连学画图的方思扬也走了,但跟别人是没听懂才离开的不同,他是觉得太简单了,一学就会,后来已经没有什么可学的才走的。

矩尺和炭笔到了他的手中,就像被施了魔法,一遍就能画出尺寸最准确的图。他甚至不用借助绳线辅助,徒手就能画出一个完美无瑕的圆。

这本事不但惊呆了颜君旭,连任职工部员外郎,见过无数画图高手的莫秋雨,都叹为观止。

而且方思扬的双眼似有透视功能,任何立体结构,被他看一看,量一量,就能画出横剖面,竖剖面,且精确无误。颜君旭自己专心致志画了半天的图,他大笔一挥,一刻钟就能完工。

"这有什么难的,简直与儿戏无异!倒是山水之意绵绵无尽,美人之姿千变万化,引人入胜,却又难以描摹。"他最后丢下这句话,把笔一丢,就潇洒地离开了。

书院后院的凉亭中,仅剩莫秋雨和颜君旭,仍在埋头探讨机关。莫秋雨提出几个机关的设想,包括可载十几个士兵的包铁战车,能升到半空中攻城的云梯,外部皆是利刃的刀丛车,全是用于杀伐征战的,没一个用于民生。

这跟鱼翁的教授完全不同,甚至他怀中那《公输造物》的残卷中,记载着的四两拨千斤术,结绳术等,也全是有利于百姓劳作,令他们事半功倍的方法。

"做机关武考状元,就必须要做兵刃吗?难道不能做耕作和水利的机关?"颜君旭困惑地看着莫秋雨。

"你见没见过战争？"莫秋雨放下手中的炭笔，认真地看着他，眼睛藏在水晶片后，看不出他的情绪。

"当然没有，我出生时天下太平，连鹿城的兵乱都平息了。"

"是啊，你太年轻了，若是有一天，你到过沙场，目睹过横尸遍野就会明白。那些战死之人，无论来自何方，都犯了同一种罪。"莫秋雨冷笑了一声，问道，"你知道，他们犯的都是什么罪吗？"

"请大人提点。"颜君旭迷茫地答。

"这罪就是'弱小'，因为'弱小'才被杀掉。善良、勤奋，这些人类的美德，在战场上全然无用，只有强大才是真理。"他的声音平静如水，似谈论的不是千万人的生死，而是一件再普通不过的道理，"强大，才有活下去的资格；强大，才能当胜利者，甚至能颠倒是非，改写历史。至于弱者，即便他们家园被侵占，亲人被屠杀，也只能被强者碾碎，认命服输，这就是他们的罪。"

颜君旭立刻愣住了，他从小就被教育与人为善，从未听过这种"武力至上"的论调，仿佛是晴天响起了一声霹雳，惊得他不知所措。

他的眼前又浮现出了鱼翁的脸，彼时正是午后，繁花似锦，草木如茵，他一边传授自己机关术，一边低声说着："机关，乃天下诸术之首。以之行善，则善无穷，以之作恶，则恶亦无穷也。臭小子，你切切记住，千万不要作恶，否则终会被机关吞噬。"

"怎么？难道你不想用机关之术，打退敌人，为国争光吗？"莫秋雨见他眼帘微垂，睫毛轻颤，知他内心震撼，又循循善诱地说。

"可书上都说，兵者不详，圣人不得已而用之……"颜君旭不敢复述鱼翁的话，只能搬出《道德经》。

"两军交战之时，让这些圣人们去对着敌人讲大道理吧。但如果输了的话，不仅要失去国土，妇孺都会成为奴隶。身为男儿，连自己的家国都保护不了，还不如死了算了。"莫秋雨长叹一声，似觉得他太幼稚了。接着又为他描述了凯旋、加官晋爵的美妙场景。

颜君旭本就年少单纯，随着他的话脑海中便浮现出尸横遍野，百姓流离失所的悲惨画面，接着又被他所说的无上荣耀吸引，忍不住热血沸腾，仿佛看到了自己利用机关术，将敌人打得丢盔卸甲之后，衣锦还乡的风光得意。

莫秋雨说了半日，见他眼中精光闪耀，知他已经不再迷惑，便倚在凉亭边闭目养神，偶尔有凉风吹过，还会轻咳几声。

"大人，您若是累了，就去休息一下吧。"颜君旭见他脸色青白，下颌更加消瘦，显是多日操劳之故。

"不妨事，我年幼时受过风寒，所以肺部有损，一劳累就会如此，一会儿就好了。"他朝颜君旭摆了摆手，不再多说，倚在凉亭的栏杆上，闭目养神。

颜君旭见他为了国家如此操劳，心中生出敬意，便一声不吭地埋头画图，生怕吵到了他。

莫秋雨这一觉睡了一个时辰，等他醒来时，只见天边暮色四合，云霞流光，竟然已是傍晚时分。

他见自己睡了这么久，颜君旭还在他身边埋头构思机关，心下大窘，忙叫他快去歇息。

可颜君旭却像是走火入魔了似的，离开了凉亭，双手仍在虚空中画个不停，一辆能在轮轴的带动下行进的龟甲车，渐渐在他的脑海中成型。

"喂，你手舞足蹈的，是有什么喜事吗？"他刚走到花园，就从假山后跳出一个人，拍了一下他的肩膀。

他惊得一个哆嗦，才找回了神智，只见一个身材窈窕的少女，正站在面前，却正是他喜欢的小婢女。

"我、我一想到机关就入了迷，没发现姑娘在这里。"想到方才如痴如醉的傻样子被她看到，颜君旭的脸立刻涨得通红，不知该如何是好。

珞珞轻笑一声，凑到他耳边说："今天你出尽了风头，咱们出去玩乐一会儿吧。"

她吹气如兰，贴在颜君旭身上，令他不知所措，结结巴巴地答："可是夫子说过，进了书院就不能外出。而且这墙太高了，待我明日做个木梯……"

他话未说完，就觉得手被一双温暖滑腻的小手拉住，这纤纤玉手似有魔力，将他的灵魂轻轻一勾就牵走了。

他恍如一只飘在半空中的风筝，在夏风中飘荡，毫无真实感，只有满腔的喜悦，几乎要将他融化了。

他被珞珞拉着越过墙头，走出了书院，两人踩着碎金般的残阳，来到了一处蔷薇遍地的花圃。

鲜花环簇，佳人在侧，他宛如置身梦境，浑身都轻飘飘的。然而这旖旎美好的梦，终究还是被一只带血的鸡腿给惊醒了。

"这，这是什么？"他惊叫着看向珞珞递到他嘴边的东西，"还没烤熟你就吃？"

"嗯？另外一边熟了呀，吃这边！"珞珞笑嘻嘻地，把鸡腿翻了一下，露出了焦黑的另一侧。

颜君旭一把抢过她手里半生不熟的鸡，捡来石头，在地上刨了个坑，将她剩下的炭火堆在坑里，又折了树枝，做了个烤架，开始烤起了鸡。

"哇，你好厉害！这里还有油和调料，你随便用。"她从花丛下搬出了一堆瓶瓶罐罐，一看就是早藏好的。

"你叫我过来，不会是让我烤鸡的吧？"颜君旭一边扇火，一边给鸡身上抹油，不情愿地说。

"谁说的？这是我布置好的花园，你是第一个来这里的客人。你看看，这里是不是很美？"

她张开双臂，炫耀似的在花丛中跑了一圈，裙角飞扬，跑到哪里，就将哪里带起一阵香风。

颜君旭这才有空欣赏风景，只见这块空地位于湖边，种满了一丛丛的蔷薇。这些蔷薇品种各异，有的花朵如碗口般大小，有的只有拇指大，红色黄色粉色淡白交织在一起，像是在碧绿芳翠之中铺上了一段七彩织锦。

得知自己是第一个来的客人，他越发觉得这片花圃美丽，一边烤鸡，一边哼起了歌。

珞珞见他哼歌，也坐到他的身边，从花丛中捧出了一具琴放在膝头。这琴只有普通的七弦琴的一半长短，而且琴身是弧形的，琴头圆润，琴尾尖尖，十分别致。

"这是我的'狐尾琴'，好久没弹过了，本姑娘这就奏乐一曲，为你的烤鸡添彩。"她朝颜君旭眨了眨眼睛，玉指轻抚，优美的琴音，便如流水般从指下奔跃而出。

"青青子衿，悠悠我心。纵我不往，子宁不嗣音？青青子佩，悠悠我思。纵我不往，子宁不来？挑兮达兮，在城阙兮。一日不见，如三月兮。"

她浅吟低唱，唱的是一首《子衿》，温柔婉转的声音在花丛中盘旋，仿佛缕缕情丝绕在花枝，便是百炼钢也要化为绕指柔。

颜君旭就算再傻，也知这首《子衿》是什么意思，他心怦然乱跳，如痴如醉，连手中的鸡都忘了转动。炭火把鸡烤得焦黑，他闻到了一股刺鼻的气味，才惊叫一声，恢复了神智。

"完了，这鸡吃不了了……"树枝上的鸡成了一块焦炭，他懊恼地把鸡丢下。

珞珞见他这模样，知他是被自己迷得失魂落魄，看来这青丘狐女们传授的"美人计"还不赖，她只需再进一步，就能顺利取珠。

她放下琴，翩然走到他的身边，把鸡扔得更远，微笑着问他："你想不想知道我长什么样子？"

颜君旭脸红得像只秋天里熟透了的柿子，轻轻点了点头。

"你不怕我是龅牙，或者生了一张血盆大口？"珞珞见他害羞，竟然也有些脸红了。

"姑娘无论长成什么样，我都喜欢，我跟姑娘虽然相识甚短，但却好像认识了很久……"颜君旭结结巴巴地道，"哪怕姑娘一辈子不揭面纱，我也愿意陪在姑娘身边，不离不弃……"

珞珞听他又说傻话，娇笑了一声："陪在我身边干吗？做机关吗？"

颜君旭一愣，只觉自己心中隐秘的一角被她看到了，他似乎跟谁说过心底的秘密，但却怎么也想不起那人是谁。

珞珞摊开白嫩的手掌，柔声道："你身上有个我要的东西，只要将它给我，我就揭开面纱。不过你可能会痛一下，可能也不会很痛。"

"姑娘想要什么，就尽管拿去吧，小生并非好色之徒，不看姑娘的面目也无所谓。"颜君旭丝毫没有负担，他身无长物，根本不怕失去。

珞珞朝他凑过来，手指拈成兰花，放在脸侧。金红的夕阳，将她如玉的肌肤镀上一层淡淡的金光，她双眼微阖，长睫如蝶翼般轻颤，显然是十分紧张。

只要揭开面纱，她就能跟他要灵珠了，而灵珠离体之时，也将是他们分别的时刻。

从暮春到盛夏，从山中到书院，他们偶遇到相知，终于迎来了别离。她在青丘从未有人对她视若珍宝，更不会做有趣的机关逗她，她跟他在一起，就像变成了另一个人。

虽然他们的交往就是一个骗局，可不知为什么，她的心中却酸楚难过。难道设局的人，最终却骗了自己？

颜君旭自然读不懂她心中的百转千回，他紧张地望着眼前的少女，汗水从他的额头上流了下来。

　　他不敢眨眼，生怕没看到她的容貌，又隐隐有些担心，她万一真长得丑陋可怎么办？虽然他不甚在意，却也期待她是个美人。

　　眼见她青葱玉指揭下了面纱，露出了一半的玉容。两个少年男女都屏住了呼吸，仿佛时间都在此瞬凝滞。

　　然而就在这时，不远处突然传来了凄厉的惨叫，惊得倦鸟四散飞逃。两人连忙看向叫声传来的方向，只见一个人影跌跌撞撞地沿着湖边奔跑。

　　人影似见到了什么骇人的物事，疾奔了两步就被长草绊倒，但很快就又爬起来狂奔不止。

　　颜君旭遥遥看见此人做书生打扮，看背影竟有些眼熟，原本轻快的心情登时变得沉重压抑。

　　珞珞飞快戴上了面纱，此时落日完全沉入了湖水，夜幕低垂，笼罩了天地。她又闻到了狐狸的味道，这书院似乎还有人捣鬼，只能将取珠的事暂且搁置，若不揪出这书院中的"鬼"，怕是她的灵珠取回来也保不住。

　　两人再也无心玩耍，心事重重地走向书院，在经过一片树林时，颜君旭看着蒙蒙黑暗中摇曳的树枝，突然惊呼了一声："我知道那人是谁了！"

　　珞珞瞪圆了一双美目，惊异地望着他。

　　"是冯守正……"颜君旭一张俊秀的脸吓得煞白，总是微眯的双眼也睁开了，"就是那个失踪了好几天的冯守正，我跟他住在同一个房间，每天都看他在灯下苦读的背影，万万不会认错！"

　　可莫名失踪的冯守正，为何在湖边狂奔呢？书院游荡的"鬼"，难道另有其人？

　　一阵冷风吹过，两人不约而同地打了个寒战。

　　颜君旭和珞珞回到书院，就心事重重地告别了。他沿着回廊，向自己的住处走去，哪知才走到半路，就听不远处传来了喧嚣声，跟往日的书声琅琅截然不同。

　　他心下一沉，生怕自己外出被发现，忙从随身布袋里掏出本书，边走边看，装作忘情苦读的样子。

　　可他走着走着，发现沿路不断有书生探头探脑地看着自己，待来到他所住的房间时，只见狭小简单的房中，竟然聚集了十几个人。这十几人目光如隼，都直直地瞧着他。

　　"诸位同窗，有什么事吗？"他哪见过这阵仗，被书生们看得浑身发毛。

　　丁家兄弟笑嘻嘻地迎过来，拉着他的手臂，亲热地说："颜兄啊，上午你可出尽了风头，这些人都是来找你学机关术的。"

　　"什么？"颜君旭不敢相信自己的耳朵，比方才在湖边看到冯守正更震惊。

　　"今日听莫秋雨大人一番话，我们总算开了窍，其实只要能对国家有所贡献，是读书还是做木工，不，是做机关，又有什么分别呢？我们之前都认为'万般皆下品，唯有读书高'，如今看来，确是太过狭隘。"为首的一名书生上前一步说。

颜君旭喜出望外，自己从小到大都因为喜欢机关被夫子和同窗瞧不起，没想到还有被众人追捧的一天。

他立刻搬出床底下藏好的卷帘门，又把藏在灌木里的洗衣桶搬了出来，一一为他们讲解。

众人都对他的机关赞叹不已，可很快就有一个书生指着桶问道："此物可以用于战场，赢得战功吗？"

"这恐怕很难，只能洗衣服省些力气，或许能用于后勤。"颜君旭挠着头答，头发越发乱了。

"既然如此，等颜兄研究出能赢得战功的机关，我们再来请教。"这些书生见学不到什么能建功立业的本事，纷纷告辞。

不过片刻，房间中就恢复了寂静，丁家兄弟甚至都没反应过来。见众人都走散了，他们才气愤地说这些人都是势利眼，根本不值得打交道。

颜君旭早就被冷落惯了，倒也没觉得有落差，心中仍惦记着在湖边见到的一幕。

而且奇怪的是，一直喜欢在晚上画画的方思扬，今日不知去了哪里，直至他睡着了也未见他回来。

次日一大早，休息够了的莫秋雨就拉着颜君旭去设计机关，两人连饭都忘了吃，终于拟出了龟甲车的雏形。

这龟甲车用到了莫秋雨的木车之技，又结合了颜君旭跟鱼翁学到的轮轴术和《公输造物》中的造甲术，天下也只有集他们二人之智才想得出如此构思。

当草图画完时，又是黄昏时分，颜君旭一抬头，看到莫秋雨消瘦的脸，微皱的眉头，竟觉得无比亲切。

两人合力做出新颖机关，又颇有话聊，不知不觉中，莫秋雨也放下了架子，以欣赏的眼光看着颜君旭。没想到这个看似不修边幅，又总是眯着眼睛的少年，居然会带给他如此多的惊喜。

"大人……"颜君旭收起图纸，想把方思扬叫来画图。

可他刚说了半句，便见莫秋雨朝他摆了摆手："以后私下里你别对我用敬称了，我听着也别扭，我虚长你几岁，你便叫我莫大哥吧。"

"这、这怎么可以？"颜君旭连连摆手。

"我来这白鹭书院，本是想宣告今年科举新政，再演示一番机关，即可回去复命，哪知竟在此处遇见了你。"莫秋雨欢喜得不断搓手，"我好久都没跟人聊得如此投机，造机关时遇到困难，也只能独自闷想，想个十天半月也想不出，真是苦煞人！有你跟我一起琢磨，不但难题迎刃而解，还平添了许多乐趣。"

"我也是如此！"这些话正说到了颜君旭的心坎里，自鱼翁死后，他再也没有跟谁如此投缘过。

而且莫秋雨掌握的机关术，比鱼翁的更高一筹，令他眼界大开，灵感勃发。

"那你还拘谨什么？以后私下里我就叫你'君旭'，你叫我'莫大哥'即可。"莫秋雨笑了笑，拿下眼睛上的水晶片，掏出一块皮绒擦了擦。

"莫大哥，这是什么？"颜君旭吐了下舌头，好奇地问。

"这是凸镜，是我用水晶抛光磨成的，我常年做机关，导致视力受损，经常看不清远处，借助这晶片才能看到十米之外。"莫秋雨点了点头，似对他改变了称呼很满意，他拿出笔，在颜君旭的草图上添了几笔，"拿去让你画图的朋友画出来，我们边做边改。"

"添了何物？"颜君旭看龟甲车上十几道竖痕，不解地问。

"当然是利刃呀，这龟甲车用于战场，专门砍马腿，便是再厉害的骑兵也要绕着它走。"莫秋雨笑了笑，似觉得他的问题幼稚。

颜君旭捧着图，闷闷不乐地离开了凉亭。他迎着夕阳走去，见霞光照在图纸上，纸面变成了一片血红，仿佛被鲜血浸透。

这晚他找到了在床上休息的方思扬，求他帮忙画图。方思扬看了一下尺寸，不过半个时辰，一张精密的图纸就完工了。

他想跟方思扬攀谈一会儿，但他却似十分疲惫，轻轻摆了摆手，连话都不想多说一句就蒙头大睡了。

到了午夜时分，颜君旭睡得迷迷糊糊，听到身边簌簌轻响，仿佛有人出去了。在书院中，有的学子为了不干扰同屋的同窗睡觉，借着廊下灯光苦读也是常事。他并未在意，翻了个身又继续睡过去。

但他的窗外，却有一只小狐狸，悄悄在草丛中竖起了耳朵。这狐狸正是珞珞，她总是在书院中闻到别的狐狸的味道，放心不下，便趁着夜色在书院中探查。

只见一个人影提着鞋子，背着个布包袱，蹑手蹑脚地从颜君旭的房中走了出来。

她吃了一惊，以为是颜君旭夜半外出，可她迎着风嗅了嗅味道，闻到了一股熏衣的香气。颜君旭身上只有汗味或者清爽的皂角味，从来不用香囊熏衣。

她好奇地跟过去，只见这人来到了矮墙边，搬了块石头垫脚，利落地翻墙而出，走出了书院。

她也纵身一跃，跟着跳了出去。却没有发觉，在书院的另一侧，一个人影也正在翻墙，但这人却是从外面往里面翻。

月光照在他的脸上，只见他脸色灰黑，双颊塌陷，目光呆滞，宛如行尸走肉，竟然是消失了许久的冯守正。

他迈着僵硬的腿，一步一步，像是一个午夜的梦魇般，走向了学子们的住处。

珞珞一路小跑，跟着人影来到了位于书院五里外的湖边。夜晚的湖泊，宁静而优美，粼粼波光在明月的照耀下，洁白如梨花，似细雪，宛如天外仙境。

这学子找到了一处幽静的地方坐下，从包裹中拿出纸笔，摊在膝头开始作画。

珞珞看他拿出画笔，猜到这人正是方思扬。可如此深夜，这位骄傲清高的"画仙"，跑到清冷的湖边来干什么？

"仙子姑娘，求你出来见我一面吧。"方思扬边眺望着深夜湖景，边念叨个不停。

但湖中始终没有动静，只有月华如洗，杨柳依依，不要说人影，连条鱼影都没有。

"这家伙是得了痴心疯了吗？"珞珞看了半个时辰，只见更深露重，蓝色夜雾渐渐升起，无论是湖面还是湖边都毫无变化，不由连连叹息。

然而就在此时，只听湖面传来轻微的破水之声，像是在寂静的夜晚奏响了一曲轻歌，又似一个美人踏破湖水，迤逦向岸边走来。

方思扬一听到这声音，激动地丢下画笔，连忙站起身。珞珞也被这奇怪的声音惊呆了，一跃纵到树上，想要看得更清楚些。

只见淡蓝色的夜雾宛如轻纱，一道银光闪闪的影子跃出了水面，珞珞只觉眼前一花，浓郁如墨的黑暗都被驱散。

在这须臾之间，她像是看到了一尾银白色的大鱼，又像是看到了一个丽色无双的少女。

少女如玉的面容跟鱼影叠在一起，转瞬便消失在夜雾中，令她一时竟分不清是真是幻。

书院之中，冯守正木然地走进了颜君旭和丁家兄弟的房间，他的脚步轻飘飘的，人也晃荡荡，宛如一片风干的枯叶。

看到方思扬的床是空的，他似十分失望，在床边坐了一会儿，又去别的房间寻找了。

颜君旭的床挨着方思扬的，听到声音后又被吵醒，他睡得迷迷糊糊，看到冯守正坐在床上，登时吓得一动也不敢动。

可等他再睁开眼时，却见眼前只有一张空着的床铺，淡淡的月光映在床上，恬静安宁，哪里有什么故人身影？

但次日清晨，书院的气氛变得再次凝重起来，学子们都交头接耳，说昨晚有人看到了冯守正，他脸色青中透黑，如行尸走肉般在廊下游荡。

卢生的符咒再次畅销，扫完厕所的唐鹤等人，信誓旦旦地说自己是冤枉的，真正装神弄鬼的另有其人。不过因莫秋雨尚住在书院，没人敢将这捕风捉影之事宣之于口。

书院之中人人心事重重，仿佛有一片看不见的乌云，笼罩着深深庭院，说不出来的压抑沉重。

壹拾壹

TUSHAN ZHIYU

涂山之玉

颜君旭却置身于这片乌云之外，一大早就忙着跟莫秋雨一起打造龟甲车了。方思扬画的图精密准确，他们按图准备部件，事半功倍，不过一个上午，龟甲车的龙骨就完成了。

午后莫秋雨劳累过度，干咳不止，不得不去休息，而颜君旭也回到了学堂，捧起了久未拿过的书本。

"仁者，人人心德也，心德即是良心，良心即是天理，乃推己及人意也。"夫子端坐堂前，为众学子讲"仁义礼智信"这五字中的辩证。

原本颜君旭对这些枯燥无味的大道理毫无兴趣，可今日却觉得句句都打在了自己的心坎里。

他忍不住掏出那残破的几页《公输造物》，偷偷翻看，"四两拨千斤""结绳术"他都看完了，"轮轴术"鱼翁曾传给过他。接下来的是"避水术"，虽然不知此术能用在何处，他还是认真地读着。

便在此时，一片蔷薇花瓣飘在了他的书页上，花瓣有半个巴掌大，颜色粉嫩，散发着淡淡的香气，正是他前日在小婢女的花圃中见过的"荷花蔷薇"。

可这花瓣如何会从湖边，飘到了自己的书桌上？他打量着窗外，却只见竹枝掩映，夏风绵绵，根本看不到一朵鲜花。

他拿起花瓣细细端详，只见上面用针刺着蚊子大的三个小字，却是"方思扬"。他心中突地一跳，皱了皱眉，只见左前方，方思扬正趴在桌上酣睡，一副懒洋洋的模样。

他想起昨晚的所见，方思扬确实离开了房间，难道书院发生的这些怪事，都跟他有关吗？

天色渐暗，黄昏很快到来，西天积云层层，遮蔽了落日的余光，似乎山雨欲来。

"你不是会做机关吗？给我们弄个保命的玩意儿吧，如今这冯守正也不知是人是鬼，在书院里晃荡，晚上谁也不敢歇息，实在难熬。"几个书生抱着书本，七嘴八舌地围在颜君旭的身边。

他手边没有任何材料，临时做个有用的机关，哪有那么容易？他抓破了头，五官皱成一团，再也说不出"这有何难"了。

"大家把门窗锁好不就行了，不过是捕风捉影的事，至于吓成这样？"只有方思扬丝毫不怕，倚在窗边，潇洒地扇着折扇，俊逸风流。

"门窗锁好又有什么用？书院的大门天天锁着，他不是照样来去自如？"他话音方落，便有书生出言反驳。

颜君旭看到方思扬月白衣襟上画着的墨竹，目光又落在了课堂外的竹林上。所谓"君子如竹，争风逐露，却心中有节"，为了鼓励学子们，书院的课堂边都种满了翠竹。

他望着亭亭竹影，眼珠一转，已经有了主意，纵身一跃跳出窗外，在竹林中徜徉。

众书生见他举止怪异，不由面面相觑，还以为他解决不了这个难题，突然发起了疯。

不过当天晚上，当每个房间的门上都挂着一个竹筒机关时，这些书生就心服口服了。

这是颜君旭灵机一动想到的主意，把枯死的竹子掏空，锯成四寸长的一段，再以麻线拴上一块石子吊在竹筒中。只要门被推开，门框碰到竹筒，里面的石子就会撞在竹子上，发出"咣咣"之声，能惊醒沉睡中的人，就不怕夜半贼人推门而入了。

书院里有木匠的工具，众书生见这法子极好，纷纷卷袖帮忙，不过半个时辰，就将每个房间都挂上了竹筒，还为它起了个文雅的名字，叫作"君子守"。意思是将它挂在门上，便如有个君子站在门边保护一般。

书院的书生都像吃了定心丸，即便细雨飘飞，天幕积云如堆，也安心埋头苦读，不再害怕。

雨天潮湿，廊下的油灯也被雨水浇灭。众书生昨晚闹了半宿，都疲惫至极，不到亥时，学子们的住处便响起了此起彼伏的鼾声。

丁家兄弟也早早就把门窗锁好，四人说了会儿话，便熄灯歇息。颜君旭特别观察了一下方思扬，只见他心情愉悦，睡觉前还哼着歌，没有半点异常。

午后飘落在他面前的蔷薇花瓣上，为什么会写着方思扬的名字呢？他百思不得其解，窗外雨声淅淅沥沥，像是一首婉转徘徊的歌，他累了几日，眼皮越来越沉，终于陷入了沉眠。

这一觉睡得昏昏沉沉，也不知睡到了几时，寂夜中突然传来了"咣咣"的声音。声音只响了一下，便再无声息，颜君旭被吵醒，翻了个身又继续睡去。

可迷迷糊糊中他突然想起，这不正是"君子守"的响声？难道夜深人静之时，有人悄悄溜进了房中？

如此一想，他立刻吓出一身冷汗，猛地从床上坐起。只见夜色漆黑，隐约可见屋门敞开了一条缝隙，而方思扬的床竟然是空的。

他本想叫醒丁家兄弟，又怕方思扬生性不羁，万一这家伙只是想午夜赏雨，岂不是闹出一场笑话？

他只能悄悄一人溜了出去，临出门前把"君子守"摘下又挂好，也发出了"咣"的一声轻响，想来方才的声音就是方思扬出门时弄出来的。

廊下细雨如丝如絮，化入夜风之中，将夜色也浸得潮湿，如一匹漆黑亮泽的绸缎，将书院裹得密不透风。

煤油灯全部被雨水浇熄，明月星子都被层云遮蔽，他只能借着雨中淡淡的辉光，摸索着走了出去。

所幸他刚刚走到庭院中，就看到了方思扬的身影，而且在他面前还站着一个提着灯笼的人。

那人低着头，将面容完全掩盖，形迹十分鬼祟。颜君旭留了个心眼，蹑手蹑脚地向两人靠近，落脚专拣有厚厚草甸的地方，没有发出一丝声音。

只见灯光如晕，方思扬脸色惨白，嘴角紧抿，似见到了可怕的东西。

"你这疯子，缠着我干吗？"他厉声朝提着灯笼的人喝道，但声音颤抖，毫无底气。

"自然是看中了你身上的本事。"那人声音沙哑，阴沉沉地笑了一下。

灯光如淡淡黄纱，笼罩在他脸上，明暗的阴影勾勒出他消瘦的脸颊，木然的五官，竟然是那如鬼魅般的冯守正。

颜君旭之前只见他在湖边奔跑的背影，根本没看到他的脸，此时见他脸上黑气浓郁，瘦得形销骨立，简直就是一具活着的干尸，吓得心"怦怦"乱跳，差点就要叫出来。

而方思扬却感受到了比他更强烈的恐惧，"啊"地大叫一声，后退了两步。

"快点把你的画技交出来，跟我一起成为涂山之玉吧！"冯守正冷笑两声，右手伸向方思扬，只见他手掌中握着一块半红半白的玉，看起来十分名贵。

"什、什么是涂山之玉？"方思扬到了如此危急时刻，居然还能好奇发问。

"涂、涂山之玉……是涂山狐族的秘宝，能萃取人类学识精华，令智慧和才能流芳百代……"冯守正面露得意神色，颇为自豪地说，"肉身会衰老死亡，但成为涂山之玉后，你的技艺便能永存于世，成为涂山会的一部分。"

"去你的永存于世！"方思扬一把抓起地上的泥土，糊住了冯守正的脸，转身便跑。

雨水令地面变得湿滑，他跑了两步脚下一滑，一跤跌在地上，正摔在颜君旭面前。冯守正抹去脸上的泥，十指如刀，便向他脖颈插去。

颜君旭见状一把抓住方思扬的胳膊，使出全身力气将他拽向自己，所幸地上湿滑，方思扬在泥地上像是游鱼般滑开。

冯守正的手指落空，"扑"的一声，插到了泥地里，插出了十个黑黝黝的窟窿，令两人吃惊不小。

没想到这看似干尸般消瘦的冯守正，手劲竟如此之大。

冯守正见到颜君旭，居然丝毫不怕，仍纵身向他们扑来。方思扬灵机一动，将背囊一把推进了他的怀中，便是这么一阻，两人已经从藏身的灌木中逃了出来。

"嘿嘿嘿，你这小子来得正好，你的机关之术，一起给我吧！"冯守正低声冷笑，又追了上来。

颜君旭忙从布袋中掏出随身携带的小刀，就要跟他拼命，然而就在这时，斜里冲出一个窈窕的身影，一跃纵上半空，一脚就踢在了冯守正的下颌上。

冯守正高瘦的身躯，像是个轻飘飘的风筝般，被踢得飞起来，又跌落在地。

颜君旭忙看向这人，只见她身穿青灰色粗布衣裙，腰如裹素，手脚纤细，居然是小婢女。

"这、这是怎么回事？"方思扬也很吃惊，看了看珞珞，又看了看颜君旭，不知道他们在搞什么名堂。

"我也不知道啊！"颜君旭将头摇得似拨浪鼓，"没想到她竟然身怀绝技。"

两人见这纤弱的姑娘武艺非凡，如天女下凡般救了他们，俱是又惊又喜，哪还顾得上追究这少女的奇异之处。

珞珞一直在暗中盯着方思扬，她本以为捣鬼的是他，却见方思扬偷偷摸摸要跑出书院，意外地被冯守正困住。她本想多听听冯守正的话，打探一下这个"涂山会"到底是什么组织，可他穷凶极恶，没说几句就开始动手。眼见颜君旭就要被这凶徒所伤，她心中焦急，再也顾不得隐藏身份，出手救了他。

冯守正根本不是她的对手，她身影如风，绕着他疾奔，趁他不备便踢他一脚。冯守正手脚僵硬，所有的动作都慢了半拍，没一会儿就挨了十几下痛击。

颜君旭和方思扬也没闲着，两人大叫大嚷着"救人"，挨个房间拍门，但奇怪的是，门里的学子都像是睡死了一般，竟没有一人醒来。甚至连平日维持秩序的书童和家丁都不见了，雨夜之中，只有颜君旭所做的"君子守"受到大门的震荡，不断地发出"咣咣"声，在冷风中回荡，像是无助的哀鸣，连绵不绝，每一声都透着绝望。

"别叫了！这地方是他的巢穴，屋里的人都中了他的法术睡不醒了！"珞珞见冯守正被她打得抱着头呆立，已无还手之力，她宛如一朵落花，轻飘飘地立在风雨中，轻声说道，"这潜伏在白鹭书院多年的妖怪，就要现原形了。"

"真、真的有妖？"颜君旭和方思扬同时问道，两人都以为所谓的妖鬼只是卢生骗钱的谎话，哪想竟是真的。

"当然，不然是谁将他变成这人不人鬼不鬼的模样？"珞珞指着如人干般的冯守正笑道，"这臭狐狸躲在暗处捣鬼，根本不敢现身，只会弄个傀儡吓人！"

"傀儡？姑娘是指冯守正？"颜君旭挠着脑袋，不明所以地问。

"不错，这家伙只是个凡夫俗子，哪有本事去迷惑人类，夺取技能呢？"珞珞一扬裙摆，从裙下抽出狐尾琴，娇声喝道，"再不现身，不要怪本姑娘不客气了！"

方才还站着的冯守正，突然四肢瘫软，像是个失去了提线的木偶般，"啪"的一声扑倒在地。

这时，从墙头的一簇茂密的树枝中，跳出了一个人。他双手都拿着操纵木偶的提线木棒，满是横肉的脸上，挂着狰狞笑容。

颜君旭和方思扬俱是一惊，尤其是方思扬，瞪圆了眼睛，像是不敢相信自己看到的一切。

因为这人不是别人，正是曾围着方思扬转个不停，唯他马首是瞻的唐鹤。

"方公子，没想到吧？"唐鹤胡萝卜般短粗的手指，灵活地转动着指间木棒，幽幽笑道，"你真的以为我会为了两张破画接近你？其实我是在等待机会，要将你制成'玉'，届时多少张画都唾手可得。"

"你、你这个小人！骗子！下三烂的玩意儿！给你爷爷我提鞋都不配！"方思扬看起来高雅脱俗，骂起人来却毫不含糊。

唐鹤依旧笑眯眯地，朝他们作了个揖："这次正式地做个介绍吧，本人是涂山会的'玉匠'，是个不世出的天才，具有将人的思维固化的本领。诸位在我眼中，不过是一块块会动的玉石而已。"

"呸呸呸，干这种伤天害理的事，还好意思沾沾自喜？"珞珞娇声骂道。

"所以书院里一直有闹鬼的传闻，都是你搞的？"颜君旭想起卢生的话，终于明白这白鹭书院为何会如此古怪了。

唐鹤摇了摇手中拴着丝线的木棒，地上的冯守正的手脚也跟着动了一下，他颇为自得地道："没错，我在这书院也有十来年了，但不是每一年的学生都身负奇才，值得浪费我的灵玉。你们看到我该感到荣幸，这可证明你们是学子中的佼佼者！"

"十几年来？书院就没有发现吗？"方思扬困惑地问，"总是有学子失踪，或者变得痴傻，竟然无一人怀疑？"

"方公子，你弄错了因果。"唐鹤笑眯眯地抖了抖手中的木棒，几十根丝线从冯守正身上掉下来，像是蛛丝般在半空中飞扬，"不是先有书院，才有了我，而是因为有我，才有了这座书院。况且科考压力这么大，偶尔有一两个学生发疯，精神失常，简直再正常不过。"

方思扬一愣，连颜君旭也愣住了，白鹭书院背景强大，建立时聘请名士大儒为师，是何人有如此能力，竟为了"玉匠"建造了它？

"我还要感谢你呀，方公子……"唐鹤小眼一瞥，又看向了珞珞，"还有这个古怪的小丫头，若不是因为有你们二人，我还试不出这会机关的小子，立不了大功呢……"他话未说完，木棒上的丝线陡然如钢丝般挺直，疾向颜君旭飞去，低喝道："小子，《公输造物》是不是在你手里？把它交出来！我挑拨你跟方思扬竞争，引你施展机关术，我拆过你做的木桶，设计精妙，绝不可能是你自创的，定是从《公输造物》上学来的！"

颜君旭一愣，只见眼前寒光点点，哪里躲得开？就在这时，斜里飞出了一把琴，横在他的面前，挡住了所有的丝线。

"哪里来的小丫头片子,自己送死?"唐鹤见丝线被挡回来,一甩手向方思扬袭去,方思扬躲避不及,被缚住手脚,立刻手舞足蹈个不停。

唐鹤冷笑一声,手指微动,方思扬就从地上捡起一根木棍,向颜君旭和珞珞冲去。

可他手脚被控制,意识却清醒,嘴中大喊着:"快避开呀,我要向左边打去啦!"

颜君旭忙向右边闪避,可没想到木棍居然一偏,结结实实地打在了他的头上,将他打得头昏眼花,一下就坐在了地上,哇哇大叫道,"你不是说打左边,怎么打的是右边?"

"啊!抱歉,手脚怎么不听使唤?"方思扬哇哇大叫,又举棍击向珞珞,他痛苦地闭上眼,嚷道,"姑娘,小生得罪了,这棍儿要打你下盘了!"

珞珞却理都不理他,微微一笑,扬起狐尾琴,毫不客气地给了他肚子一下。方思扬惨叫一声弯下腰,木棍也脱手而飞。

方思扬蹲在地上呻吟,一时爬不起来了。珞珞手臂一扬,十指如刀,轻易就切断了他身上的丝线。

"看来要先把你这捣乱的鬼丫头干掉……"唐鹤一甩木棒,所有的丝线又弹回到他手中,接着他双手一扬,丝线都如箭一般激射而出。

这丝线上还沾着半空中落下的雨滴,携着如暴风般的劲力,劈头盖脸地向珞珞飞来。

珞珞见抵挡不了,纵身一跃,躲到了回廊中。随即身后传来"刷刷"轻响,只见自己方才站立之处的树枝都被丝线切断,纷纷落到了地上。

颜君旭从地上捡起根木棍,跟着她躲在了栏杆之后,紧张地问她:"姑娘,你有什么办法吗?"

"没有……"珞珞娥眉紧蹙,面对着强大的狐妖,她终于明白自己少了一颗灵珠的缺憾。

她体内明明有更多的潜力,却半分也施展不出来,像是蓄积的洪水,始终找不到一个开闸的泄口似的。

"看你能躲多久?"唐鹤扬了扬手,狞笑道,丝线又要脱手而出。

"把它们射出去!"颜君旭从布带中掏出了几根竹签,是今晚做"君子守"时剩的,飞快地放在珞珞手中的琴弦上。

珞珞何等聪明,立刻会意,纤手微动,将琴弦拉满。瞄准了唐鹤后,她手指一松,七八根竹签就射向唐鹤。

这一击她用了十分力气,琴弦发出"嗡嗡"轻鸣,激起一阵罡风,轻薄的竹签便如飞刀般,刺向了唐鹤的胸口。

唐鹤手一扬,将手中丝线舞成了一张网,将竹签打落,但却有一枝实在离得太近,转眼就要射进他的右眼。就在这千钧一发之际,他肥胖的身体重重往泥地中一摔,总算躲过了这一击。

等他再爬起来,只见他双眼血红,身体大了一倍,将书生的青衫都撑破了,而且周身长满了厚厚的黑毛,哪里还有人的样子?

颜君旭从未见过这种妖物,吓得躲在栏杆后,大气也不敢喘。他悄悄地掏出布带中所有的竹签，大概有二十几根，都递给了珞珞。

珞珞伸手接过，两人的手不知不觉地牵在了一起。在这危机四伏的雨夜，在面对这凶兽的时刻，恐惧被脉脉温情驱赶，他们拉着彼此的手，宛如在颠簸的怒海中，拉住了一根浮木。

"死小妮子，看我不将你撕了吃了！"唐鹤怒吼一声，一跃而起，他手中的丝线也骤然变成一指粗细，挥舞起来"啪啪"作响，俨然是十几道长鞭。

长鞭如同游蛇，在落雨中狂舞，将雨滴带得跟着旋转飞舞，将他周身上下护得密不透风。

"啊！"恰在此时，方才被珞珞打得闭过气的方思扬醒了，看到唐鹤半人半妖的模样，吓得高声大叫。

"你不争气的朋友都躲起来了，就拿你开刀吧！"唐鹤一鞭抽向方思扬，鞭子如毒龙出洞，向方思扬袭来。

珞珞手指一抚琴弦，竹篾飞刀穿透雨幕，"啪"的一声，将长鞭荡开。

唐鹤眼睛一转，似想到了绝妙主意，又一鞭抽向方思扬。珞珞的竹篾再次跟随琴音而至，打在鞭梢上。

如此一来，他抽了十几鞭，只听雨中琴音不绝，珞珞也射了十几刀。但在一边的颜君旭，却发现事情不妙，他们的竹篾只剩下五根，如果全部用光了，三人只能坐以待毙。

他朝珞珞使了个眼色，鼓起勇气拿着棍子冲出了栏杆，挡在了方思扬面前。方思扬并不傻，在地上打了个滚，就逃脱了长鞭的包围。

唐鹤见颜君旭跑出来，立刻喜不自胜，长鞭一甩就要将他捆起来。颜君旭深谙绳索的走向，将手中木棍立在身前，鞭子就顺势缠到了棍子上。

他见计谋奏效，再也顾不上其他，将棍子一抛，掉头就跑。唐鹤哪肯放过他，手臂一扬，几条鞭子同时向他背心袭来。

珞珞纵身一跃，抱起狐尾琴跃到半空，射出了最后几柄飞刀。刀光闪过，颜君旭躲过一劫，但两人却再也没有还手之力。

"雕虫小技，还想打过你的狐狸爷爷？"唐鹤狞笑着向珞珞走来。

珞珞抱着琴站在颜君旭身前，雨丝飘飞而落，宛如命运的大网，将她牢牢笼罩。怪不得狐狸奶奶说她取珠之路极为凶险，要她千万小心。

可若要丢下颜君旭逃生，万一这傻书生死了，连她的宝贝灵珠都得陪葬。自己真是青丘狐族之耻，明明狐狸精最会骗人，自己却屡次失败，才落到这等田地。

"小家伙，给我去死吧！"唐鹤甩起长鞭，向珞珞抽去。

罡风骤起，如无数风刀，将她的面纱割得粉碎。就在珞珞即将要被鞭子抽到时，颜君旭纵身一跃，将她推在了一边。

他只觉背上火辣辣地痛，如被开水泼了似的，但总算救下了珞珞。两人在泥地里打了两个滚，颜君旭此时才看清她的脸，心登时漏跳了一拍。但见她五官秀美灵动，如玉雕般精致，偏偏那杏核双眼，微翘的嘴唇，又透着些孩子气，更显得机灵古怪。

"完了！"珞珞瞥见唐鹤朝他们走来，惊呼了一声。

便在此时，她蜷缩在颜君旭身边，只觉他胸口气息鼓荡，竟与自己的呼吸同步。在这生死攸关之际，他们呼吸心跳频率完全相同，两人紧紧靠在一起，宛如一体。她一直无法宣泄的力量，在四肢百骸中骤然勃发，如决堤的洪水般奔涌而出。

唐鹤狞笑着双手持鞭，站在他们的面前，要将她勒死。而珞珞的手却抚在了跌落在地的狐尾琴上，琴发出"铮"的一声轻鸣，猛然从地上跃起。

琴弦爆起，化作锐利的钢丝，一下就穿透了唐鹤的胸膛。

这变故太过突然，不仅是唐鹤，连珞珞和颜君旭都没有想到。唐鹤的笑容凝固在脸上，低头看着胸前流血的伤口，似不敢相信这一切都是真的。

"你、你们……待我叫蓝将军来，跟你们算账……"他一说话就喷出几口血沫，再也不敢逗留，变成一只黑狐转身跳墙逃走。

颜君旭和珞珞糊里糊涂地就打退了对手，死里逃生，两人瘫坐在地上，只觉手脚虚软，连站都站不起来。

"你的本事真大，居然连手都没动就打退了狐妖！"颜君旭满怀倾慕地看着珞珞，可他的脸瞬间红了，忙别过了头。

其实珞珞也不知道为什么唐鹤突然就受了这么重的伤，但听颜君旭夸她，便爬起来，叉着腰揽下功劳："不过是雕虫小技，方才我是故意示弱诈他，所谓兵不厌诈……你应该懂的！"

"而且你长得好美，不但没有龅牙，更没有血盆大口……"颜君旭傻乎乎地挠头笑道。

珞珞听他夸赞自己容貌，更加得意，一甩手却有一物"啪嗒"一声，从她的袖管中掉出来，刚好掉在了颜君旭的怀里。

那是一只机关木鸟，红尾翠羽煞是可爱。颜君旭一看到这鸟，眼睛立刻瞪圆了，结结巴巴地指着珞珞道："原、原来是你？"

恰在此时，方思扬一瘸一拐地朝他们走来，手里还拿着一块闪亮的物事。珞珞急忙捡起木鸟，拉着颜君旭一起过去看。

"这是唐鹤方才打斗时掉在泥里的，我便偷偷拣了，这到底是什么？"他摊开手掌，只见那是一块巴掌大的半透明物体，晶莹剔透，宛如一片云英石。

"这是鱼鳞呀！"珞珞翘起鼻尖闻了闻，笃定地道，"不会有错，而且是一条很大的鱼身上的鳞。"

她话音刚落，便见方思扬脸色惨白，身体晃了一下，似乎就要晕倒了。

壹拾贰 月下美人
YUEXIA MEIREN

颜君旭连忙上前扶了他一把,却被他推开,他带着一身伤痕,摇摇晃晃地向书院外走去。

"别出去,天就要亮了,而且狐妖被打退,施加的幻术也消失了,很快就会有人醒来,发现这里的情况。"珞珞走到他面前,伸开双臂,阻住了他的去路。

方思扬急得双眼泛红,几乎就要哭出来,颤声道:"我、我想要见她,这一定是她身上的,她可能遇到了危险……"

珞珞星眸一转,想到夜晚跟踪他到湖边的所见,会心一笑:"你放心吧,狐狸怕水,他们潜不到湖水中的。再说如果他们得逞了,怎会将鳞片随身携带呢?估计早就扬长而去了。你先回去歇一歇,今晚我们一起去湖边探个明白。"

方思扬听她说得有道理,想了一会儿,总算不再闹着要出去了。颜君旭扶着站立不稳的他,满怀犹疑地打量着珞珞。

他这才发现,珞珞白玉般的面庞,漂亮的杏眼,竟然跟自己在客栈偶遇的珞珈公子长得极其相似,他挠着头,百思不得其解:"你到底是谁?怎么会有我送给珞君的木鸟?"

珞珞生怕谎言被拆穿,忙叫道:"哇,有人起来了,你们快回去收拾一下吧,晚上见!"

仿佛是为了呼应她的叫声似的,回廊下不断回荡着"君子守"的"咣咣"响声,那是勤劳的学子在四更起床,准备苦读了。珞珞哪敢逗留,脚底抹油,逃也似的消失了。颜君旭拖着个半昏迷的方思扬,也根本追不上她,只能无奈地摇了摇头,趁天色未明,赶紧去洗漱收拾了。他跟方思扬两人烧水洗漱,换下了沾满了污泥的衣服,刚刚忙完,便听院子里传来了一声尖叫。两人相视一眼，猜到多半是晕倒在花园中的冯守正被人发现了。此时下了一夜的雨已经停了，天边天色方明，黑暗被掀开一角，洒下淡青色的光晕，宛如一片朦胧的青纱帐，缓缓在广袤天幕上铺开。

　　书生们有的起身洗漱，有的临窗苦读，厨房里传来了厨娘烧水熬粥的声音。这人间烟火驱散了昨晚的恐惧，他们连话都没说一句，不约而同地倒头便睡。

　　丁家兄弟眼见天光大亮，这两人也沉睡不醒，忙在上课前将他们叫了起来。两人睡眼惺忪地来到课室，只见其余的学子都噤若寒蝉，课室中飘散着紧张肃穆的气氛。

　　他们破天荒地相邻而坐，只听书生们都在偷偷议论，说今早冯守正被发现昏倒在花园中，但意识不清，智力也变得与小孩无异，读了这么多年的书都白读了，一朝就成了废人。

　　大家七嘴八舌地交流着书院中发生的怪事，有书生说半夜起来上茅房见到过红衣女人在哭泣，是被薄情书生辜负的女鬼；还有书生说在柴房里看到了有人悬梁自尽的影子，可推开门却什么都没有。书生们众说纷纭，乱七八糟的怪谈异事越传越离谱，听得颜君旭忍不住想笑，但托了人心惶恐的福，根本没人关注他俩，更没人留意两人脸上的淤青。

　　这一日整个白鹭书院都在浑浑噩噩中度过，连夫子都神情恍惚，几次忘了解答到了哪里。

　　每个人都各怀心事，颜君旭和方思扬跟众人截然相反，别人都忧心忡忡地望着天色，生怕夜幕降临，而他们俩则巴不得天快点黑下来，好不容易西天缀满了晚霞，书院中响起了放课的悠扬钟声，两人便如离弦的箭一般冲出了课室。方思扬轻车熟路，很快就带他跑到一堵矮墙前："从这里翻墙最方便，对面还有一块我之前摆好的木墩，绝对不会摔倒。"

　　他说罢双手攀上墙头，身姿轻灵地翻了过去。但很快墙那边就传来"哎哟"一声惨叫，还夹杂着少女如银铃般的笑声。颜君旭第一次爬墙，难免有些笨拙，等他骑到墙头时，才看清方思扬正脸朝下摔趴在地上，嘴里哼哼个不停。而他口中垫脚的木墩，已经被从墙根搬到了不远处的一棵柳树下，正被一个红衣少女坐着。她看着狼狈的方思扬，笑得花枝乱颤，杏核似的双眼中，闪烁着灵动的目光。颜君旭小心翼翼地溜下了矮墙，好奇地看着少女，但见她穿着轻纱红裙，纤腰上扎着一条绣金腰带，黑亮的秀发梳成俏丽的双环髻，发髻以两枚绞丝金环束着，周身都散发着逼人的灵气。

　　他把方思扬扶起来，问向古怪的女孩："请问姑娘是谁？"

　　"你是傻子吗？你不是天天跟在人家屁股后面跑的？怎么换了套衣服就不认识了？"方思扬听得生气，抬手拍了一下他的鸡窝头。

　　"你、你……"颜君旭惊得瞪圆了双眼，连话都说不明白，"就、就是书院里的小婢女？"

　　"没错，就是她！她虽然打扮变了，但你看这骨骼，手脚的长度，脸上的五官排列，鼻子的高度，根本错不了。"方思扬恨铁不成钢，伸手给他比画着，"你的眼睛长来是做装饰的吗？连认个人都认不出？"颜君旭这才顺着他的指点，从这明艳美丽的姑娘的身上，看出了灰扑扑的小婢女的影子，终于恍然大悟。

　　"这位姑娘，你还没跟我说那机关木鸟，是从何处得来的呢。"他抓了抓头，想要问清昨晚的疑惑。

可他话音未落，方思扬就哀号了一声："你是白痴吗？对着如此漂亮的姑娘，只会说什么机关木鸟？"还好珞珞早就想好了谎话，她从怀里掏出木鸟，托在手掌中，浅笑吟吟："这个木鸟，是家兄赠给我的。至于家兄嘛，你应该见过，他叫珞珈。"

"珞珈公子？你们长得这么像，果然是兄妹呀。"她的话跟自己的猜测不谋而合，颜君旭立刻喜笑颜开，"那你也姓珞吗？这个姓还挺少见的。"

"是啊，我叫珞珞，名也是姓。"

"啊！真好听，还朗朗上口……"颜君旭脸红地夸赞，其实他更想夸她美丽，却怕被她认为轻浮。

"名字是很好听，跟身手一样好。请问珞珞姑娘，你的好本领是从何处学来的？"方思扬却眯起眼睛，蓝色的眸子中，满含怀疑，"以这纤细的身段，怎么能打退那孔武有力的怪物？你该不会也是……"

他的话没有继续说下去，可任谁都能猜出，他没说的是"狐妖"二字。

颜君旭的心登时一沉，一颗心仿佛要随着西天的落日，一并被黑暗吞没了。昨晚唐鹤狰狞可怖，遍身黑毛的身影，再次浮现在他的脑海中，"狐妖"在他的心中已经等同于"邪恶"。

珞珞看到他的笑容凝结在脸上，双眼中也流露出了惊惧的目光。心底仿佛有什么东西破碎了，像是雪花融化为水中似的，悄无声息，又无迹可寻。

"我呀……"她故作轻松地笑了笑，眼珠一转，谎言脱口而出，"其实我是个捉妖师，出生在捉妖世家，是哥哥跟我说偶遇的书生可能要有麻烦，特意让我过来保护他的，所以他才将木鸟给我，让我关键时刻跟这书生相认。"

"那你哥哥怎么不亲自来？"方思扬仍然不信，怀疑地打量她。

"他本领大得很，有很多事要做，处理这种小事，当然不用他亲自出马了。"珞珞把自己假扮的珞珈公子一顿夸，把"用功狂"无瑕的性格拿来放到了这虚构的人身上，七分真三分假，让她可以瞒天过海。然而她不知道的是，颜君旭看着她神采飞扬的模样，却自惭形秽起来。这少女如此美丽，又如此勇敢，像是一只翠鸟般伶俐可爱，会瞧得上他这种只会做机关的呆书生吗？倒是方思扬跟珞珞一路走一路聊，十分投缘。

"你本事这么大，正好帮我们捉妖呀？那些狐妖一定在捣鬼,相信我,我的预感绝对没错。"

"本姑娘也不是谁都帮的。"

"看你娇怯怯的，居然会捉妖，看来这白鹭书院的婢女都不务正业。"

"彼此彼此，你两个号称是书生，却一个只会画画，一个只懂机关，每天根本不见你们读书，也没正经到哪儿去。"

颜君旭跟在他们身后，见两人一个风流倜傥，一个娇俏美丽，像是一对儿玉瓶般相配，又想到方思扬曾追求过珞珞，心中越发不是滋味。暮色四合，西天彩绸般的云霞渐渐被黑暗吞噬，他在荒林和长草中漫行，却丝毫没有发现，方思扬笑容消失，脸色变得越来越凝重。

"不过你们知不知道，传说这书院附近的湖泊很离奇呢。"落霞辉光中，珞珞扬着随手折的花枝，问向他们。

颜君旭和方思扬来了就被关在书院里读书,哪里听过什么传说,两人同时将头摇得似拨浪鼓。

"就说你们孤陋寡闻,老人们都说,这湖里有人鱼出没。人鱼你们知道吗?就是那种半人半鱼的妖怪,在陆地上能变成人,沾水就会长出鱼尾。"珞珞得意扬扬地讲了起来,都是她从书院的婢女、长工那儿听来的,也不知是真是假,"而且这湖里的人鱼,还会变成貌美的女子,或者是翩翩少年勾引人类……"

她话还未说完,方思扬就突然咳嗽不停,像是一口气没喘上来,被憋住了。

珞珞嫌他太吵,翻了个白眼又继续说下去:"这湖光山色太过美丽,曾有户名门望族,非常热爱围棋,经常召集苏杭的风流名士在湖边对弈,好像还盖了座塔。可这曾显赫一时的名门之家,却因为湖中的人鱼遭了殃。"

"怎么?这家人是掉进湖中淹死了吗?"颜君旭挠着蓬乱的头发问。

珞珞瞪了他一眼道:"你可真会煞风景,本来是个凄美离奇的故事,被你一打断什么意境都没了。"

方思扬焦急地催促她:"快说快说,不要听这个呆子的。"

此时三人边走边说,已经来到了一个波平如镜,宽阔辽远的湖泊前。夕阳的余晖照在湖面上,映得湖水半是血色,半是黑暗,宛如一块巨大的鸽血红宝嵌在天地之间,神秘而惑人。

珞珞将花枝抛在湖中,激起一阵涟漪,继续娓娓道来:"这名门之家最漂亮的小女儿到了待嫁年龄,父兄就想为她弈棋招亲,想借机招个贵婿。棋赛结束,果然如他们心意,招到了一个风度翩翩,又家财万贯的美少年。据说他下聘之礼是十斛明珠,每颗都有龙眼大小。全家人欢喜至极,小女儿更是对夫君十分满意,两人成婚后就如胶似漆,一起搬到了扬州……"

"那很好呀,堪称一段佳话呢。"颜君旭连连点头,"但听不出离奇在哪里,也跟人鱼毫无干系呀。"

"你听我说下去呀!"珞珞被他打断,皱了皱眉,"在扬州住了一年,小女儿跟这贵婿过得如蜜里调油,但两人亲密无间,不知怎么的,就被她发现这毫无瑕疵的夫君居然是个妖怪,而且是条人鱼。她家的人费尽心思才将妖怪赶走,但也埋下了败落的种子,偌大家财在几十年内悉数散尽。到了如今,附近的百姓早就不知有这户名门望族了。"她说罢还摇头叹息:"可惜这漂亮的小女儿,就被个妖怪给糟蹋了,也不知是死是活,再无音信了。"

"糟蹋是什么?"颜君旭好奇地问着珞珞。

"我也不知道,也是听人这么说的。可能就是人生被毁了吧,毕竟她嫁给了一个妖怪。"珞珞也迷茫地摇了摇头。两人不约而同地看向方思扬,他见多识广,一定懂得比他们多。

可哪知方思扬脸色苍白地看着被残阳笼罩的湖泊,宛如一尊木雕般,一动也不动

湖中银光闪闪,湖水荡漾起伏,像是波光,又似鱼群争跃,远远看来十分古怪。

"咦?此时没有月光,这湖中怎么会有银色的反光?"颜君旭眯着眼睛,看着银光粼粼的湖面,困惑地问。

他话音未落,方思扬便突然冲到了水中,两手一捧,居然捧住了一条银光。

"是鱼,这些都是鱼呀!"他大叫起来,随即浑身颤抖,又惊又惧地说,"她、她可怎么办?"

只见他手中的鱼动也不动一下,显然死透了。而这湖面上的千顷波光,竟然全是死去的鱼。也不知此处到底发生了怎样的惨事,能一下弄死这么多鱼?颜君旭见这惨状心中震撼,又想到了珞珞方才说的故事,望着湖中的死鱼,脑中却出现了满湖人尸的惨烈场面。

"看来人鱼湖真的有事发生了,唐鹤身上掉下的鳞片并非偶然,这些孽一定是那些黑狐狸造的!我猜他们不怀好意,没想到竟如此狠毒,杀了这么多鱼。"珞珞也咬牙切齿地说。

颜君旭也怒火中烧,他心地善良,最憎恶的就是滥杀无辜。而且鱼翁被一伙儿来路不明的黑衣人害死,多半跟黑狐脱不了干系。他恨得咬牙切齿,只想手刃作恶的狐妖。方思扬却比他们更激动,他将死鱼抛入湖中,蹚着水朝他们走来,面色青灰如死人,像是要为这湖中的千万条鱼殉葬一般。他颤抖着走到颜君旭面前,说:"鱼都死了,这里一定发生了大事,我好担心她,求求你们,帮我去找她。"

他湛如湖水的眼眸中,满蕴着悲伤,似已心碎至极。颜君旭完全听不懂他在说什么,迷茫地点了点头。

"'它'到底是什么?是个人还是条鱼?"

"是个很美很美的……"方思扬说到一半,一瞥眼看到珞珞专注的眼神,像是被窥到了深藏心底的秘密,忙闭上了嘴。

他们正说着,珞珞突然"嘘"了一声,竖起一根手指放在唇边,示意他们不要出声。

三人矮身躲在湖边的长草中。茂密的草在灰蒙蒙的傍晚随风轻摆,像是一道厚密的帷帐,遮住了他们的身形。透过草枝间的缝隙,只见两个身穿黑衣的青年,手中各提着个空桶,正鬼鬼祟祟地在湖边寻找着什么。

"毒水早上就倒进湖里了,怎么净是些小鱼死了?没见到一条人鱼?"

"死人鱼们真是又腥又硬,若不是老子下不了水,非得一口一个将他们全咬死!"

"蓝将军说的时间就是今晚,若再无收获,他又得变着法儿处罚我们。无论如何都得搞到一条人鱼交差!"

两人说着残忍的话,令人胆战心惊。颜君旭听到他们说"人鱼"时,脑海中浮现出了鱼翁苍老的面庞。他异于常人的举止,他死时尸体化入水的异状,还有他居然姓"鱼",似乎都暗示着他就是一条人鱼。

"喂,这些家伙一看就不是好人,得去通知那些人鱼……"珞珞小声对他们说,"只是湖太大了,我们分头去找,谁找到了人鱼,就学几声布谷鸟叫,作为暗号互相召唤。"

平素桀骜不驯,连夫子都管不了的方思扬,第一次如此听话,立刻点头如捣蒜,拔腿就向湖边一处柳树茂密处跑去。颜君旭却待在珞珞身边,原地转了两圈也不肯离开。他担忧地看着珞珞纤细的身形,放心不下。

"你在担心我吗?"珞珞微笑着问他。

见自己的心事被猜中,他挠了挠头,不好意思地答:"毕竟你是个姑娘家,方才见那两人都孔武有力,我怕你一个人危险。"

"这个湖太大了，还是三个人分头找方便。方公子往东边去了，你去西边，我去南侧瞧瞧。咱们沿着湖走，半个时辰后就能找完了，若是咱们俩一起，还要多花些工夫。"珞珞朝他抱了抱拳，娇俏地笑道，"多谢公子惦记小女，我很是欢喜。"

颜君旭见她轻松自在的样子，估计是胸有成竹，也只能按照她的指示，孤身向湖水西侧走去。他一个人在湖边长及腰部的荒草中走了一会儿，才想起方才只惦记珞珞安危，居然忘了问她人鱼长什么样？若是跟鱼翁一样就糟糕了，岂不是遇到个人就要学鸟叫？

"可是方思扬好像知道，他每天待在书院里，是如何得知这种事的？"他边走边挠头，百思不得其解，一头乱发变得更乱了。

不知不觉天已经完全黑了，一轮弦月挂在天边，像是一弯金钩悬在天幕，散发着淡淡的辉光，映得湖边朦胧神秘，宛如被雾气笼罩。颜君旭走到了一处草木茂盛之地，一不小心，一脚踩进了湿泥里。他忙要把脚拔出来，却见眼前的湖水波光荡漾，似乎有一条极大的鱼，在一处离岸很近的浅水洼中蛰伏。这鱼大概有五尺多长，在月光之中，散发着幽蓝之色，仿佛倒映在水中的一弯月影。他手脚并用地爬出泥地，小心翼翼地向水洼靠近。然而就在这时，只听不远处的长草中传来"沙沙"声响，似有几个人来了。

"方才我听到这里有动静，一定有古怪。"其中一人边走边念叨。

颜君旭听到这个声音，立刻如坠冰窟，浑身的血液瞬间凝固。因为这声音他再熟悉不过，正是唐鹤的。他浑身黑毛，狰狞可怖的身影，再次出现在他的脑海中。如果被这个半妖半人的家伙发现，自己一定完蛋了。眼见唐鹤离他连三丈远都没有，他灵机一动，连忙捡起脚边的一块石头，解开头上的书生巾包住，甩起书生巾，远远地将石头扔了出去。

寂夜之中，石头落地，发出了"扑通"一声闷响。杂乱的脚步声停住了，可以听到一行人奔向了石头所在的地方。就这一瞬间的机会，颜君旭踩着草，蹑手蹑脚地走到了水洼前。

月光如银，水洼中一片漆黑，方才看到的大鱼竟然消失不见了。他想要在水中看个仔细，脚腕却突然一冷，居然有只冰冷的手，紧紧地抓住了他的脚踝。

他张大了嘴，一动也不敢动，因为那手是从水洼中伸出来的，而且白得透明，几无血色。此时此刻，他竟觉得，方才被自己引开的唐鹤，都比这只手要可爱多了。虽然他长毛的样子丑了点，但起码是温暖的，有血有肉的。手又往上摸了摸，像是藤蔓般攀住了他的大腿，接着又有一颗头和肩膀从水中钻了出来。他所有的惊恐，在看清这张脸时，刹那间烟消云散。

因为这是一张美丽至极的脸，甚至连灿如蔷薇的珞珞，跟她比起来，五官都略显粗糙。而且最重要的是，她浑身散发着如水一般的气质，媚质天成，又不沾世俗尘埃。

少女攀着颜君旭爬出水面，长发如水草般遮住了半赤裸的上身，而她的下半身布满了细密的银色鳞片，赫然是一条鱼尾。刹那之间，颜君旭的脑中蹦出了"人鱼"这两个字，他终于明白为什么珞珞不教他辨认人鱼了，因为只要一看到他们，就自然会明白。

他慌忙脱下外袍，紧紧裹住少女，用两只衣袖将她缚在了背上，背着她躲在长草中，匍匐着前行。

少女湿漉漉的秀发拂在他的脸侧，藕一般光裸洁白的双臂，轻轻环绕着他的脖颈，周身都散发着水一般清冽芬芳的气息。

颜君旭虽然是在逃命，脑中却一片混乱，什么主意都没有了。还好月光晦暗，她看不到他红得如柿子般的脸膛。

"那边什么都没有，再来这边看看。"夜风中再次传来唐鹤的声音，草丛中响起"沙沙"的脚步声，方才被他引开的几个人居然又回来了。

他连忙手脚并用，爬离了水洼，边爬嘴里还边"布谷""布谷"地叫着。

"奇怪，你明明是人，为什么学鸟儿叫？"可他刚叫了两声，身后的少女就好奇地问。

"这是我们接头的暗号，你先别说话……"颜君旭又叫了两声，却见眼前出现了一双脚。

他抬起头，只见唐鹤正居高临下地看着他，而他的身后还跟着两个瘦小精悍的黑衣人。唐鹤胸口包着绷带，还有血色渗透出来，瞪着牛一般的双眼，似要将他生吞活剥了。

"呵，真是奇了，布谷鸟居然会说话呢。"唐鹤冷笑着道，"留下你背上那条人鱼，爷爷就放你一条生路。"

颜君旭抓起两团湿泥，用力向他扔去，跳起来就跑："死狐狸还想当我爷爷？当我孙子还差不多。"

唐鹤头一偏，避过了两团湿泥，湿泥却不偏不倚地糊在了他身后两个瘦小跟班的脸上。

他们气急败坏，追向拼命奔跑的颜君旭。

"你是书生吗？那每天晚上来看我的是不是你？"

"父亲让我跟他一起走，我就是为了跟你告别才留下的。"

"说来你虽然头发乱了点，但长得还行，如果求我陪伴你，我可能会动心呢。"

在这命悬一线之刻，他身后背着的少女还喋喋不休地说废话。颜君旭立刻觉得头大如斗，再也不觉得她美了，只希望她脑子正常些，能想出逃命的办法。

壹拾叁 人鱼族长
RENYU ZUZHANG

长草绊脚,他跑了两步,越发举步维艰,速度慢了下来。而追他的两人在地上一打滚,变作两只黑狐,在草丛中疾走如风,转眼就追到了他的面前,挡住了他的去路。

暗夜之中,狐狸的眼睛散发着幽幽绿光,宛如地狱中的恶鬼。

"怎么办啊?我、我什么也没带。"颜君旭摸着随身背着的布袋,惊恐而无助。

"往西边跑……大概五十步,有渔民们晒的渔网。"背后的少女轻轻地说,看来她也并未傻透。

颜君旭毫不犹豫,立刻掉头向西跑。两只狐狸愣了一下,它们已经做好了跟他打一架的准备,没想到这小子这么怂,居然只会脚底抹油一招。它们低吼着再次追了上去,只见颜君旭跑了几十步,突然"哎哟"一声,跌倒在地。

"死小子,把你碎尸万段,扔进湖里喂鱼!"

两只黑狐发出刺耳的尖笑,撒开四腿,朝他跑过去。然而它们还四脚腾跃在半空之时,地上瞬间弹起一张巨大的渔网,将它们网在了网中。而方才摔倒在地的颜君旭却迅速爬起,得意地朝它们晃了晃手中的渔网的绳索。他片刻也没耽误,双手并用,绳索转眼就收紧了,被打了个死结。两只狐狸被困在网中,疯狂地东奔西突,却怎么也冲不出来了。

"真是笨蛋啊……"颜君旭背负的少女趴在他的肩头,望着这一幕,感叹了一声。

"你说谁是笨蛋?是你们俩吗?"夜风中响起一个沙哑狰狞的声音,唐鹤居然悄无声息地出现在他们身后。

颜君旭吓得一个哆嗦，连忙转过身，还差点摔了一跤。

"把你背上的那条人鱼给我……"唐鹤狞笑着，周身再次长出黑毛，将利爪伸在他的面前，"否则我就捏碎你的小脑袋。"

"不要过来，再过来我就要不客气了。"颜君旭脸色吓得惨白，悄悄将手放伸进了随身背着的布袋中。

"哈哈哈，你想如何不客气？我记得你方才说过，今天出门什么也没带……"

唐鹤话音未落，就见眼前寒光一闪，随即胸口传来剧痛。他低头一看，只见一只带着链条的钢铁小爪正死死地抓在自己受伤的胸口。

这是颜君旭根据他在老家时研发的开锁小手改造的钢爪，在跟莫秋雨做机关车的几天中，书院中传言纷纷，他就利用废弃的材料顺手做了一个能伤人的改良版。今日出门他忧心忡忡，就顺手将它放在布袋中，没想到竟然派上用场。

"对不住了！"一击得手，他一拉链条，锋利的钢爪合拢，登时从唐鹤的胸口抓下了一块连着黑毛的肉。唐鹤昨晚刚被珞珞打伤，此时又遭重创，登时痛得大叫一声，变成了一只体态肥胖的狐狸，夹着尾巴逃了。颜君旭死里逃生，不由浑身脱力地瘫倒在地。

"咦？你会机关呀？"他背着的人鱼少女探出了头，好奇地问。

"你还懂这个？"颜君旭更加惊奇，平素老百姓一看到他做的东西都说是"木工"，只有少数人才知道"机关"，没想到她还颇有见识。

"那当然，更精妙的机关我都见过，就在人鱼湖底……"她说了一半，立刻闭上了嘴，又拼命地摇头，"我瞎说的，其实我一点也不懂。"

她话音刚落，只听长草中再次传来"沙沙"轻响，有人从他的两侧包抄而来。他在心中暗暗叫苦，一抬头，却见来人身穿红裙，娇俏美丽，居然是珞珞。

而他再一转头，只见另一侧方思扬像是发现了瑰宝般，双眼冒着光，也朝他疾奔而来。

他一直悬着的心，终于落入了肚中。可他还未等松口气，就听耳边传来"啪"的一声脆响，脸颊一痛，居然被珞珞打了个耳光。

"我、我真是看错你了！"珞珞指着只穿着里衣，头发凌乱的他，又看向几近全裸，被他背在身后的少女，眼含泪珠，似乎就要哭出来。

"不、不是你想的那样，她是人鱼呀！刚才我们遇到了坏人，她又、又不穿衣服，我只能脱下袍子将她绑在背上逃跑……"颜君旭连忙将少女放在地上，指着她的腿，"不信你看，她根本没腿，只有一条尾……"可他话未说完，就立刻愣住了，因为即便月光缥缈，也能看到这个半卧在草中的少女身披青袍，衣衫半解，两条腿浑圆修长，美不胜收。

"啊啊啊！我要杀了你，取了灵珠，再也不帮你这个登徒子了！"珞珞气急败坏，觉得之前自己居然对他还有点好感，真是鬼迷心窍了。

可方思扬比她更激动，蓝色的双眼似升出熊熊火焰，一把就将颜君旭扑倒在地。

"你、你对她做了什么？"他扬起拳头，就要向他脸上砸去。

"他救了我呀……"方才还搔首弄姿，引珞珞吃醋的少女，突然变得温柔多情，她凝视着方思扬，仿佛整个人都变成了一潭春水，能融化这世上最冰冷的心。

方思扬放下了拳头，走到了少女身边，将她的袍子仔细整理好，轻声问："你认识我吗？我每晚都从书院里跑出来画你，如果看不到你，我每天连觉都睡不好……"

"当然认识，我就是为了你才冒险留在这人鱼湖中的。"少女将手放在方思扬的脸上摩挲，似要勾勒出他英挺潇洒的轮廓，铭刻在心里，"只缘感君一回顾，使我思君朝与暮。"

颜君旭从地上爬起来，站在珞珞身边，两人虽不发一言，误会却已经烟消云散。当少女说出这句话时，他们都忍不住起了一身鸡皮疙瘩，互相看了一眼。

"我方才已经惊动了唐鹤，此地不宜久留。"颜君旭连忙打断了他们的深情相认，"既然姑娘知道别的人鱼在哪里，我们就去找他们吧。"

"就是就是，可不要让我再看你们的肉麻戏码了……"珞珞捂住眼睛，笑话他们，"你们再这样下去，我都不知道要看哪里了。"

方思扬也觉得不好意思，将少女扶起来，柔声道："你能走吧？"

"更想让你背着我呢……"少女搂住方思扬的脖子，柔弱无骨地挂在他的身上。

她说完这话，珞珞又捂着嘴笑个不停。但逃命要紧，颜君旭和珞珞也只能忍耐着方思扬和少女的缠绵，离开了人鱼湖。路上他们跟在方思扬身后，知道这少女叫月曦，出生于新月初升之时，是人鱼一族，在湖中生活了几十年，长这么大第一次离开人鱼湖。

"姐姐，不好意思啊，方才认错人了，将这位小哥认成了方公子，我才故意气你的。"月曦跟方思扬聊着，还不忘回头跟珞珞道歉，"但是方公子一出现，我就知道自己认错人了，在我心里，他好得无人可比。"

"呵呵呵，没关系，不过你真的从未离开人鱼湖吗？挑拨离间的手段还挺高明。"珞珞皮笑肉不笑地答。

"哎，这可能是天生的，就像我爹说过的，美丽的人注定是祸水……"她还未说完，珞珞就朝她翻了两个白眼。

"你别说，他俩都如此自恋，倒真是天生一对。"颜君旭此时听出了门道，笑嘻嘻地说。

珞珞想起方思扬过去在书院里不可一世，眼高于顶的样子，果然是跟这月曦很般配，忍不住笑了起来，对她也不再嫉恨。

一行四人直走到午夜，才远离了人鱼湖，来到了一处小村庄。这村庄中人家寥寥，不过二十几户，屋顶都铺着黑瓦，远远看去像是伏在密林中的鸟巢。但即便如此夜深，还有一户人家亮着灯，飘忽如萤火，渺小而温暖。

"是我爹爹，他一定在等我。"月曦迫不及待地从方思扬的背上溜下来。而方思扬背着她走夜路累得半死，连腰都直不起来。但见月曦赤裸着双足，踏在清冷月光下，路过门边的水缸，她手指在水中轻轻拨了一下，便有一片水花落在肩头，变成了轻纱，覆盖了她裸露的肌肤。

水花像是有生命似的，争先恐后地从水缸中弹出来，成为她的裙摆，束腰和衣袖。等她走到门前时，颜君旭的长袍已经落在了地上，取而代之的，是一条蓝色的轻纱裙子，如烟似水，在月光下散发着流动之美。

珞珞见她露了这一手，忍不住惊叹："这裙子真的好美，可惜我没这个本领。"

"她这是如何弄的，怎么没用针线？"颜君旭关注的是制作方法。

见月曦行走自如，方思扬的脸色由白转青，他一句话都说不出，只能捂着腰连连呻吟。

人鱼们是怎样的，是不是都美丽惑人？他们又如何离开湖泊，躲到了这座小小山村之中，还有黑狐们又为何会盘桓在人鱼湖畔？

三人都满腹疑问，满怀期待地跟着月曦走进了茅舍。夜已深沉，弦月像是一艘金色的小船，泊在树梢上，为这深山中的村庄，镀上了神秘朦胧的辉光。月曦推开门，探头探脑地看进去，门里灯花微闪，传来了"啪"的一声轻响。颜君旭跟在她身后，只见一个身穿淡蓝色长袍，头戴书生巾的儒雅中年人，正皱着眉坐在灯下下棋。他一手执黑，一手执白，完全被棋枰上的对决吸引，陷入了物我两忘的境界。

"爹爹，女儿回来了，你怎么都没发现？"月曦噘起嘴，对父亲的冷淡十分不满，毕竟她死里逃生才回来，可父亲却只顾着下棋。

"嘘，你这小姑娘一踏进村庄我就知道了，还带回了奇怪的朋友，离老远就闻到了狐狸的味道。"中年人摆了摆手，示意她别说话，"等我打完这个劫，再处理你的事。"

珞珞听到他说"狐狸"二字，脸色立刻变得苍白，可见颜君旭毫不惊讶，她才暗暗松了口气。她哪知颜君旭以为这位中年人在说的是自己，毕竟他跟鱼翁相处时，也被嫌弃过身上的味道。

四人枯坐在屋中，过了半个时辰，中年人总算心满意足地下完了棋，感慨道："终究还是黑子略占上风，看来这些涂山狐不好对付，不过白子还有'气'，若是多几个子，或许还能扳回局面。"珞珞在听到"涂山狐"几个字时，心中登时一沉。她来自青丘，别人都叫他们"青丘狐"。她也从狐狸奶奶的口中听说，狐族还有一脉住在涂山，但因跟青丘狐族的理念相悖，两个狐族从不来往，还互相嫌弃，怪不得这些狐妖跟青丘狐完全不一样。

中年人抬起了头，烛光照亮了他的面容，像是一只温柔的手，勾勒出他入鬓的剑眉，如朗星般的双眸，还有挺直的鼻梁。三人看清他的容貌，都不约而同地在心底赞叹了一声。他已年近不惑，唇边还蓄着修剪整齐的美髯，仍不失为难得一见的美男子。虽然韶华不再，但岁月赋予了他醇酒般深沉稳重的气质，令人见之不忘。颜君旭看到了他，才终于明白，书上写的"君子端方，温润如玉"这句话，原来并非骗人。

"几位小友深夜来访，璇玑身处陋室，招待不周，请多见谅。"他朝几人一拱手，目光在他们身上绕了一圈，最终停在了珞珞的身上。

珞珞被他看得心虚，生怕他点破自己是狐妖，将头垂得不能再低，恨不得藏到地缝中。

但他只朝她笑了笑，一句话也没说，便看向自己的爱女了："你平安回来了，为父很高兴，幸好黑狐们没有发现你。"月曦听父亲说到黑狐，忙将自己的遭遇添油加醋地对他倾诉，但她不断夸赞方思扬，刻意略去了颜君旭，仿佛救她于危难的是方思扬一人。

但璇玑微笑不语，洞若观火，早就看穿了女儿的小心思。待她说完后，招呼四人坐下，对颜君旭道："这位小书生？会机关？"

"略通一二……"颜君旭不知该如何称呼他，只能尽量恭敬地回答。

"能做出灵巧的钢铁爪，好像不是略通一二呀。"他亲切地看着颜君旭，满怀欣赏。

珞珞见他没点破自己，也没方才那么害怕了，忙插嘴道："可不是呢，他就是太谦虚了，他会用什么'四两拨千斤'术，还会做洗衣桶卷帘门，还会操纵连弩机，什么都难不倒他。"

她方才见月曦只夸奖方思扬，一直心中有气，便如竹筒倒豆子般说出了颜君旭所有的本事。

"哦？是吗？居然会得这么多？"璇玑脸上的笑容却逐渐凝固，打量着颜君旭沾满泥污的脸和他迷茫的双眼，厉声道："你这小子，是不是从墓穴中挖出了《公输造物》？想不到你一个书生，居然会去做挖坟掘墓这种勾当。"

几人皆惊讶地看着颜君旭，即便珞珞是个狐妖，也知道挖人坟墓是最下流的勾当，连比小偷强盗都不如，怎么颜君旭会去做这种事？

璇玑冷笑一声，手一挥，桌上的黑白双子发出"叮叮"轻响，全都悬在了半空中，像是一只只蓄势待发的弹丸，作势要向颜君旭打去。珞珞见状不妙，上前一步站在了颜君旭的身边，生怕他有什么三长两短。两人都紧张地盯着眼前的几十枚棋子，连呼吸都变得急促。

他们根本没有察觉，此时面临危机，两人心意再次相通。一股蓬勃的力量从珞珞的身上喷涌而出，明明门窗都紧紧关着，却骤然鼓起一阵强风，吹得悬在半空中的棋子摇摆碰撞，发出"叮叮当当"的轻响。

"我没有盗墓，书是一个老人家送给我的……"颜君旭慌解释，"他是临终时交给我的，我想若是他还有一口气，也不会将书交给我。"

"是啊，璇玑先生，这里一定有误会，我跟他相识虽然不久，但他确实是个好人。"方思扬不断朝月曦挤眼睛，"虽然他偶尔有点傻，不过确实是干不出盗墓的勾当。"

月曦心领神会地抓住了父亲的手腕，柔弱无骨地挂在他的肩头撒娇道："爹，他还救过我呢，你问问清楚再动手不迟？"

璇玑冷着脸，轻轻放下了伸在半空中的手，悬浮的棋子如落雨般落在棋盘上，"叮叮咚咚"响个不停，宛如珠玉落盘。颜君旭悄悄松了口气，将自己跟鱼翁如何相识，又如何在地震中意外发现了公输遗家，得到了《公输造物》残卷的经历，都毫无隐瞒地一一道来。

说到鱼翁之死时满含悲伤，眼中满含泪花，毫无作伪之态。璇玑阅人无数，看出这个单纯的少年并未说谎，脸色终于缓和了，只低低地骂道："黑衣人？估计又是涂山会的黑狐狸们搞的鬼？竟害死了我族派去守墓的部下！他们盯上了公输子的遗物，到底有什么企图？"

珞珞也对涂山狐十分感兴趣，瞪着杏核大眼，好奇地看着璇玑，希望他继续说下去。

璇玑对伏在自己膝上的女儿道："你去泡些茶招待这些小客人，为父这一番话，可能要说很久。"

月曦笑吟吟地起身，朝方思扬勾了勾手指，两人一同去准备茶水。也亏得方思扬在，才很快就把芬芳四溢的茶端到了各人手中。月曦什么也不会，看到火就跑得老远，在书院中不可一世的方思扬，却甘之如饴地生火烧水，毫无怨言。

"这是我人鱼族特有的茶，喝完了可驱寒补益。你们奔波了半晚，就一边喝茶，一边听我说些往事吧。"璇玑端起温热的茶杯，他纤长的手指接触到瓷杯时，立刻长出了一层细密的鳞片，宛如指套般保护住了肌肤。

这茶十分奇怪，本来他们已经疲惫至极，只喝了两口茶就觉得身上的乏累一扫而光，连发胀的双腿都变得轻松，跟晨起时一样精神百倍。

长夜漫漫，月影西斜，他们喝着香茗，在灯下听璇玑讲起了尘封在岁月中的往事。

"我们并非人类，而是人鱼一族。而我，则是人鱼族第二十八代族长，我们在此湖中繁衍生活，已有千百年历史。两百年前，我们人鱼一族面临着一场大旱，人鱼湖几近干涸。就在全族人都即将遭遇灭顶之灾时，一个奇人旅居到了此处，建了一个机关，将山下的水引了上来，才助我全族度过危机，而这人就是公输子。为了报答他的恩情，我们派出人鱼侍奉他的左右，在他仙去之后，守卫着所有跟他相关的遗迹。"

颜君旭听他说起公输子的事迹，内心十分激动，有一肚子的话想问，却又不敢打断他。

璇玑一眼就看透了他的心思，摇了摇头，说："我也没见过公输子，前一代族长曾目睹他的风姿，并且留下了一幅画。"

他说罢从袖中掏出了一个巴掌大的卷轴，展开就是一幅不过半尺余长的画。画纸是由闪亮而坚韧的丝线织就，画上的线条则是由一片片贝壳的碎片拼成，在灯光下闪烁着流动的光，画中人仿佛会动一般。画上的是一个男人的背影，他身材颀长，一袭长衫迎风飞舞，头上还包着青巾，一副书生打扮。但与别的文士不同的是，他背着个硕大的竹篾箱，露出了尺矩和手锯。

"这、这便是公输子？"颜君旭颤抖地问，他还以为传说中的机关之神是个孔武有力的匠人，没想到他竟会做书生打扮，身形也是寻常青年的模样。

璇玑颔首道："不错，这正是他离开人鱼湖那天，仰慕他的众人鱼为他做的画，他不想自己的容貌流传于世，只同意画了张背影。这张仅存于世的画，证明了公输子的传说并非虚构，也是我族的宝物之一。"

"奇怪，别人巴不得会流芳百世，怎么他却隐藏容貌？"珞珞摸着小巧的下颌，不解地问。

"可能他生性不喜与人交往，虽然见过他的人很多，但没有留下一张他的画像，没人知道他长什么模样。据说他喜做书生打扮，是因为文人游历四方很少被人盘问，才故意为之。"

颜君旭却凝视着画中人孤单的背影，藏在乱发下的双眼透着悲悯："不，因为他不想成为'神'，若是被世人追捧为'神'，不仅自己不能无拘无束地生活，还会被有心人利用。"

璇玑若有所思地收起了画，看了颜君旭一眼："你这孩子想法倒是有趣，可惜公输子仙去已久，无法亲口问他了。公输子的机关术冠绝古今，他在世时声名显赫，引来很多宵小之辈觊觎他的本领。为了避免自己的机关术被恶人学去，他临死前将记载了毕生心血的《公输造物》拆散，藏在他曾游历生活过的地方。其中之一，就是位于青丘附近的公输遗冢，那里还埋葬着他生前的衣冠和一架弩机；而第二个地方，就是在这人鱼湖中了……"

"啊，从青丘到人鱼湖，这些黑狐们是在找公输子的手记？"珞珞恍然大悟地说，但很快又摇了摇头，"不对呀，黑狐们学机关做什么？它们是狐妖，应该会幻术啊。"

璇玑冷笑道："修行历练多么麻烦？还有经历天雷之劫的风险。涂山狐更喜跟人混杂在一起，模仿人类的言行，窃取人类的智慧。它们只会些简单的幻术，越像人类的，等级越高。这机关术是人类诸术之首，估计早就被它们盯上了。"

珞珞惊得目瞪口呆，她在青丘学的是分辨天下百草，了解山川河流的脉息，历练自己提升幻术。所有狐友的最高目标都是生出九尾，成为狐仙。这种越修炼越像人的修行，简直是匪夷所思。

"看来这位姑娘也不知道……"璇玑看着珞珞吃惊的模样，忍不住笑了笑，又继续道，"近几十年来，涂山狐一脉发展壮大，他们专门吸收涂山狐和人类中的精英，成立了一个叫作'涂山会'的组织，没人知道这涂山会的长老是谁，只知在他的领导下，涂山狐已经遍及人间，有的已混入朝堂，像模像样地在当官。"

"进入了朝堂？"颜君旭惊讶至极，"它们竟如此聪明，能通过科考吗？"

"别忘了，他们能窃取人类的知识。"

他听了这话，立刻看向方思扬，两人不约而同地想到了白鹭书院中的"玉匠"唐鹤，都凭空打了个寒战。

璇玑继续道："涂山会开始打上了《公输造物》的主意，定然没有好事。哼，要知道过去公输子做出的'天雷'和'地火'无人可以匹敌，他们这是要发动一场战争呢……"

颜君旭听到"天雷""地火"这两个词，心"砰砰"地乱跳个不停，忍不住发问："天雷和地火是什么？我过去也曾听鱼翁说过，那是很厉害的机关吗？"

"是的，不过自公输子死后，这两个杀器就再未现世。听说寻常人根本无法操纵它们，需要'血石'的力量。而'血石'珍贵至极，现如今仅存几块，都在皇宫之中。"

颜君旭有些失望，不再发问了。

璇玑越说脸色越难看，声音也变得低沉："这些涂山狐太过阴毒，狐狸无法潜入水中，而我们在水中力量倍增，这浩瀚湖水就成了一道天然的屏障。可没想他们竟往水中投毒。不过半日，湖中的鱼虾都被毒死了，幸而人鱼族可以上岸离开，可仍有不少人鱼中了毒。"

"幸好我聪明，躲在岸边的水洼中，跟湖水并不相连，才幸免于难。"月曦原本一直伏在璇玑的膝上，她突然眼含泪水，倒抽了一口凉气，"父亲，你、你怎会变成如此……"

此时天色方明，陋室内残烛燃尽，淡淡晨晖像是轻纱般笼罩在每个人的脸上。只见璇玑右侧的脸颊上，竟然长满了青黑色的细密鳞片。之前他刻意将烛台放在自己的左边，将右脸藏在了暗影之中，他们才没有发现。

而此时窗外的光透进来，他的脸在晨晖无所遁形，所有人都倒抽了一口凉气。

月曦双腿虚软，站都站不住，若不是方思扬扶着她，就要跌倒在地。

壹拾肆

GAOTA
XUNYAO

高塔寻药

璇玑依旧从容悠然，微微一笑，撩开了左手的衣袖，只见他手臂上也同样遍布青黑色鳞片，上臂还渗出了黑色的液体。

"我是族长，怎么能舍弃族人先走，中些毒也是难免。"他却丝毫不在意，将生死置之度外，"涂山黑狐竟使阴损招数，若是光明正大的较量，他们绝非我的对手。不过弈棋之人，动一子而谋全局，下毒是第一步，我最怕的是他们还有后招。所以即便中毒，我也要跟他们拼上一拼，打掉这个大劫……"他说到此处，看向了月曦晶莹美丽的脸庞，叹息道，"只是可惜，我这冰雪般的女儿，却始终不知她的……哎……"

"爹，我们一起走吧，将来再跟涂山狐妖算账。"月曦抱住父亲的胳膊，哭道，"人们不是常说，留得青山在，不愁没柴烧。只要我们保住人鱼族的生息，必有卷土重来的那天。"

璇玑摸了摸女儿的秀发，摇头道："涂山黑狐如此卑鄙，想要《公输造物》能干什么好事？若是我甩手不管，怕是会害了天下苍生。你交了这几个少年朋友很好，跟他们去避祸吧。我会将人鱼族的手卷传给你，手卷上记载着人鱼族的历史，你一定要将它保管好，让我人鱼族繁衍下去。还有我族至宝明月弓，在几十年前丢失了，你也要将它找回来。"

他青衫磊落，虽一袭书生打扮，在危难前毫不怯懦，其风姿令颜君旭暗自钦佩。

月曦知父亲这是在交代遗言，哭得像个泪人，方思扬站在她身边，急得手足无措。

颜君旭见他们父女生离死别，心中热血翻涌，急道："请问璇玑先生，这《公输造物》在人鱼湖什么位置？我们抢先将它拿出来，不就不战而胜了吗？"

璇玑忧心忡忡地皱着眉，脸上细密的鳞片看起来更多了些："在湖底东侧的洞穴中，不过你是人类，根本无法长久潜水，况且现在湖水中满是毒药，更是难上加难。"

"人鱼族正在危难之时，我等怎能袖手旁观？愿为先生尽绵薄之力，解忧排难。"方思扬也慷慨激昂地道，"况且我这位朋友是机关高手，这位少女是捉妖师，定然能想出办法。"

他说完了发现自己除了画画竟什么都不会，脸膛登时红了。

"哦？捉妖师吗？听起来本事不小……"璇玑看着珞珞，摸了摸唇边的胡须，话中隐含深意。

珞珞避开他的目光，快步走过去，从怀中掏出绢帕，在他脸上抹了一下。妖怪间本没什么男女之防，璇玑也不躲避，只是眼中满含疑惑。

珞珞将绢帕放在晨光下，只见洁白的绢布上，沾了一抹黑色的液体，正是从璇玑脸颊中渗出的脓水。

她将鼻子凑到脓水前闻了闻，又用手指沾了点捻了捻，肯定地说："这是乌头草毒，在山中很常见，如果误服了，对狐狸来说只会腹痛呕吐几天，但对于生活在水中的人鱼来说，却是致命的。"

人鱼常年生活在水源附近，对山中的百草一无所知。璇玑身为族长，也只在人类撰写的书中看到过这种毒草，对其毒性气味毫不了解。

"你既知道毒药，自然也知如何解毒了？"月曦似看到一线希望，美目中又满含热泪。

"很简单呀，用大量的甘草和绿豆熬汤，尽可能地多喝，喝几天就能痊愈了。"珞珞说完，又俏皮地走到了璇玑身边，压低声音道，"多谢叔叔你，没有说破我的身份。"

璇玑扬眉一笑，高声道："这位捉妖师姑娘了，真是本领非凡呢。"

颜君旭见他夸奖珞珞，心中欢喜，迫不及待地说："此时天色已明，我们这就去镇上买甘草吧。这药太常见了，应该很容易买。"

"绿豆呢？"方思扬突然也有了主意，对颜君旭道，"最近为了给学子们解暑，书院里是不是每天都有绿豆汤喝？"

颜君旭立刻明白他要去干什么，对他会心一笑。

晨晖缥缈，如金色的雾气荡漾在山林间。当他们走出茅屋，只见昨晚空无一人的村庄，此时竟聚集着几百人之众。这些人有的耳边长着鳃，有的腿依旧是鱼尾的模样，有的指间连着薄薄的肉膜，一看就并非人类。

璇玑走到两人身前，将两枚棋子放到了颜君旭和方思扬的手中，叮嘱道："两位今日肯助我人鱼一族排忧解难，璇玑感激不尽。我最擅弈棋，便将自己仅余的力量灌注于这两枚棋子中，可在危急之时用来防身。"

颜君旭摊开手掌，只见手中握着的是一枚黑子，而方思扬的则是一枚白子。

"弈棋之道，在于布局筹谋，却也在于出其不意。"璇玑仰望着清晨的万里晴空，感慨道，"你们几位少年，就是冲进了一盘必败之局的棋子，这盘棋能不能起死回生，就看诸位了。"

珞珞见只有自己没有棋子，心中愤愤不平，但刚要张嘴，就见璇玑朝她笑着摇了摇头。

她立刻就明白他的意思，是在说自己身为妖怪足以自保，又何必要什么护身符？她哼了一声，噘着嘴跟在颜君旭身后，走向村口。

几百名人鱼自动为他们让开一条道路，分列两侧。人鱼们都身中剧毒，虚弱至极，却都充满期盼地看着他们，仿佛这三个少年男女，是穿透黑暗的光，是刺破沉重命运的矛，是他们仅存的一线生机。

"上山采薇，薄暮苦饥。溪谷多风，霜露沾衣。野雉群雊，猿猴相追。还望故乡，郁郁累累。高山有崖，林木有枝。忧来无方，人莫之知。人生如寄，多忧何为……"

身后璇玑朗声高歌，唱起了一首《善哉行》，似为他们送行。他声线低沉醇厚，又隐含沧桑，令这晴朗的清晨，都变得萧瑟苍凉。

珞珞心情激荡，也拿出狐尾琴，边走边弹，跟他和起了下半阕。

"今我不乐，岁月其驰。汤汤川流，中有行舟。随波逐流，有似客游。策我良马，被我轻裘。载驰载驱，聊以忘忧。"

璇玑唱的是行路之苦，思乡之悲，而珞珞的声音轻柔悦耳，唱的却是轻裘策马，一路疾驰的快乐，将璇玑歌中的悲苦，尽数化解了。

当她唱完了歌，三人回头看去，只见身后的村庄已经空无一人。家家户户房门虚掩，不见人声，只有山风在阡陌道路上穿行。仿佛昨晚至方才发生的一切，都是南柯一梦。

时间紧迫，延迟一分，人鱼们身上的毒就更深了一分。想到月曦满含热泪的双眸，方思扬连片刻也不能等，自告奋勇地要单独去书院中偷绿豆。

"反正我们人多，分头行动比较快，我在书院里闭着眼睛都能走，一个人就可以了。"他说罢就提着袍角，匆匆忙忙地跑了。

颜君旭和珞珞瞠目结舌地看着他远去的背影，实在不敢相信，他竟是过去那个眼高于顶，藐视众生的"画仙"。

两人也紧赶慢赶来到了离人鱼湖最近的集镇上。小镇上住户寥寥，药房也只有一家，药房的掌柜也身兼镇上唯一的医生，从早到晚都很清闲。

在他们说要买甘草时，这位头发花白的赤脚医生，却只答了两个字："没有！"

"甘草不是最常见的药吗？又不是名贵药材，怎么会没有？"颜君旭做梦都没想到会这样，急切地问。

"这药是很常见啊，过去我的库房中囤了不少。可是前几天来了个客人，把所有的甘草都买走了，现在一根都没有了。"

珞珞小脸紧绷，似有不祥的预感，拉着颜君旭就快步离开了小镇。两人买了些馒头充饥，边走边吃，到了下午就抵达了临近大一些的集镇。

这镇上有两家药房，可依旧没有甘草。两位掌柜都异口同声地说，所有的甘草都在前几天卖光了，新进的货起码得月余才到。

"真是奇怪，最近既无瘟疫，又无伤寒，怎么甘草竟全卖光了？"颜君旭挠着脑袋，看向珞珞疲惫的小脸，"不然你在此处歇歇，我再去几十里外的市镇问问？"

"君旭哥哥，不用问了，我估计那里也没有甘草。"珞珞苦笑着摇了摇头，"你想想，你若是下毒之人，偏偏这毒药用最寻常的药材就能解，会做些什么？"

"啊！那我一定会在下毒前就把解药全买光……"颜君旭立刻明白了她的意思，不知该如何是好，"这么说药是被黑狐买走了，可能走很远才能买到药了？不然我去跟莫秋雨借他的机关车一用，那玩意儿看起来比马跑得还快。"

珞珞看着西天的浮云聚了又散，想了一会儿，突然朝他眨了眨眼睛："那也不必，这药嘛，我猜是就在离我们很近的所在，我们只需做一件事，这药就能自己出现。"

颜君旭看着她如明珠美玉般熠熠生辉的面庞，不知她葫芦里卖的什么药，只能稀里糊涂地跟在她身后。

只见珞珞转身回了药房，一会儿出来后，又去镇上买了只肥鸡，便沿着土路慢悠悠地走着。

他跟着走了一会儿，越发心急如焚，因为她去的是人鱼湖的方向。人鱼湖畔只有树林和荒草，哪里有一家药铺？

珞珞却不慌不忙，仿佛有漫长的时间可以虚掷。跟在她身后的颜君旭，却急得抓耳挠腮，不知该如何是好。

"君旭哥哥，你饿不饿呀？"走到湖边，她找了个上风处坐下，笑眯眯地问。

"人命关天，人鱼族几百号人等着我们拯救，我哪有心情吃饭？"颜君旭一屁股坐在地上，颓然道。

"我可饿得很，你给我烤只鸡吃吧。"珞珞说罢捡起石块和树枝，很快就垒了个简易的烤炉。

颜君旭见她身材窈窕，又奔波了一日，估计也累得够呛，不忍拂了她的意，便动手给她烤鸡。

珞珞从镇上买的肥鸡以香辛调料腌制过，稍微一过火就喷香扑鼻，馋得她不断咽口水，却又连连叹息："真是可惜，太可惜了！这么美味的烤鸡，我却不能吃。"

"啊？那你还让我烤？难道你有朋友要来，是要招待他们？"颜君旭心下立刻不悦，如果不是为了珞珞，他才不会费劲地烤鸡。

"嘿嘿嘿，再给鸡加点料，他们吃得才开心。"珞珞从怀中掏出一个纸包，将里面的干草碾碎，通通抹在了鸡身上。还唯恐分量不够，连鸡肚子里也塞了不少。

"这是什么？"

"是特别的香料，我用来招待那些黑狐狸的。"珞珞美目流转，得意地看着他，"这傍晚时分，你说他们天天在湖边转来转去，会不会饥肠辘辘呢？我先躲起来，等会儿如果有黑狐过来，我就学布谷鸟叫，给你暗号。他们如果要吃你的烤鸡，你就推却一番，再心不甘情不愿地将鸡让给他们，此计就成啦！"

颜君旭见她笑容狡黠，又听她说了这番话，心中已经猜出些端倪，但此时也不便多问，忙朝珞珞挥挥手，示意她赶紧藏起来。

珞珞身影一晃，已经躲远了，而颜君旭将火弄小，尽量让鸡烤的时间长些，香气更弥久不散。

他坐在上风处，不过片刻，香气已经顺风而下，飘到了二里开外。

此时落日西沉，霞光将湖边的芦苇映成了一片粉色的纱帐，碧蓝的湖水被笼在帐中，像是堕入了温柔乡。

颜君旭正望着眼前绚丽的景色出神，却听长草中传来了脚步声，两个身材瘦小，身穿黑色直身布衣的男人，正探头探脑地向他走来。

这两人头发两侧高高耸起，恰似两只耳朵，颊边也长着黑色的毛发，不用珞珞给他暗号，他已看出两人绝非人类。

"这位小哥，怎么在此地烤鸡呀？"其中一人雀跃地跑到他面前，垂涎地看着火上的烤鸡，"这鸡烤得真香，能不能让我尝一口？"

"那可不成，这是我的晚饭，岂能轻易与人？"颜君旭边说，边扇起了衣袖，火头一旺，香气越发诱人。

而此时荒草中传来布谷鸟的叫声，正是珞珞给他的暗号。

"我们哥俩买了这只鸡怎样？一钱银子应该够了吧？"另一人掏出钱袋，在他面前晃了晃，"足够你去镇上大吃大喝一顿了。"

"我买这只鸡跑了十几里路，又烤了许久，就想边看晚霞边吃，以美食配美景。若是卖给你们，这半日都白忙乎了……"颜君旭做出为难的样子，"除非再添一钱，我才能割爱。"

"你这小书生，没想到还挺贪心，二钱就二钱。"他们笑嘻嘻地掏出枚碎银丢给颜君旭，拿起烤鸡就大快朵颐。

颜君旭装作懊悔的姿态，边叹息边走远了。珞珞很快就从藏身的草丛中蹦出来，拉着他一起看热闹。

两个黑衣人还掏出酒壶，一边吃鸡一边喝酒，高兴异常。

"你往鸡里放的是什么？"他好奇地问。

"嘿嘿嘿，一会儿你就知道了。"珞珞坏笑着答。

只见两人将鸡吃得连骨头都不剩，酒也喝了个精光，惬意地躺在湖边。突然有一人"哎哟"一声，捂着肚子叫唤，另一人也很快就叫了起来。

"不好，好像是中毒了……"

"是不是乌头草的毒呀？这症状很像，我小时候误服过乌头草，就是这种感觉。"

"死书生！他、他是不是用湖水剖洗的鸡？方才我们怎么没问个清楚？定是如此，否则怎么我们刚吃完鸡就腹痛如绞？"

"想不到这水中毒性竟然几天不散，还这么厉害。"

他们很快就反应过来，哀叫着爬起来，相互搀扶着离开了。

珞珞朝颜君旭使了个眼色，两人就蹑手蹑脚地跟在他们身后，看他们要去向何处。

"你下的是乌头之毒？"颜君旭看他们狼狈的模样，憋着笑问珞珞。

"没错，方才在镇上的药房里买的。他们中了毒，自然会去找解毒之物，这甘草不是唾手可得？"

颜君旭悄悄捏了捏她的手指，似在称赞她聪明。珞珞心花怒放，简直比取到了灵珠还开心。

只见两个黑衣人走走停停，在路上又吐了两次，直走了半个时辰，居然走进了一座石塔中。这石塔建在离人鱼湖五里外的一处密林中，林木茂盛，像是一个个伸直的手臂，高耸入天，将塔遮了个严严实实，只露出一个塔顶。

若不是他们带路，便是眼尖如珞珞，也无法发现这塔的存在。

"怎么办？"颜君旭蹲在灌木中，看着石塔黑洞洞的门，不知该如何是好。沉沉暮色中，这门宛如一张巨大的蛇口，似要将人吞入腹中。

"好像没人，我们且先去探一探。"珞珞却十分胆大，拉了拉颜君旭的袖子，就蹑手蹑脚地走进了塔中。

颜君旭虽然害怕，也只能硬着头皮跟在她的身后。在临进塔门时，他抬头看了一眼，只见塔基处刻着几个龙飞凤舞的大字，左侧是"仙界一日内，人间千载穷"，右侧则是"双棋未遍局，万物皆为空"，是吟咏围棋的诗。看起来这塔，便是为棋士们登高对弈而盖的，足有百年历史。这让他想起珞珞讲过的人鱼湖的传说，看来传说并非全是假的。

他将头一低，跟在珞珞身后，走进塔中。而本就微弱的夕光，再也照不进层层高塔，他一脚就踏入了黑暗。

朦胧的光线中，只见珞珞轻盈的身影在眼前晃动着。她一会儿拉他一把，一会儿又指点他一下，他跌跌撞撞地跟着她爬上了第二层。

待双眼也适应了黑暗，他发现珞珞说的确实没错，这塔中果然无人。但奇怪的是，墙边却堆满了制作机关的零件和木料。

他打量这些物事，突然有不祥的预感，心在胸腔中"怦怦"地乱跳不停。这里为什么会有做机关的物事？难道狐妖也会做机关？这些家伙到底要做什么？

灰暗的底色中，他的眼前浮现出鱼翁苍老的脸。这张脸在对他笑，说着他熟悉的话语："擅机关者，非鬼既狐。"

"喂，你在发什么呆？"珞珞扯了他一把，指着一个物事道，"你看，这是什么？"

颜君旭这才发现，两人已经爬到了第三层。第三层什么都没有，只摆了几个圆圆的桶，桶有两人合抱那么粗，不知是做什么用的。他轻轻摸了摸，触手冰冷，这桶居然是铁皮做的。

"我也不知道……"颜君旭看到这巨大的铁桶，心中更不安了，连忙向第四层走去。

第四层依旧堆着几个铁桶，但却隐隐能听到头顶有声音传来。珞珞朝他摆了摆手，示意他不要出声，两人一起蹑手蹑脚地爬到了第五层。

一到第五层，迎面立刻传来了一股芳香甘甜之气。只见整层都堆满了布袋，袋中装着甘草。方才中毒的黑衣人已经变成了两只狐狸，正蹲在墙角捧着甘草大嚼特嚼。

狐狸听到声音，忙看向他们。珞珞裙角飞扬，一脚一个，两下就将他们踢晕。颜君旭也没闲着，找来麻绳，将两只黑狐的四脚捆住，装在了布袋之中。

"没想到这么容易！我们快带着药材走吧！这里像是涂山狐的仓库，不是久留之地。"珞珞开心得直拍手。

"塔还有两层，我想上去看看。"颜君旭心中却惴惴不安，仿佛方才看到的铁桶，不是堆在塔中，而是沉甸甸地压在他的心头。

珞珞满心不愿，但也不忍拂了他的意，只催他快去快回，千万不要耽搁。颜君旭哪敢不从，提着袍角就跌跌撞撞地爬到了六层。

六层仍保留着塔中旧有的摆设，放着几张方桌、珍宝架，以及茶具，看样子过去曾是间茶室。但家什虽老，桌子却被擦得纤尘不染，显然是一直有人使用。

位于中间的一张桌子上摊着一张纸，放着个酒盏，盏中尚有半杯残酒，散发着醇厚浓香。似乎主人有急事暂时离开，旋即便会归来。

颜君旭的心立刻揪紧了，忙看向桌上的纸。此时晚霞满天，霞光照进窗口，仿佛在塔中铺满了锦绣绸缎。

他借着绚烂的霞光，看清了纸上的图案，上面居然画着一个机关。机关只画了一半，还有修改的痕迹，显然设计的人在边做边改。

他登时失神，想起了璇玑曾说过的话："弈棋之人，动一子以谋全局。他们往湖中下毒，怕还有后招。"

"不好了，不好了，黑狐们回来了！"就在这时，珞珞惊慌失措地跑了上来，手里还拎着几个装满了甘草的布袋。

果然，只听塔下传来了嘈杂的脚步声，似有十几人结伴而归。六层根本没有躲避的地方，珞珞朝上指了指，两人慌忙爬到了第七层，也就是塔的最顶层。

可没想到第七层跟其余几层不同，居然有一扇紧闭的大门，门上还包着铁，看似坚不可摧。颜君旭急得抓耳挠腮，扑到门上，却发现门从里面上了锁，根本推不开。两人根本没有躲避的地方，只能站在门前，不知该如何是好。

"早知道如此，不如方才冒险跳塔了……"珞珞扁着嘴道，"这层连扇窗都没有，跳都不知从哪里跳。"

两人躲在黑暗中，大气也不敢喘。朦胧的光线里，颜君旭只见这门框上雕着牡丹和竹子，虽经年日久已经掉了漆，也很是精美，可见昔日这塔上的布置定然十分讲究。再一抬头，只见房梁上也画着描着金边的花纹，在灰尘中散发着暗暗的哑光。

他望着这雕梁画栋浮想联翩，不知几十年前，这塔中是何等富贵奢华。在这塔中对弈手谈的，又不知是怎样的风雅棋士？

纷乱的脚步声停止了，方才上塔的十几人，都聚集在了六层。珞珞悄悄地走下几节台阶，偷窥着他们的动静。

颜君旭也很好奇，蹑手蹑脚地跟了过来。只见十几个身穿黑衣的人，错落地站在珍宝架两侧，只有一个身材魁梧之人，坐在了正中央的位置。

"人鱼湖那边有什么动静吗？"坐在中央的男人问道，声音沙哑低沉。

"回蓝将军，到处都找不到湖中人鱼的踪迹。"一个身材肥胖之人躬身禀报。

颜君旭一看这人，心中登时一紧，因为他竟是在书院和湖边屡次跟他为难的唐鹤。

"哼，找不到最好，跟那些家伙纠缠不清，只会浪费时间……"被叫作蓝将军的男人冷笑一声，"湖中的毒气何时能散？"

"从水量和挥发的速度来看，大概七日后，毒性就会减弱，届时我们就可下水了。"

"笨蛋！我们能下水了，人鱼岂不是也能下水，你有把握在水中胜得了他们？是想做鱼食去吗！"蓝将军气得拍了下桌子，"离长老界定的日子还剩五天，就是因为你们这些蠢货，我们才浪费了这么长时间！"

唐鹤被骂得缩了缩脖子，不敢再说话。

另外一个身材瘦小的黑衣人踏上一步，尖声道："蓝将军，抽水机关的龙骨已经做好了，就差把翻车桶装上去演练了。"

颜君旭听到"抽水机关"四个字，想到了方才在第三层、第四层看到的铁桶，立刻明白了他们想干什么。

他吃惊过甚，一下就直起了腰，头撞在了木梯的扶手上，发出"咚"的一声闷响。

刹那之间，塔中一片死寂，甚至连一直乐观开朗的珞珞，都吓得脸色苍白。只见蓝将军挥了挥手，十几名黑衣人都迅捷无声地向楼梯靠拢。

颜君旭和珞珞忙爬回了七层，可是此处狭窄逼仄，哪里有能躲人的地方？

眼见黑衣人的身影映在了墙壁上，只需再上几阶就能看到他们。

珞珞抓住了颜君旭的手，心下暗叫不妙，看来这灵珠是取不成了，还要搭上自己的一条小命。不过能跟颜君旭死在一起也好，路上有个伴。

就在这千钧一发之时，他们身后一直紧闭的门居然开了。两人连声都没得及吭，就被门里的人拉了进去。

随即大门飞快紧闭，门锁落下，发出"喀嚓"一声轻响，严丝合缝地锁好，就像它从未打开过一样。

壹拾伍 FENGZHONG CANJU

风中残局

  颜君旭和珞珞躲在门里,连大气都不敢喘一口,紧张地打量着救了他们的人。只见这人是个上了年纪的女人,大概五十余岁,花白的秀发在脑后挽成了个低髻,穿了件粗布的绛色袍子,虽已洗得泛白,却熨得毫无褶皱。

  夕光像是一支曼妙的画笔,将她的面庞染上明暗阴影,让她眼角的皱纹、松弛的面庞都别有一番沧桑之美。

  "秦夫人,请问方才七层可曾有人?"门外响起低沉的声音,颜君旭和珞珞都听出来这是蓝将军的声音。

  从他说话的语气来看,似乎跟这位夫人很熟。于是他们方才落回肚中的心,再次悬了起来。

  "哼,世人凉薄,你觉得会有谁来瞧我这老妪?"被称为秦夫人的女人,轻轻抚了下衣袖,笑容苦涩。这看似自嘲的话,却是她的真情流露。

  "方才的声音……"门外蓝将军仍追问着。

  "是我不小心打翻了棋盘。"秦夫人脸上泛出薄怒,"你有空跟我纠缠,不如去想想如何整治人鱼。我借你塔用,可不是让你舒舒服服地玩过家家的。你们忙活了月余,也不见有何进展,真是令我太失望了。"

  她这话一出口,颜君旭和珞珞的心如吊水桶般七上八下,不知该如何是好。这位夫人替他们遮掩时,他们同时松了口气,可当她言语中流露出对人鱼一族的恨意,他们再次惶恐不安起来。

◇ 君子，命中有狐 ◆

蓝将军冷哼一声，带着人走远了，随着杂乱的脚步声逐渐远去，塔中再次恢复了寂静。

颜君旭被吓得几近虚脱，倚在墙上歇了一会儿，才有空看这房中的陈设布置。只见这房中只放着一张床，一套桌椅和一个珍宝架。

但床是紫檀木雕花月洞门架子床，桌是黄梨木八仙桌，珍宝架也是黄梨木雕牡丹的。光是这几样家具就价值不菲，想必这位夫人一定出身不凡。

秦夫人看也没看他们一眼，见窗外天色渐晚，坐到桌前，点起了烛台上的蜡烛。

她低头沉思，不知在看什么，完全进入了物我两忘的境界。珞珞一再朝他使眼色，意思让他去瞧瞧，显然是不耐烦至极。

颜君旭壮着胆子走过去，却见桌上放着一个棋盘，上面黑白两子厮杀纠缠在一起，像是两支军队般混战，根本无法分出胜负，竟是一盘残局。他对弈棋只懂些皮毛，只看了两眼，便觉得头晕脑涨，毫无头绪。这盘残局的黑白双方，显然都是棋道高手。

"多谢夫人救命之恩。"他轻轻地道，"晚辈们不便多叨扰，待天色再晚一些，我们就告辞了。"

"如果下棋时，对方留了个'活气'给你，匆匆忙忙地打劫，只有死路一条……"秦夫人皱眉轻吟，仿佛是在说棋道，却又话中有话。

珞珞推开离自己最近的一扇木窗，看向塔下，只见几个黑衣人正在塔门外徘徊，气得骂了起来："他们装作离开的样子，实则堵着大门，真是卑鄙。"

"两个小毛头，偷偷摸摸地钻进了我的塔中，一样不光彩。"秦夫人视线始终不离棋局，以中指拈起一枚棋子，落在了盘中。

"这些人是狐妖，根本不是人。"珞珞气不过，出言提醒她。

"在我看来，人和妖也没什么分别，有时候人比妖还要差劲。"

这话正说到了珞珞的心坎里，她眼珠一转，揭发起黑狐们卑鄙的手段，将他们在人鱼湖中的湖水中下毒之事通通说了出来。

秦夫人执棋的手一抖，一枚白子落到了棋盘上，发出"啪"的一声轻响，房内的烛火也仿佛感应到了人心激荡，随之一颤。

"你方才说什么？他们往人鱼湖中下毒？"她冷不丁抬起头，黑瞳如潭水般森森然不可测，死死地盯着珞珞。

"嗯，而且他们还把所有的解毒药物都买走藏了起来。我们此番进塔，就是为了盗药的，堪称侠义之举。"

颜君旭见她自吹自擂，忙拉了她一把。

"人鱼们中毒的多吗？"秦夫人坐不住了，不停地踱来踱去，影子在灯下晃动，宛如惊鸟飞舞。

"几乎全中毒了，连他们的族长璇玑先生都没能免祸。"颜君旭见她神情焦虑，似又在为人鱼族担忧，试探地回答。

"璇玑……我顾不上他了，有没有一个三十岁出头的女子……啊，我连她的容貌都不知

—— 100 ——

道……"她越发急切，苍白的脸颊泛起红晕，连双眼都隐含热泪。她又在室内转了两圈，从床后拿出了一个鼓鼓囊囊的布袋，递给了他们，"这里面是绳梯。你们不要走大门，从我房中的窗子垂下去，一定要将这药送到人鱼族人手中。尤其是，要对女子们多加照顾。"

颜君旭和珞珞同时点头，秦夫人将他们带到了离大门最远的一扇窗，将绳梯挂在了石头窗檐上。

珞珞和颜君旭各背着四袋甘草，爬下了绳梯。珞珞身子轻灵，率先下去，颜君旭跟在她的身后。

"秦夫人，有话要我带给璇玑先生吗？"在临走时，他跨在窗沿，轻声询问。

秦夫人惊讶地看着他，不知这个头发蓬乱，生着一双狐狸眼的少年，为何会看穿了自己的心事。

"你方才提到璇玑先生时，直呼其名，显然跟他非常熟悉，我猜你们是朋友，才有此一问。"

哪知秦夫人冷笑道："朋友？我变成如此这般凄惨，在塔中郁郁度过半生，就是拜他所赐。不过你提醒我了，我确实要送他一样礼物。"

她说罢在墙边的珍宝架上拿出了一卷羊皮纸递了过去："把这个交给璇玑，他一定会感谢你。"

颜君旭见珞珞已经到了塔底，不用担心绳梯承受不了两个人的重量，接过羊皮纸，也小心翼翼地爬下绳梯。他爬到一半，一抬头，只见秦夫人手持烛台，仍在窗口瞧着他们。夜风之中，她脸色苍白，花白的头发被风吹得凌乱。

在刹那之间，他竟恍然觉得，这个终日对着盘残局冥思苦想的女人，又何尝不是一盘残局？她的人生既无退路，也无来路，像是棋盘上胶着的黑白双子一般，不知归处。

颜君旭和珞珞带着甘草赶回人鱼藏身的村落，已是午夜时分，方思扬正倚在成堆的绿豆中，累得蓬头垢面，也没比他们好到哪儿去。他见到颜君旭和珞珞狼狈的样子，立刻捧腹大笑。三人聊了一会儿，才知道方思扬偷绿豆时被书院的家丁发现了，追了他二里多远，还好月曦一直悄悄跟在他身后，关键时刻替他解了围。

人鱼们身上的毒气蔓延，除了力量强大的璇玑，都无法出门迎接他们了。珞珞忙指挥月曦烧水，颜君旭和方思扬搅药，尽快熬解毒药水。不过半个时辰，铁锅中就熬好了绿豆和甘草混合的药水。珞珞将药汤舀出来给了璇玑一碗，又将黏糊糊的绿豆膏敷在了他中毒的皮肤上。

"果然觉得肌肤不再麻痒，胸口恶心呕吐之意也稍减。"璇玑喝完了药汤后，赞许地点了点头。

"这毒本不是剧毒，只是对你们这些常年生活在水中的人鱼特别致命。不过只要服了解毒汤药，好起来也比常人快一些。"珞珞笑了笑，明艳如花，"而且这解毒的法子也简单，只要尽可能地多喝药汤，过个三五日，应该就能将体内毒素全部祛除。"

璇玑体力恢复，带着月曦协助他们，很快就将所有中毒的人鱼处置妥善。这药果然十分灵验，不过半个时辰，便听村庄里已经有恢复了体力的人鱼在破口大骂："死狐狸给老子等着，待老子全好了，就抽你们的筋，扒你们的皮！"

骂声在星图浩瀚的夜空中回荡，惹来几声欢笑。早晨还死气沉沉的村庄，似又再活了过来。

"多谢三位，助我人鱼族度过危机。"茅屋之中，璇玑抱拳行礼，向三人道谢。

颜君旭连连回礼；方思扬躲到了一边，根本不敢受他的礼；只有珞珞摸着下巴，满腹好奇，奇怪的是这位人鱼族长明明是只妖，言行举止却太像人了，而且还做人类书生打扮，也不知是为了什么。

璇玑道完谢后，冷哼道："哼，这人鱼湖可不是一潭死水，西有溪流汇聚，东有泄水之处。只需再过几日，湖中毒素便会清得七七八八，到时候我要涂山狐们尝尝我的厉害。"

珞珞朝颜君旭看了一眼，因忙着帮人鱼族解毒，两人还没来得及说在塔中见到的怪事。

颜君旭挠了挠头，犹豫地说："璇玑先生，你那天说什么下棋的后招？我发现了涂山狐的秘密，搞不好就是这后招。"

"什么秘密？"这话却是月曦和方思扬同时问的。

"机关……"颜君旭心事重重，"一个机关，黑狐在人鱼湖中下毒是先手，后手就是这个机关，现在我还不能确定，要去湖边看看才知道。"

璇玑皱了皱眉，朝月曦道："你的朋友为我们奔波了两日，今晚让他们好好休息，明晨你就带他们去湖边探查吧。"

"对了，这是塔中的夫人让我交给您的。"颜君旭这才想起了秦夫人要交给璇玑的羊皮卷，忙从随身背着的布袋中掏了出来，"不过先生要小心，这位秦夫人似对您有点误会。"

"夫人？她看起来有多大？"

"大概五十余岁。"珞珞对女人的年纪很敏感，飞快地答。

"年纪大了些……姓氏也不对……"璇玑叹了口气，似有些失望，将羊皮卷展开，但他只看了一眼，立刻僵住了，"这、这是'烂柯局'？不、不可能，除了她之外，谁又会有'烂柯局'？她到底是不是她？"

他在屋中踱来踱去，说话的声音甚小，也只能听到什么"她还是她"之类的。月曦从未见过风度翩翩的父亲如此失态，莹莹大眼满含担忧地望着他。

"你们还愣着干吗？还不快去休息？"璇玑停下脚步，猛地看向他们，目光停留在了颜君旭的脸上，"君旭，你先别走，我有话问你。"

月曦见父亲恢复了常态，悄悄拉了拉方思扬的衣袖，两人携手离开了。一贯任性的珞珞，居然也听话地乖乖离开。但她回到人鱼为她安排的住处，刚关上大门，身子便如乳燕穿林般跃窗而出，再落地时，已经变成了毛发红亮的小狐狸。

小狐身姿轻灵，几个起落就来到了璇玑的茅屋前，爪上厚厚的肉垫踏在草中，没有发出半点声音。接着它纵身一跃，就踏在了屋顶的茅草上，隐约能听到房中有人说话。声音低沉而富有磁性，正是璇玑的。

"我见你方才提到机关，欲言又止，却是为何？"

"我只见到了局部，就能猜出它非常大，是我见所未见，甚至不敢想象的，而且我听那些黑狐说，这机关是做抽水之用……"颜君旭的声音有些轻颤，谨慎地答，"我怕说出来，让大家一起担忧，便想确定了再说不迟。"

"什么！他们想抽干人鱼湖中的水？人鱼湖周围既有农田，又有村庄，他们是要毁了良田和农户吗？真是心思歹毒，不计后果！"璇玑重重地一拍桌子，怒道，"我定要涂山狐妖尝尝厉害！你们还小，帮我们寻药已是不易，此事不能再让你们涉险。我自有解决的办法，明天一早，你就跟朋友回书院去吧。希望今年秋天，能听到二位金榜题名的消息。"

"可是，机关……"

"我既是族长，怎能在危难之时假手于人？"

"那公输遗冢……"

颜君旭说出这几个字，声音就戛然而止。珞珞伏在屋顶，虽然看不到两人情状，想必璇玑的脸色难看至极，让他不敢再说下去。

果然，片刻的沉默后，就传来璇玑的冷笑声："我还以为你真是好心相助，原来是记挂着公输遗冢！没想到你小小年纪，心机竟如此之深。你跟狐妖有什么分别，不过一个是强取豪夺，一个是假意欺骗……"

"璇玑先生，您误会了……"颜君旭急切地要为自己辩解。

"这几十年来，像你这样惦记遗冢的小人我见多了。你若是想取，便凭自己的本事取来！但若是被我撞到，就不要怪我心狠手辣了，跟狐妖为伍的哪有好人，我真是看走眼了。"

珞珞听到他最后一句话，脊背骤然一冷。

"我哪有与狐妖为伍？我这辈子最恨的就是狐妖了！"

"亏你还读过圣贤书，竟然满口谎言，真是恬不知耻……"

璇玑嫌弃的话音方落，便传来"扑通"一声轻响，颜君旭从茅屋中飞了出来，重重跌在地上。他艰难地爬起来，扑掉了身上的尘土，捂着胳膊缓缓离开。珞珞也轻轻跳下屋顶，她站在月下的长草中，对着月影哀鸣，耳边只萦绕着颜君旭愤怒的话语。

"他说这辈子最恨的就是狐妖……可我为什么如此难过？"小狐耷拉着耳朵，低着头走在月下荒草中，像是一只迷失在波涛中的小舟，转眼便被草海吞没。

颜君旭揉着摔得青紫的手肘，回到了住处后，就一直辗转反侧无法入睡。

他满腹委屈，想找璇玑解释，但一回想方才他翻脸无情的模样，又觉得这人鱼族长的心眼实在小得很，自己光明磊落，帮助人鱼族也从未想过回报，从不曾存私心，又何必跟人解释什么。

夜晚在少年男女缠绵悱恻的心事中，变得格外漫长，连天上的弦月，仿佛都化作天空的一弯泪痕。次日清晨，天色方明，颜君旭就回到了白鹭书院。

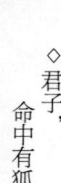

壹拾陆　破解之道
POJIE ZHIDAO

虽然他只离开了书院两日，但因这两日过得险象环生，跌宕起伏，倒像是过了两年一般。夫子见他回来，劈头盖脸地训了他一个时辰，罚他禁闭七日，眷写四书五经，以示惩戒。

颜君旭背着书本和笔墨，来到了这位于书院后院的禁闭室中，听着前院的琅琅书声，只觉前两日的经历宛如幻梦。他从一尺见方的窗口看着夏日湛蓝的天空，念念不忘的，唯有珞珞。

他临走时遍寻人鱼村庄，也没有找到珞珞。他不知她家在何方，只能回书院来碰碰运气，可是打听了一番，婢女们也不知她去了哪里。这几日与珞珞为伴，两人同进同退，出生入死。即便再难的险境，只要有她陪伴，自己就毫无畏惧。珞珞突然不告而别，他的心便像是无凭无依地悬在半空，不知该如何是好。

暗室中有婢女为他送菜，还有小厮为他替换干净的便壶，倒也不怎么难挨。

午后他抄书抄得头昏脑涨，猛一抬头，却见狭小的窗口前多了个影子。他心中一喜，想着一定是珞珞来看他了，眼前立刻浮现出她明珠美玉般的笑颜。

"君旭，你何时回来的，怎么不去见我？"可哪想出现在窗前的是一张清瘦的面庞，眼睛上的琉璃镜片在阳光下璀璨耀目，竟然是莫秋雨。

颜君旭忙放下笔，走到窗前，为难地挠了挠头发："我是想找你来着，可没想到一回书院，就被夫子们关了禁闭。"

"谁让你无故跑出书院，也该受惩罚。"莫秋雨嘴上严厉，眼中却满含笑意，"在这两日，我将咱们一起研发的龟甲车给做成了。将来这车若能在战场上建功立业，定会为兄弟你记上大功一件。"

颜君旭知是他无人分享喜悦，按捺不住才跑来找自己，也十分激动，恨不得立刻去看看这龟甲车。"但是无遮无挡的窄窗太不像话，若是敌人一箭射来，里面的人必死不可，可若是将它封上又看不到外面。所以我找人烧了块透明琉璃装上了，如此一来，若是有防水的涂料，车还能在水下行走，这就要等你一起研究了……"

说者无心，听者有意，颜君旭听到这车还能在水下行走，立刻欣喜若狂，想到了藏在人鱼湖底的公输子遗迹。他手中那《公输造物》残卷中记载了"避水术"，其中有一法是以特制涂料涂在木材上，木材便能避水，即便历经百年，也能不腐不烂。如果坐在这能避水的车中，就能轻易潜入遗迹，拿到剩余的残卷了。可他忘不了昨晚璇玑那鄙夷的神色，自己说是不觊觎《公输造物》，为何想出了潜水的法子就如此开心？机关之术宛如狐鬼，迷人魂魄，哪个懂机关的人，不会对这奇书毫无惦念。

莫秋雨见他低着头一言不发，也不知他百转千回的心事，只道他想龟甲车想得入了迷。

"你会画图的朋友也回来了，就住在你的隔壁。不过我看他似丢了魂一般，比你还要糟糕几分。等你出来后，记得来找我。"莫秋雨丢下一句话，便转身离去。

"哎，真是'东边日出西边雨，道是无晴却有晴'！"他还轻吟着诗句，似在感慨着世间无法言说的情愫。颜君旭想了许久，才低声道："我既没有害人，还帮了人鱼族，天下宝物那么多，哪个凡夫俗子不会想想，但去偷去抢就是另一回事。"

他如此一想豁然开朗，心中坦坦荡荡再无纠结，倒想去看看方思扬为何会失魂落魄了。

他从布袋中掏出两根铁丝，从门缝中探出，插入门上锁孔中扭了几下，铁锁就"咔"的一声被打开。因为自小喜爱机关，他把所有能接触到的锁都拆解了一遍，开锁对他来说不费吹灰之力。

此时艳阳高照，婢女刚刚送过午饭，后院里只有聒噪的蝉鸣，在炎夏的午后回荡。隔壁的房间被一把大锁锁住，里面果然关着人。他三下五除二地撬开了锁，推开门便见方思扬赤裸着上身躺在地上。他长发披散，眼神空洞，俊美的面庞宛如石雕般毫无血色，真如魂魄离体一般。"喂，你怎么了？"颜君旭被他吓了一跳，忙将他扶了起来。

再一抬头，却见白墙上墨色飞舞，画着一个脚踏水波的美女。美女衣袂飘飘，身姿翩然若仙，一头乌发松松地系在脑后，眼角眉梢中隐含少女的娇羞，像极了月曦。

"这是我的洛神，美不美？"方思扬眼中含泪，望着墙上的画哭道，"我自见了她一面，就再难忘怀。为了一睹她的芳姿每晚都溜出书院，只愿有一日能用笔墨呈现这惊世绝伦之美。可没想到，当完成画作之时，我却再也见不到她了……"

颜君旭昨日见他还跟月曦牵着手，一副浓情蜜意的模样，也不知这短短一夜到底发生了什么，他竟孤身回来，还失意若此。他帮方思扬套上衣袍，只听他还轻轻念着："由爱故生忧，由爱故生怖。若离于爱者，无忧也无怖……"

珞珞不告而别，他也心中难过，此时听到佛偈，字字都敲到了自己的心坎中，鼻中一酸，几乎也要哭出来。

可他突然想到了一件可怕的事，忙摇了摇方思扬："你方才说再也见不到月曦了？难、难道……"

方思扬白了他一眼："不是你想的那样，她一点事儿都没有。我离开之时，那些死人鱼还躲在村庄里，喝着咱们弄来的绿豆汤和甘草水呢。哼，我真是看错了璇玑老儿，表面道貌岸然，却一肚子鸡鸣狗盗，专门把人往坏处想。"

"没错，你说得真是太对了！"颜君旭一拍大腿，赞同地说。

他从未觉得跟方思扬如此亲近，两人一起破口大骂璇玑和人鱼族，足足骂了半个时辰方才住口。而他也从方思扬的咒骂中得知了来龙去脉。原来方思扬今天早上醒来，还做着被璇玑高看一眼的美梦，就被两个凶神恶煞的男人拖出村庄。

他自然不甘心，嚷嚷着要见璇玑和月曦。结果月曦没见着，只见到了璇玑。这位人鱼族长上来就说他居心不良，对他们加以援手就是为了骗取《公输造物》。

"哼，他就是不想让女儿嫁给我，才编出如此拙劣的借口。《公输造物》是什么玩意儿？本公子才瞧不上！老家伙真是无耻至极！"

眼见方思扬气得脸色如猪肝，颜君旭不好意思地挠了挠头，看来他是受自己连累，才被赶了出来。"不过你来找我，倒让我有个主意。"方思扬以手指抹干眼泪，冷笑着道，"他总觉得咱们惦记着这本破书，索性将它偷出来如何？再将书摔到他脸上，既解气又能让他明白，什么叫'以小人之心，度君子之腹'。"

颜君旭也觉得此法甚好，但却有违君子之道，挠着头一时不知该怎么办。

"你想想啊，《公输造物》这听名字就是传说中的公输子所著。公输子已经死了百余年，书当然是无主之物，凭什么在人鱼湖底，就成了他们人鱼族的？公输子说过要给他们了吗？连个交接的凭据都没有，他们也占得名不正言不顺啊！"

颜君旭听他讲得头头是道，不由自主地点了点头。心中所想的，却是这书无论如何不能落入涂山狐手中，自己先取到了，便可交给璇玑换个地方保管。既化解了跟人鱼族的矛盾，又能成全了方思扬跟月曦。

"那还等什么？咱们这就去人鱼湖边察看察看。你昨日不是说过要去？"

方思扬一扫方才的颓然之色，拉着他就冲出了禁闭室。颜君旭跟在他身后，望着他急切的背影，觉得虽然他口口声声说是为了《公输造物》，不过是想找一个见到月曦的借口。

夏风涤荡，像是一只纤纤玉手，摇曳着碧绿柳枝，也拨动了少年情窦初开的心弦。

颜君旭脚步轻快地翻出书院的墙，跑向了人鱼湖。仿佛那碧蓝的湖水是珞珞明媚的眼波，池边的芦苇是她轻盈的身姿。似乎只要他到了湖边，身穿樱红色裙子的少女就会在风中等他。

她嫣然一笑，百花迟。

夏天的天空，说变就变，午后还晴朗的天气，转眼就阴云密布，狂风乍起。待颜君旭和方思扬跑到人鱼湖畔时，豆大的雨点已经砸了下来，层云中闪电交加，雷声滚滚而来。仿佛这万里积云中藏着天兵天将，在天空中激烈地交战。

两人出发时没带任何雨具，只找到个渔民休息的草棚，暂且避一会儿雨。如此大雨，草棚中早有一人歇息，但见他身披蓑衣，头戴斗笠，根本看不清面容。但有趣的是，他的怀中竟然抱着一只毛发火红的小狐狸，狐狸眼睛乌溜溜的，煞是可爱。它只探出了一个毛茸茸的脑袋，眼中竟隐含落寞。颜君旭一看到这避雨之人怀中的狐狸，就顿生亲近之意，坐到了他的身边。"飘风不终朝，暴雨不终日。雨势这么急，应该不会下太久。"蓑衣人见他们狼狈而来，安慰道。

方思扬见他谈吐文雅，顿生好感，也凑过头跟他聊了起来。想不到这人所涉甚广，提到书画也颇有见解。两人为到底画该是写意还是写实争论不休。颜君旭哪听得下去，在他眼中，这雨宛如离人之泪，雷声恰似恸哭之声，平添了他的离愁，更想念珞珞了，轻轻叹了口气。

"这位书生，小小年纪，为何愁思满面呀？"蓑衣人抬了抬斗笠，好奇地问。

"我的朋友突然不告而别，让我很是难过……"颜君旭摇了摇头，苦笑道，"不过我如此平庸，除了机关之外一无是处，想必她是不想跟我多有牵连。"

听到他的话，小狐发出轻鸣，声音悲伤而委屈。

"天下之大也逃不过一个'缘'字，若是有缘，定会再见的。我相信你跟那位朋友，一定有此缘分。"避雨客将怀中的红狐递到他的面前，"小家伙很怕打雷，麻烦你安抚它一下吧。"

他话音刚落，阴沉沉的天空中，就传来振聋发聩的雷鸣。狐狸夹着尾巴，颤抖个不停。

颜君旭接过小红狐，轻轻抱在怀中，只觉它轻颤的身躯渐渐平静，最后竟而在他怀中睡着了。"灵珠之间的吸引，真是无法分割呀……"蓑衣人看着酣睡的狐狸，轻声感慨。

但颜君旭和方思扬谁也没在意他的话，方思扬又喋喋不休地跟他聊起了天。而正如他方才所说，如此大雨必不持久，半个时辰后，雨势就越来越小。又过了半个时辰，乌云渐散，湖面上烟雨蒙蒙，竟然出现了一道瑰丽的彩虹。

蓑衣人抱走红狐，跟他们道别，头也不回地继续赶路了。颜君旭依依不舍地目送他离去。不知为什么，当抱着小狐狸时，他心中离愁似被一只看不见的手挥散了，心情也豁然开朗。

蓑衣人走到了林木茂密之处，将怀中狐狸放下，轻声道："无论如何，你也要取得灵珠。从昨晚到现在，你一直心神不宁，连人形都变不了。但方才跟那少年一接触，立刻就好了。如果灵珠一直留在他身上，你永远都无法得道成仙。"

红狐垂首哼哼了几声，似很不情愿地甩了甩尾巴。

"先将灵珠取回，暂且不要想他将来是死是活。他是个人类，或许没有你的灵珠也能好好活下去，你就不一样了。"他缓缓摇了摇头，似听懂了狐狸的话，"去吧，我会一直等你。"

红狐叹了口气，一扬尾巴，纵身离开。再落地时，已经变成了一个红裙蹁跹，花容星眸的美丽少女。她走到湖边，迎风而立，眺望着如桥一般横跨在湖上的彩虹和碧波粼粼的湖面，眼中却隐含忧虑。昨晚颜君旭说讨厌狐妖，愤恨的语气便如一把刀刺入她的心中，让她伤心至极，甚至变不成人形。这太可怕了，活了二百多年，她还从未有过如此经历。到底是灵珠的力量，还是自己太过在意这少年书生？她捂着胸口，只觉心中酸涩难过，不知该如何是好。

"珞珞！"就在这时，身后响起一声呼唤，满含压抑不住的喜悦。

她回过头，只见颜君旭穿着一件洗得发白的布袍，依旧顶着一头乱发，正满怀惊喜地看着她。

"颜公子……"她微笑着答，心底却发出一声叹息，即便再次重逢又怎样，她回来是为了取珠，等待他们的只有分离。

"你怎么不告而别，担心死我了。"颜君旭心花怒放，奔到她的面前，高兴得直搓手。

"我昨晚就一直在这人鱼湖附近探查，果然有收获，黑狐把机关放在了地势稍低的西边，也不知是要干什么……"珞珞太了解颜君旭了，只要一提到机关，他就会将所有的事抛到脑后。

果然颜君旭不再追问她为什么离开了，忙好奇道："机关在哪里，快带我看看。"

"珞珞，不知你见没见过月曦……"方思扬走到珞珞身边，悄悄问她，"我被赶出了村庄，就跟她失去联系，也有一天一夜了。"

"忘了告诉你们，人鱼们已经离开了村庄，不知去了哪里，我也找不到月曦。"珞珞摇了摇头，叹气道，"可能他们谁都不相信，是怕被我们出卖吧。"

方思扬听说月曦不见了，眼中满含哀伤，失魂落魄地望着波平如镜的湖面。颜君旭满心只有机关，脚步轻快地跟在珞珞身后，哪能发现他的变化。三人结伴来到人鱼湖西侧，果然见几十个黑衣人在忙碌不停，他们将高大的树木砍倒剥皮，以树皮拧成绳索，将木材搭成了一个三层楼高的木架。这些人都是狐妖所化，力大无穷。而一个身材魁梧的男人拿着一张图纸，正在指挥着属下如何搭建。

颜君旭和珞珞一听他的声音，便知他是众狐的首领，被称为"蓝将军"的人。但见他身高八尺有余，长相粗犷，方面阔额，一双粗黑的眉毛状如乱芎。哪里像是狐妖，倒像是守门的石狮子。

"他们做这机关，是做抽水之用吗？我看这架子离湖水又远，又粗笨得不像话，未必有用。"珞珞躲在草丛中，拧了一下颜君旭的耳朵。不知为什么，看到他两眼发直的样子，她就忍不住捉弄。

颜君旭羞红了脸，捂着生痛的耳朵道："他们是在做大型的水车。你看那些铁桶，足有三十个之多，若是真被他们做成了，大概一日就能降下湖水水位。他们又特意选地势地的位置泄水，公输遗迹在地势高的东边，只需让遗迹的入口露出来，就能进去取残卷了。"

"哦，那要如何破解？"珞珞扁着嘴问。

颜君旭皱眉想了想，连连摇头："无法可破。"

"怎么会无法可破？"一直魂飞天外的方思扬，听到两人对话，忍不住插嘴，"你定是怕他们人多势众才这么说。"

"没错，如果他们人少些，总有休息的时候，咱们可以去将这机关拆得七零八落，或者放一把火，将它烧了也行。可他们夜以继日地干活，看进度不过两日就要动手，你说该怎么办？"

方思扬挠了挠头，不说话了。

"你方才说放火？"珞珞明眸一转，拍手道，"这个好，我这就去弄些干草，烧死死狐狸们。"

"没那么容易，你用干草做燃料，怕是刚刚点着就会被扑灭。此处位于湖边，有的是能灭火的水。"颜君旭再次摇了摇头，但看珞珞俏脸含霜，忙又道，"但是主意不错，只要能有易燃不易灭的燃料就能成。"

"油！"珞珞和方思扬同时说。

"煤油和菜油都不行，火势太小，根本烧不毁这高大的木架。"颜君旭不停地抓头，"到哪里去找威力大，又不容易灭的油呢？"

珞珞偏着头想了一会儿，突然瞪圆了杏眼，朝他们勾了勾手指，悄悄离开。

三人蹑手蹑脚地远离了黑狐和机关，方思扬才问道："喂，你是不是想到了什么？"

"因为我怕那边人多嘴杂，万一被偷听了去，咱们就全完了。"珞珞朝他眨了眨眼，笑吟吟地说，"方公子，你见多识广，知不知道'黑水'？"

"丹青颜料倒是认得不少，什么'黑水'根本没听过。"

颜君旭从小镇出来就到了白鹭书院，所见甚少，更是一脸迷茫，不知她在说什么。

珞珞身为青丘狐妖，从小学的就是识遍世间万物。山中长着什么，水里游着什么，她都如数家珍。

前一段日子，她往白鹭书院赶的时候，恰巧路过了一个山区，山中的岩缝中会有黑水渗出。这黑水遇火即燃，而且火势极旺，当地的百姓都用它烹饪烧菜，连柴都不砍。在方才颜君旭提到引火的燃料时，她就立刻想到了古怪的黑水。

她笑着将自己的见闻说给二人听，果然令两人精神振奋。

"我们去取这黑水回来，将这些死狐狸一把火烧了，给他们来个'以黑制黑'。"方思扬摩拳擦掌地说。

"什么是'以黑制黑'？"这次连珞珞也不懂他的话了。

"狐狸是黑色的，水也是黑色的，难道不是'以黑制黑'？"

"虽然不错，但是那地方离此地有七十里远，要如何往返？"

方思扬扬眉一笑，从怀中掏出了个绣着金线的钱袋，在她面前晃了晃："你有降妖伏魔之术，我也有五鬼运财之法。所谓有钱能使鬼推磨，只要我找个有车马售卖的集镇，最晚明天，就能将这黑水运过来。"

这下颜君旭和珞珞都为他拍手称赞，方思扬脸上也大大有光。他自来到这白鹭书院就跟中了邪似的，走到哪里都被人压制，如今总算找到了昔日叱咤风云的骄傲。

壹拾柒 JIUMENG RUXI

旧梦如昔

　　三人商量了一番，决定由方思扬去运黑水。颜君旭想起了莫秋雨的龟甲车，要将它改装成避水车，怕万一方思扬有事被耽误，无法及时返回，他就要冒险下水去保护公输遗址。而珞珞的任务是在黑狐的机关附近望风，以防黑狐随时启动机关。

　　在湖边耽搁了半日，等他回到书院，已是傍晚时分。午后下过一场大雨，西天尚有积云未散，在夕光中变成了一道五彩瑰丽的晚霞，金紫红黄交织在一起，宛如闪亮的绸缎般铺在天边。

　　他踏着霞光溜进书院，却不停地挠头，不知该跟莫秋雨如何张口。他脑子虽然机灵，撒谎却毫无天赋，一说谎话就心虚，总是被轻易识破。

　　他边走边想，伴着课室中的琅琅书声，不知不觉就走到了莫秋雨做机关的后院。

　　书院特别为莫秋雨辟出一块空旷的场地，铺满了砂砾，方便他演练新做的机关，此时在晚霞的映照下，恰似一片金色的海洋。而莫秋雨正坐在这光海中央，对着十几个木桶发呆。

　　也不知这桶中装的是什么，竟令他如此冥思苦想。颜君旭登时将如何撒谎抛到了脑后，好奇地向莫秋雨走去。

　　他的脚踩在砂砾上，发出沙沙细响。莫秋雨回过头，一见是他，立刻微笑着朝他招了招手。

　　"你这么快就从禁闭室出来了，不是说要三天？"他笑眯眯地说道，"不过禁闭室的锁太简陋了，料来也关不住你这机关高手。"

　　"这些是什么？"颜君旭跑过来，好奇地指着木桶问。

　　"都是避水的材料，有的是瓦工涂在瓦上防雨水的，有的是木工涂在梁柱上以防木柱腐烂的，却没有一种能用在我们这龟甲车上。"莫秋雨摇了摇头，叹道，"若是用油布，也做不到严丝合缝。"

颜君旭听他说着，脑中想的却全是自己在《公输造物》中看到的避水术。这避水术应该有几章，但他手中的，却只有一章，讲的恰好是如何熬制避水胶漆的。

他挨个打开木桶，一一查看里面的液体，只见桶中有刺鼻的黑漆，有金黄的树脂，有涂油布的桐油，有鱼胶，还有些他不认识的东西。

颜君旭查看了一番，问向莫秋雨："有乳香吗？若是乳香脂就更好了。"

"乳香？那不是熏香入药的？你要做何之用？"莫秋雨摸着下巴，好奇地问。

"我要熬制一种新的避水胶，要松节油、树脂、鱼胶、乳香脂这几种材料。对了，还要一大坛酒。"

他说到最后一个需要的物事时，莫秋雨不由笑出了声，调侃道："你是要事成之后，跟我一起饮酒庆祝吗？看来你对这避水胶是胸有成竹呀！"

颜君旭见天色渐晚，惦记着人鱼湖那边的动静，心急如焚，听到他的打趣也笑不出来。

莫秋雨拍了拍手，很快就有一个小书童应声而来。他将颜君旭要的物事写在了纸上，要书童去采买。还好树脂和鱼胶是现成的，松节油和酒也轻易就能觅得，只乳香脂难办一些。

小书童领命而去。两人坐在后院的凉亭中，边研究龟甲车边等待。颜君旭不停地看向空地，只盼小书童快点出现。

但乳香脂既名贵又难买，莫秋雨还让他尽可能地多买，只怕两天工夫也备不齐。

夜幕降临，星子如璀璨的宝石，点缀在丝绒般的天幕上。当一弯皎洁的明月如玉盏般悬在中天之时，颜君旭连坐都坐不住了，在凉亭中转个不停。

"君旭，少安毋躁，这些物事再寻常不过，他们不会耽误太久。"莫秋雨扶了扶戴着的琉璃片，笑着安抚他，"咱们一拿到材料就抓紧制胶，不会误了你的大事。"

颜君旭听到他最后的话，心头立刻一凛，暗道："他怎知我要做什么？难道会读心术不成？"

"研制前无古人的避水胶，难道不是大事吗？"

"是，确实是大事……"他暗中松了口气，生怕被莫秋雨发现自己的打算，他实在不想骗这位亦师亦友的朋友。

他话音刚落，便听空地上响起辘辘车轮声，只见一个青衣总角的小书童提着盏灯走在前面，身后跟着一个魁梧的工人，正拉着辆木板车朝两人走来。

"真的买到了！"他又惊又喜，高兴得差点跳起来。

"莫大人，您要的物事已备齐了，若是还需何物，请尽管告诉小人。"书童朝莫秋雨行礼，将一块木牌交给了他。

莫秋雨晃了晃手中镶金的木牌，朝颜君旭笑道："有了工部的采购令牌，谁敢耽误工夫？药店和制香店若是乳香不够，富贾大户也得捐些家藏珍货。"

颜君旭喜不自胜，立刻卷起袖子分配材料，在凉亭边架起铁锅，按照《公输造物》的记法熬起胶来。

松节油树脂一加热便融成一团金黄色的黏液，稍微冷却就会凝结成块，哪能涂在车上？莫秋雨见了不由连连皱眉。

颜君旭知他心意，又丢下跟松节油和树脂等量的乳香脂在锅中，接着他抱起酒坛，慢慢将一坛酒倒了进去。

酒一倒入，黏稠的油脂登时被稀释了。莫秋雨忍不住点头，方知他要的酒是用在此处的，真是巧妙至极。

最后他将鱼胶倒入铁锅。此时锅中已经满是沸腾冒泡的淡黄色胶体，他不断用木棍搅拌，直至几种材料完全融为一体，木棍上拉出黏稠的丝，才将火熄灭。

两人趁着胶尚未凝结的时候，拿出鬃毛刷刷在木盒上试了一下，果然是滴水不沾。

颜君旭欣喜若狂，开始给龟甲车刷起了胶。莫秋雨见了也在旁协助。两人还怕漏水，当第一层胶干了之后，又刷了第二层，如此直刷了七层，龟甲车的外壳已经变成了淡淡的金色，折射着月色星辉，仿佛是一颗小小的，停在地面上的星子。

他们刷完了龟甲车，仍沉浸在研发了新的避水胶的兴奋中，莫秋雨见酒坛中还有残酒，倒了两碗，将其中一碗酒递给了颜君旭。

"此车一造成，我再无遗憾，明日就可启程回京了。在这白鹭书院遇到君旭你这样的小友，真是收获颇丰，确实令我意想不到。"莫秋雨端起酒碗，与颜君旭手中的碗一碰，自顾自地喝了一口，"秋季大考之时，我在京城等你。"

"怎么？莫大哥你竟要走了？"

颜君旭吃惊地望着莫秋雨清瘦睿智的面孔，虽然两人相识时间不长，但颇有共同话题，又携手做了个新机关，仿佛知己一般。他还有好几个机关的设想要跟莫秋雨分享，哪知他就要回去了。

"白鹭书院是我宣讲新的科举制度的最后一站，在来这里之前，我可是兜了个大圈子，在全国书院讲了三个月。"莫秋雨安慰他道，"天下没有不散的宴席，况且以你的机关水平，定然会在科举拔得头筹，我们搞不好会在京城的考场再次见面呢。"

虽说如此，颜君旭也心绪郁结，喝完了一碗酒不够，又喝光了酒坛中仅剩的一些残酒。

莫秋雨见他不胜酒力，喝得脸庞通红，颇有几分借酒浇愁的模样，不禁哑然失笑，为了安慰这个失意的少年，他指着龟甲车道："临别没有什么礼物，这车就送你了，我回京路途遥远，单人也没法驾驭两辆车。"

颜君旭喜出望外，他本还想着如何跟莫秋雨借这辆车，哪知他如此大方，竟将车送给了自己。

他忙从布袋中掏出笔墨，埋头写了一会儿，将一张纸递到了莫秋雨面前："小弟无以为报，将这胶水的各种材料配比赠予莫大哥，希望您不嫌弃。"

莫秋雨笑吟吟地收下了纸，端起酒碗，轻轻吟道："南浦凄凄别，西风袅袅秋。一看肠一断，好去莫回头。"

酒入愁肠愁更愁，在这幽静的夜晚，听着莫秋雨念着离别之诗，他只觉头脑昏沉，方才喝的酒气骤然逼上胸口，不知不觉就睡着了。

睡到黎明时分，他突觉浑身湿冷，才发现凉亭外已下起淅淅沥沥的小雨。雨打花落，枯叶萎地，秋天的脚步已渐渐临近。

莫秋雨不知何时离开了，却将自己的外裳留在他的身上，显然是怕他受凉。颜君旭将衣裳穿在自己身上，从顶部打开了龟甲车的门，钻了进去。

他脚踩踏板，用手柄控制方向，从狭窄的琉璃窗缝中望着方向，缓缓驶出了书院。

书院看门的仆人睡得迷迷糊糊，他前半夜看到莫秋雨驾车离去，不明白为何后半夜又跑出来一辆车？

但这书院之中，除了莫秋雨还有谁能驾驭这样的机关车呢？他连忙打开大门，恭送车辆离去。

他搔了搔头，猜想方才所见不过是夏末秋初的一场幻梦罢了，摇摇晃晃地走回到住处，又沉沉睡去。

珞珞坐在树梢上望风，一双绣花鞋一荡一荡地，恰似飞舞在林间的两只彩蝶。可她眼中却满含忧郁，脸上也毫无笑容。

细雨暂歇，山风中掺杂着湿润的寒意。她望着忙碌的黑狐，和即将搭好的高大木架，就知等待着他们的将是一场恶战，轻轻打了个冷战。

或许在混乱中就可顺利取珠离开，正如蓑衣人所说，她自己都自身难保，哪里还顾得上颜君旭的死活？

她五指一晃，纤纤玉指变成了如刀似刃的利爪，想颜君旭那肉体凡胎，她只需轻轻一抓，便能将他心口处的灵珠取回来。

可不知为什么，当想到颜君旭浑身是血，不知生死的模样，她心中骤然一痛，指间的利爪随即消失。

她正想得出神，突然听到脑后传来破空之声。此时已近黎明，正是一天中最黑暗之时，难道竟有人发现了她？

她纵身一跃躲过了攻击，方才坐的树杈却被一道亮光齐齐砍断，跌了下去。她无暇查看对方使的什么兵刃，只想快快离开这黑狐聚集之地，以免被包围。

可掉落的树枝，还是引起了督工的蓝将军的注意。他将图纸交给身边肥胖的唐鹤，从腰中抽出软鞭，悄悄追了上去。他姓蓝名夜，是涂山会中的首领狐妖，不但身手高超，还得长老传授了机关术。

苍茫树林中，遥遥可见，在林间纵跃的两人身形都十分窈窕，竟然是两个少女。

他越发迷惑了，他来此地已经半月有余，怎么一直没发现此处卧虎藏龙，连年轻女孩都如此身手？

珞珞一路在树枝上纵跃，身姿轻盈优美，宛如乳燕穿林。她跑出一段距离，才停下脚步，只见一个暗白色人影，正躲在一棵树后。

那人将脸藏在阴影中，衣袂飘飘，随夜风浮荡，如鬼似魅般神秘莫测。

如果追来的是黑狐，她半点也不惊讶，可见这人打扮，怎么也猜不透来路，倒像极了在青丘听姐妹们讲的"怨鬼"。她战战兢兢地立在树梢，不知该如何是好。

树后人衣袖一展，一道水箭发出"嗤嗤"轻响，朝珞珞射来。珞珞立刻掏出狐尾琴，挡在面前。水箭击在琴上发出"嗡嗡"轻响，如飞花碎玉般散开，打在她脸上生痛。

而这一交手，她立刻明白追击自己的人是谁了，忙娇喝道："月曦，你搞什么鬼？突然对我下手？"

"你们这些坏人，我爹爹就要被你们害死了。"月曦不再躲躲藏藏，从树后走了出来，晶莹美丽的脸蛋上尚有泪痕，显然是刚刚哭过。

"这话从何说起？你们这些人鱼蛮不讲理，恩将仇报，将我们赶出来将近两日了。我连你们又躲去哪里都不知道，怎会害璇玑先生？"

"有时害人未必要亲自动手！"月曦却不依不饶，"你们临走时不是赠给我爹爹一张羊皮卷吗？那便是害人的物事。"

珞珞更摸不着头脑了，此时东边已经泛出淡淡的蟹青色，她想起要去接应颜君旭，实在不想再听她说胡话。

"羊皮上面是棋谱，传说中的《烂柯局》，说是王质上山砍柴时看到有人对弈，被棋局迷住，浑然忘了时间。等他被对弈之人的童子提醒后，才发现斧柯烂尽，时光匆匆已过百年。这本残局弈棋之人谁不想要得之？得到了的又有谁会忍住不看？我爹爹拿到后废寝忘食地钻研了两日两夜，就在方才……他、他呕出了几口鲜血，说无论如何也想不到下一招了……"

"令尊真是糊涂！如今大敌当前，他居然不保护自己族人的老巢，却跑去研究什么棋局？还急得吐血……"珞珞说到一半，想起自己为了取灵珠离开青丘，如今自己却对被视为猎物的颜君旭屡屡手下留情，也不怎么高明，急忙闭上了嘴。

不过由此可见，塔中的秦夫人让他们送谱，确实是没安好心。亏她自诩聪明，却毫无察觉地被利用，成了递刀杀人的手。

望着两个争执不休的女孩，躲在树后的蓝夜不由暗自发笑。他跟璇玑打过几次交道，这人鱼族长看似一副文质彬彬的老白脸模样，实则非常难缠。甚至有一次，他们乘船追击落败的人鱼，哪知是璇玑使的诱敌之计，在湖中掀起大浪，差点就把他们全部淹死。

想不到老白脸为了个残局急到吐血，倒为他去了个麻烦。毕竟使用这抽水机关，最大的风险就是被人鱼族破坏，给自己来个釜底抽薪。既然身为族长的老白脸将死，人鱼族群龙无首，还有什么可怕？

天色渐明，一轮红日缓缓自云海中升腾而起，照得湖面上金光粼粼，宛如一面嵌在山林中的明镜。

"哎，要我说你真是死脑筋！只需趁你爹爹不备，将这棋谱撕得稀巴烂，他想无可想，过几天也就忘了。"珞珞见月曦平静些，开始出馊主意。

月曦美目一斜，瞪着她道："他只看一眼，谱中的所有棋子摆置都印在了脑中。我撕了棋谱又有什么用？再说今晨、今晨他竟失踪了！一定是你们跟他说了什么，他才不告而别的！他病得那样重，万一落入歹人手中，哪还有活路？"

"烂柯塔！"珞珞立刻说道。

而与此同时，在树林中居然响起了一个男声，也在同时说出了"烂柯塔"三个字。珞珞转过头，只见颜君旭正挥着手，像是只刚放出笼来的灰鸽子，兴高采烈地飞奔而来。

原来颜君旭将车驶到跟珞珞约好的湖东，却左等右等也不见伊人身影，便知她定是被人绊住。他放心不下，便将龟甲车藏在了芦苇中，沿着湖边向西寻找，才走了一炷香的工夫，便见到珞珞和月曦正站在树林中。

他凑到近处，只听到了一些对话。在月曦说到璇玑失踪后，他立刻就想到了林中奇怪的塔，和塔中更加奇怪的秦夫人。

"什、什么烂柯塔？"月曦见他们都知道这地方，更是一头雾水了。

"哎，跟我们走吧，你爹十有八九就在那里。"珞珞朝她招了招手，"下次可别不问青红皂白就动手了。若不是我有点本事，这条小命岂不是要交代在你手里？"

"这么说……你们真的没有害我爹？方、方公子呢？他怎么没和你们在一起？"月曦见颜君旭孤身一人而来，犹疑地问。

"他去取黑水了，我们要给死黑狐点颜色看看。"珞珞根本没察觉到蓝夜就在附近，将自己的计划小声地说给她听。

伏在草丛中的蓝夜，双耳骤然变成一双狐耳，如蒲扇般大小，高高地竖起来。即便林中风急，他仍隐约听到些"黑水""水下行车"之类的话。

唐鹤被颜君旭和珞珞打得落花流水，狼狈万分地从书院中逃出来，绝口不提自己如何落败，更没说颜君旭的机关术。所以在他看来，"水下行车"简直是异想天开，倒是这个"黑水"不得不防。

他再也无心偷听，转身就快速奔袭，径向烂柯塔跑去。这两日为了建抽水机关，所有的狐妖都从塔中撤离，在湖边昼夜不舍地忙碌，谁也没空盯着孤身住在塔顶的秦夫人。

如今回想这位秦夫人，确实处处透着奇怪。半月前他来到人鱼湖，与人鱼族几番交手败下阵来，不得不找个既不惹人注意，又能长住的地方，便寻到了这荒凉的枯塔。

此塔远离人烟，可避免狐妖们现出原形被人类发现，站在塔上还能将人鱼湖景色尽揽，是个再绝妙不过的歇脚处。美中不足的是，此塔顶层居然住着一位孤身老妇，但在他眼中，这根本不算什么。

如此一位弱不禁风的老妇，轻易就能除去。只要将她弄死，这塔不就变成无主之地了？

他率人闯入塔中，打算杀人占塔之时，这位老夫人居然从容地从塔顶走下来，跟他谈起了条件。条件是要他能对付人鱼族，若能让璇玑受到重创，这塔便随他们使用。只要不去七层，扰了她的清净即可。

"可你怎么知道我是要对付人鱼族？"当时他被一眼看破心事，生怕这女人身负异能，顿时就起了杀心。

"在塔中可轻易望到湖边。诸君在湖边转了有几日了，我又不瞎，你们与人鱼族的几番交手都被我看到，这明晃晃的事连猜都不用吧。"她冷笑道，"偏巧我跟人鱼族也有些恩怨，若是诸位替我解决，就再好不过了。"

就是因为最后这句话，杀人如麻的自己，才留下这夫人的一条命。毕竟立场相同，将来或能有用到她的一日。

而且她从不外出，每日都待在顶层，仿佛塔中空无一人似的。时间久了，黑狐们每日忙忙碌碌，已忘了她的存在。

他奔行疾速，宛如一团乌黑的旋风掠过丛林，转眼就来到了烂柯塔前。只见塔门洞开，明明轻易就能进入，璇玑却一袭青衫，端坐在一棵高大的柏树之上。那柏树的枝丫繁茂，离塔尖不过两丈之遥。

他盘膝而坐，膝上放着一张棋盘，风摇树枝，身子随之起伏，衣袂飘飘，翩然若仙。

"平六三，白。"他沉吟了一会儿，在棋盘上落下一子。

"平九三，黑。"塔顶传来一个女人的声音，竟是秦夫人跟他在隔空博弈。

"平六五，白。"

"平九五，黑。"

两人一来二去下了十几子，落子的速度越来越慢。璇玑沉吟了半晌，拈着一枚白子，不知该落向何处。

蓝夜见璇玑脸色青白，嘴唇毫无血色，显然是重伤未愈，脸上浮现出阴森的笑容。

"今日一弈，让我想起了当年，彼时你我风华正茂，哪想再次对弈，却是这般情形……"璇玑感慨道，又轻咳了几声。

塔中人毫无回应，只有寂寞的山风，轻轻吹起璇玑的衣袖，宛如看不见摸不着的匆匆岁月。

蓝夜听着两人对话，猜想他们之前或许是好友，却不知何故成了死对头。机关建成在即，他还要回去派遣属下拦截方思扬，哪有空闲看这两人追忆往昔？

他冷笑一声，一扬手，袖底长鞭如灵蛇出洞般窜出树林，径直朝坐在树梢的璇玑袭去。璇玑在半空中无从借力，眼见一条闪亮的蛇骨鞭朝自己袭来，躲无可躲，刹那间就被穿透了胸口。他闷哼了一声，身子歪斜着栽下了树梢。

蓝夜见偷袭得逞，欣喜若狂，还想过去再补上一鞭，却听树林中传来一声哭喊，是月曦和珞珞先后到了。时间紧迫，他不想旁生枝节，反正这些不知死活的少年男女也斗不过自己。身影向后一跃，就消失在青翠树影中。

壹拾捌 相携探湖
XIANGXIE TANHU

颜君旭见月曦和珞珞身姿轻盈,宛如一朵彤云和一缕白烟般消失在树林中,跑得气喘吁吁也追不上她们的脚步。

等他赶到时,只看到月曦伏在父亲的身上恸哭,珞珞也神色郁郁地站在一边。

"你、你来了……"璇玑面如金纸,在看到颜君旭后,缓缓朝他点了点头,"看来人鱼湖的命运,要交到你们这些孩子的手中了……"

"璇玑先生不怀疑我了?"颜君旭挠着头,犹豫地问。

璇玑吐了口血沫,叹气道:"两害相权取其轻,《公输造物》落到了无知小子手中,总比被野心家夺走了强……还有,你们无论如何都要替我守住人鱼湖,不能让涂山黑狐给毁了。"

"好吧,谁让我们心善呢。"珞珞轻声应下,一双琥珀色的眼眸,上下打量着重伤的璇玑。

"女儿呀,你调动所有能动的人鱼帮助他们,万万不可让湖水泛滥到农田,更不能任他们淹没农庄,涂炭生灵。"

月曦点了点头,擦干了颊边的泪水。

"记住,你们是我布置的棋子。有、有的时候,棋子要先藏在不起眼的地方,才有翻盘的可能。"璇玑说完,双眸缓缓闭上,似疲惫至极,"找个有水源的地方将我放下,让我休息片刻,即可痊愈。"

颜君旭觉得他话中有话,仿佛要告诉他什么,但他挠着头也想不出,便按照月曦的指点,背着璇玑来到了一个位于林中的水潭旁,将他放在潭边。

此处树荫如盖，水潭周围长满了厚厚的苔藓，阴凉而潮湿，连暑气都骤然消散，确实是个养伤的好地方。

璇玑躺在浓绿的苔藓上，越发显得脸色苍白，一双剑眉如两道触目惊心的墨痕，怎么看也不像"休息片刻，即可痊愈"的模样。

三人见他虚弱至极，连话都说不出，只能离开。

"父亲刚刚呕血，不能送他去人鱼的聚集地了，在潭边休养有助于他的恢复。"月曦朝他们盈盈一拜，"希望两位能助我人鱼族一臂之力，阻止涂山会的恶行。"

"什么？你不跟我们一起去吗？"想到失去了月曦这个帮手，颜君旭难免感到失落。

月曦欲言又止，美丽的脸庞泛上一层红晕，她也不答他的话，纤腰一扭，轻灵婀娜的身影，便如一缕青烟般，消失在青绿的树影中。

"哎，她这是找方思扬去了。"珞珞她离去的方向，叹气道，"这对父女真是一脉相承，一个嗜棋如命，一个爱情至上，怪不得人鱼族几十年来不见长进，只窝在湖中。"

"璇玑先生被偷袭，多半是黑狐下的手，她担忧方公子也是难免。"颜君旭望着阴沉的天空叹气，"今天半日已过，只希望方思扬能带着黑水，顺利赶过来，我们才有胜算。"

两人正说着，便听远处传来喧哗之声，正来自湖西的机关处。珞珞拉起颜君旭的手，一跃跳上了树梢。

颜君旭被她带着在半空中上下纵跃，一边为上下起伏的失重感害怕，一边又因拉到了珞珞的手而激动万分。

如猿猴般奔跃过几十棵树，珞珞终于停下来，站在一根粗壮的树枝上。颜君旭根本站不稳，脚一滑就摔了下去，还好珞珞眼疾手快地抓住他的衣领，他才没有跌到树下。

两人并肩站在枝繁叶茂的树干上，眺望着湖光山色，只见灰蓝色的天幕中浮云流动，阳光如利剑般穿透云层，照在广阔的湖面、巍峨的山影上，气势磅礴，震撼人心。

"当初在白鹭书院初见，我做梦都没有想到，你我会有这么一天……"颜君旭被壮美的景色震撼，似感受到了命运的召唤，鼓起勇气对珞珞说。

可一贯喜欢捉弄他的珞珞却板起了小脸，指着前方道："我们可不是为了赏景来了，你且看那些狐妖在做什么？"

颜君旭发现了她的疏离，不知自己做错了什么，只能顺着指点的方向看去。只见密林中十余个黑衣人排成一队，共组成了七支队伍，每支队伍都各拉着一根手腕粗细的树皮绳索，正在卖力地吆喝使劲。

绳索绷得笔直，发出"嘎嘎"轻响，却并不断裂，显然是经过了特殊处理。随着他们有节奏地用力，绳子的另一端发出"隆隆"巨响，一个高约十几丈的巨大圆木，居然在林中立了起来。

圆木足有两人合抱之粗，挺拔笔直，也不知他们是从何处找来的。

"将土夯实，再灌注掺了糯米的灰浆，务必让这柱子根基牢固。"蓝夜站在高处，挥舞着银鞭指挥着众人,又问向另一队人,"泄水沟渠的进度如何了?"

"回蓝将军,明早就能完工。"很快就有人响亮地答道。

"太慢了,今晚必须挖完。"

"如果将水泄到农田去,可能会淹没几个村庄……长老说过,尽量不要伤人,以免破坏此地的自然平衡……"

"长老还说过,一个月之内要拿到公输遗迹中的残卷呢,否则必有重罚。你到底听哪个?"

那小喽啰立刻闭嘴不说了,领命而去。

蓝夜眺望着天边阴霾的天色,一对浓眉皱成一团,心中念道:"只希望今日不要下雨,否则就难办了。"

而他有所不知的是,藏在繁枝茂叶中的珞珞和颜君旭,心中却跟他想着同一件事。

他们忧心忡忡地望着天幕,生怕会有一场大雨到来。届时无论是潜水还是放火,都将难上加难。

狐妖们忙碌不停,很快就将这两日做好的巨大木轮安置在圆木上,又将铰链装在了木轮上。几个黑衣人推动了机关,木轮发出嘎嘎轻响,缓缓转动起来。

此时已近傍晚,西天的云在落日的渲染下,变成了诡异的黑紫色,散发着不祥的气息。落日余晖中,高大的机关耸立在湖边,缓缓挥舞着轮臂,仿佛一个狰狞可怖恶魔。

残阳宛如一个垂危的老人,只在西天晃了一晃,便被苍茫云海吞噬。颜君旭望着渐暗的天色,心急如焚:"不能再等了,我要下水……"

"你看,那是什么?"珞珞眼尖,突然指着一片茂密的树林道。

只见郁郁葱葱的枝叶间,竟藏着几个周身布满青蓝色鳞片的人。他们几乎与树荫融为一体,不仔细看根本发现不了,正悄无声息地向机关靠近。

"是人鱼!"颜君旭惊喜地叫道。

珞珞点了点头,美目中却无喜色。她冷着小脸,似乎在担忧着什么。

而在离人鱼湖十几里外的路上,两辆马车正在路上疾驰。方思扬正悠哉地坐在位于后面的一辆马车上,身边放着两碟小菜,半坛美酒。

车厢中散落着几张画,全是他一路所见的山水美景,还有他取黑水时在山中行走,见到的嶙峋怪石。

他依照珞珞的指示,果然找到了烧饭不用柴的村庄。他生性活泼,又长得俊逸,很快就博得了村中妇女的欢心。

妇女们平时烹饪就用黑水为燃料,自然知道如何采集,带他来到了产黑水的岩缝处。那里一大片山石都是黝黑的颜色,岩缝里的黑水取之不尽,用之不竭,不过半日他便装了满满三桶,满载而归。

这一路顺利之极,没有遇到半分阻碍。只是黑水臭不可闻,他不愿坐在同一辆车上,便又掏出银子另雇了辆车。自己在车上作画饮酒,仿佛人鱼湖之劫已经尽数化解了一般。

如此走了半日，天气越发阴沉，云霞化作一个个张牙舞爪的怪兽蹲踞在西天，似乎随时都能从天空中跳下来。

方思扬正要纵情挥墨，疾驰的马车骤然停了下来。车夫尖叫一声，弃车而逃。笔上的墨汁尽数甩在了他新换的锦袍上，气得他跳出车厢就要骂。

可他一下车，就像被个大麻核噎住了似的，张着嘴一句话也说不出。

只见车前正站着二十几个凶悍的黑衣人，有的脸上长着黑毛，有的露出白森森的獠牙，手持兵刃一字排开，堵住了狭窄的山路。

拉车的骏马被砍断了头，倒在了血泊中。车夫哪见过这阵仗，早就不知跑到哪里去了。

"知道我们来做什么的吧？识趣的就给我滚！"为首的一人挥了挥刀，刀光雪亮，仿佛闪电划破夜空。

方思扬看着地上身首异处的马尸，只觉双腿发软，恨不得也掉头就跑。

可他想到了月曦无助的双眼，哀求的话语，不但没跑，还往前迈了一步："真是不巧，我是个人，怎么能滚呢？不如尊驾来为我演示看看，如何滚一个？"

黑狐们没想到看似公子哥般的方思扬居然不逃，也没工夫跟他废话，提刀就要将他砍死。

刀光闪烁，寒意森森，方思扬双眼紧闭，等待着即将降临的死亡。可他没有等到预期的疼痛，却等来了香风阵阵。随着这沁人心脾的香气同时到来的，还有黑狐们刺耳的惨叫。

他忙睁开眼，只见月曦婀娜多姿地挡在自己身前。她手一挥，水珠便如弹弓般射向了黑狐，将他们打得血花横飞，哀哀哭号。

她赢在出其不意，一击得手后，黑狐们被她打得发了性，捡起落在地上的刀，双眼通红地又扑了上来。

夜色宛如密不透风的帘幕，瞬间就遮蔽了天地。而随着夜色同时降临的，还有蒙蒙细雨。

接近机关的人鱼很快就被狐妖发现了，他们厮打在一起。陆地上人鱼根本不占优势，只能偷袭。黑狐们举火燎天，将树林照得如同白昼一般，甚至拿起火把驱赶着人鱼。

颜君旭和珞珞眺望着火光中争斗的人影，只盼放火的燃料能尽快抵达。可他们直等到黑狐们将铁桶挂上了木架，仍没有看到方思扬的踪迹。

"不能再等了，下水吧。"颜君旭望着胶着的形势，坚定地说。

珞珞点了点头，托着他轻轻一跃，跳下树干，拉起他的手向湖东边奔去。她并不傻，也看出来即便有落雨相助，人鱼依旧占不到便宜。

抽水机关太大了，仅凭人力怎能轻易毁掉它？

他们刚跑出几丈远，便听身后传来"隆隆"巨响，庞大的机关被启动了。十几个狐妖化形的黑衣人，正在轮盘的中心踩着踏板。按照颜君旭的推演，这机关建在湖面稍低的所在，只要运转起来，水桶中水的重量就会带动轴承转动，根本无须人力。

而它一旦启动，除非湖中的水被抽干，否则不会停止。

两人心中焦急，忙奔向湖东。珞珞嫌颜君旭跑得太慢，索性一手提着他的腰带，一手抓着他的衣领，拎着他一路疾奔。

颜君旭长这么大从未被人这么拎过，一边佩服她神力惊人，一边偷瞧着她微微出汗的面庞，心脏不由狂跳不已。

方才的紧迫感仿佛消失了，他竟希望跟珞珞在这个细雨飘飞的夜晚走下去，天永远不会亮，路也不会有尽头。

珞珞跑了一会儿，一低头见颜君旭藏在乱发中的脸涨得通红，一双上挑的狐狸眼也正在悄悄打量着自己。

她突然想起了在书院里听过的"男女大防"之类的话，才想起来人类男女都离得远远的，一松手就将他丢在了地上，转过头不理他了。

颜君旭被摔得哀哀呼痛，也不知是发生了什么，揉了会儿腰才爬起来。他不知是哪里得罪了珞珞，这次重逢后她态度大变。

过去两人心意相通，可此时却像隔着一道看不见的墙壁，她站在墙的另一边，如此迷人，又如此疏离，他却无论如何也触摸不到。

形势紧迫，他挠了挠头，将满腔话语都咽了下去，跑到荒草中把龟甲车拖了出来，又从布袋中掏出工具开始改装。

珞珞好奇地抱膝蹲在他身边，看他忙碌不停："喂，这车上的轮子可不能在水中行走。水底不是淤泥就是水草，走不了多远就被卷住了。"

"我知道，莫秋雨也想到了，所以我得把轮子卸了，在车尾加一个桨。我只需坐在车中踩动踏板，这个风车扇叶般的桨就会转动，推着车子在水中前进。"一提到机关，颜君旭的话就多了，说个不停，"而且在前方我还有加个分水的角。你见过船首吗？都是尖尖的，就是为了减轻水的阻力的。"

珞珞见他神采奕奕，竟有些不舍，试探地问："喂，你是不是很讨厌狐妖呀？"

"是啊，他们那么坏，谁不讨厌呢？"他头也不抬地答。

"可是……也不是所有的狐妖都是坏的，万一有好的呢？"

"没见到有好的，听说狐妖都擅长骗人，若是它们对人示好，都有所图。"

这句话又刺痛了珞珞的心。是啊，她自己便是有所图才接近的他，甚至还想过直接剖心取珠。这样的她，确实算不上好的。

就在她发呆的时候，颜君旭已经将龟甲车改装成一个怪里怪气的物事，被他拖到了湖边。

"我要走了，而且可能再也回不来了……"他钻进车里，只露出一个头，恋恋不舍地望着她，"你要记得我。"

珞珞看着漆黑雨夜中他清秀的脸，微微上挑的双眼，他满含凄凉的眼神，胸口像是压了块大石般喘不过气来。

"我才不会记得你……"她突然一昂首，轻快地答。

颜君旭一愣，随即脸上写满了失望。

"因为我要跟你一起去！"她说罢纵身一跃，就跳到了车顶，纤细的身姿一扭，就钻进了车里。

　　车子内部窄小，两人挤进去连转身也不易，脚下还有颜君旭不知从哪里搬来的几块大石。

　　"你快出去，有可能回不来。这车估计会漏水，跟船桨的连接处不可能没有缝隙。"颜君旭忙要将她推出去。

　　"那我更不能丢下你一个人了。"珞珞指着石头问，"这是什么宝贝？"

　　"是增加配重的。我怕我一个人乘着这车，它重量不够沉不下去。"

　　珞珞三下五除二地将石头丢在了湖里，叉着腰道："这下你不能将我撵下去了，没有我，你沉不下去。"

　　这晚明明没有月，但她皎洁的面庞，却比月影更加动人；这晚也没有星，但她明亮的双眼，却胜过最闪耀的星子。

　　颜君旭看着眼前美丽而勇敢的少女，不由痴了。他在心底发出一声叹息："无论你要什么，我都会给你，只求你不要骗我。"

　　车子被他用竹竿撑离岸边，缓缓推入水中。在即将被水吞没之时，他阖上了顶部的盖子。

　　世界瞬间变得安静，天地也化为虚无，湖水从四面八方涌来，将这小小木车紧紧围住，像是琥珀困住了一只无路可逃的虫。

　　"太黑了……"珞珞惊叫道，"没有灯！怎么忘了灯？"

　　"我们想尽所有的办法，都没法在水中点燃照明物，所以这车只能在白天下水，在晚上下水的话，就只能靠司南了。"颜君旭从布袋里掏出一个贝壳大小的物事，放在手中，感受着那上面指针的方向。

　　可珞珞身为狐妖，在黑暗中也能看清物事，很快就发现指针在不停地轻颤，根本没法停住。

　　"快点想想，还有没有别的办法？"她急切地说。

　　颜君旭也急得满头大汗，不断地在布袋中摸索。他的手指摸过了矩尺、垂绳、凿子之后，停在了一个温润的物事上。

　　那是个圆圆的、拇指指甲般大小的东西，他无论如何也想不起是什么。他正在琢磨，指间一松，方才还摩挲着的冰冷圆片居然消失了。

　　他心中一惊，却见一条散发着幽蓝光芒的鱼缓缓游了过来，停在了龟甲车前。这鱼大概两尺余长，周身的鳞片如萤火星辉般熠熠发光，光亮足能照出一丈多远，足够为他们照明了。

　　"我知道了，这一定是璇玑给你的棋子变的，想不到竟有如此妙用。"珞珞一眼就瞧出这鱼并非实物，而是灵体般的存在，高兴地踩起了踏板。

　　车后的木桨飞快转动起来，推着车缓缓在水中前进。光鱼似有灵性，始终游弋在离他们丈许远的前方，为他们照明。幽蓝的光线中，水草如长发般在水底飘舞，湖底伫立的怪石像是蛰伏的兽。幽静美丽的人鱼湖，慢慢在他们面前展现出与平日不同的，狰狞的模样。

壹拾玖 GONGSHU YIJI

公输遗迹

蒙蒙细雨，像是一团潮湿黏腻的雾，紧紧裹在方思扬的身上，他从地上捡起了一把刀，站在了月曦的身边，这让他看起来有点男子汉的模样。月曦扬起了湿淋淋的绸带，赤着双足，不断地旋转着。丝带像是她的双手，准确地飞向了那些朝他们攻击的黑狐们。因为她的姿势太过曼妙，她虽然在战斗，却像是在跳着华丽的舞蹈。

白色的丝带在她身边飞舞，化作了一个巨大的光茧，将她保护得密不透风。

雨水助长了月曦的力量，黑狐们的刀被丝带打掉，脸上手上被抽出了血痕，他们气得哇哇大叫，却拿这个少女毫无办法。

"你只有一个人，我们却有这么多人，看你能坚持到什么时候？"为首的黑衣人却并不傻，嚷嚷道，"咱们只防守不进攻，累死这个小娘。"

月曦朝方思扬看了一眼，示意他快想办法。又有几个黑衣人拆掉了车板挡在身前，手持着尖刀，一点点向她靠近。方思扬大叫一声，丢下了刀，突然掉头就跑。月曦见他如此胆小，心下一凉，不过想他只是个手无缚鸡之力的画家，哪见过这场面，定然是害怕至极了才做出失常举动。她心中失落，手上的动作便慢了几分，立刻有个黑衣人瞅到了机会，猛地一刀朝她疾刺而来。然而就在这时，一股臭烘烘的黑水猛地泼到了他的脸上，他吓得哇哇乱叫退了回去，连刀都一并丢了："是毒液！死小子下毒！"

他们在人鱼湖中下过毒，便以为别人也跟他们一样。方思扬乘胜追击，拿着个瓢不断地舀黑水往他们身上泼。就算他们跑得再快，身上也多少沾上了些。

但他们很快发现，这水虽黏了点，臭了点，却并没有毒，立刻反扑回来，而且比之前更凶狠了，还有几人索性变成了狐狸，双眼通红如血。

"怎么办？"月曦赤着双足，不敢沾上黑水，后退了几步，后背已经靠在了车辕上。

"让他们尝尝我的厉害！"方思扬扬眉一笑，从怀中掏出个火折，点燃了就朝黑衣人们扔去。火光闪烁，像是一颗流星划过夜空。可它刚在空中划出一道优美的弧线，就被为首的黑衣人跃到了半空接住了。

他吹熄了火折，冷笑道："还没到地方你就想放火？真以为我们是傻子吗？"

就在这时，一直站在方思扬身边的月曦，一把拽过他的荷包，从里面掏出了一枚黑色棋子，朝他们扔了过去。说来也怪，已经熄灭的火折突然复燃了，火焰宛如风中的花瓣，轻柔地落在了黑狐沾着黑水的衣袖上。刹那之间，一条火龙撕裂了浓黑的雨夜，狰狞窜到了半空中。它庞大而凶猛，转眼就将十几个黑衣人吞没。他们哀号着，奔跑着，在地上打滚，却无论如何也摆脱不了烈焰的灼烧。而方思扬拉起月曦跳到了仅剩的一辆马车上。他取下头巾，将马的眼睛蒙上，挥舞着马鞭抽在了马臀上。

马车如一叶扁舟般，颠簸着冲破了火海，向夜的尽头驶去。

黑暗的湖底，珞珞只听颜君旭的呼吸声越来越急促，水已经漫过了她的脚踝，正如颜君旭所说，只要一踩动踏板令船桨旋转，就免不了会进些水。光鱼仍在车前游弋，在水中拖出迤逦的光芒。起初他们跟着鱼走，但很快就发现，虽然这鱼游在前面，实际上它却在跟随着他们行驶的方向。颜君旭只能掰了掰桨，调整了车首的位置，向湖底一处最黑暗的所在驶去。但珞珞却发现他的手抖得厉害，额头也渗出了冷汗。

"你怎么不舒服吗？"她摸了摸他的手，只觉触手冰凉。

"气、气不够了……"颜君旭艰难地说，"我方才就觉得胸口憋闷，喘不过气……"

珞珞没有一直踩踏板，再加上她是狐妖，会些闭气之术，居然毫无察觉。只见颜君旭脸色苍白，仿佛随时都能晕过去。

"喂，你醒醒呀！"珞珞拍了拍他的脸颊，却发现他竟然昏死了过去。

她慌张地望了望四周，不知该如何是好。颜君旭还没死，正倒在自己怀中，只要她轻轻在他胸口一剖，就能将灵珠取回来。她就能顺利渡劫，还有可能飞升成仙了。

"珞珞，别不理我……"憋闷的空间中，失去意识的颜君旭，不自觉地呻吟着。这声呼唤像是一道光，穿透了黑黢黢的水底，驱散了她心底的邪念。

"你死了，灵珠也没有血肉的滋养，我不是在救你，是在救灵珠！"她抿了抿嘴，像是下定了决心，低头就将嘴凑到了颜君旭的嘴唇上。他们的唇贴在了一起，她的气息流入了他的口中。颜君旭只觉自己闻到了一股馥郁的青草和花朵的香气，宛如在森林中徜徉。

他干瘪的肺立刻充盈了，血液流动起来，头脑也渐渐清醒。可他睁开眼睛，却见珞珞瘫软地倒在自己的肩膀上，双眸紧闭，已经失去了意识。他摸了摸嘴唇，不知道方才的感受到底是真是幻。可看着昏迷的珞珞，状态他没工夫细想，他看向窗外的湖水，知道自己只有一次选择的机会。一旦选错了，他跟珞珞都会葬身湖底。

光鱼围着车缓缓游动，似体贴地要将周围都照亮，为他谋得一线生机。颜君旭只见湖底怪石嶙峋，显然在千百年前，这里曾是一座山。眼前有两处较大的洞穴，足够龟甲车通过，他犹豫了片刻，突然用力地踩起踏板，竟然没有选择两个洞穴中的任何一个，径直向湖底一个最黑暗的所在冲去。光鱼默不作声地跟着他，身上的光越发亮了，似也惊讶于他的选择。

那黑暗之地也十分诡异，即便淡蓝色的荧光照在上面，也没有映出它的形貌，仿佛它是世间至暗的凝结，能吞没所有的光线。刚呼到的几口气又要没了，颜君旭再次觉得气闷，憋得脸色涨红，他用仅剩的力量，踩起了踏板。

车子划破水幕，朝深沉暗影疾冲而去。但它并未如预想的那样钻进洞中，而是发出"砰"的一声巨响，撞到了个坚硬的物事上。颜君旭猝不及防，头一下磕在了车窗上。只见眼前的浓黑竟然裂出千万道细纹，宛如一块巨大的黑冰在慢慢破碎。

这一撞将车也撞出了裂缝，水从四面八方涌了进来。颜君旭一把抱住了珞珞，接着他被一股磅礴的力量推进了水中。他紧紧地闭上了眼，屏住呼吸，只觉水流像是一只力量无穷的大手，推着他挤进了一个狭窄的甬道。他随波逐流，仿佛一片在飓风中飘荡的树叶，不停地撞在甬道两侧坚硬的石壁上。但说来奇怪，他怀抱着珞珞，心跳跟她的相互呼应，像是被一双看不见的温暖大手呵护着，即便被激流裹挟着几次撞到了岩石上，他都毫发无伤，连痛都不痛。

水流终于渐渐变缓，他急忙双脚踩水，很快就浮出了水面。只见自己正置身在一个一亩大小的水潭中，水潭三面环山，只有一条曲径，不知通向何方。他畅快地吸了几口气，把珞珞推上了岸，自己也爬了上来。岸边青苔满布，踩在脚下如松软的毯子，不知多久没人来过。

珞珞呼吸到了空气，咳嗽了两声便醒了。可她看到颜君旭关切的眼神，脸庞登时绯红，连忙躲开了他的视线。

"这是哪里？"她甩了甩头发，又整理了一下衣服，湿漉漉的衣服转眼就干了，连一头乌黑的秀发也干爽秀丽，像是根本没下过水。

"应、应该是公输遗迹……"颜君旭就没她的好本事，他浑身湿透，冻得哆哆嗦嗦，指向曲径中一点幽暗的光，"那、那是长明灯，我曾经见过类似的。"

"那我们快点看看去。"珞珞脚步轻盈地走过去，欢快得像只徜徉在林中的小鹿。

颜君旭打了两个喷嚏，哆哆嗦嗦地走在她身后。只见曲径上铺着青砖，两旁摆着整齐的石头，一看就并非天然。他激动万分，忘了寒冷，三步并作两步跑到了珞珞身边。狭窄的曲径越走越宽，十几丈后，呈现在两人面前的竟然是一个开阔的山谷。

山谷四面环山，只在最高处能看到一方天空，肚大口小，呈葫芦状，倒像是人挖空了一座山开凿出来的。谷中有溪流潺潺，野花芳菲，还有几只兔子好奇地蹦到他们脚边，并不怕人，简直是世外桃源。"没想到竟有这么美的地方！"珞珞忍不住感慨，"好像是回到了青丘。"

"青丘？那是哪里？"颜君旭挠了挠脑袋，"怎么在哪儿听过？"

珞珞知道他最会抓人话中漏洞，朝他挥了挥手，平地乍起一阵暖风，将他身上的湿衣吹干了。果然颜君旭眉开眼笑，连连谢她，也不再追问了。

方才两人见到的灯光，是从山谷东侧的一个石头房子中透出来的。通向石房子的路都铺着卵石，走来毫不费力。他们边走边欣赏着谷中的奇花异草，还时而停下看看溪水中的雨，不约而同地想，要是将来能在此生活，真是再好不过了。

　　颜君旭一边想着，目光却不由自主地看向珞珞。如果能与她相伴，在此生活就更好了。

　　珞珞却望着谷口琢磨着，这构造雷也劈不进来，如果她取不了灵珠就躲在此处，谅来雷神也拿她没办法。如此行了一路，颜君旭几次想出言问她心意，但都被珞珞巧妙地岔开了话题。他只能窘迫地挠头，猜想珞珞一定是觉得自己不配，才如此疏远，心中越发酸涩。

　　两人很快来到石房子前，木门也不知用了什么防腐的技术，历经百年仍未腐坏。推门而入，里面灰尘满布，墙上挂着蜘蛛网，地上也生出绒绒青草。房中家什简单，房间的尽头还有一张床，而将他们引来的灯正放在朝西的窗边。那灯是全铜制作的，铸成憨态可掬的肥胖蟾蜍。蟾蜍张着大嘴，那点火苗便在跳跃在它的舌尖上，煞是有趣。

　　房中放着一张书案，案上凌乱地摆着几本书，还有个自鸣钟计时器，钟下悬着个沙漏，沙漏翻转便会带动钟里的机关报时。颜君旭被计时器吸引，用手指翻了一下沙漏，钟便"叮叮当当"响个不停。"咦？这是不是就是《公输造物》呀？"珞珞走到书案前，只见书案上摊开放着一本书，旁边笔架上放着笔。

　　虽然到处都积满了尘灰，室内物品摆放得却像是主人刚刚离开的样子。

　　颜君旭掸掉了书上的灰，翻开扉页，只见第一页写着："四十岁后，方知机关之妙，不止于技。沉迷于技者，耽于奇技淫巧。机关应用于民，而非声色享乐，方为正道。"

　　接下来的书页中，不止于残缺的"避水术"，还有其他的章节。他翻到最后一页，居然又没有下文了，这也是一本残卷。

　　"看来这位公输子是边想边写。这书并非是被他撕了，而是写到了一半，他就离开了这个地方，便将这几页残卷丢在了此处。"珞珞点了点头，笑道，"这位机关之神还颇有个性呀！他写这些东西，似乎只是随手记录，根本不拿众多精妙的法子当回事呢。"

　　"可能在他心中，这些机关都是雕虫小技了吧，所以才如此随性。"颜君旭将残卷郑重其事地捧着，朝这房中的四面拜了又拜，嘴中念念有词地说，"公输子先生，虽然你不认识我，但小生有幸得到了你两本残卷。小生一定会遵照您的愿望，用这机关术造福百姓的……"

　　他念叨了一半，珞珞突然拉了他一把，指着山谷上的一方天空道："你看，天的颜色怎么变了？"颜君旭忙跑出石屋，只见夜空中红光闪烁，像是火焰的光芒。可这火光一闪即逝，仿佛火刚刚燃起，又被人扑灭。

　　"方思扬回来了？"两人立刻惊喜交加，异口同声地说。

　　"不行，我们得快回去！可是龟甲车已经碎了，如何才能回去呢？"颜君旭见火光转瞬即逝，猜是方思扬放火失败，急得如热锅上的蚂蚁，恨不得立刻出去帮他。

　　珞珞眼珠一转，又跑回了石屋中。颜君旭纳闷地看着她，不知她又搞什么名堂。

　　"你看看你手里的书，避水术有几种方法？"她督促着颜君旭，自己则在屋中不停地翻找什么。

"你到底有何妙招？都火烧眉毛了就别卖关子了。"颜君旭急道。

"你说通向山谷的水潭深不深？水路险不险？外面的人鱼湖大不大？"

"水潭当然深，狭窄的水路更是危险至极。被冲进来的时候我还以为钻进了怪兽的咽管里。至于人鱼湖有眼睛的都能看出来很大。不过你说这些无关紧要的干吗？"

"这些可重要呢……"珞珞指着他手中的书，笑着道，"他的住处在水中，他写的书也是关于避水术的，你觉得他是在干什么呢？"

颜君旭立刻恍然大悟，拍手道："他在做实验，一边试，一边写！"

"没错，这湖中既有深水又有浅水，还有曲折水道，最适合他演练新的想法了，所以这里一定有他带不走的避水机关……"

"可是人鱼族长说过，他是住在半山腰，后来水才慢慢淹没洞口的……"

"切！你还真信？换成我也会这么说的。撒点谎就能让敌人走弯路，何乐而不为呢？"珞珞说罢突然打开了一个箱笼，翻出了里面的物事，惊喜地道，"快看，好像找到了！"

颜君旭听了她的话，立刻觉得后背发凉。他想起在入口附近看到的两个洞窟，如果他选择了任何一个钻进去，是不是就性命不保了？想来这多半是璇玑布置的陷阱，为了扰乱窃贼们的视线。珞珞见他没答应，兴高采烈地拎着一个薄如鱼皮的衣服走出来："快看看你的书，这是什么玩意儿？"他忙掏出书本，把这些物事跟上面的记载一一对应，很快他就双眼放光，激动万分地朝珞珞道，"我们能出去了！而且很快！"

正如颜君旭和珞珞所猜测的，方思扬赶回来了。他驾着马车奔入林中时，黑狐和人鱼围着机关斗得正酣。抽水机关已经启动，发出"隆隆"巨响，仿佛一个高大威武的神魔挥舞着手臂，几十个铁桶灌满了水，将湖水倒入沟渠中。即便夜色晦暗，也能隐约看到位于人鱼湖下游的农田已经被水淹没，稻草人孤零零地站在一片汪洋中，凄惨可怜。

方思扬将车停下，翻身下马，把月曦也拽了下来。两人把车厢中的黑水搬下来，又砍了些灌木放在车厢中，将车用黑水点着。拉车的马骤然受惊，撒开腿朝抽水机关冲去。人鱼和黑狐都被这意外冲出来的燃烧的马车惊呆了，纷纷避让逃命。

马车跑到哪里，烈火就燃到哪里。有几个黑狐躲避不及，被烧焦了尾巴。方思扬和月曦看到这一幕，只希望这火烧得越旺越好。但马只冲到了一半，眼看就要撞到抽水机关上。突然有个人如翱翔的大鸟般从天而降，他挥舞着银鞭，一鞭就卷到了马的脖子上，将疾冲的马生生拉住了。

马前蹄跷起，发出一声痛苦的嘶鸣。接着他手腕一挥，银鞭朝湖中甩去，他臂上的力量似有千钧，马被鞭子带得趔趔趄趄地冲到湖边，最终"扑通"一声掉落湖水，激起千层浪花。

车上的熊熊烈火刹那间就被湖水吞没，光明消失，深沉的夜再次统治了整个世界。

贰拾 明月长弓
MINGYUE CHANGGONG

蓝夜威武地站在机关下，挥了挥手中的银鞭，鞭梢击破长空，发出刺耳的啸声。

"如此雕虫小技，就想破我的机关术吗？你们谁还敢放火？尽管放马过来！"他表情狰狞地叫阵，脸上也长出了黑毛，嘶哑的声音在夜空中回荡，宛如来自地狱的恶鬼。

黑狐们见他如此威武，也士气大振，挥舞着武器发出野兽般的号叫。人鱼们像是影子般躲回了密林里，不敢再轻举妄动。

世界变得死寂，只有机关运转发出的"隆隆"巨响在夜色中回荡，像是命运的脚步声，压抑而凝重。

就在这时，一个几乎轻不可闻的声音缓缓靠近。最先听到这声音是月曦，她回过头看向声音的来处，立刻瞪圆了美目。

方思扬五感稍弱，察觉到月曦不对劲才回头去看。可他看到那人时，登时面色惨白，仿佛看到了从地底钻出的死魂灵。

但见他青衣飘飘，面如冠玉，唇边留着一撇美髯，竟然是重伤不起的人鱼族长璇玑。

"爹！你的伤竟然全好了！"月曦兴高采烈地跑向了父亲。

她将璇玑放到水潭边后，就迫不及待地去帮助方思扬了。但他们将黑水带回来，也没有听到璇玑伤势好转的消息。

在这危急时刻，想不到父亲竟然神采奕奕地出现了。看他唇边含笑，朗目如星，像是比受伤前精神更好。

"因为我根本就没受伤。"他宠爱地摸了摸女儿的秀发,"我的女儿长大了,居然能带着族人支撑这么久,辛苦你了……"

月曦伏在他怀中,仿佛瞬间就放下了肩上的重担,又变成了承欢膝下的少女,泪水不由浮上双眸:"可是我明明看到你被人偷袭,从树上跌下来……"

"那是疑兵之计。涂山黑狐不对我族赶尽杀绝,恐怕不能安心地启动机关。他们以为我受伤了,才能放心地进行下一步计划。如今机关启动,便是他们最强,也是他们最弱的时候!"璇玑眺望着夜空中高大的抽水翻车,冷笑道,"这么大的靶子竖起来,还怕人拆不散吗?"

璇玑说罢才留意到站在月曦身边的方思扬,见他脸被熏得焦黑,身上也受了轻伤,忙拱手道谢:"方公子年纪轻轻,便能单枪匹马去寻找燃料,我替人鱼族多谢你了。先前将你们赶走,也是我麻痹黑狐的手段,希望你不要见怪。"

方思扬被他夸奖,乐得心花怒放,哪还怪得起来,连这一路吃的苦都化为烟云。

璇玑翩然起身,将食指凑在唇边,吹起了口哨。哨音婉转低回,恰似湖水拍打岸边的声音。伴着声音的节奏,密林中树影轻摆,一个个人影向他们聚集而来。这些人身上长着鳞片和鱼鳍,双瞳是晨晖般的黄色,全都是人鱼。

璇玑跟他们无须说话,只打了几个手势就做好了布置。众人鱼纷纷点头,领命而去。

接着他快步走向林中一棵茂密的桑树。树后露出一截裙摆,似躲着一个女人。她见璇玑走来,探出了半个身体,将一个长长的布包递给了璇玑。之后她激动得想要走出来,璇玑却朝她摆了摆手,示意她不要现身。

璇玑将布包放在月曦面前,打开了层层包裹,露出了一把半人高的玉色长弓。弓身由手腕粗细的鱼骨制成,散发着温润的莹白色。弓背上嵌着一个拇指大小的夜明珠,晶莹明亮,宛如一滴凝结的泪。

弓静静地伏在璇玑臂弯中,像极了一弯清幽的明月。

"明月弓?"月曦惊诧地问。虽然她从未见过明月弓,但一见到它,她的脑海中立刻浮现出了这三个字。

"是的,它丢失了几十年,所幸我昨日将它找到。"璇玑摩挲着温润的弓身,脸上现出几分温柔,"它回来得极是时候,可助我人鱼族度过一劫。"

接着他将明月弓交到了月曦手中,郑重地叮嘱女儿:"人鱼族的未来,就托付给你了。待会无论发生了什么,你都要稳住心神,射出至关重要的一箭。"

月曦怀抱着明月弓,坚定地朝父亲点了点头。

细雨淋漓,藏在树荫中的人鱼,突然前仆后继地跳出了树林,朝黑狐扑了过去。

他们身上覆盖着溜滑的鱼鳞,刀剑砍在了鳞片上,瞬间就被卸下力量,刀锋也偏到了一边。黑狐们见兵刃无用,索性亮出锋利的爪牙,扑到树梢上,跟人鱼们激烈地扭打。

幸而这是个雨夜,虽然是在陆地上,雨水也增加了人鱼的灵活性,黑暗能令他们随时藏起行迹，两方胶着在一起，竟打了个难解难分。

蓝夜站在机关水车的主轴承上，居高临下地望着战斗的双方，不耐烦地对唐鹤道："替我看一下，我去解决这些缠人的家伙。"

唐鹤对机关术一窍不通，不懂他要自己看守什么，只能笨拙地爬上了水车，坐在了蓝夜方才站着的所在。

蓝夜挥舞着长鞭冲入战团，所到之处如入无人之境。银色的长鞭抽到哪里，哪里就有人鱼皮开肉绽，身首异处。

他正杀得兴起，突然觉得素来用惯的长鞭变得沉重，但他不以为意，又挥舞了几下，可这次却连抡成个圆弧都很艰难。

他察觉到异常，忙看向鞭梢，只见长鞭上竟挂满了水滴。水滴仿佛被赋予了生命，汇聚在一起，像是蛇又似虫，紧紧地粘在他的兵刃上，令这平时称手的杀器变得沉重迟钝。

"到底是谁在捣鬼，有本事就出来跟我打一架？躲在暗处偷袭又算什么？"他收起银鞭，愤怒地叫阵。

雨丝飘零，一个人影悄无声息地出现在一棵高大柏树的树梢上，随着树枝的起伏上下晃动，宛如一只青色的飞鸟。

蓝夜一看到这人，心中骤然一紧。因为这个青衣翩翩的美男子，正是人鱼族长璇玑。璇玑向来诡计多端，如此毫发无伤地出现，必无好事。

"你说得对，躲在暗处偷袭，确实卑鄙至极。"璇玑手指一弹，千万雨滴凝固在半空，再落在他手中时，已经变成了一把透明的水剑。

"哼，我管你是人是鬼，为何而来，今晚都要让你灰飞烟灭。"蓝夜毫不畏惧，长鞭如灵蛇般疾刺向璇玑胸口。

璇玑手腕一翻，剑幻化为鞭，跟他的长鞭绞在一起。蓝夜突然将银鞭一撤，从腰间掏出一把短剑，和身朝他扑了过去。

璇玑微微一笑，手腕轻抖，水鞭再次化为千万滴水珠，如漫天花雨般打向了蓝夜。

两人斗得难解难分，刹那间就换了几种兵刃，令坐在机关上观战的唐鹤看得目不暇接。

他正看得聚精会神，突然间觉得鼻翼间闻到了一股臭气，落在身上的雨滴也黏腻湿滑。他借着黯淡的光看了看双手，只见手掌上全是黑色的液体。

"下、下黑雨了！下黑雨了！"

黑色的雨滴在他的身上，洒在旋转的木架和高大的立柱上，像是一面随风而降的黑纱，悄无声息地覆盖了整个机关。

颜君旭和珞珞游到岸边时，看到的正是混战的乱局。他们忙摘下手脚上绑着的软木鸭蹼，把用来换气的皮囊也丢在了一边。这些都是他们从公输子的石屋中翻出来的避水工具，还有一套防水的鱼皮衣裳，时间太紧来不及换。

"天啊,那不是璇玑先生?"颜君旭见到了在半空中跟蓝夜斗得正酣的璇玑,活似见了鬼,"他、他不是要死了?怎么恢复得如此快,已经能跟人打架了吗?"

"谁说他会死的?我就知道他是装的。"珞珞丝毫不担心,得意地说,"这家伙狡猾得很,吃过一次毒水的亏,估计处处提防,怎会轻易被暗算?"

"黑狐们好像都在往机关处聚拢了。"颜君旭没空听她显摆,焦急地看着战团。

果然,黑狐们似发现了什么,不断后退,围着机关以防有人接近。便在这时,一支燃着火的箭,宛如流星赶月般划破夜空,向机关水车飞去。

蓝夜顾不上跟璇玑缠斗,甩起软鞭,"啪"的一下将火箭打偏了。箭落入了湖水中,发出"嗤"的一声轻响,瞬间熄灭。

"我们快去射箭的地方看看!这箭是取胜的关键。"珞珞忙拉着颜君旭,向火箭射出的树林奔去。

她疾走如风,颜君旭只觉脚不点地,自己被带得几乎飞了起来。他身子在半空之时,又看到了一支箭划破了夜空,但这支箭被一个守在机关旁的黑狐打落了。

火星点燃了荒草,几个黑狐扑过去将火扑灭,他们立刻欢呼不停,声势大振。

"璇玑老儿,我真是佩服你,居然能设计出这毒辣计谋,利用人鱼和自己吸引我们的注意力,却悄悄把我的机关上涂满了黑水,意图放火。"蓝夜见两箭都被打落,得意地大笑,"可惜射箭的家伙太笨了,我倒要看看,你要如何点起这把火!"

他叫破璇玑的布置,黑狐们再也不跟人鱼缠斗,纷纷撤回,将机关守得固若金汤。

璇玑却依旧云淡风轻地站在树梢,身姿潇洒,宛如谪仙,一副胜券在握的模样。

他这姿态倒让蓝夜心存疑虑,生怕他藏着后招,只能紧紧地握住长鞭,警惕着周围的动静,不敢轻举妄动。

珞珞拉着颜君旭,宛如一阵风似的,奔到了箭起之处。只见方思扬和月曦正在跟几个狠辣的黑狐缠斗。

月曦一不留神,被个黑衣人钻了空子,对方拿起刀就朝她后心砍去。珞珞拿起琴就要救人,可有个人比她更快,从树丛中跳出来,一下扑到了偷袭的黑狐身上。

她身穿洗得发白的粗布衣裙,以绢帕蒙住了半边脸。虽半分武功不会,却仗着一股拼命的狠劲,将凶恶的黑狐逼退了。

"秦夫人,你快退下吧,这里交给我!"珞珞跑过去一把推开她,从裙下掏出狐尾琴加入了战团。

颜君旭也捡起了一块石头,砸在一个缠着方思扬的黑狐头上。两人一加入战团,形势在瞬间逆转,三下五除二就将偷袭的黑狐给赶跑了。

"快射箭!否则他们还会来更多的人。"珞珞捡起地上的明月弓,塞在了月曦的手中。

月曦摇了摇头,举起了颤抖的双手:"我、我拉不动弓了……这弓太硬,我使出了全身的力气,才射出两箭……"

颜君旭扶起了跌坐在地的秦夫人,也顾不上问她缘由,便跑到珞珞身边,将明月弓捡起来,塞在了她的手中："这一箭你来射！"

危急之时，也容不得多想，珞珞接过了弓，试了试力量。颜君旭将一簇火棉绑在了箭头上，将羽箭也递给了珞珞。

"小心，这弓非常硬，我连拉都拉不开，这一箭一定要射中！"方思扬也为她鼓劲。

弓果然很硬，像是一只紧闭的蚌。珞珞用尽全身的力气，才勉强将弓弦拉开。她的手微微颤抖，仿佛不堪重负，而人鱼族的命运，正握在她的双手中。

她将弓弦拉满，瞄准了远处的机关。燃烧的羽箭宛如一只火鸟，跳出了她的怀抱，振翅飞到了夜空中。

这一箭比方才的更有力量，也射得更高。黑狐们跳起来挥舞着刀防守，仍然没有打中。

眼见它就要射中机关，蓝夜随手抓起了一个身边的属下掷了过去，这倒霉的家伙立刻被箭贯穿，但箭头上的火也熄灭了。

"璇玑老儿，看你还有什么办法？"蓝夜得意地大笑，兽性大发，脸上布满黑毛，变得越来越不像人了。

坐在机关轴承上的唐鹤见他如此残忍，连同伴都杀，吓得浑身发毛，挪动着肥胖的身躯，想要悄悄爬下来溜走。

这一箭再次落空，月曦又递给珞珞一支箭，催促道："快，再试一次，不然爹就要死了。"

珞珞手臂酸软，手指痛得不像是自己的，她只能为难地摇了摇头："不行，我再也拉不开弓了。"

"你方才说什么？为什么你爹爹要死？"一直沉默的秦夫人突然摘下了脸上的绢帕，握住了月曦的手腕，激动地问。

月曦从未见过秦夫人，也不知这位端庄秀美的妇人是何来头。

可见她对父亲情真意切，跟她一样惦记他的安危，忍不住泪盈于睫："所有的箭都射不过去的话，爹他一定会引火自焚，烧毁机关的。我是他的女儿，太了解他了，为了保护族人和百姓，他一定会牺牲自己。"

秦夫人脸色骤然变得苍白，接着身子一歪，竟然晕了过去。

正如月曦所料，璇玑手中扣了一个火折，只待合适的机会打开。他善于弈棋，知道这步绝杀的棋子，只能在对手毫无防备的时候落子。

他在等待蓝夜和黑狐松懈之时，或者是第四支箭射出的时候，那也将是最后一箭。

他恋恋不舍地凝视着天空，知道以明月弓之硬，月曦最多只能拉两次弓。第三箭应该是那几个少年男女射的吧。等这些孩子再一次拉弓，就是自己命尽之时。

他期盼的很快就来了，只听天空中响起了破空之声，一支火箭发出尖利的哨声，从林中窜了出来。

月曦怀抱着明月弓，哀哀哭泣。珞珞和方思扬也垂头丧气地坐在她的身边，束手无策。

这时却有一只手拿起了她怀中的弓，试着拉了一下。这人不是别人，竟是颜君旭。其余三人惊异地望着他，仿佛是在看一个疯子。

"珞珞，我们再试试……"他挠了挠蓬乱的头发说，"我们俩一起拉，或许这次能成。"

珞珞虽然对两人合力也毫无信心，但为了人鱼族，也只能一试。她站起来，接过了弓，瞄准了抽水机关。

颜君旭的手搭在她拉着弓弦的手上，双臂使力，弓弦发出"嗞嗞"轻响，缓缓拉开。

珞珞在颜君旭的怀抱中，他的胸膛紧贴着她的背，他们心意相通，连心脏跳动的频率都完全相同。

灵珠产生了共鸣，源源不断的力量，从他们的体内涌出。方才还重逾千斤的弓弦，在他们的手中化为一轮满月。

在这短短的瞬间，珞珞只觉无尽的力量在血脉中流转，心中满怀自信，再无惧怕。

"瞄准哪里？"她轻轻地问。

"木轮跟木柱连接的轮轴，那里是整个机关最脆弱的地方。"颜君旭在她耳边轻轻地说。

"放！"两人同时轻呼了一声，松开了拉着弓弦的手。

他们明明是两个人，此时却像是一个人般同步。箭激射而出，宛如一只振翅翱翔的凤凰，朝机关冲去。

璇玑刚刚要点燃火折，望着划破长空的火焰，突然愣住了。这支箭跟之前的不同。它是如此强大，又如此迅捷，仿佛承载着蓬勃的生命。蓝夜也看出不妙，他挥鞭朝火箭打去，却慢了一步，反手又将手中的短剑掷了出去，仍然没有截住。

他的脸瞬间变得苍白，脸颊边密布的黑毛都消失了，颤抖地道："九尾狐？难道真的有九尾狐？"

他话音未落，箭已经笔直地射在了机关的轮轴处。刚巧唐鹤要逃跑，却因躲避不及，被一箭钉在了木架上。唐鹤周身都被璇玑淋上了黑水，箭头上的火一沾上他的衣服，登时燃烧起来。火势以迅雷不及掩耳之势蔓延，转眼就连成一片，像是一条振翅欲飞的火鸟，将整个机关都裹在了灼热的羽翼下。

木架被烈火吞噬，发出"噼啪"轻响。方才还坚不可摧的抽水机关，变成了焦炭，摇摇欲坠。

蓝夜见败局无法扭转，朝黑狐们呼啸一声。众人纷纷变成狐狸，四散钻入了树林中。

烈火照亮了半边天空，烧得林中的鸟兽四处奔逃。可无论是并肩而立的颜君旭和珞珞，还是站在树梢的璇玑，以及相拥哭泣的方思扬和月曦，都觉得这是此生看到的最壮美的火焰。

它仿佛来自地狱，焚烧了所有的罪孽。

机关被烧得骨架零落倒塌之时，璇玑掀起人鱼湖中的湖水，将火浇熄了。

清晨时分，人鱼湖恢复了平静，朝霞映在水中，湖面红黄交加，瑰丽而炫目。只有湖边的烧得焦黑的木架冒出缕缕青烟，仿佛在提示着昨晚的恶战并非幻象。

贰拾壹 与君别离
YUJUN BIELI

这场大战几乎消耗掉了颜君旭所有的精力,在人鱼族暂居的村庄中睡了一天一夜,才觉得又活了过来。

服侍他的是个人鱼老嬷嬷,见他醒来便带他绕过人鱼湖,来到了位于半山腰的一处阴凉的山洞前。

此处青山环绕,洞口树荫如盖,确是个适合人鱼族隐居的所在。他走入洞中,只见璇玑端坐在一把缀满珍珠的椅子上,而他的身侧,竟然是身穿一袭缀满了珍珠的衣裙的秦夫人。

几日不见,秦夫人像是变了个人,她花白的秀发变得乌黑,憔悴的脸庞也丰盈饱满,连如枯井般的双眼也洋溢着幸福的神色。

方思扬和月曦坐在下首,而珞珞则单独坐在一边。她低垂着头,垂鬓秀发遮住了她的面容,露出的侧脸像是一弯藏在乌云后的明月。

颜君旭也不知是发生了什么变故,便走过去坐在了珞珞的身边。

璇玑朝他颔首微笑,态度亲和,命仆人为他端来了掺了蜜的茶水。

"喂,这是怎么回事?"颜君旭小声地问身边的珞珞。

"你的眼睛是摆设吗?"珞珞瞥了他一眼,轻声道,"这位秦夫人明显跟璇玑是一对夫妇。如此显而易见的事你都看不出来?"

颜君旭吓得手软,差点将手中的茶杯都摔在地上。在塔中秦夫人信誓旦旦地要取璇玑性命的样子还历历在目,怎么转眼两人就成了夫妇?

不过就算他再迟钝，也能猜到其中必有一段尘封于岁月的风流韵事，忍住了想要发问的冲动。

璇玑见人到齐了，这些少年男女也消了赶路的暑气，起身抱拳朝诸人道谢，感谢他们助人鱼族打退黑狐，度过了这百年不遇的劫难。

颜君旭这才想起怀中的《公输造物》，忙拿出来双手呈上，要归还给璇玑，却被他拒绝了。

"世间万物都讲究个缘分。你既然将这残卷从水中取回，它就是跟你有缘。你利用机关术造福百姓，总比它寂寂于水底要好。"

他话已至此，颜君旭也只有拱手道谢，收起了残卷。

月曦走到秦夫人身边，摇着她的手撒娇："娘，你看方公子也出了力，是不是也该给他些礼物作为答谢？"

虽然颜君旭心中有了准备，可是听到月曦的称呼，他仍忍不住"啊"了一声。坐在对面的方思扬也浑身一震，差点从椅子上跌下来。

"你们没想到吧？这位是我失散多年的娘亲。"月曦拉着秦夫人的手，满怀喜悦地说，"她本姓'施'，秦姓是她捏造的，因为跟'情'谐音……"

秦夫人拍了一下女儿的肩膀，怨道："这孩子，怎么什么都往外说呢？"

"可他们又不是外人。"月曦扁了扁嘴，不乐意了。

"可夫人在塔中，为何表现得对人鱼族如此怨恨？"颜君旭挠了挠头，想起了珞珞说过的人鱼湖的传说，那户因人鱼少年而败落的人家，仿佛就是姓"施"的。

"我孤身一人住在塔中，怎能有力量与狐妖相抗？只能做出仇视人鱼族的样子，才能侥幸活命。"秦夫人叹了口气，"那时我跟璇玑还有误会，跟你说要取他性命之类的话，也是出于真心。都是因为他，我才被关在塔上几十年……"

珞珞想起昔日情景，好奇道："夫人要找的女人，在人鱼族中找到了吗？"

秦夫人还未回答，月曦就笑吟吟地答："娘亲要找的女人就是我。她以为我跟人类的女子一般，会随着岁月的流逝衰老，但人鱼常年生活在水底，只要不离开水，根本不会老去。"

她说罢看向了方思扬，又朝母亲道："方才说的，要给方公子个谢礼，母亲应允了吗？"

方思扬对她会心一笑，上前一步，显然是两人方才就商量好的。

所谓知女莫若父，璇玑不动声色地揽住了秦夫人的话，朝方思扬道："方公子，我有一幅吴道子的美人图，留在我这俗人手中也是可惜，正好可以送给方公子鉴赏收藏。"

方思扬摇了摇头，斩钉截铁地道："我不要什么美人图，只想要月曦，请璇玑先生和秦夫人允我带月曦随我进京赶考。待我考取功名，一定迎娶令爱。"

"小女得方公子这等青年才俊垂青，我也替她高兴，但是要她离开人鱼湖，却是万万不可。"璇玑脸色一冷，拂袖道，"你若对她真心，就留在人鱼湖陪她。"

"可我不能不赶考呀……"方思扬为难地答。

月曦见状双眼通红，急得要哭出来。这几日她从方思扬口中听了不少人世的热闹景象，对他口中楼宇林立的京城，汇聚了奇珍异宝的闹市，还有元宵节的灯火烟花充满憧憬，哪里还甘心守在这山中湖泊，恨不得立刻去外面见识一下。

璇玑别过头，不去看不争气的女儿。秦夫人悄悄拉过月曦，不停地轻声劝阻，可月曦哪里肯听，哭得泪水涟涟，惹人心碎。

方思扬还想出言相求，就被珞珞拉住了衣袖。

"璇玑先生，我们三日后就要上路了。此去天高水远，不知何时才能相见。可否三日后前来拜别呢？"珞珞忙打圆场。

颜君旭知道她一定是又想出什么鬼主意了，又不好点破，只能跟在她身后装聋作哑。

"你……"月曦刚想说话，却见珞珞指了指天，又用手指朝她比了个"六"。她想了想，似领悟到了她的意图。

璇玑也不想跟他们冲突，毕竟这些少年对本族有救命之恩，珞珞的提议正好可以给双方一个台阶下。

如此聚会不欢而散，方思扬走出山洞时，气得在树林中东踢西打，状似发疯。

颜君旭看他失态的模样，忍不住道："此事你也有错，即便她是个人类少女，你们没有拜堂成亲，她父母也不会让她随你走的。难道因为她是人鱼，你连礼数都忘了吗？"

"切，你们俩也没拜堂成亲，还不是成天粘在一起？有资格说我吗？"方思扬不耐烦地白了他一眼。

"我……我们才没有成天粘在一起，是因为总是遇到危险……再说她、她也没……"颜君旭一提到跟珞珞的关系，像是提起一团乱麻，怎么说都不对劲。

珞珞也扭过头，扁着嘴道："哼，我跟他有什么关系？不要将我们说在一起。"

颜君旭听她这么说，心情立刻低落到了极点，他沉默地看着珞珞。不过几天之前，她还跟他亲密无间，两人为了寻药四处奔波，又共同在高塔历险。可是不知从何时起，她对他关上了心门，任他如何试探也无法打开。

方思扬见两人神情尴尬，也不敢再打趣他们，揽着颜君旭的肩膀说："我不是不懂礼数，但本公子是有名的风流才子，怎能被迂腐的礼法困住？月曦是我的知己，她最爱的也是我无拘无束的性格，一定懂我的心意。"

"不过她爹是威霸一方的妖怪，就算她同意跟你私奔，也逃不出这位泰山岳父的手掌心。"珞珞连连摇头叹息，"这如花美眷，大好姻缘，眼看就要付诸东流了……"

方思扬看她杏眼含笑，姿态轻松，怎么也不像是在替他惋惜，好奇地道："看来你有妙计，能助月曦跟我比翼双飞？"

"这个'飞'字用得好！我们想想办法，或许真能'飞'出这人鱼族的掌控呢。"

颜君旭挠了挠头，突然像是想起了什么，也露出了自信的笑容。

珞珞得意地从怀中掏出一只五彩木鸟，托在了颜君旭的面前："颜公子，你曾跟我说过，曾做过一只比这个大十倍的木鸟，可以载着人在天上飞。做出那种鸟要几天？"

"我有详尽的数据，书院中还有莫秋雨留下的工具板材，还有方思扬帮手，三日足矣。"

颜君旭飞快地答。

有一点他却觉得奇怪，自己何时曾跟珞珞说过这木鸟的事？但时间紧迫，也不容他多想，跟方思扬匆匆向书院赶去。

书院中依旧书声琅琅，考期越来越近，学子们都在埋头苦读，谁也没留意翻墙回来的两人。

夏末秋初的艳阳，像是金色的水，涌进了后院莫秋雨住过的房间，照亮了两个少年忙碌的身影。

他们将窗帘拉下，门从里面钉住，生怕被人发现。偶尔能听到两人的絮语，夹杂在虫鸣和熏风之中。

"这次把行李都带走吧，再也不能回书院了，拐走了璇玑的宝贝女儿，那老家伙定不会放过我们。"

"可是我的驴……"

"将来骏马轻裘任你挑，还惦记什么驴呢？"

"可是驴毕竟是我爹给我买的……"

"没出息，你可是要当机关武考状元的人，将来想要多少头驴就有多少……"

两人正在忙碌不休，珞珞孤单地坐在树梢上，弹奏着狐尾琴。她的红衣随风飘荡，像是一朵无依的花。

树影婆娑，一个身披蓑衣，头戴斗笠的人，轻飘飘地出现在她身后。

"想好了吗？"他轻轻地问。

"嗯。"珞珞点了点头，纤纤玉指拨动了琴弦，"三天后，就是我取走灵珠，跟他分离的日子。"

"灵珠在他的身上产生了奇异的变化，或许会有意想不到的收获。"

蓑衣人身影一晃，宛如风一般融入林中，再无影踪。只留下珞珞一人，弹起了悲伤的曲子。

绿杨芳草长亭路，年少抛人容易去。楼头残梦五更钟，花底离愁三月雨。

婉转的琴声在树林中飘荡，一只鸟儿似被忧伤的旋律感染，悲鸣一声，振翅而飞，恰似倏忽而逝，又无法留住的时间。

月上柳梢，月曦正在荷塘中游曳，对着枯荷和残月叹息。眼前凋谢的荷花，和凄凉的月色，都像极了她满蕴着离愁的心。

秦夫人手提着食盒，缓步而来，婷婷站在了荷塘边。月曦看到母亲，鱼尾轻摆，轻盈地游到了岸边。

秦夫人见女儿过来，眼角眉梢皆是喜色，从食盒中拿出美酒小菜，跟爱女一起以月色下酒。

"我们不让你跟方公子同去，你一定很失望吧？"

月曦扁了扁嘴，气道："他这辈子就没拿过比笔更重的物事，却为了人鱼族拿起了刀，几次出生入死，连命都差点没了……可是你们却如此对他。"

秦夫人扶了扶鬓边的珠花："知道你父亲为何跟我分离了近三十年未娶吗？知道为何人

鱼族明明可以在陆地上生活，却鲜少与人类通婚吗？"

月曦迷惑地看着母亲，她显然是话中有话。

"施家本是扬州望族，到了我父亲这一脉，则以弈棋闻名。因人鱼湖风光秀美，就在湖边修建了烂柯塔，广揽天下棋士。而我跟你父亲，就是在这塔中相识的。当时我弈棋招亲，以《烂柯谱》为陪嫁，招来你父亲这位富贵的翩翩少年，一时风光无两……"秦夫人感慨地追忆往昔，叹气道，"人说越完美的越不是真的，这话果然没错。当年你降生时浑身满是鳞片，异于寻常婴儿，施家才知道引以为傲的女婿居然是只妖。"

月曦躲在水中，吐了几个泡泡，一副心虚的模样。

"围棋有个别名，为'木狐狸'。说这木棋枰比狐狸精还迷人。谁能想到，这一局局精彩绝伦的对弈，不仅吸引了人，还吸引了妖……"秦夫人爱怜地看了看女儿，又缓缓说道，"施家将你爹和你赶出家门，逼我再嫁，我却誓死不从，他们便将我关进了这烂柯塔中，对外宣称我已经死了。当初你爹送我的珠宝我一个都没带走，只拿走了明月弓。我在塔中与外界隔绝，寂寂三十年。这三十年中，家大业大的施家因获罪被惩，族人死的死，流放的流放，倒是我这个被家族摒弃的人，在塔中平安无事。那时我真是恨你爹，若不是他隐瞒了妖怪的身份，怎会害得我如此凄惨。可是当我一见到他，几十年的怨恨就烟消云散了。你可知是为什么？"

月曦紧张地望着母亲，知道她说了这么多就是为了这个原因做铺垫。

秦夫人仰头望月，泪光盈盈地道："他说以为我死了，一直未再婚娶，甚至想待你出嫁成家之后，为我殉情。孩子啊，人鱼族一辈子只能爱上一个人类，你明白吗？若方公子是个普通农夫倒也罢了，可他小小年纪就以风流闻名，若是他将你抛弃，你该怎么办啊？"

月曦想到多年以来，父亲总是格外忙碌，不是忙着为族人奔波，就是就去与弈棋高手对弈，难道就是为了驱赶那如蚀骨之疽般挥之不去的寂寞？

"而且你的这些朋友来路不明，里面有九尾狐。明月弓极硬，寻常人根本无法拉开，可那日最后一箭威力强大，你父亲怀疑是九尾狐妖所射。"秦夫人擦干泪珠，眼中满含担忧地望着她，"听说是极厉害的妖怪，若是它跟你一言不合，将你生吞活剥了可怎么办？"

月曦一听，吓得脊背发凉，颤抖着说："难道是珞珞？不、不会是她。她虽然是狐妖，但是本领很差。那是颜公子？可他傻头傻脑的，只会做机关，也不可能呀。"

九尾狐是狐妖修炼的最终化身，千年难遇，且常以俊男美女的姿态示人。不论是人是妖，都会为其所迷。往往在心旌神摇中，便被九尾狐取了性命。

月曦听了母亲的一番话，迷茫地望向天上的月影，不知该如何抉择。

颜君旭和方思扬在书院忙了一日一夜，却发现机关木鸟要想载四人飞翔，光靠发条根本无法提供足够的动力。

方思扬颓然地躺在了地上，一副伤心至极的模样。颜君旭见他悲伤若此，只能焦急地拿出从湖底得到的《公输造物》的残卷，挠头着头翻看不停。

说来也巧，"避水术"之后的一章，就是"御空术"。首先是飞天屋，虽然很精妙，却并不适用他们的情况；还有凌空索，要在山上凿洞，仓促之间更是无法完成。

当他看到"蝙蝠翼"时，眼前骤然一亮，脑中已经有了主意。但这"蝙蝠翼"后却写着几个小字："吾试飞三次，皆险象环生，如非迫不得已，切莫使用。"

这蝙蝠翼的做法非常简单，甚至他们身边就有随手可取的材料。但他却阖上书本，不知该如何是好，生怕方思扬从半空中掉下来丢了性命。

可没想到他刚把担忧说出来，方思扬就喜不自胜地跳了起来："太好了！有危险才能衬托出我对月曦的感情的坚贞！"

"若是你从半空中跌下来摔死呢？"颜君旭没想到他思路竟如此奇异，诧异地问。

"那正好成就了一段佳话，我为爱殉情，留下的作品价格估计能翻几十倍，或许还能流芳千古。"

颜君旭叹了口气，实在无法理解一个画家的想法，只能指导他画出草图。

两人边画边改，依据《公输造物》的记载，精准地算出了受力点和承重。为了以防万一，他们还加了安全绳，以免手滑从空中跌落。接着他们就将油布展开，按照计算好的数据裁剪好，在上面穿了几个窟窿，绑上绳子牢牢固定。

当天明之时，这绝妙的机关就做好了，每个都能载两人飞翔。颜君旭望着"蝙蝠翼"，欣慰地擦了擦汗，仿佛看到了成功在空中翱翔的样子。

两日后的巳时，风和日丽，艳阳高照，金色的阳光照耀着高山密林，像是为这壮丽的景色镀上了一层朦胧金辉，缥缈而神秘。

珞珞兴高采烈地跑到了约好的小山峰上，看到颜君旭、方思扬两人脚下的黑色油布时，一张芙蓉面上立刻写满了嫌弃。

"这是什么？你们没做木鸟吗？"她拈起油布的一角，捂着鼻子道，"还有臭味呀！我可是按照约定把你们的行李都拿出来放到了马车里，你们怎么就做出这么个玩意儿？"

"这是蝙蝠翼……"一提到木鸟，颜君旭心中疑窦再起，"对了，我怎么忘了是何时跟你说的木鸟？"

"就在山路上呀……"珞珞不小心说漏嘴了，慌忙打岔，"先别说那些不相干的事了。这玩意儿能飞起来吗？这哪叫机关呀？如此简陋，一个手巧的大娘一天就能缝出来，你们居然整整折腾了三天！"

"我们做机关只用了半天而已，剩下的两天嘛……"方思扬展了展自己沾满了灰尘的靛蓝长袍，"我们一直在实验，不知摔了多少次，总算能操纵这'蝙蝠翼'了。"

"此时已是巳时，三天前我跟月曦比了个'六'字，就是在暗示巳时接她逃走。如果她真的想跟你走，就应该在山洞前等着你。"珞珞连忙催促他们。

颜君旭把珞珞拉过来，将她跟自己绑在一起，在双手上戴上了皮手套，顺着风轻轻一扯，长达三丈多的油布就兜满了风，像是一只振翅的鸟，跃跃欲试，要在空中翱翔。

"风从西来，记住，时刻都要让油布兜满风。若是降落就拉着这两根绳，交错调整高度，慢慢落下来。"他叮嘱了方思扬几句，将心一横就跳下了高崖。这崖下正是璇玑居住的山洞。

珞珞身体刹那间失重，她望着脚下遥远的树海，浮荡的云雾，紧张得紧紧抓住了绳子。

还好颜君旭双手一用力，油布就随风而起，将他们带到了半空中，平稳地在林间滑行。

方思扬也随后出发了，他只有一个人，比起他们灵活许多。

三人在林雾和天光中穿行，衣袂飘飘，姿态轻盈，好似天外飞仙，引得盘桓在山洞前的人鱼们纷纷侧目，赞叹不已。

颜君旭率先接近了山洞，果然在洞口看到了月曦窈窕的身影。璇玑和秦夫人携手站在女儿身后。

璇玑虽然唇边含笑，但双手笼在袖中，眼底却阴沉沉的，宛如古井，让人捉摸不透。

"三位今日就启程，在下还想去书院迎接贵客呢，哪知贵客们竟然御风而来，宛如谪仙，真是令在下佩服。"璇玑望着在半空中飞翔的他们，拱手说道。

"贵客已知，早就备好了美酒佳肴。"秦夫人也热情地朝他们招手。

这对夫妇皆是棋中圣手，心思缜密。珞珞暗中捏了捏颜君旭的手，示意他不要降落。

可平日里对她颇有好感的颜君旭，居然轻轻甩开了她的手。她想起方才他在她的腰上系安全绳的时候，也毫无笑意。

她扁了扁嘴，又觉得这样也好，省得等会儿取珠的时候心慈手软，再添变数。可虽如此安慰自己，心中还免不了酸涩难过，也倔强地别过了脸。

山谷之中，风不断打着旋儿，"蝙蝠翼"也随风浮荡。黑色的布料被风吹得鼓起来，仿佛两只雄壮苍鹰，振翅在青绿的树海间翱翔，灵活而矫健。

"谢谢璇玑先生，但路途迢迢，我们又是赶考书生，实在没时间饮酒作乐。"颜君旭挠了挠头，只想出了个拙劣的借口拒绝。

"不喝酒也可以，下来说两句话也好呀，你们不是来道别的吗？连句话也不说，算什么道别？"秦夫人含笑走到了月曦身边，挽住了她的胳膊。

月曦迎风而立，月白色衣裙随风轻舞，像是一枝在幽谷中绽放的兰花。她仰头看着方思扬。方思扬也调整了高度，缓缓向她靠近。

两人四目相对，眼中净是缠绵情意，难舍难分。

刹那之间，月曦突然一把推开了母亲，纵身一跃就跳到了半空中。方思扬奋不顾身地扑过去，紧紧拉住了她的一只手。"蝙蝠翼"在冲力的作用下，歪斜着飞速下坠，眼看就要坠落谷底。

"月儿！"璇玑大喊一声，手一挥，一道闪亮的水幕就冲向了两人。

"方思扬！调整左翼，找准风向！"颜君旭连忙出言指点。

他话音方落，便见歪斜的蝠翼又鼓满了风。不过瞬息之间，被山风再次托到了半空中。

"爹，娘，求你们让我走吧！我不想一生被困在人鱼湖底，就算湖中再安全又如何？身边只有水草和鱼虾，即便过了百年，也跟过了一日似的，活着又有什么乐趣？"

月曦一口气将心中所想全说了出来。她晶莹的脸庞被泪水沾湿，宛如娇嫩莹白的沾露花瓣，令人心生怜惜。

璇玑摇了摇头。树林中传来沙沙轻响，人鱼们不约而同地爬上了树梢，向方思扬和月曦的所在靠近。

颜君旭只见方才还在方思扬和月曦脚下，防止他们坠落的水幕也缓缓升了上来，似一张晶莹剔透的网，随时就要将他们网住。

他慌忙朝璇玑道："璇玑先生，求你让月曦跟我们走吧！我们一定会保她平安。我在山中时，鱼翁曾说过，毫无波折的人生，跟死人有何区别？只有历经磨难，生命才能越发坚韧。璇玑先生身为人鱼族长，一定也明白这个道理。"

"夫君，让她走吧……"秦夫人也拉住了丈夫的手，柔声道，"她若走了，心里还会惦念我们。可若是强将她留下，这孩子恐怕会恨我们一辈子呢……你曾说过，比起象棋更喜欢围棋，是因为围棋谋的是长远之计，而象棋争的是眼前杀伐。夫君，我们也要想远一些呀。"

或许妻子的话说到了他的心坎中，璇玑缓缓放下了手，人鱼们再次隐身在树后，水幕如潮汐般褪去。

"方公子，我今日将小女托付于你，你终生不可负她。若是你有一日抛弃了她，璇玑定要亲手取走你的人头。"他将衣袖一甩，冷眼对方思扬道。

方思扬高兴得不能自已，若不是双手拉着控制方向的绳索，估计都要跳起舞来。月曦也破涕为笑，紧紧地搂住了他的腰。

珞珞也暗暗松了口气，她只想出了带走月曦的法子，却忘了璇玑是称霸一方的大妖怪，恐怕会报复他们。现下他同意放女儿自由是再好不过。

璇玑抬起头，目光如炬，看向颜君旭："颜公子，你小小年纪又精通机关，本是个良才，但却与狐妖为伍，误入歧途。但请你不要忘了方才说过的话，要护小女平安。若是你食言了，我也不会放过你的。"

颜君旭听了这话，只觉心口一冷，整个人似被浸入了冰水中，内心的怀疑终于得到了验证。

恰在此时，风云突变，一股飓风吹进山谷，已经无法控制高度。方思扬哇哇乱叫着被风吹上了天。

颜君旭努力拉住绳索也无济于事，"蝙蝠翼"像是一枚枯叶般也被带到了山巅之上，只见周围云雾缭绕，宛如登临仙境一般。

"喂，呆瓜，我们不会跌下去摔死吧？"珞珞低头看着脚下苍茫云海，心中害怕。

"你这样本领高强的狐妖，还担心会摔死吗？"

珞珞浑身的血液都凝固了，抬起头惊讶地看着颜君旭。他不再对她温和亲切，冷漠地板着脸，藏在乱发后的双眼疏离无情。

"你在胡说些什么……"

"你还想骗我吗？"颜君旭气得脸色涨红，"璇玑两次说过我与狐妖为伍。起初我以为他指的是涂山黑狐，可直至今日，我才知他说的是你。"

"他是在挑拨离间，你不要信……"珞珞仍想瞒住他。说来奇怪，她明明没做任何坏事，却仍觉得心虚。

"你从第一次见我就跟我要东西。无论是在山路上，还是在书院里，你是有所图才接近我。我是该叫你珞珈公子，还是珞珞？"颜君旭愤怒地瞪着她，眼中泪光闪烁，"大型木鸟的事情，我只跟珞珈公子说过。可突然出现，自称是他妹妹的你，既有我送给他的木鸟，还知道我随口吹嘘的胡话。你自称是捉妖师，其实你就是狐妖，所以才身手不凡……"

珞珞看着他哀伤的表情，脑中只回荡着一个声音："取珠啊！这是你最好的，也是最后的一个机会！"

颜君旭忍不住鼻酸，哽咽道："你、你骗得我好苦啊！你到底想要什么，值得如此处心积虑地设计筹谋？"

珞珞看着悲愤的颜君旭，惯来唇齿伶俐的她，竟一句话也说不出来。

她确实是为了取珠而接近他。无论从两人的初识、再遇，还有花前月下，抚琴表白，都是她刻意为之。可不知从何时起，她就将灵珠的事情抛在脑后，只想跟他一起游历山海，携手冒险。

"你怎么不说话了？把我当傻子的时候，不是很会说吗？狐妖果然没有好东西！"

他这辈子第一次真心喜欢一个姑娘，想不到竟是一场骗局。她的试探，她的笑容，她的爱恋，她的奋不顾身，全都是虚情假意。被当傻子一样玩弄的感觉太难受了，甚至比被夫子和同窗嘲笑更难受。

"对，我就是来取东西的，是生在你身上的一枚灵珠。可那本属于我，凭什么我不能取回来？若我不是对你心软……早就能剖开你的胸膛取走，哪还用费这么多心思……"珞珞既生气又委屈，猛地露出了尖利的獠牙，"我、我对你……"

她后面说了什么颜君旭根本没听清，方才还面若芙蓉的少女，樱唇瞬间就长出了森森利齿，脸上也长出红色的毛发，变作狐狸的模样。

她的指甲都骤然变成了半尺长，尖利如刀，抓向了他的胸口。

他的胸肌很薄，她没有用太大的力气就穿透了肌肉，指尖已经感受到了灵珠搏动的气息。

只需取走灵珠，他们就再无瓜葛。属于狐妖的时间如此漫长，几百年弹指一挥间，她会忘了他，就像天空不会记得一片路过的浮云。

可四目相对，她看到颜君旭眼中的惊诧和不可置信，手上动作也慢了下来。

恰在此时，天幕中落下一道闪电，恰好击中了两人的"蝙蝠翼"。她只觉周身剧痛，如落入熔炉，惨叫一声，化成一团小小的红影，从"蝙蝠翼"上摔了下去。

"珞珞！"颜君旭忙要拉住她的手。即便她如此对他，他也不想她死。

可风太大了，"蝙蝠翼"刹那间被风撕裂。他像是一艘被海浪吞噬的小舟，被狂风裹挟着，落入了苍茫树海。

贰拾贰 重新启程

夏末秋初的夜晚，星图浩瀚，明月皎皎。一个身穿黑色锦缎长袍的男人，正站在高台上，手持千里镜，观察着夜空中的星象。

高台上放着几个造型精巧的木人，它们有的捧着果盘，有的端着美酒。辉辉灯火照亮了它们脸上的木头纹路，透着几分诡异。

"长老……"一个身材魁梧的男人拾级而上，走上高台，朝他鞠躬道，"蓝夜回来了。"

男人正是在人鱼湖一败涂地的蓝夜，虽然他换了件簇新的、更显威猛的斗篷，但脸上的烧伤，还是显示出他的狼狈。

"你又失败了？"高台上的人放下了手中的千里镜，他的声音低沉沙哑，听不出任何情绪。

"璇玑老儿太狡猾了，像是泥里的泥鳅似的，非常难对付。而且对方中似有九尾狐妖。属下率领的人全是乌合之众，拼尽全力还是没有斗过他们。"蓝夜急切地为自己辩解。

"乌合之众？能将人的思维抽取的'玉匠'也是吗？'玉匠'是我族中不世出的奇才。如今他死了，白鹭书院就是摆设，你让我去何处再搜集人类的聪明才智？"

蓝夜垂首不语。唐鹤的死，他确实推卸不了责任。可他明明让那家伙坐在了最安全的地方，怎么就如此倒霉，那一箭偏偏就射中了他呢？

"你说是破坏了这次行动的少年，取走了《公输造物》？"长老没有继续责备他，切入了正题。

"对！他对机关非常熟悉，还做了个水车潜入了水底。我怀疑青丘附近的那本《公输造物》

◇ 君子，命中有狐 ◆

也在他的手中。当时我们在遗家中发现了一条书生巾，而这家伙正是个书生。"

"哦？他有两本残卷？"长老沉吟了一会儿，轻轻道，"公输子待过的地方，还有黑龙谷吧？那个离奇的地方……"

"对，我本想这就去黑龙谷的。"

"你将他们引到黑龙谷。他能拿到两本残卷，或许是巧合，也或许是命运使然。先不必出手，待他从黑龙谷把东西取出来，你再一起夺走。顺便观察一下，他们中是不是真的有厉害角色。"长老轻轻笑道，"明白吗？你这次要做只黄雀。"

"长老高明。这次敌在明我在暗，定不会被他发现。"蓝夜咬牙切齿地说，"我此番定要夺回《公输造物》，以扬我涂山会声势。"

长老对他的豪言壮语没有丝毫兴趣，挥了挥手，示意他下去。风里传来"咯咯"轻响，木人们同时动了起来，微微鞠躬，做出送客的姿态。

蓝夜缓缓后退，离开天台，一直到台阶前才敢转身。夜风吹到他身上，令他凭空打了个冷战，他才发现自己的后背，竟然被冷汗湿透了。

颜君旭醒来的时候，正躺在一辆破车上。车厢里堆着行李，车外尘土飞扬。每当遇到颠簸，车板就会发出"嘎吱""嘎吱"的巨响，似乎随时都能碎成一堆废料。

他迷迷糊糊地望着窗外，左胸的伤口灼热而疼痛。他只记得坠落前最后看到的瞬间，珞珞从空中跌了下去，他要拉她，却一把拉了个空。她掉落层云，化为一个红点，消失在他的视野中。

一想到珞珞他就觉得心中揪痛，只希望她能活下来，千万不要有事。

"你醒啦？"前面的车帘被拉开，露出月曦一张皎若明月的脸。她看起来又惊又喜："我们是在树林中找到你的。还好你被'蝙蝠翼'挂在了树枝上，没有摔到地上，否则真会粉身碎骨呢。不过你胸前受了伤，不知被谁给涂上了草药。这涂药的人却没有救下你，真是奇怪。"

"你小子终于醒了？"帘子里很快又挤进了方思扬的脑袋，爽朗地笑道，"你两天两夜没吃没喝，我们去官道边的茶舍歇一会吧。"

他说罢又缩回了脑袋，马车又颠簸地行了一炷香的工夫，才晃悠悠地停下。

颜君旭在方思扬的搀扶下走下马车，坐在了茶舍外的树荫下。他喝了两碗茶水，又吃了块点心，才恢复了些神智。

只见这茶舍设在官道旁，售卖的除了茶水就是充饥的面饼。光顾的客人也只有寥寥几个。而比这茶舍更简陋的，就是他们乘坐的马车了。拉车的马年龄能跟他爹媲美，齿落毛秃。车厢也是几块破木板拼凑而成，仿佛跑快点就能散架。

"珞珞那个死丫头，我给了她银子让她去准备马车，也不知她从哪里弄来这老马破车，银子估计都被她拿去买新衣了……"方思扬见他目光停留在马车上，气就不打一处来，可看到颜君旭阴郁的脸色，他就连忙闭上了嘴。

但月曦就没有他那么会察言观色，好奇地问："珞珞去哪儿了？我们在林中找了许久也没有找到她。"

颜君旭按着胸前的伤处，心中酸涩难过，低声答："她走了，不跟我们一起了……"

月曦虽然单纯，但也看出他的失落，她不敢再追问，只缠着方思扬要她去见识"花花世界"，还抱怨在路上吃了两日灰，连一朵花都没见到。

方思扬连忙安慰她，说前面五里外就有个大集市，里面卖什么的都有，保管比人鱼湖好多了。

两人有说有笑的亲密模样，再次刺痛了颜君旭的心。珞珞娇美顽皮的笑靥，总在他眼前挥之不去。

他用力摇头，想要把她的倩影从脑海中甩出去，只觉得自己是个蠢货，被骗了不说，怎么还会想念骗子？

方思扬和月曦都看出颜君旭的落寞，路上不断地给他讲笑话，说些逸事引他开心。

如此一路说说笑笑，这辆吱呀乱响的马车，总算在傍晚时分，抵达了方思扬曾提过的大集镇。

只见辉辉夕光中，一个巍峨的大牌匾立在路上，上书"黑龙镇"三个阴沉沉的大字。

周围的赶路人行色匆匆，有的皮肤黝黑如炭，有的穿着花花绿绿的胡服，看得月曦美目乱转，新鲜至极。

方思扬一到能花钱的所在就如鱼得水，首先去了车行，把破马车给卖了，又花高价买了辆新车。

车行中摆放着的各色车辆和墙上挂着的车轮车辕，立刻激发了颜君旭的灵感。他设计着要把马车改成六个轮子，车厢也加长的豪华版。

改车需要两日，他们索性就找了间舒服的客店住下。客店晚上还有说书人说书，歌姬唱曲。

月曦哪见过如此新奇的玩意儿，直听到了月上中天才恋恋不舍地回自己的客房休息。若不是那说书的说得口干舌燥，连连告饶，怕是她还要听个通宵。

而颜君旭则在车行中跟工人们一起埋头苦干，似要将伤心往事都抛到脑后。

次日一早，天空飘起了蒙蒙细雨，如烟雾般笼罩着黑龙镇上的黑瓦白墙。方思扬擎着一把画着墨竹的紫竹伞，携着月曦在集镇上闲逛，身后还跟着个垂头丧气的颜君旭。

月曦看什么都新鲜，连农妇编竹箩都能吸引她。如此逛了半日，直逛到雨势变大，两个少年都走到脚酸，才找了镇上最大的酒家稍歇。

黑龙镇位于进京城必经之路，各地行商旅人都要经过这里。起初只是一个小小驿站，经过多年发展，成为附近最繁华的集镇。住在附近的居民，就算不出远门，都会来此看热闹赶集，导致此处鱼龙混杂，来自天南地北，各个阶层人的汇聚一堂。

这酒家是整个黑龙镇中最舒适奢华的一家,富贵点的商旅不愿与贩商为伍，便来此处用餐。

酒家的掌柜见多识广，一看方思扬便知他出身不凡，再见他身边的月曦，更是美丽出尘，忙不迭为他们安排了靠窗的好座位。

方思扬看也不看菜单，随口说了什么"绣球狮子头""莲子猪肚汤"等几样菜肴，还要了四样点心，而且他怕月曦忌讳，一条鱼都没敢点。

颜君旭家中只有几十亩薄田，月曦也从未离开过人鱼湖，哪吃过这种菜肴，光上来的樱桃酪，金丝枣泥酥，玫瑰蜂蜜糕，火腿松茸等几样点心，便吃得他俩赞不绝口。

雨势渐大，风冷清寒，酒家中的客人越聚越多。嘈杂声中，听他们不断地提到一个叫"黑龙谷"的所在。

"如此大雨，黑龙谷的真龙，怕是又要显灵了！"

"都说谷中有龙，所以才没有路可走，否则穿过黑龙谷到京城，足可以省下十来日的工夫。"

"穿过黑龙谷？你有那好本事？据说黑龙吃人，上一个探谷之人，可被吃得皮都不剩！"

除了他们之外，几乎每一桌的客人都在谈论黑龙谷。那似乎是个很恐怖又神秘的所在。他们语焉不详，三人听了一会儿也没听明白，好奇心却都被吊了起来。

雨幕如织，遮天蔽地，谁也不愿在这阴冷的天气中赶路，乐得多坐一会儿。于是吃完了饭的喝起了茶，酒未尽兴的又多叫了两壶酒。掌柜的不断吩咐跑堂的添酒加菜，脸上都笑开了花。

就在这时，只听街上传来辘辘车轮声，一辆黑色镶金边的马车停在了酒家前。从车辕上跳下了四个身手矫健，身高八尺的青年。他们都穿着蓑衣斗笠，大步走向掌柜，吩咐着让他清场，因为有贵人要在此用餐。

这下吃饭的人都不满意了，骂声四起。四个青年同时拔刀出鞘，动作整齐划一。四道寒光闪过，却只发出一声"唰"的轻响。

刀一出鞘，酒家中登时鸦雀无声，厅堂中泛起森森寒意。

动作之中，只见他们的蓑衣下露出靛蓝色锦袍的袍边，刀上刻着牡丹花纹，显然背景非凡。

有几个见多识广的人交头接耳，悄声说他们怕是官家之人，千万不能得罪。就有胆小的人起身拿起伞，要离开酒楼了。

颜君旭本就因珞珞而心绪郁结，又要被这些蛮横的家伙赶到街上，立刻气不打一处来，甩了甩蓬乱的头发，高声说道："请问，为什么要让我们离开？如此雨天，就算是在别人家屋檐下避雨都不会被赶出来！明明有这么多地方，为何只能让你们独享？"

方思扬立刻为他拍手叫好，而酒家里还有几名赶考的书生，也跟着起了哄。

四名青年大步朝他走来，立刻有一个腰佩月牙金刀的粗壮汉子，卷了卷衣袖，挡在了他们面前，气势汹汹地道："向手无寸铁的读书人拔刀算什么能耐！有种朝本大爷砍两刀试试？"

颜君旭见有人为他撑腰，胆量大壮，又摆出了夫子常说的大道理："所谓先天下之忧而忧，后天下之乐而乐。天下就是百姓。此时雨势正急，不论是谁，怎有将百姓赶出去淋雨，而自己端坐在屋中用餐的道理？"

众人纷纷鼓掌。书生们则摇头晃脑地背起了"居庙堂之高则忧其民，处江湖之远则忧其君"等诗句。

一时间吵闹声、背书声充斥着酒家，仿佛一锅被泼了水的热油般热闹非凡。

便在情况一发不可收拾之时,一个身穿淡粉色衣裙的少女,翩翩然走下了车,宛如一朵随风飘落的杏花。

少女长得白白嫩嫩,一张粉团子似的圆脸上堆满了笑容。她一进门就朝酒家的客人们福了一福,缓解了店中剑拔弩张的气氛。

"姑娘说了,咱们用餐也不能打搅别的客人,只点些小菜,在车里用了即可。"她笑着朝那四位带刀的青年道,又走到掌柜面前,拿出一张墨迹未干的纸,娇声道,"劳驾掌柜,请叫后厨做这些菜送过来。"

掌柜看了一眼菜单,连连摇头,说:"这道'五宝烩鸭舌'要上百只鸭子才能做出来,仓促之间,小店哪里去找这些鸭子?还有这道'蜜酿乳猪'也需提前一晚安排,才能将乳猪用蜜浸好……"

她也不生气,只让他拣能做的赶紧做了。片刻之后,提着装满了菜肴的食盒,又回到了车中。四名青年也不发一言,收起刀跟着车一同离开。车夫一甩鞭子,骏马撒开四蹄,如风驰电掣般离开,转眼便消失在苍茫烟雨中。

"看这些人行事,似是官家之人,多半是来拜龙神的。"客人们又谈论起了黑龙谷,"如今华国和夷国在边境总有纷争,估计也太平不了几天了。这些达官贵人们不想着如何制敌,净把精神头浪费在了求神拜佛上。"

"可不是吗?黑龙谷崖上的十几具悬棺,听说正合了'官财'的彩头。"

他们三句不离黑龙谷,方思扬忍不住扯了扯颜君旭的袖子道:"都到这儿了?咱们也去这黑龙谷看看?"

"妙极!妙极!回去我跟爹娘说说这段经历,定会令他们大开眼界。"月曦也拍手称赞。

"你们说什么就是什么吧,我去看看马车改装得怎么样了。"颜君旭身上有伤,加上心灰意冷,对什么都提不起兴趣。他见雨势渐歇,便撑着伞走向车行。

而方思扬又提出带月曦去听戏,两人也携手走出了门。

就在他们的身影相继消失在街口时,酒家的掌柜见天色昏暗,为了揽客,忙吩咐伙计点起了灯。奇怪的是,当灯光亮起,照亮了厅堂之后,只见厅堂中仅剩下稀稀落落几桌客人。其余的桌子上只剩杯盘狼藉,方才还谈论不休的客人们,却不知何时消失了。

掌柜的吓得手一抖,烛台都跌落在地。而细雨飘飞的街道上,一股旋风如龙蛇般穿行,它似人低吟着"黑龙谷",如雨丝般无孔不入,渗入了大街小巷。

次日天仍阴沉沉的,似有一场大雨欲来。昨日方思扬跟月曦在戏院也听人提到黑龙谷,说这龙神最喜在雨中显灵,一大早就跃跃欲试要出发了。

而颜君旭在车马行忙了半宿,也终于在早上改完了马车。这马车比寻常的马车多了两个轮子和一个车厢,普通的马车坐上三人就拥挤不堪,但此车行李放在车厢两侧的架子上,余下空间足可令人躺下休息。

因月曦是个妙龄少女，他还在两节车厢中做了个拉门，赶路时月曦能睡在里面，他跟方思扬睡在外面，即可避嫌。

这辆长了一截的马车驶出了黑龙镇，立刻引来了路人的注目。方思扬最爱出风头，还将头伸出车窗外，朝行人挥手。

车的前两个轮子是颜君旭改造过的，可以转动自如控制方向，所以马车虽有六个轮子却并不笨重，两匹马拉起来健步如飞，一阵疾驰后已将黑龙镇远远地甩在了身后。

赶车的车夫不认识去黑龙谷的路，但幸运的是，他们每次迷路都会有人适时地出现提醒，要么是在树下躲雨的旅人，要么是在赶路的商客，或是砍柴的农夫。都如此走走停停，雨也越下越大，晶莹的雨滴如珠帘般缀满了天幕。月曦倒是精神百倍，恨不得在雨中撒欢跳舞。车夫却怨声载道，直嚷嚷着要找避雨的地方休息。

还好行了一里路，就有个卖面的简陋竹棚，棚里坐着几个客人。一个身穿蓑衣的人，抱着只毛发火红的小狐狸，孤身坐在檐下，颇为惹眼。

"咦？这人好像在哪儿见过？"方思扬有过目不忘的本事，忙凑向颜君旭说，"是不是在人鱼湖边避雨时，还跟他聊过天来着？当时他也抱着只红狐狸。"

"是……"颜君旭一见到小红狐，心中酸涩，又想起了珞珞。那时她还陪在他身边，为他逗趣解闷，遇到困难她总是会想出绝妙的主意，如今却只剩孤零零的一人。

"卖狐狸了！谁来看看呀，毛皮火红的狐狸！"蓑衣人将红狐放在地上，大声吆喝着。

红狐似受过伤，身上有一块块的焦黑痕迹，尾巴尖也烧焦了一截。但它一双淡棕色的大眼晶莹明亮，两只耳朵毛茸茸地立着，煞是惹人喜爱。

"这狐狸多少钱？"立刻有个半大孩子有了兴趣，捧着面碗过来问。

"五十两银子。"

"五十两？都能在我的老家买座大宅了，疯子才买你这狐狸。"吃面的路人一听，都纷纷起哄。

颜君旭摸了摸腰间的钱袋，他出发时父亲给他的盘缠，刚好够他不挨疾苦地进京赶考。他一路省吃俭用，才花了五两银子，如今就剩下五十两，多一个大钱都没有。

"总有人会买的，这狐狸我养了好久，毛色漂亮，买回去再养上两年，等它大点了刚好能做条红狐围脖。"蓑衣人漫不经心地说，眼风向颜君旭扫来。

此时车夫也吃饱喝足，踏上马车，催促他们出发了。方思扬拉了拉颜君旭的衣袖，小声道："快走吧，哪有狐狸这么贵？这人一定是骗子！"

颜君旭恋恋不舍地上车，只见小狐蹲在地上淋雨，毛都湿成一缕缕的，可怜至极。

便在此时，只听山路上传来骏马蹄声，转眼一辆黑色镶金边，漆得富丽堂皇的马车停在了面馆前，正是他们之前在黑龙镇看到的那辆。

"等等，停车。"车中传来一声娇呼，精悍的车夫双手一勒，四匹马同时嘶鸣一声，驻足停了下来。

只听车中人好奇地问："你这狐狸好有趣，是要卖吗？多少钱？"

蓑衣人打量着这富贵华丽的车，押车的人，还有拉车的青骢骏马，漫不经心地说："五千两，还是黄金。"

如此一来，看热闹的人都倒抽一口凉气，随即像是炸了锅似的骂声不迭，都说这人是疯了，五千两金足够在京城买下一座占地十几亩的大宅子了，还能把管家仆役全都配齐。

"五千两黄金，那是多少钱？我的雪裘大氅刚好缺个合适的镶边，若是将红狐尾镶上，红白相映，一定很好看。"车里的人却丝毫没觉得贵，反而很开心。

"这狐狸，我买了……"一个身穿青色布袍，头发蓬乱的少年书生，不知何时站在了狐狸面前，将它抱在了怀里。

他生得身材高瘦，双眼微微上挑，长得倒也像只狐狸。雨很快将他的额发淋湿，可他抱着狐狸在颊边蹭了蹭，丝毫也不嫌弃，甚为喜爱的样子。这少年正是颜君旭，当他听到这些人都在琢磨如何杀掉小狐，用它的皮毛做装饰，再也按捺不住，决定无论如何都要将这可怜的小生命救下来。

看热闹的路人们纷纷摇头叹息，觉得他定是读书读傻了。都说不知这读书是开智还是误人，以后也要让自家的孩子不要死读书，起码要学会银子的使法。车上的人也没跟他争，只低声说了一句，车夫就扬起了鞭子，在空中呼哨了一下，四匹骏马拉着车疾驰而去。

"这是五十两，是我全部的钱了……"颜君旭将自己贴身珍藏的钱袋子交给了蓑衣人，结结巴巴地道，"剩下的，我先欠着……"

"五千两黄金？"蓑衣人笑了笑，"你怎么欠？"

"我有个朋友画画很好的，他一幅画就能卖出去千金，如果他高中了状元，会值更多钱，我让他多给你画几幅。"

"喂，是你买狐狸还是我买狐狸？"雨中，传来方思扬愤怒的呐喊。

蓑衣人抬了抬斗笠，看了他一眼："看你是个读书人，给我写张欠条吧。若是你考取功名，飞黄腾达，我自当拿着这张条子去找你。"

颜君旭忙不迭地从布袋里掏出炭笔和草纸，飞快地写了张欠条塞在他手中，抱着狐狸就跳上了马车。加长马车很快消失在苍茫雨幕，黛色山景之中。蓑衣人将斗笠摘下，露出了一张出尘脱俗的脸，双眉斜飞，眼若含水。他身上笨重的蓑衣也消失了，取而代之的是一袭白色衣袍，宛如谪仙。

此人正是跟珞珞在青丘形影不离的狐妖无瑕。他见马车远去，满意地笑了，身影如烟雾般化入雨丝，消失不见。

贰拾叁

HEILONG JIAOWU

黑龙矫舞

　　午后雨势渐歇，颜君旭坐在车上，心满意足地抱着狐狸，时不时把玩一下它的尾巴，只觉伤处也不那么痛了。狐狸也不怕人，依偎在他怀中，睡得酣甜，还打起了小呼噜。

　　"你不是说过最讨厌狐狸吗？怎么会花这么多钱买了只狐狸回来？"方思扬斜眼打量着他，似对他有了新的认识。

　　"我讨厌的是'狐妖'，又不是狐狸……"颜君旭眼前突然浮现出珞珞明媚的笑容，心中难过，又改口道，"不过狐妖呢，据说也不都是坏的……"

　　"说的什么话呀？乱七八糟的？"

　　"再说这狐狸我在家乡的山里见过，在书院也见过，在人鱼湖又见了一次，这次居然又来到了我的身边，算来是第四次见了……"

　　"一只狐狸跟你千里迢迢而来，又偶遇了这么多次，就不觉得奇怪吗？"

　　颜君旭哪听得进他的提点，欢喜至极地将狐狸紧紧搂在脸旁，眼睛笑成了两条缝："它就是我的护身符，哦，不，应该是'护身狐'，一定跟我有特别的缘分。"

　　方思扬见他这痴傻的样子，想起了家中那被白猫迷住的父亲，每天都亲自给猫喂鱼梳洗，还给它画了上百张画，起了个好听的名字叫"雪奴"。每当他把猫抱在怀中，脸上露出的笑容，就跟现在的颜君旭一模一样。

　　"无药可救，无药可救也……"他摇了摇头，长叹一声，又跟月曦谈情说爱去了。

　　车又行了一会儿，车夫突然缓缓停下了车，朝他们道："前面有辆车陷泥里了，在找人帮忙，要不要帮?"

颜君旭放下狐狸,好奇地看向窗外,只见不远处果然有辆黑色的漆金马车歪歪斜斜地停在路边,一个穿襄衣的高挺青年,正在路边招手,拜托人过来帮忙。

他看了一眼方思扬,只见方思扬脸上浮现出幸灾乐祸的坏笑。一路上见到这辆华贵的马车两次,车上的人骄横跋扈,他也很看不惯。哪知还未遇到惩治他们的人,老天爷就亲自下手了。

"不帮!"方思扬立刻说。

"可是若是不帮,他们不知要被困在此处多久……"颜君旭见泥坑很深,又想起那穿粉裙子的侍女,起了恻隐之心。

"那就帮!"方思扬笑着凑到他身边说,"帮完了再惩治一下,让他们长点教训。"

颜君旭还在犹豫,已经被方思扬拉下了车。方思扬摆出一副慷慨热情的模样,但脸上幸灾乐祸的笑容却怎么也藏不住。

一路上打过两次照面,几个佩刀的青年显然也认出了他们,横眉竖目地瞪着两人,却也只能接受帮助。

颜君旭走到马车旁边,只见车子左侧车轮陷入了泥坑中,怎么也拉不上来。

"找两块石头,等会儿让马用力拉车,车轮抬起来时,将石头垫在轮下,多垫几块石头就能出来了。"他朝青年们道。

四个骄傲的青年,即便再不情愿,也只能去捡石头了。可是当车夫赶起马时,车子动了一下,但轮子根本抬不起来。

颜君旭一看就是车厢太重的缘故,忙过去拍车门:"里面是不是还有人?全都下车吧,不然根本拉不出来。"

"车里都是女眷,不方便下车。"里面传出一个清脆的女声,依稀是在饭馆中点菜的少女。

"我华国民风开化,女性经商的有之,穿男装到处乱跑的有之,教书育人开设学堂的也有之,哪有不能抛头露面的?怕是……长得太丑,没法见人吧?"方思扬逮到了机会,忙出言讥讽。

他话音刚落,便听车门"砰"的一声被踹开,从车里跳出来一个身穿淡紫色绣金织锦衣裙的少女。

她身材高挑,脖颈修长,生着一张长圆形的面庞,双眼宛如水杏,鼻子又高又挺,嘴唇厚而小巧,正像只愤怒的斗鸡般瞪视着颜君旭和方思扬。

"公……不,小姐,你不要下车呀……"她身后又跳下了两个长得一模一样的双胞胎小丫头,一个穿粉裙,一个穿绿衣,相互搀扶着好不容易才在泥坑里站稳。

颜君旭和方思扬见这紫裙少女气势汹汹,周身都散发着一股逼人贵气,把嘴紧紧闭上,不敢再轻易说话。

"你们到底是谁?处处跟我作对?"她卷起袖子,指着颜君旭,"就是你,我想去酒馆里用一餐,你东拉西扯,搬出文绉绉的废话,让我连饭都没吃好。还跟我争一只狐狸,一个大男人跟女人抢宠物,丢人不丢人?"

"可、可是明明是你要赶我们去淋雨……"颜君旭劈头盖脸地被骂了一通,哪里来得及还嘴,只有挠头的份儿。

方思扬正在暗笑,只见她的手指又指向了自己的鼻尖:"还有你,我就是不乐意下车怎么了?我从小到大就没在泥里走过路,关你什么事?还攻击我的容貌,这跟容貌有什么关系?你这个以貌取人的睁眼瞎!"

两人都被她骂得呆若木鸡,不知该如何应对,只能眼睁睁地见她被双胞胎婢女扶到了路上,昂着头站在路边。

颜君旭突然觉得有些理亏,这少女虽然骄横,但在酒馆时她让步了,买狐狸时也没有抬价相争,而她嫌弃淤泥肮脏,不愿下车,确实没有妨碍到任何人。其实只需那四个青年在马用力拉车时抬一下车轮,就能垫下石头,她倒真是被逼下车的。

他忙指挥着车夫和四个青年随从,很快就将车拉出了泥坑。

紫裙少女提着沾满了淤泥的裙摆,就要上车。方思扬一见就不开心了:"喂,不谢谢我们吗?"

"滚!"她厉声骂道。

"公……小姐,不能骂人呀……"旁边的侍女怯生生地提醒。

"我怎么不能骂人?这天下除了母亲和皇……和我兄长,谁人我都骂得!我在家里就憋得气闷,出门了还不让我说话吗?"她连珠炮似的说了一堆,一甩裙摆就跳上了车,姿势敏捷而利落。

颜君旭和方思扬从未见过如此脾气火辣的女人,连还嘴的机会都没有,呆立在路边,眼睁睁地看着她的马车远去。

直至他们坐上车,又赶了会儿路,才回过神来,不停地说这个少女太可怕了,跟个泼妇似的,性格火辣如爆竹,若是有人做了她的夫君,定会天天挨骂。

月曦却觉得这风风火火的少女很有趣,生得高贵美丽,又不似其他女人乏味,只会对着男人诺诺称是。

"不过爆竹又是什么?可以吃吗?"她美目流转,好奇地问方思扬。

方思扬最喜爱的,便是她这份天真懵懂,立刻跟她讲起了爆竹的来历,还信誓旦旦地说到了京城要带她去看烟花。

"哎,只希望不要再遇到这个母老虎了。"颜君旭低头逗弄着怀里的狐狸,担忧地问,"你说是不是呢?"

小狐发出"嗷嗷"两声轻叫,像是能听懂人话似的。不知为什么,自从将狐狸抱在怀中,他胸口的伤处就不再疼痛,心情也不再郁结。

唯一令人伤怀的是,当他看到狐狸灵动的琥珀双眸,微微上翘的嘴角,总是能想到珞珞。不知为什么,随着时间的推移,他对她的恨越来越少,思念却如夏日荷塘的池水般,渐渐满溢。

狐狸似看出他的心事，伸出粉嫩的舌头在他的手背上舔了舔，以示安慰。颜君旭见它如此懂事，轻轻亲了亲它毛茸茸的大耳朵。

这一亲不要紧，狐狸竟然害羞了，连棕色的鼻尖都泛上一层红晕。它后退了两步，将脸藏在了火红的尾巴里，宛如娇羞的少女。

这小红狐正是珞珞，她被雷劈中，从高空跌落，以为必死无疑，却没想到被一直尾随保护她的无瑕给救了。

她受伤过重，再也变不回人形，却仍悲鸣着哀求无瑕去救助颜君旭。无瑕抱着她在林中寻找颜君旭，很快就发现他被"蝙蝠翼"挂在了一株枝叶茂密的大树上。但树下早有人比他们先到，那是一个身材婀娜，头戴鲜花的美貌妇人，竟是青丘狐族族长的狐狸奶奶。

"奶奶！"即便是性格冷淡，喜怒不形于颜色的无瑕，见到她也很是欢喜，抱着珞珞跑了过去。

狐狸奶奶已经采了草药，将颜君旭的伤口裹好，又拉过了几枝树枝，让他挂在树上的姿势舒服一些。

珞珞看到了族长，仿佛见到了母亲，立刻热泪盈眶，发出呜呜的轻鸣。

"取珠没有那么容易吧？"狐狸奶奶温柔一笑，将他们带到了一棵亭亭如盖的大树下，坐在阴凉的树荫下，训诫她道，"你不知法门，豪取强夺，才引来天雷之罚，此番可知道厉害？"

珞珞连连点头，舔了舔爪上的伤口，像是在垂首道歉。

"怎么？你不想取了？"狐狸奶奶看出珞珞眼底的退却，朝无瑕道，"无瑕，你经历过天雷之劫，历劫之时惊雷四起，这种天雷与之相比，简直就是儿戏。"

无瑕点了点头，皱眉道："确实，历劫的天雷威力更可怕。"

"所以你必须取珠，否则就会被天雷烧成一团焦炭。"

珞珞被他们的话吓得瑟瑟发抖，只能抬头看着狐狸奶奶，希望她能帮助自己。

"哎，从有青丘狐族以来，从未有狐狸将灵珠留在人类的身体里。为了助你取珠，这段日子我特意去寻访了多年前救过颜君旭的砍柴人，得到了一些记忆。"

她说罢从裙子里掏出一面铜镜，铜镜中重峦叠嶂，缭绕的云雾缓缓散开，露出了一片葱郁的树林。

灌木的树荫中，有个身穿布衣的男孩正躺在兽夹旁边，左腕流血不止，而一只小红狐正用舌头舔着他手腕上的鲜血。砍柴人见了以为男孩被狐狸咬伤，拿出柴刀将狐狸赶走，忙抱着受伤的男孩去找人相助。

狐狸奔跑的时候一瘸一拐，后腿也受了伤。它悄悄躲在灌木中，在看到男孩平安得救后，才恋恋不舍地离去。

珞珞立刻认出，这只小红狐就是自己。可她对当时发生的事毫无印象，更不知受伤的男孩到底是谁。

"这男童便是年幼的颜君旭。我猜当时你为了救他，将灵珠渡入了他的体内疗伤。没想到被砍柴人打扰，灵珠没来得及收回来，就这样跟他一起成长，受他血肉供养，成为他生命的一部分。"无瑕看着镜中影像，推断出了前因后果。

"无瑕跟我想的一样，你丢了那颗灵珠，所以也丢了这段记忆。"狐狸奶奶点了点头，朝珞珞微笑道，"但是你因祸得福了，丢失的狐珠养在人身中，竟然产生了奇异的变化，若是你将它取回，可能会成为九尾狐仙。"

珞珞惊讶叫了两声。不过她也发现，几次身处险境时，只要她跟颜君旭站在一起，呼吸和心跳保持同一节奏，自己就会迸发出前所未有的力量。

"所以，你不能打退堂鼓，此珠必须取回。如今看强取会遭天劫，只能让他赠珠。"狐狸奶奶又朝无瑕道，"你想办法将珞珞送回到少年书生身边，还要保证他们的安全。这灵珠关系到我青丘一族未来前途，万万不能失手。"

"呜呜呜！"珞珞卷起烧焦的尾巴，不停地转圈，似焦急地想变成人类。

"哎，你如今心智不稳，又受了伤，根本无法变成人形。跟那少年重逢后，多多吸取他身上的灵珠之气，待他对你心结已解，自会恢复。"狐狸奶奶朝他们一扬手，袖底飞出翩翩花瓣，轻声道，"去吧。"

无瑕也变成了一只毛发雪白的狐狸，朝小红狐轻鸣了两声。一红一白两只狐狸几个起落就跃进碧绿树海中，不见影踪。

珞珞想到此处，望着车窗外的山景，半是欢喜，半是忧虑。欢喜的是终于回到了颜君旭的身边，忧虑的却是他能否原谅自己，待己如初。

路越走越荒凉陡峭，层峦叠嶂，人烟稀少。到了傍晚时分，车夫终于停了下来，朝他们道："客人们，黑龙谷到了。"

颜君旭怀抱着小红狐下了马车，方思扬和月曦也紧随其后。只见呈现在他们面前的是一个险峻的大峡谷，峡谷两侧山壁如刃，天然留有一道五丈宽的缝隙，足可令车马通行。但山路中却灌木荆棘丛生，显然无人想将它修整成路。

除了他们之外，峡谷前还零零散散地聚集着十几个行商和旅人，他们也是专门来看黑龙的。除了商旅还有几个当地的村民，他们都穿着短打布衣，冷漠地看着这些外来的人，毫无友善之意。

颜君旭怀中的狐狸叫了几声，又朝西边拱了拱鼻子，他顺着它所指的方向看去，只见一辆黑色的马车正停在西边远处，远离了众人。那位性格火暴的紫衣少女也到了。

"今日下了雨，此时阳光又这么好，应该能见到龙神吧？"两个离得稍近的商人悄声说。

"据说，要先有风……"另一个答道，"然后是大雾……"

他们话音未落，峡谷中就刮起了一阵大风，白茫茫的雾气喷薄而出，如海潮般气势汹涌，转瞬就淹没了山峦，吞噬了日月。

众人皆惶恐得不知该如何是好，还有几匹马受了惊，发出刺耳的嘶鸣。

就在这时，只见峡谷的另一侧，白雾中一个巨大的黑影突然腾空而起，在苍茫的天地间张牙舞爪地晃动。

刹那之间，颜君旭只觉呼吸一窒，差点就要拜倒在这庞大神兽面前。黑龙足有十几丈长，龙头龙爪清晰可见，威猛无匹地在白雾和山峦间腾挪，看得人惊心动魄。

周围传来接连不断的"扑通""扑通"声，是有人被龙的威严所震慑，站都站不住了，慌忙跪拜在地。

他也觉得双腿酸软，生怕黑龙从雾中冲出来，一口将他们都吞了。还好他抱着狐狸，感受着狐狸的心跳和体温，惊悸之情稍缓。

众人中最与众不同的就是方思扬了，他飞快地跑到马车上，拿出笔墨纸砚，将纸摊在地上，笔走游龙地描绘起了黑龙的姿态。月曦则皱着眉站在他身边，捂着口鼻，似十分难受。

"风、风来了，龙要出来了！快跑啊！"

不知是谁喊了一声，大家立刻背起行囊撒腿就跑。果然峡谷中传来呼啸风声，穿过狭窄的谷口，发出"隆隆"巨响，好似龙吟。

颜君旭忙躲到了车后，可他壮着胆子等了一会儿，却见谷中依旧只有雾气萦绕，龙飞舞奔腾，却始终没有冲出来。

又过了一刻钟，夕阳隐没于山巅，天空变成了蒙蒙灰色，白雾被风吹散，龙影也消失了，仿佛驾云而去。

而方才还站满了人的空地上一片狼藉，看热闹的商旅都被显灵的龙神吓得仓皇逃命。除了他们乘坐的马车，只剩下那紫衣少女的黑色马车，仍坚定地守在谷口。

颜君旭一直观察着黑色的马车，只见它并不掉头返回，居然径直向峡谷驶去。他不知不觉地，抱着狐狸也跑了过去。

此时光线已经渐暗，夕光照在峡谷上，变成了深紫色，雾气还未完全散去，他越往前走，越觉得这峡谷陡峭雄伟。

他走近了仔细观察，却见峡谷的峭壁上除了矮松野草，竟然还有几个错落有致的黑色物事，都是规规矩矩的长方形，显然出自人手。

他正看得聚精会神，突然从灌木中跳出一个黑影，猛地挡在了他的面前。颜君旭被吓得一个激灵，只见眼前正站着个身穿粗黑色布衣，手持柴刀的粗壮汉子。

那汉子足有七尺高，身材健壮，方脸阔额，面颊被晒成了黑红色，似以打猎为生。

"别过来，再往前走，可小心要丢了性命。"他大喊一声，又有几个农夫打扮的人，手中拿着棍棒或斧子，呈品字形，将黑色马车和颜君旭都堵在了峡谷前。

跟在马车后的四名青年立刻跑到车前，不约而同地从腰间抽出雪亮的长刀。此时夕光敛尽，只有刀刃的寒光在蒙蒙夜色中闪烁，令晚风都平添了一股肃杀之气。

"谷中是我们先人的墓地,黑龙村世世代代的老人都葬在此处。你们这些家伙要是仗势欺人,就别怪我们不客气!"持刀壮汉丝毫不退却,示威般挥舞着柴刀。

他身后的村民也纷纷叫阵,声音在空旷的谷中回荡,宛如百人般声势浩大。

"真是打搅了,我们不会过去的,毕竟初来乍到,不知道那是贵村的墓地。"马车中传来了女子声音,正来自那骂人伶牙俐齿的少女。

但徐徐夜风中,她的声音轻缓而有条理,像是一只温柔的手,安抚了村民们愤怒的情绪。

颜君旭听得惊诧,他怎么也没想到,这少女居然还有如此柔和的一面。人说女人都善变,果然没错。

"可现下天色已晚,能不能让我们找个地方休息,待天明再动身呢?"她又轻声哀求,"哎,毕竟我们只有三个弱女子,虽然有护卫随从,可天黑路滑,万一车跌下山可如何是好?"

村民们本来听她道了歉,火气都消了一半,毕竟他们是远道而来看热闹的,谁知道这峡谷有如此讲究?此时再听她温言软语的哀求,更是心中一热,纷纷出言要她暂住在村里。

颜君旭怀中的狐狸,似也看出少女在骗人,伸出毛茸茸的爪子抓着他的手背,双眼完成了两道月牙,仿佛在笑的模样。

"颜君旭,你跑到哪里去了?"他还想看热闹,风中却传来了方思扬急切的呼声,"月曦生病了,她突然发起了烧,快点找个地方让她养病!"

他连忙跑回了车边,只见为他们赶车的车夫不知何时逃走了,只有方思扬在车前转来转去,像是只热锅上的蚂蚁。而月曦裹着一件披风,无精打采地倚在车厢里,她的脸烧得泛红,一看到他就指着自己的嘴巴,轻声道:"痛……这里的风……很古怪。"

他们不知该如何是好,也跑去跟村民求助。跟黑车中少女的故作可怜相比,他们的心急如焚就真诚多了。月曦美丽和憔悴足以打动任何人,村民们一见之下心生恻隐,不忍这花儿一般的少女就此夭亡,连忙带着他们向村庄走去。

就这样,两辆马车依次离开了峡谷,在苍茫的夜色中辘辘而行,很快就被树海和山影吞没,宛如两只在大海中迷失的小舟。而几个人也在目送他们离开后,从树林中走了出来。为首的一人身材高大魁梧,眉黑如帚,正是蓝夜。

"哼,总算将你们引到戏台,接下来就看你们的表演了……"他阴森森地笑着,露出尖利獠牙,"希望你们有令人满意的表现,将宝物拱手送上。"

贰拾肆 谷中秘宝
GUZHONG MIBAO

　　马车缓缓行进，抵达村庄时天已经全黑了。星斗笼罩了山峦树影，宛如萤火般挂在树梢上。
　　村中阡陌交通，鸡犬相闻，妇女已备好了饭菜，孩子们在院子里玩耍，民宅里透出的灯火照亮了黑暗，一副和睦温馨的景象。为首的壮汉指挥着几个手脚麻利的青年，整理出一间空旷的屋子供他们休息。这简陋的瓦房只有两个房间，就算颜君旭和方思扬不想跟那脾气火暴的少女有接触，也不得不跟她同住在一个屋檐下。而且门板破旧，缝隙有巴掌大，连他们在做什么都一览无余。只见黑色马车一停在院子门外，两名双胞胎婢女就如蜜蜂般忙碌起来。四个青年侍卫也没闲着，拿着斧凿修补漏洞，钉钉子。
　　婢女从车上抱下来松软的被褥和烦琐的用具。不过片刻工夫，简陋的房间就被布置一新，地上铺着厚厚的地毯，四面发霉的墙壁以精美的绸缎挡住，她们甚至还燃起了熏香驱虫。看到双胞胎婢女从车上捧出烧鸡和酒时，颜君旭和方思扬的眼睛都瞪得溜圆。怀里珞珞的口水也差点滴到了地上。待一切都布置好，紫衣少女才款款走下车，来到了为她准备妥当的房间。在路过他们的房间时，她眼风一瞥，满含轻蔑，似在嘲笑他们的寒酸。
　　四个青年护卫躬身离开，两个小婢女用竹帘挡住了破旧漏风的门板，也遮住了他们好奇的视线。不过很快门里就传来了笛声和琴声，她们竟然还有闲情逸致赏乐玩乐。
　　颜君旭本就没见过什么世面，只觉得对面看着热闹。方思扬却摸起了下巴，不知这少女是什么来历，架子竟摆得这么大。而躺在草席铺成的床上的月曦，突然呻吟了起来："我、我好难受……"

"怎么办？没有药呀……"方思扬心痛地安抚她，只见她脖子上已经肿了个鸽卵大的包，人也烧得发抖。他突然朝颜君旭道，"她们准备得如此周全，是不是也带着药？"

"只怕那个姑娘不会轻易赠药，毕竟来的时候多有不睦……"

颜君旭也想到了这点，他正在琢磨如何跟少女道歉，为月曦讨得药物，身后就传来了脚步声。只见一个高大的黑影走到门口停了下来，昏暗的灯光下，可见他约有二十五六，方脸阔额，竟然是在峡谷口带头拦截他们的青年。

"那个姑娘生病了吧？"他摊开蒲扇般的大手，掌心正放着一包草药，"我们当地人被邪风熏了，都用这个煮水喝，通常两日便好。"

方思扬接过草药，忙去烧水煮药，不过一炷香的工夫，就将草药端在了月曦的面前。

"这位大哥，谢谢您帮助我们，可是关于这黑龙谷……"颜君旭见青年给月曦送药，颇有亲近之意，便好奇地打听。

青年朝他摆了摆手，将残破漏风的门关好，沉声道："我叫张松，这个村子里的村民多数姓张，往上数几辈多少都沾些亲戚。我见三位都是少年男女，两位小哥又是读书人打扮，才来劝几句，病好些就快点离开此地吧。黑龙谷，很可怕……"

方思扬正在给月曦喂药，听到这话手不由一抖，差点端不住药碗。

"那条龙……确实有点奇怪……"颜君旭困惑地挠了挠头，"而且山谷中涌出的雾气太过蓬勃，应该不会只是简单的雨后云雾。"

"哼，看来你还对黑龙挺有兴趣？我奉劝你一句，别想着去探谷，否则性命难保。"

颜君旭确实有探谷之心，被他一眼识破意图，不好意思地又挠了挠头。

"上一个探谷的人，你知道他是什么下场吗？"张松冷眼看着他们，眼中满是恨意。

他们如何得知？只能连连摇头，连颜君旭怀中的珞珞，都摇了摇耳朵。

"此事说来话长，百年前曾有一位仙人来过这黑龙谷。为何说他是仙人，因为有人见过他在半空中行走，大袖飞扬，姿态飘……飘那个什么……"

"飘逸。"方思扬急切地催促他，"仙人？真是太有趣了！这人到底是谁？"

"我们也不知他是谁。他也跟你们一样，穿着书生的长袍，看起来像个读书人，却比神仙还厉害。

他孤身在黑龙谷中住了段日子。原本此地野猪泛滥，总是破坏庄稼，百姓拿野猪束手无策，他就做了个厉害的玩意儿，叫'机关'什么的，抓野猪一抓一个准，很快就平息了野猪之害……"

"是公输子！一定是他，他也曾在这里住过！"颜君旭听到此处，立刻猜出这人是公输子，激动得跳了起来，坐着的椅子都翻倒在地。

"什么？那是谁？"张松不知他为何手舞足蹈，好奇地问。

方思扬生怕张松被干扰："他时常发疯，读书读多了，难免会入魔。不用理他，后来又怎样了？"

张松见颜君旭再次坐好，满含期待地等着他继续说，清了清嗓子，又娓娓道来："黑龙似乎就是跟这仙人同时出现的。

当时他还搭了个'天桥',邀我的曾曾祖父入谷一探究竟。但是曾曾祖父到底看到了什么,他对谁也没说。待仙人走后的七天,曾曾祖父孤身进了黑龙谷,那天恰逢暴雨,龙现身了,竟然将他吃了……"

灯花爆裂,发出"啪"的一声轻响,听故事的三人俱是一惊,不由自主地抱紧了肩膀。窗外的山影重重中,似藏着一条狰狞可怖的黑龙,随时可能窜入房中,将他们吞入腹中。

"等等,如果他一去不回,也应该是失踪呀,你们如何得知他是被龙吃了呢?或许他跌落山崖也未可知。"颜君旭挠了挠蓬乱的头发,发现了故事的漏洞。

"果然是读过书的。我是怕诸位害怕,才隐去一些事不说。既然你们问个不停,我就没什么顾忌了。"张松摇了摇头,又沉声继续讲,"我的曾曾祖父,他其实回来了,但是却已经不成人样,体无完肤,像是被放在火上烤过一般,成了个血葫芦,回来不到半日就去世了。从此以后,黑龙谷开始闹鬼……"

"一条龙还不够,竟然还有鬼……"颜君旭倒抽一口凉气,抱紧了怀里的狐狸,小狐狸也吓得忙收起了耳朵。

"是啊,因为听说谷中有黑龙,不少人好奇心起,去谷中探险游玩,但都莫名其妙地死于非命。大家都说是曾曾祖父变成了鬼在黑龙谷游荡,村人便在悬崖上放置悬棺,悬棺里下葬的,都是村子里德高望重,且正常死亡的长者,就是为了安抚曾曾祖父的满含怨气的魂魄。"

"原来峭壁上的是悬棺!"颜君旭这才明白,傍晚时分自己看到的崖上的长方形物体是什么。方思扬吓得牙齿不停作响,连连摆手:"这个故事也太可怕了,怕是我今晚都会睡不着……"

"天色已晚,两位小哥早些歇息吧。"张松朝他们起身告辞,"待这位姑娘身体好些,就早日启程为妙,莫要在此地多耽搁。"

颜君旭和方思扬忙点头称是,听了可怖的黑龙传说。就算张松不提点,他们也不愿意在黑龙谷附近多待一天了。

但他们却没有发现,当张松跟他们讲述黑龙谷的来历时,隔壁优美流畅的琴声笛声都喑哑无声了。

而当张松离开瓦房,悠扬的乐声再次悠悠响起,仿佛美人春睡方醒,娇憨地打了个哈欠,又伴着夏夜微醺的风跳起了惑人的舞蹈。

张松的草药稍有效果,月曦喝下两碗药汤,又歇了一会儿,便已能张口说话了。可她张口的一句话,说的居然是——张松在骗人。

彼时颜君旭已歪在草席上昏昏欲睡,方思扬在灯下描绘着脑中黑龙矫健的姿态。

她的话像是在平静的湖面中投下了一块巨石,激起千重涟漪,惊得颜君旭睡意全消。

他抬头一看,只见方思扬笔尖一抖,一滴墨滴在了栩栩如生的黑龙旁。

方思扬忙丢下笔,摸了摸月曦的额角,以为她是发烧才胡言乱语,可她的烧已经退了,额头又湿又凉。

月曦长睫微颤,目光在他们两人身上流连了一番,方才说道:"他的话半真半假,当他说很多人为了探索黑龙的秘密，才前仆后继去谷中探险，连性命都不要了，就颇为奇怪。"

隔壁曼妙的琴声再次戛然而止。寂夜之中，只有月曦悦耳的声音，如清泉般流淌。

颜君旭也觉得奇怪，况且公输子在此待过，无论是他亲手书写的笔记，还是之前他留下的事迹，都是造福百姓的，怎么此番却留下了一条害人的黑龙？

他怀中的小红狐似猜到了什么，"吱吱"地叫个不停。

"当我们听到这个故事时，首先想到的是黑龙谷太危险了，既有吃人的龙，又有害人的鬼魂，一定要逃得越远越好，怎会冒险探谷？"月曦轻咳了两声，继续说，"张松隐瞒的就是这个部分，他没说谷中有豁出性命也要得到的物事，这些人才甘愿犯险。"

"是宝藏？"方思扬试探着问，他不似颜君旭般对人性懵懂无知。过去的他曾与富贾显贵交往应酬，见过太多人为了钱背叛亲友。

"嗯……"月曦抬起了头，她巴掌大的脸因病而清瘦苍白，显得双眼越发黝黑深邃，宛如一个美丽的精灵，"黑龙谷中藏着秘宝，所以才令人如此疯狂。"

"可、可是这只是你的猜测而已……"颜君旭习惯性地挠了挠乱发，"这山谷中若真有宝物，这张家村的村民，为何不据为己有呢？"

"咳咳，他们倒是想，但没这个本事……"月曦咳了两声，微笑道，"颜公子，你还记得人鱼族的使命是什么？"

颜君旭想起了寂寂于山中的鱼翁，又想起了在湖边跟黑狐殊死拼搏的人鱼们，脱口而出："是保护公输子留下的遗迹？可是此地为何却没有人鱼族涉足？"

"因为此地人鱼族根本无法生存，而且公输子留下了这矫健黑龙，足以威慑贼人，所以人鱼族并未派人驻守。"

"公输子，真是太厉害了……"颜君旭对传说中的机关之神越发佩服，神往地答。

"月曦，你早就知道此处有宝藏了，方才是在套张松的话，才假装不知的是吗？真是冰雪聪明。"方思扬见她说得头头是道，忍不住夸赞。

月曦咳了两声，又缓缓道："其实父亲并未点明是此处，只说公输子去过一个怪异的地方，既有异兽又有异宝，他也很想去探上一探。

可惜山中的雾对人鱼族来说是致命的毒气，才不得不作罢。当时我还年幼，只记得他满怀遗憾地叹息，却根本没问那是什么地方。可我一沾上雾气就突然生病，再加上'异兽'现身，我才猜到张松隐瞒的必是'异宝'了……"

月曦说话太多，又疲惫地倚在床上喘息不已。方思扬体贴地为她擦汗，担忧地说他不稀罕宝藏，明天就赶回黑龙镇，为她请最好的郎中医治。两人的亲密无间，又让颜君旭想起了珞珞，胸前的伤口已经不痛了，但他的心却一直隐隐作痛。

他想起珞珞曾说过，那物事本是她的，是什么意思？还有她从半空跌落，会不会受伤？他突然发现，如果没有珞珞，机关术也变得乏味，就算考取了机关武考状元又有何意义？他好想再回到两人分离的树林，去找回珞珞。

即便被她剖心挖肚，也好过现在的思念入骨。过去他不懂，为何诗人会写："长相思，摧心肝。"在这山中寂夜里，情窦初开的他，此生第一次尝到了相思之苦。

寂夜之中，瓦舍破洞漏风的门，再一次被推开了。

灯影之下，只见站在门外的是个身穿紫衣的丽人，她身姿高挑，长圆脸蛋，美目斜飞，居然是黑色马车的主人——骂人格外厉害的火爆女郎。

"姑娘，如此深夜孤身来到我们两个男人的住处，多有不便……"颜君旭一见是她，怕是来找麻烦的，慌忙起身下逐客令。

方思扬则皱眉拉了拉月曦的被子，不希望她被打扰。

"别怕，我是来做交易的。"少女伸出手，掌心托着个温润的白玉雕花盒，得意地道，"这是千金难求的治烧伤疥肿的灵药，我看很对这位姑娘的症。我手中的药，可比乡野村夫的草药汤管用多了。"

颜君旭和方思扬之前就想跟她求药，见她主动送来更是求之不得，不由面露喜色。

"谢谢姑娘赠药，可不知是什么交易？"颜君旭挠了挠头道，"若是有违君子之道就罢了。"

方思扬却不像他那么老实，过去就要拿她手中的药盒："不要听他的，我同意了，把药给我吧。"她把手一缩："我问的是这个懂机关的小书生，又不是问你！"接着朝颜君旭道，"跟我去黑龙谷探谷，方才你们说的话我都听到了。这黑龙谷如此神秘，难道你们不好奇吗？"

"我对宝藏可没有兴趣……"颜君旭挠了挠头，觉得甚是棘手。也不知她是何时盯上自己，还知道自己会做机关的。

"公输子呢，他可是传说中的机关之神。联手进谷之后，你去打探公输子的秘密，我去寻我的宝。我们各不干涉，何乐而不为呢？"她杏眼斜睨，打量着颜君旭，似看出他的疑惑，"至于为何我会得知你懂机关术吗？都是你自己告诉我的呀！"

颜君旭更加困惑，他没跟她说过两句话，是何时告诉她的？

"在路上你帮我们把车从泥中拉出来，明显对车的构造颇为熟悉。你们乘坐的车比别的车长了一截，还有六个轮子，颇为有趣，应该也是你改造。所以我猜你定然精通机关之术。"

颜君旭没想到这看似骄横跋扈的少女，竟有如此心机，立刻对她收起了轻视之心，反问道："你知道机关？"

"哼，机关有什么稀罕！你见过木甲战车打架吗？见过木人会端茶倒水吗？在京城，机关可是太常见了。"

"你是从京城来的？"方思扬摸着下巴问，"可怎么会跟我们相遇？京城来的，可不该走这条路。"

"因为我听说附近有个湖边莫名起了场大火，火势燎天，将黑夜映成白昼。可这火又莫名其妙地熄灭了，你说古怪不古怪？我就绕了个圈子去看看，却恰好跟你们遇上。"

颜君旭和方思扬听到此处，互相看了一眼，谁也没敢吭声，脸上都显出尴尬神情。

室内又响起了月曦的痛苦的干咳声，像是催促着他们快点答应交易。

颜君旭看着憔悴的月曦，心中也满含怜惜："这个交易我做了。若是你要是找到宝物，不可据为己有。我们都是读书人，可不想与盗贼为伍，帮人偷盗。"

"我姓雪名盈,雪山的'雪',秋水盈盈的'盈'。你们二位一个叫颜君旭,一个叫方思扬吧?方公子还是大名鼎鼎的'画仙',想不到会在此相遇。"

她将药盒抛给方思扬后,看向颜君旭,一双杏眼中流露着不容置疑的坚定:"颜公子,我敢跟你保证,我绝对不会将宝物收入自己囊中。天下的珍宝无数,却未入得了本姑娘的眼。若我有此私心,你随时可取我性命。"

颜君旭本想还嘴,说要她性命有何用?

见她这郑重其事的模样,将嘴边的话吞进了肚中。

雪盈满意地走了,留下一头雾水的颜君旭和方思扬窃窃私语。

他们无论如何也猜不出这少女的来历,更不知道她是如何打听出两人的名字的。

倒是她的药确实很管用,涂在月曦的脖子上,她的喉咙很快就消了肿,也不再咳嗽,陷入了酣甜的梦乡。

两人劳累奔波了一天,也倒头便睡。只有小红狐珞珞趴在窗口,探查着村子里的动静。珞珞似看到了什么,突然竖起了毛茸茸的耳朵,瞪圆了双眼。

缥缈月光中,无边黑暗里,似有鬼魅提着人头,尖笑着穿行而过。

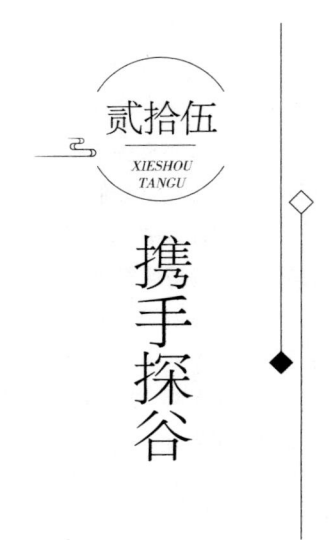

贰拾伍 携手探谷
XIESHOU TANGU

次日清晨,雪盈的侍从和车夫就在为出发作准备。骏马的嘶鸣声将颜君旭和方思扬也吵醒,他们假装跟雪盈不认识,也埋头收拾行李。

在雪盈一行人离开张家村半个时辰后,颜君旭也赶着车出发了。张松非常热情,率领着十几个年轻力壮的村民送他们到村外,直至确定他们离开了黑龙谷后,才放心地离开。

"在监视我们呢。"方思扬敏锐地察觉到了,"而且跟他一起的村民,一看就是有功夫在身。在如此深山之中,练就一身本事,不知是用来对付谁的?"

"哎,也情有可原,毕竟在他们眼中,谷中宝物属于他们所有……"颜君旭无奈地叹息,"可是天下宝物,又有谁曾真正拥有呢?不过是从一个人手中流转到另一个人手中。"

"你说这话倒是有点意思,不过好多人并不这么想……"方思扬看到不远处路边站着的一个英挺的青年,笑道,"比如这位雪盈姑娘。"

那青年正是雪盈的随从之一,他礼貌地朝二人鞠躬,自称叫"梅生"并接替颜君旭的位置,赶起了马车。

可看他矫健的身手,结实的筋肉,真不该叫如此文质彬彬的名字。马在梅生的手中格外听话,马车驶得又快又稳,在大路上飞驰,很快就拐进了一个宅院中。宅子建在路边的树林中,离黑龙镇不远,四周的草木郁郁葱葱,院子外种着鲜花,庭院里还有假山和睡莲。他们刚一走进去,就听到了婉转低回的琴声,更显得景色清雅,不染一尘。

这地方跟他们昨晚住的比起来,堪称仙境。颜君旭长这么大就没见过这么漂亮的房子,看得眼花缭乱，不知该往哪里瞧。

"这是我为诸位安排的落脚之地。"雪盈掀开碧绿竹帘，从厅堂中走出来，她换了件淡蓝色的短打男装，头发高高束在脑后，活似个翩翩贵公子。

"你何时安排的？昨晚明明跟我们在一起，不曾离开。"方思扬好奇地问，难道她有分身术不成。

"派一个下属去不就好了？"雪盈指着身边的一个青年，"喏，这些都是菊逸找的，何须我亲自出马？因为你们有病人，又有宠物，我才让他找个舒服的房子住。"

颜君旭怀中的珞珞看出她是为了自己住得舒服，却还想让他们领情，不满意地叫了两声。可惜她此时仍是狐狸的形态，这"嘤嘤"鸣叫倒像是在撒娇一般。

雪盈被小红狐的叫声吸引，又笑眯眯地提出跟颜君旭买它，这次还信誓旦旦地承诺绝不用它镶皮毛大衣的边，却依旧被颜君旭斩钉截铁地拒绝了。三人商量了一番，决定由颜君旭和雪盈先去探路，方思扬对机关和宝藏毫无兴趣，又放心不下月曦，决定留下来陪她。

颜君旭去换下书生袍，穿上雪盈为他准备精干的深蓝色短装后，仍然把狐狸用包袱布裹在胸前。雪盈见他怪里怪气的模样，捂着肚子笑个不停，只觉他聪明中又透着痴傻之气，有趣极了。

方思扬见这雪盈姑娘行事爽朗大气，倒不似初识时脾气火暴了，也卸下心防，将她拉到一边，悄声问："你是如何知道我们的名字的？难道会算命不成？还是暗中调查过我们？"

雪盈朝菊逸招了招手，低声说了两句。菊逸笑了笑，从怀中掏出了两张皱巴巴的纸，双手呈到了方思扬面前。

只见那两张纸上正是两人的画像，上书："白鹭书院寻人。"旁边还有两行小字，详细地写了两人的名字还有体貌特征。

"这是我在湖边看到的，邻近的镇上全贴满了。我起初还以为是书院的学子不堪重负，去寻短见了，一路上还特别留心。哪想就遇到你们坐着怪里怪气的马车四处游荡，看起来很是得意呀……"雪盈说到此处，捂着嘴笑个不停。

看她笑得花枝乱颤的模样，颜君旭和方思扬的脸立刻红到了脖子根，恨不得找个地缝钻进去。

一番准备后，几人终于要出发了。此时颜君旭才留意，雪盈的四名侍卫以"梅兰竹菊"四君子命名，分别是梅生、兰影、竹霜、菊逸。他们看起来身形和长相都十分相似，又各有分工。梅生负责赶车和简单木工；菊逸主要是打探消息；兰影很低调，不发一言，却与雪盈寸步不离，真宛如影子一般；竹霜则负责外围，永远站在门口附近，警惕着周遭的动静。

而贴身伺候她的两名双胞胎少女，着粉裙的叫侍星，穿绿衣的名唤弄月，都乖巧伶俐，不似寻常人家婢女。看这些仆人的名字和身手，就可猜出雪盈大有来头。可惜颜君旭见过的世面有限，猜来猜去也想不出头绪，迷迷糊糊地就走到了门外。门外站着四匹骏马，估计又是菊逸早已准备好的。可颜君旭却对着马发愁，他这辈子唯一骑过的牲口就是去白鹭书院的小毛驴。小毛驴脾气温顺，个头又低矮，哪能跟眼前的高头大马相比？

他手脚并用地爬到了马背上，就窘迫地趴在鞍上，死死抱着马脖子，一动也不敢动。

可哪有时间让他学习马术，方思扬只能上前为他讲解自己知道的骑马要诀，如何提缰、如何夹马腹，教了一番后，突然长叹了口气。

"君旭，你我相识一场，但你这几日闷闷不乐的，怕是为了珞珞吧？"他压低声音，悄声问他。

一提到珞珞，颜君旭上挑的双眼立刻耷拉下来，一副无精打采的模样。

"当月曦告诉我珞珞是狐妖时，我也很惊讶，但她明显跟作恶多端的黑狐不是一路。我见你几次遇到危难，她都奋不顾身地保护你。有佳人待你如此，又何必计较什么妖不妖的呢？就如我跟月曦，我并不在乎她是异类，她也不嫌我力量弱小。有时困住我们自己的，是固有的偏见，只有跳出自设的藩篱，才能抓住缘分。"

颜君旭难得见方思扬跟他推心置腹，心下感动，他刚想道谢，却不知谁在他的马屁股上抽了一鞭，他哇哇大叫着被骏马载走，疾驰而去。

呼啸的风声中，还夹杂着银铃般的娇笑，正是来自雪盈的。想必方才抽在马臀上的一鞭子是出自她手，是要报前几日的踩泥坑之仇。

颜君旭紧紧抓住缰绳，在马鞍上左摇右摆。雪盈率领兰影和竹霜纵马疾驰，将他远远地甩在身后，根本不想帮忙，诚心要看他出丑。

"这死丫头，果然没安好心！"颜君旭咒骂了一声，身体如一艘在海浪上颠簸的小舟般，被抛上抛下，眼看就要摔落马下。

一直缩在他怀中的小红狐，从包袱皮中探出了脑袋，伸出毛茸茸的爪子，搭在了他的手背上。他被冷汗浸透的双手，突然充满了力量，紧紧拉住了缰绳。本还撒足狂奔的骏马，被带得前蹄腾空，嘶鸣不止。骏马不再狂奔后，他心中也安定下来。按照方思扬讲解的方法，试探地夹了夹马腹，小心地催着它跑了几步，很快就掌握了骑马的技巧。不知为什么，他突然不再觉得马可怕了，这马似变成了他的同类，他轻易就能看出它的脾性和心情。

骏马在他掌控下嘶鸣了一声，显然是不甘落后，急于追上同伴。颜君旭摸着它的脖子，轻轻念叨："马儿呀马儿，你要跑也跑稳些，千万不要将我摔下来。"

他话音刚落，马就撒开四蹄飞奔起来。跟方才不同，他的身体不再左摇右摆，而是微微弓着，像是一片羽毛般浮在马背上，随着它的呼吸起伏。

马立刻觉得轻松无比，跑得兴起，居然不过片刻就追上了雪盈等人，还将他们甩在了身后，扬起阵阵沙尘。

雪盈气得又一阵叫骂，却只有跟在他后面吃灰的份儿。这马本是护卫们驯熟了的，他们不断地呼哨，让它停下，马却似没听见般，越跑越快，风驰电掣地消失在道路尽头。

黑龙谷转眼既至，颜君旭勒紧缰绳，狂奔的马乖乖停在谷前。今日并没有下雨，山巅上浮云朵朵，好像一只只白色的小舟，徜徉在蓝色天幕下。或许是得知今日不可能有黑龙出现，山谷前空无一人，只有清凉的山风游龙般穿过峡谷。

颜君旭见雪盈等人仍无踪迹，壮着胆子驱马向前，孤身走入了峡谷中。

峡谷里荆棘满布，但马却很聪明，能跨过荆棘丛生的地方，专挑柔软的草丛走，小心翼翼地前行。如此走了一会儿，身后传来了马蹄声，只见雪盈跟两个护卫也到了谷口。

雪盈在大热天里疾奔而来，俏脸热得通红，朝他昂头笑道："没想到你骑马骑得这么好，若是在京城，非得拉你去猎场比试一番。"

颜君旭不喜她为人傲慢，也不答话，一心一意只留意峡谷中的奇怪之处。走到一半，他怀中的小红狐仰着头"吱吱"乱叫。他忙抬起头，只见两边的峭壁如被刀削似的光滑，不仅没有凸起的岩石，连棵树都没长一棵，颇为险峻。

他虽然从小在山中长大，见过各色山峰，却从未见过如此奇异的山形。

"哎，若是珞珞在就好了，她什么都知道，定然也知道这山的奥秘。"他看了一会儿，却看不出门道，只能摇头叹息。

他怀中的狐狸听到了这话，"吱吱"乱叫不停，不知不觉中，力量如潮水般涌入了体内。变成狐形的珞珞，第一次感受到了妖力的回归。

"那些就是悬棺吗？"雪盈扬起马鞭，指着左侧山崖上的十几个棺材，赞叹道，"他们是如何把棺材弄到峭壁上的？堪称奇迹。"

颜君旭上次就发现了这些悬棺，只见它们离地三十多丈高，排列整齐，每个棺材间都间隔了三丈左右，共有十六具。但他很快就察觉到奇异之处，位于中间的两个棺材，间隔的距离是其他的棺材间距的两倍，而且所有的棺材都位于峡谷左侧的山崖，右侧却只有嶙峋山石，一具棺材都没有。

他一时也想不通为什么，只能纵马向前走去。

幸而峡谷中很清凉，两刃高大的峭壁，仿佛两个巨大宽阔的手掌，遮住了火辣的太阳。风宛如矫健游龙，呼啸着穿行而过，吹得草木轻响，也带走了酷暑的炎热。

荒草越来越密，马已经无法行走，雪盈叫来兰影和竹霜开路。两人身手不凡，抽出腰刀，很快就辟出一条道路。

"主人，这里曾有人经过。"竹霜突然不走了，朝雪盈禀报。

"我这边的荆棘也被砍过，还有马蹄的蹄印。"兰影也蹲下来，仔细查看断掉的荆棘。

"岂不是正好，省得我们费力气。"雪盈满意地点了点头，"不过也印证了那个生病小姑娘的猜测，此处果然有大宝藏，引得不少人冒险。"

到了谷中前路满是荒草和矮树，一望即知马已无法通过了，四人将马留下，徒步而行。

又走了半个时辰，他们终于穿过了峡谷，只见眼前景色豁然开朗，居然是一个平缓的山坡，山坡上绿草幽幽，矮树丛丛，这碧色与蓝色天幕映衬，如诗如画，美不胜收。

雪盈看到这宜人景象，失望地叹了口气，但随即又笑了："虽然没发现宝藏，但是能看到这京城中根本无缘欣赏的美景，也算是一种收获。"

她眼光一瞥，只见颜君旭身穿蓝色短衫，迎风而立，正仰着脸享受着阳光和清风。风吹开了他的乱发，露出了他清秀文静的少年面孔和微微上挑的双眼。她突然觉得心头一热，走过去拉住他的手，奔向柔柔芳草深处。

颜君旭哪见过如此热情的女子，就连在他眼中活泼不羁的珞珞，也只是对他弹弹琴，危急时拉下手。他羞得脸庞涨红，不知该如何回应，只能慌慌张张地跟在她身后。

小红狐在他的脚边跳来跳去，气得呼呼直叫，像是吃起了醋。

"如此美景，你不觉得难得一见吗？若是此处有个歌姬就好了，可命她唱首清歌，更添风雅。"雪盈张开双臂，微笑着拥抱清风，兴致来了，又拉着颜君旭转了两圈。

颜君旭心不甘情不愿地被她拉着跑了几步，突然脚下被什么绊了一下，重重跌倒在地。

"人说'百无一用是书生'，果然没错，你怎么跑了两步就摔倒了……"雪盈看他摔得狼狈，忍不住笑出来，但她的笑声戛然而止，盯着他脚下的物事，脸色吓得惨白。

颜君旭也看向脚下，只见绊倒他的是一柄锋利的斧子，斧子头上还有凝固的黑色血液。

"主人，请退后。"兰影和竹霜连忙跑过来，护在了雪盈的身前。

竹霜擅长追踪之术，仔细看了看斧子，就趴在草中仔细查看，像是一个老练的猎人追寻着猎物的痕迹。不过片刻，就在一棵矮树下找到了一具尸体。又顺着打斗的痕迹，找到了另一个身首异处的死人。

方才还绿草如茵，鲜花点点的美妙景色，刹那间变得神秘而可怖，颜君旭眺望着眼前静谧幽美的山坡，仿佛看到了妖怪的巢穴。

他生长在青山环绕之地，山中流传着关于妖怪的传说。听老人们说，狡猾的会投人所好，变幻出一片宛如仙境的所在，或是鲜花遍地的幽谷，或是清凉宜人的山溪，疲惫的旅人们被诱惑着走进去歇息，就像掉进陷阱的猎物，被吃得只剩下一堆白骨。

雪盈美目中满含惶恐，凝视着眼前的美景，颤抖着道："看来村庄中的汉子没骗我们，果然有杀人的鬼。"

"主人，此地不宜久留，你快回去，让我们二人留下来探查就行。"兰影竹霜二人抽出腰间的刀，缓缓退到了雪盈和颜君旭身边，"颜公子，麻烦你送我家主人快走。注意脚下，怕有埋伏。"

"雪盈姑娘，他们说得对，我们快走！而且此地有人被杀，得去报官呀！"颜君旭也很害怕，声音都在颤抖。

他虽经历过人鱼湖大战，但他并未加入战团，而是遥遥站在树林中，朝着庞大的机关射箭，死伤多少都是听璇玑道来，在他看来只是个数字。但此番却更凶险，方才虽然兰影和竹霜尽力挡在他们身前，他还是隐约看到了尸体的模样，失血的脸庞，塌陷的皮肤，都令他头皮发麻。

他刚想跟雪盈离开，从山坡下刮起了一阵风，风起之处，草叶飞舞，沙尘四溢，迷得人睁不开眼睛。方才还静谧优美的山坡，转眼就被从天边刮来的层层乌云笼罩，一场阵雨即将到来。

此时正是夏末，又地处深山，天气变幻莫测，时晴时雨本是寻常之事，兰影和竹霜却如临大敌，两人拉着雪盈的胳膊，就往山谷外跑。

◇ 君子,命中有狐 ◆

颜君旭一看他们的表情,便知道他们是在怕黑色的巨龙。昨日在峡谷外遥遥看去,龙就庞大可怖,仿佛一张口就能吞掉一辆马车。而此时他们正在峡谷之内,若是龙乘雨势腾空而来,怕是几人瞬息之间就会被龙吞噬,尸骨无存。

所谓越怕什么,越来什么。天空中响起"隆隆"雷声,暴雨骤然而落。随着雨水一同到来的,还有蓬勃的白雾。雾气从山坡下缓缓升起,翻涌成海,瞬间就淹没了山坡。

"等等,这雨也没下多久,如何会起这么大的雾气?"颜君旭跟在他们身后奔跑,见脚下已被雾气淹没,突然察觉到反常。

山中雨后多雾本是常见,往往是在一场大雨停歇之后。哪有刚刚下了一会儿雨,就能起这么大雾的道理?

"傻书生,快走啊,你还在磨蹭什么?"雪盈见他驻足停步,连忙要拉他一起逃命。

她出身富贵,从出生开始,周围的人都对她唯命是从。哪怕她的命令再异想天开,也没人敢说个"不"字。此次出京游玩,虽然她只带了四个侍卫和两个侍女,其实一路上都有人为她行方便。百姓见她排场惊人,也从不敢与她为难。

可哪想到了个杂乱喧嚣的黑龙镇,遇到个貌不惊人、头发乱如蓬草的狐狸眼少年,居然敢挺身跟她作对。他并不直接跟她冲突,而是巧妙地引用圣人的话,引起了食客们的情绪,借力打力地让她处于下风。任她手下的侍卫刀锋再锋利,婢女再伶牙俐齿,也拿他毫无办法。

后来又跟他偶遇交锋了两次,她越来越觉得他有趣,竟起了跟他多玩耍几日,再捉弄捉弄他的心思。所以出发时,她抽了他的坐骑一鞭,希望他跌下马来出丑,但哪知却又被他以绝佳的骑术给反超,倒让自己吃了一路灰土。

他看似笨拙,又充满了勇气,每每都能化险为夷,扭转局势,像是个谜题般令她欲罢不能。

"主人,不能再耽搁了,你是万金之躯,万万不可冒险。"兰影见她跟颜君旭纠缠不休,忙用力托着她的肩膀离开。

雪盈拉着颜君旭的手,不由自主地松开了,被兰影和竹霜拥着走远了。可她仍担忧地回头望去,只见颜君旭在风雨中衣袂飘飘,如一只搏击长空的飞鸟,冲进了白雾之中,转眼就不见影踪。

"我们走……可是雨停了雾退了,一定要回来找他。"雪盈突然觉得胸口闷痛难忍,眼眶一红,就要哭出来。

兰影和竹霜满口答应,只求她速速离开险境。他们跑进峡谷,找到了拴着的骏马。三人翻身上马,不过一炷香的工夫,已经奔到谷口,脱离了险境。

雪盈骑在马背上,回首望着峡谷中雾气磅礴,想到方才惊心动魄的经历,突然觉得浑身虚软,瘫坐在马背上,仿佛已用尽了所有的力气。

贰拾陆 ZAICI CHONGFENG

再次重逢

　　颜君旭跌跌撞撞地在白雾中奔跑，还好这雨下得又急又快，雨势越来越小，雾气被山风一吹已经散了大半，已经无法遮蔽视线。他极目远眺，只见几道白烟从山坡下缓缓升起，源源不绝，从远处看来，仿佛几条白龙正在青草地上凌空舞动。

　　坡上的草都在膝盖之下，也没有绊脚的石块树枝。他一路疾冲，只觉微风和细雨拂在脸上，说不出的凉爽舒适。小红狐跟在他的身后，也奔得兴起，时不时还纵身跳跃，轻叫两声，表达心中的快意。颜君旭见它玩得尽兴，也不叫它回来，任它在草坡上东奔西顾。可狐狸似通人性，突然停在了一处，朝他叫唤不停。

　　他好奇地跑过去，只见狐狸低头看着一道五尺多宽，长达十几丈的地缝。而缕缕白烟正从这地缝中源源涌出。他从未见过如此异象，猜想地缝中必有通道，通向白烟起处。他好奇心大起，弯着腰就探头往里看。

　　可这一看不要紧，刚下过雨的草地又湿又滑，他一个站立不稳，竟然"扑通"一声就跌进了地缝中。地缝足有一丈来深，幸而刚下过雨，地上泥土松软，他只沾了一身淤泥，并未受伤。

　　"喂，有人吗？雪盈姑娘，你们在哪里？"他着急地看着头顶的一线天空，焦急地呼救。

　　他不知雪盈已经跟着护卫离开了，还以为他们会来救他。可哪知他叫了一会儿，根本没人应答，地缝上只有小红狐在不断地探头探脑地向下看，它急得团团乱转，却毫无办法。

　　颜君旭急得焦头烂额，抓住身边的草往上爬了几次，都又跌回了坑中，一时不知该如何是好。虽然他知道好几种机关的做法，可以轻易爬出来，但手头根本没有能用的材料，终于

◇ 君子，命中有狐 ◆

明白了什么叫"巧妇难为无米之炊"。

他累得筋疲力尽，只能抱膝蹲坐在坑底，也不知会不会有人发现自己。若是挨到明日，再下场暴雨，自己可能就要葬身于此。恍惚之间，他的眼前出现了珞珞明媚的笑颜，不知她怎么样了？也不知她现在何方？早知道自己即将命尽，还跟她争什么对错？不如开开心心地一起过最后这几日呢。他想得动情，忍不住低声唤了一声"珞珞"。

头顶的小红狐立刻报以"吱吱"两声轻叫。他又唤了声"珞珞"，眼中的泪水已忍不住流了下来，他对她再无嫌隙，只求能在临死前见她一面。

"真是呆子……"清冷的山风，送来了一声低低的嗔骂。

他简直不敢相信自己的耳朵，慌忙抬头看去，果然见珞珞一袭红衣，正趴在缝隙的边缘看着他。破碎的泪光中，只见珞珞也热泪盈眶，小脸上还沾着些泥巴。

"臭呆子！"珞珞破涕为笑，像是一团火红的云，纵身就跳了下来。

"喂！你等等……"颜君旭想让她找几块石头垫脚，但话刚一出口，就被珞珞压倒在地。

他却丝毫不生气，紧紧地抱住她，像是抱着价值连城的珍宝。

这几日的分离，让他明白了自己的心，无论她是人是妖，他只想跟她在一起，永不分离。况且无论是在书院中，还是在人鱼湖里，珞珞都为了保护他奋不顾身，而他却因为她是狐妖而心生嫌弃，度量确实太小了。珞珞挣扎了两下，最后还是依偎在他怀中，仿佛少年单薄的胸膛，就是她心安之处。两人虽只分别了几日，倒像是有几年未见似的。

他们抱了一会儿，又对视了一会儿，同时"扑哧"一声笑出了声。他什么也没问，她也什么都没说，但却又仿佛说了许多，心底的芥蒂在瞬间烟消云散。

就像方思扬所说的，人生这么短，能遇到一个自己喜欢，也喜欢自己的不容易，是人类还是狐妖又何妨？这可怖的山谷，这肮脏的坑底，在颜君旭眼中，简直与极乐世界无异。

时间流逝得飞快，当照进裂缝的阳光变成了微醺的红色，颜君旭才发现已经是傍晚时分。他忙手脚并用地将珞珞托上去，让她找些石头木块来垫脚，两人总算艰难地爬出了缝隙。

他们连一刻也不想分开，十指相扣地拉着手往回走。夕阳将两人的影子拉得很长，照在绿草如茵的山坡上，好似一个人一般。

"此处地势好奇怪，为什么这地缝会冒烟呢？而且这烟气有些呛人啊，难道真的是有龙在吞云吐雾？"颜君旭边走边琢磨。

"是很奇怪，我记得我在哪里看过这种异象，但是想不起来了。不过这地缝似通向别的地方，你方才留意没有？里面似有一条很窄的通道。"珞珞身为狐妖，越在暗处眼睛越犀利，虽然地缝狭窄逼仄，还是被她发现怪异之处。

"可惜今日太晚了，不然真想探一探。"颜君旭遗憾地摇了摇头。

珞珞看着夕阳下他藏在一头乱发下的英挺鼻梁，俊逸的面庞，心中一暖，决定再不隐瞒，边走边将自己的灵珠留在他体内的事和盘托出。

"啊？这么说，那只总跟着我的小红狐果然是你，而如果不取珠，你就会死？"颜君旭一听急得眼睛通红，"不行，我不能让你死，你赶快把珠子取走吧。"

"谈何容易？我之前想取，不是引来了天雷？"珞珞摇了摇头，不知为何，心中却不以为苦，只要跟他在一起，天雷也没什么可惧。

颜君旭右手四指指天，信誓旦旦地道："如果历劫那天，你还想不出如何取珠，我颜君旭定将护你周全，让雷劈死我，也万万不能伤你一根毫毛。反正我是男人，被雷劈也不过丑了点，你这如花似玉的模样，可千万不能伤着。"

"真是个呆子……"珞珞没想到他竟对自己这么好，不但连一路的欺骗都不追究，甚至还要取珠给她，嘴上虽然骂着，却感动得泪水涟涟。颜君旭为她擦干眼泪，笑了笑，跟她一起向峡谷中走去。

此时斜阳即将坠入西山，落霞飞处，夕光似血，将两人的身影映成了相互依偎的剪影。

雪盈正守在峡谷外，见雨停了就想去救人，可兰影和竹霜却无论如何也不让她进谷，只说要等雾气全散了才安全。可就在这时，谷中传来了一个婉转悦耳的声音，是个少女在唱歌，正合了青山中白雾萦绕，宛如仙境的景色。

"晓看天色暮看云，行也思君，坐也思君。春赏百花冬观雪，醒也念卿，梦也念卿。赏心乐事共谁论？花下销魂，月下销魂。雨打梨花深闭门，忘了青春，误了青春。"

歌声婉转低回，满怀相思之意，纵然为情虚掷青春也无怨无悔，颇为动人。

"忘了青春，误了青春……"雪盈听得心情荡漾，她抬头一看，只见一人影踏雾而来，依稀就是颜君旭，她高兴地翻身下马，向峡谷中跑去。

可她轻跃的脚步很快就停住了，笑容也凝在了脸上。只见颜君旭一袭蓝衣，纵然浑身淤泥也笑得合不拢嘴，踏着斜阳而来。但他的身边，却伴着一个身穿樱红色衣裙的少女。少女明媚灵动，娇美鲜妍，尤其是一双琥珀色美目顾盼神飞，是在京城也少见的美人。

"你终于出来了，我等你好久……"最终她干巴巴地说了一句，脸上却不动声色，"怪不得这么慢，原来是在谷中有佳人相伴。"颜君旭正沉醉在跟珞珞重逢的喜悦中，哪看得出她的怪异，热情地跟她介绍珞珞，说两人在半路走失了，恰好在谷中重逢。

珞珞很敏锐，察觉出她脸色难看，但却装作什么也不知道，跟颜君旭依旧说说笑笑。

天色渐晚，夜色像是一层黑蒙蒙的纱，很快就笼罩了峡谷和树林。几人商量了一番，觉得无法再探，只能回去休息一晚，明早再来。兰影和竹霜想得周到，觉得谷中两具尸体死得蹊跷，怕有人在路上埋伏，便将马蹄用草裹上，牵着马静悄悄地赶路，生怕被人察觉。

"等等，有人！"珞珞的五感比人类敏锐许多，很快就发现前方传来了脚步声。

如此深夜，怎么会有人来这荒僻的峡谷？雪盈朝两名侍卫打了个手势，让他们将马从大路上牵到草丛中，而她跟珞珞和颜君旭三人，则藏在离道路最近的灌木中偷看。

只见有三个毛头毛脸、身穿黑衣的人，正结伴往峡谷的方向走去。三人腰佩短刀，还拿着绳索和布袋，一看就不是去干好事。

"黑狐！"颜君旭和珞珞俱是一惊，互视了一眼，想不到居然在此处，又见到了涂山狐的影子。他们似在筹谋什么，像是弥漫的黑暗般，无所不在。

"听说这邪门的山谷，除了有什么公输子的机关，还有宝贝藏着。"

"蓝将军也没说不让我们去找宝贝，若是能找到宝贝，我在人间做个富商也不错，何须受人驱使，天天被吆来喝去？"

三个黑衣人边走边说，聊得兴起，还露出尾巴摇了摇，根本没留意路边灌木中的动静。

颜君旭和珞珞蹑手蹑脚地跟踪他们，一回头，只见雪盈也跟过来了。她难得地矮着身子，踮着脚走路，不复平日的高贵模样。

"太危险，你别过来……"颜君旭生怕这位大小姐出什么事，忙凑到她耳边，轻声说道。

"什么？"雪盈被他的气息吹得耳朵痒痒，吃吃地笑。

珞珞心思敏锐，看出这姑娘对颜君旭颇有好感，她二话没说，一把拉住颜君旭的手，脚不点地地踏着荒草，转眼就超过了三个黑狐，躲到了峡谷口的暗影处。

三个黑衣人只觉茫茫的夜色中似有一阵旋风从身边的草丛中刮过，揉了揉眼睛，却什么都没看到。

这次是两人赶在了前面，眼看着三人晃晃悠悠地走到眼前，又漫不经心地走进了峡谷中。

"嘿，晚上山谷里黑乎乎的，上哪儿找宝贝去？"他们便跨过荆棘，边咒骂道。

"我听蓝将军说过，谷中有很多悬棺？"其中一人抬头看向峭壁，"我觉得棺材里应该有宝贝。"颜君旭和珞珞听到此处，俱是一惊，他们虽然没有说出口，但想的也是明日要来悬棺处探探，没想到要被人捷足先登了。两人手拉着手，手心净是黏腻的冷汗，不知该不该跳出来阻止这些黑狐。

三个黑狐掏出绳子和弯刀，将刀系在绳头上，向位于谷口的一个悬棺上扔去。他们扔了两次都失败了，刀撞在悬崖石壁，发出叮当脆响，迸射出闪亮的火花。

"他们在干吗？要盗悬棺！"雪盈此时终于蹑手蹑脚地跟来了，一见到黑衣人的举动，立刻明白了，就要起身阻止。

颜君旭一把将她按住，低声道："看看再说。"

珞珞见她躲在颜君旭身边，身体微微向他倾斜，心中老大不乐意，朝她翻了个白眼。

然而就在这时，谷中响起"簌簌"之声，似有人踏着荒草而来。三个黑衣人正大呼小叫地忙着扔绳子，根本没留意到身边的异动。

"成了！"带着尖刀的绳子，终于如愿卡在了悬棺上，他们开心得手舞足蹈，号叫着就要往上爬。

第一个人拉着绳子攀爬，其余的两人托着他，眼看他手脚利落，就要爬上去。一道寒光突然划破夜色，绳子被砍断，爬到半空的人跌下来，摔在了另外两人身上，三人"哎哟哟"地大叫，乱成了一团。

这时一个身材壮硕无朋的影子从荆棘中跳了出来，也不知他使了什么手段，手一扬，就有一只黑狐连哼都没哼一声就倒下了。另外两人见同伴被害，吓得大叫着逃命，但不过片刻间，也闷哼一声倒在地上。那魁梧的影子走到三人面前，手持利斧将三人砍死。

随即他"咦"了一声，似十分惊异。不过很快他就拎着三只狐狸的尸体，缓缓走向峡谷深处。他一举杀掉三个黑狐的动作堪称兔起鹘落，半点没有犹豫，显然是干惯了这种事。

而方才被他吓呆了的雪盈,在看到他拎起的尸体居然变成狐尸之后,再也忍不住内心的惊愕,低呼了一声。

大汉听到这细微声音,转过身向谷口走来,银白色的月辉洒在他的身上,让他巍峨如神魔。

颜君旭捂着雪盈的嘴,将头埋在草丛中,大气也不敢喘。

他停在离三人不到两丈的地方,环顾着四周,见灌木中只有茂密的树枝和长草,才又放心离去。借着朦胧的月光,可见他脸上戴着一个狰狞的红色鬼脸面具,身披一件羽毛编制的衣服,蓬松而油亮,让他看起来人不人鬼不鬼,腰后别的斧子上,还沾着黏腻的鲜血。

他摇摇晃晃地转身离开,像是一只巨兽般慢悠悠地走入谷中,最终消失在夜雾之中。

从他现身到离开,不过一炷香的工夫,却似一百年般漫长。颜君旭颤抖地松开了捂着雪盈嘴巴的手,只觉双腿虚软,似站不起来了。

珞珞见了,在他腋下一托就把他托起来,只是她绷着张俏脸,面无表情,似乎又生气了。

颜君旭挠了挠脑袋,不知道哪里得罪了她,刚想要问,便见夜雾中出现了两个朦胧的身影。

他惊恐至极,差点就要叫出来,却发现来人正是雪盈的侍卫随从。他从未觉得这兰影和竹霜如此俊朗挺拔,忙朝他们连连招手。

两人发现了他们,慌忙扶起了同样吓得腿软的雪盈,将马牵过来,扶她上了马。颜君旭和珞珞共乘一骑,跟在他们身后,向来处走去。几人谨慎起见,初时走得极慢,直走出半里路,才敢策马疾驰。而珞珞却不停地朝颜君旭瞪眼睛,似对他非常不满。

"喂,你到底生什么气呀?"他纳闷地问她。

"哼,谁让你跟她这么亲密的?还把她搂在怀中,按她的嘴巴?"珞珞嘴噘得老高。

"方才那种情况,若是我不按住她,我们都会被发现。"

"发现又怎样?难道我还打不过那么个家伙?大不了跟他以死相拼。"

颜君旭看着她愤怒的表情,瞪圆的双眼,突然明白了,小心翼翼地问:"你是在吃醋吗?因为我跟雪盈姑娘太亲密了?"

珞珞脸色一红,庆幸还好天黑了颜君旭看不到,仍嘴硬道:"才没有!谁会吃你这个大傻子的醋?"

颜君旭拉起她的手,紧紧抓住,低声道:"我不像方思扬那么会说话,但可以对天发誓,心里只有你一个。前几天见不到你,我一想到你可能会出事,恨不得也死了算了。"

珞珞听他说的真挚感人,心中的醋缸刹那间被清空,心底欢喜得似能开出花来。

几人奔了半个多时辰,终于回到了雪盈安排的住处。她的两名小婢女侍星和弄月早就在门口不停张望,见他们风尘仆仆地回来,连忙殷勤地迎了上去。

月曦的病也好了大半,她见到珞珞回来,也十分开心,跟方思扬一起拉着珞珞说个不停。

而颜君旭匆匆回到房中,扒了两口饭,刚刚换过衣服,侍星就跑过来,说雪盈有事找他。

颜君旭怕珞珞不快,特意去月曦房中将珞珞叫来,两人结伴同去。

雪盈住在院子里东边最大的房间中。一推开门,只见房中挂着绣着金丝的帷帐,侍星笑眯眯地将帷帐掀开,又走了两步,则是面画着江山图的屏风。

也不知她如何在这偏僻的地方搞到这些摆设装饰房间的。颜君旭无法理解她的想法，只能苦笑着绕过屏风，进入了内室。

内室装饰奢丽舒适，地上铺着软软的地毯，窗上也挂着轻纱，香炉中焚着香甜的香料。雪盈已经换了件月色的衣裙，梳着堆云髻，鬓上插着枝凤凰振翅的珠钗，斜倚在贵妃榻上。珠光映得她的脸洁白娇美，为她明艳的五官，平添了几许温柔。

她见颜君旭跟珞珞结伴走进来，微微一笑："我还派人去请珞珞姑娘，既然她跟你同来，就再好不过。"颜君旭脸不由一红，知道自己是以小人之心度君子之腹了。

他们刚刚坐定，茶还没喝一口，方思扬就也被请了过来。他一进门，就对房中的摆设大加赞叹，对墙上的画和熏香都赞不绝口。颜君旭听他说的话跟天书似的，什么"美人遮面屏风""闭月纱""鹅梨帐中香"，比机关还难懂，只能干坐着发愣。

幸好雪盈提起了白日里在谷中的见闻，总算让方思扬闭上了嘴。可她每说到关键之处，方思扬还会紧张地追问，像是在茶馆中听书的客人似的。

"所以，我们该如何是好？要如何探悬棺，又避开'鬼'？"雪盈说完了惊险的经历，喝了口玫瑰露润喉，终于切入正题。

"可一共有十六具棺材，万一里面装着的都是死人怎么办？"珞珞一想到打开棺盖，看到的都是一具具骷髅的场面，就忍不住哆嗦。

"对呀，难道还要一个个去探吗？"方思扬也打起了退堂鼓，"诸位，那就恕我不能奉陪了，盗墓太有损我的名誉，而且月曦还病着，我要照顾她。"

"两位请放心，我敢保证棺材里绝无宝物，张家村连瓦房都没有几座，大多村民都住在茅草屋中，他们有什么值钱的宝贝给先人陪葬？我只是觉得这悬棺中，可能会有线索。"雪盈笑吟吟地看着方思扬，眼神却甚是不满，大概是觉得他说的"盗墓"，贬损了自己高贵的身份。颜君旭则皱着眉不停挠头，思考着今天在谷中的所见。十六具悬棺凌空吊在峭壁上的情景，仿佛画卷般在眼前徐徐展开。

第八具悬棺跟第九具悬棺的间距格外地远，难道有什么原因，必须如此设计？为什么悬棺都在左侧的山崖，右侧的山崖却空空如也？

"啊！我懂了！"他恍然大悟，从椅子上站起身。从入谷以来看到的种种不协调，在刹那间全都有了解释。

贰拾柒 飞天仙岛

FEITIAN XIANDAO

　　雪盈、珞珞还有方思扬,他们六只眼睛瞪得一个比一个大,正期盼地看着他,等待着他的解答。珊瑚烛台上的十几支明烛,火光灼灼,跳跃摇曳,也仿佛是一颗颗急不可耐的心。

　　"白日里我见到峭壁上的悬棺,就觉得很奇怪,为什么第八具和第九具棺材之间,会间隔如此远?而且从下往上看,这块空白的峭壁上既无岩石也无树木,他们为何会特意隔开它呢?"

　　"对啊对啊!"珞珞也奇道,"别的棺材间隔的距离十分整齐,这建悬棺之人,应该是极讲究的,不应留下这么大的间隔。"

　　"而且右侧的山崖却什么都没有,他们有在半空中悬棺的本事,却只将悬棺建在一侧山崖上,你们说奇怪不奇怪?"

　　雪盈连连点头,方思扬急得抓耳挠腮,不住地催促他。

　　"我想了很久,就只有一个可能,就在第八第九具悬棺之间,这段空白的山壁上,应该藏着一个秘密。而只有左侧的山崖有悬棺,也是因为先有了它,悬棺才能得以建造……"

　　"哦,我明白了!"方思扬点了点头,"村民为了不被人发现这个秘密,有可能用石块将它挡住了。"

　　"对!"颜君旭点了点头,微微上挑的双眼中,闪烁出奕奕神采,"我猜,那里应该有个天然的山洞,他们就是以这个山洞为中心,向外一点点建造悬棺的。"

　　雪盈看着他,眼中满含欣赏,觉得他不仅会机关,而且头脑聪明,比京城里只知攀比玩耍的贵族子弟有趣得多。

"山洞里面会有宝藏吗？"得知不用去撬棺材，她也暗中松了口气，好奇地问道。

其实她出身高贵，从未缺过钱，但此时夷国虎视眈眈，无处不需要银两，若是能找到个宝藏，能为兄长分忧，也是好的。

"要上去看看才知道。"颜君旭摇了摇头。

"要如何上去呢？"珞珞皱眉道，"如果我们跟今晚那些人一样用绳索，怕是也爬到一半就被杀了。"

"不然就多找些人，跟谷里的杀人鬼大打一架，反正我看附近的黑龙镇鱼龙混杂，不乏江湖豪客，应该有人愿意接这生意。"方思扬插嘴道。

颜君旭双眉皱成一团，摇了摇头："以暴制暴可不是什么好办法，而且如此一来双方必有伤亡，何必为了个子虚乌有的宝藏，闹出人命呢？"

"你说该怎么办？"雪盈期盼地看着他，不知为何，她觉得他定有妙招。

颜君旭眨了眨眼，拍了拍装着工具的布袋，珞珞笑着接口道："这有何难？"

珞珞知他定要说这句话，便提前说了出来，笑得她花枝乱颤。颜君旭见她跟自己心有灵犀，心中也如吃了蜜似的甜。

"喂，你们俩别眉来眼去了，快点说法子。"方思扬卷了卷衣袖，不耐烦地说。

颜君旭被他说得脸色一红："我方才想过了，爬是万万不可了。但我们悄悄地飞过去，那地方是个峡谷，十分好控制方向。我们在'鬼'的头顶飞过，除非他生出双翼，否则根本无法抓到。"

"还是'蝙蝠翼'？那玩意儿可没法在半空中停留，对风向和高度要求极高，而且夜晚太暗，也无法观察周围的情况。"方思扬摇了摇头。

"不！是仙岛。"

"仙岛？"雪盈诧异地问，她不同于一般闺阁女子，也算见多识广，饱览群书，怎么从未听过此物？

颜君旭一副胸有成竹的模样，打量着房中布置，问她道："雪盈姑娘是不是手段通天啊，可以在短时间内将一无所有的房屋布置得如此舒适。"

"除了星星月亮这种无法摘得之物，这世上就没有我得不到的东西。"雪盈摸了摸颊边晶莹的珠饰，眼角眉梢皆是得意，"你想要什么？尽管开口便是。"

"如此甚好，我今晚就列个清单，麻烦姑娘去派人搜罗一下。若是快的话，三日之内，仙岛就能升天。"

"我也很想瞧瞧你的'仙岛'，希望你别令我失望。"雪盈含笑点了点头，随即目光停留在珞珞明媚的脸庞上，疑惑地问，"有件事我百思不得其解，为何今晚被杀的三人，尸体会变成狐尸？是障眼法，还是这世间真有狐妖？你天天抱着不肯放手的小狐狸也不见了，它是跑丢了吗？怎么也不见你伤心？"

她一连串的问题问出来，颜君旭立刻如临大敌般，拉着珞珞就慌忙地找了个借口告辞了。

方思扬孤身留在她房中，不过片刻，也脸色苍白地走了出来。

三人站在庭院中待了一会儿，见她未派人继续追问，才悄悄松了口气。但他们也心生疑虑，这位雪盈姑娘年纪轻轻，看起来不过十八九岁，言语之间大气豪迈，颇有些指点江山的意味，也不知是什么来头。而且她一个未出阁的少女，方才跟他们侃侃而谈，听询意见，丝毫不见怯懦，仿佛早已习以为常。

他们猜了一会儿，也猜不出什么眉目，毕竟颜君旭初次离家，珞珞更是从小就生活在狐狸堆里，可以说毫无见识。只有方思扬还算眼界开阔，但他想了半天，也没想出哪个富贾高官姓雪。

此时夜色已深，月朗星稀，更深露重，三人只能带着各自心中的疑惑，回房休息了。

次日清晨，晨光像是个调皮的孩子，从窗缝中溜进来，在房中撒下满地碎金。颜君旭睡得半梦半醒，突然听到窗外传来隐约的琴声。

他忙翻身爬起来，却见方思扬在自己身边仍睡得酣甜，似什么都没听到。他喜不自胜，立刻套了件衣服跑出去，因为太匆忙，还差点被门槛绊了一跤。

果然，一出门他就看到了一幅美丽绝伦的画面。

珞珞穿着淡樱色的衣裙坐在庭院的树枝上，她身姿柔软而轻盈，宛如一朵彤云落在碧叶间。蓝天之下，翠绿和淡红相互映衬，既明艳又动人。

她边晃着脚，边弹着手中的琴，几缕碎发掉在颊边，像是温柔的手指，轻抚着她白皙的皮肤、挺翘的鼻梁和花瓣般的嘴唇。

颜君旭被她这山中精灵般的姿态吸引，宛如被妖怪蛊惑的旅人，快步地朝她跑去。

"臭呆子。"珞珞见到他也很欢喜，轻唤了一声，从树上跳了下来。

颜君旭看着近在咫尺的她，从未觉得如此幸福，低声道："你怎么这么早就来了？不多休息一会儿？"

"因为我一大早就发现梅生在套马车，猜到你是要出门买东西，万一撇下我可怎么办？只能厚着脸皮来门口等你。"

珞珞话音刚落，便见一个身穿青绿色衣裙的小婢女走了过来，正是伺候雪盈的双胞胎之一。

"小婢弄月，请问公子准备好清单了吗？小姐让我今日出去采买，公子需要什么，请尽可列在清单上。"她朝颜君旭福了一福，低眉顺眼地说。

他昨晚回房后又翻了翻《公输造物》，对需要什么已经心中有数，可一转头，看到珞珞期盼的眼神，知道她待得闷了，想去集市上玩闹一番。

"还有几样东西没想好，只能边走边看。"他抱歉地答道。

弄月眼见东边山头朝霞已散，日头爬上山巅，再耽误下去怕买不到东西受责备，只能赔笑道："如此公子跟小婢同去吧，你在车上边走边想。"

珞珞开心地捏了捏他的手指，笑得合不拢嘴，恨不得立刻就到了集市上。

梅生赶车技术绝妙，他那辆怪里怪气的加长马车，到了他的手中如游鱼般灵敏迅捷，不过半个时辰，就来到了黑龙镇。

远近十里八村只有这么一个集镇，虽然方是辰时，时间还早，镇上已经人流如梭。街上来往的都是赶路的旅人和来赶集的百姓。

珞珞上回来黑龙镇是与无瑕相伴，而且身上有伤，又变不回人形，哪有玩耍之心？此番她兴奋得连车都坐不住，跳下车就跑到杂货铺前看热闹。

颜君旭知道她既有本事又聪明伶俐，丝毫不担心她，跟着弄月去买了五车羊毛和五车干草，让伙计送到住处。

弄月一头雾水，她也隐约听到风声，说这个头发蓬乱，长着狐狸眼的少年书生要做"仙岛"，她还以为必定会买些珠玉翡翠之类，没想到他却买了干草和羊毛。

接着颜君旭又跑到了竹篾店，订制了两个大竹筐。店主信誓旦旦地保证，明日即可编好送来。

这次不仅弄月失望，连同来的梅生都连连摇头。两人眼看着他又订了些牛筋绳、桐油、软布，甚至还有猪尿泡。唯一能称得上体面的，是一个铁皮大缸，缸上的盖子却很奇怪，一分为二，以合页连接，能够由人控制开合。

他所要的物资量都很大，而且猪尿泡还要求店家给裁剪缝好，店家忙着招呼别的客人，哪有心力满足他怪异的条件？弄月不得不拿出了一个金牌晃了晃，又加了些银两，店家才勉强同意。

所幸黑龙镇上货物齐全，三人不到半天就采买结束，只等货物送到，就能着手制作"仙岛"。

很快珞珞也拿着个糖人，拎着只烧鸡，戴着朵簇新的蔷薇花钗回来了，看样子收获颇丰。

然而在回去的路上，他们正在狭窄的镇口排队，便见迎面一匹老马，拉着辆简陋的板车过来。赶车的人他居然认识，正是曾收留他们在张家村居住的壮汉张松。此时张松双眉皱成一团，脸上满布泥汗，急得脸膛涨红。

"张大哥，你怎么在这里？"两辆车离得不远，颜君旭热情地从窗口跟他打招呼。

"送人看病呀，只有镇上大夫能治这伤。"张松焦虑地答，看都不看他一眼，只盯着拥堵的道路。

颜君旭向他身后的板车上扫了一眼，只见板车上坐着两个人，一个身穿洗得发白的蓝色布衣，看样子也是村民。还有一人则身上盖着草席，躺在车上，看不清模样。

不过破烂的草席已经被鲜血浸透，席下露出的两只脚上，穿着结实的革靴。伤者似乎是个旅人。

"哎，又是去黑龙谷探险的人吧？伤得这么重，不知是被'鬼'害的，还是被龙吃的？"几个本地人也见怪不怪，纷纷指指点点，"张家村出了些人巡逻，防着这些进谷探险的人，没想到还是月月都有人死伤。"

见车上有伤者，无论人还是马车，都纷纷为张松让路，他快马加鞭，很快就消失在镇上的大街上。

原本兴致很高的颜君旭和珞珞，见到这一幕，像是泄了气的皮球般委顿在一起，连弄月的小脸都绷得紧紧的。

他们如果作出"仙岛"，飞进那神秘峡谷，等待他们的将是什么？是宝藏、是机关，抑或是死亡？

黑龙镇最大的一家客栈中，蓝夜正在一边吃烤鸡，一边看着手中的清单。他浓眉拧成一团，铜铃般的双眼中，也满是疑惑。他将清单从头看到尾，一个字都没漏，每个字都认识，连在一起却又根本看不懂，连嘴里的烧鸡都变得如同嚼蜡，毫无滋味。

"羊毛、稻草、猪尿泡、竹篮……这些都是什么？"他劈头盖脸地将纸片扔到了递清单的瘦子属下头上，"你在逗我玩吗？他们拿这些废物要做什么？"

"属下也不知，不过他们确实是买了这些东西。尤其猪尿泡用量极大，黑龙镇上还不够，要从外地采购，好像明天才能送到。"瘦子战战兢兢地说，"属下跟踪他们的时候，听他们商量着要做什么'仙岛'？也不知那是什么玩意儿？"

蓝夜看着窗外的人流如梭，冥思苦想了半天，也想不出这"仙岛"里的名堂，只能让手下的人继续跟踪。

前几天他悄悄跟在颜君旭一行人身后，看他们走进峡谷，身边只有两个护卫，他恨不得挺身而上，将这碍眼的少年一鞭打死，将《公输造物》收入囊中。

好不容易挨到了晚上，当他看到红脸的恶鬼行凶，再也按捺不住，差点就要跳出去跟恶鬼一较高低，幸好又被属下及时阻止。他一忍就忍到今天，每天都急得抓耳挠腮，想要大打一架，可颜君旭却不知在忙活些什么，不再进黑龙谷探查了。

"臭小子，等被我抓到，非得弄死你不可！"他咬牙切齿地低低吼叫，觉得长老所说的"黄雀"委实难做。

与此同时，也有另一个人拿着清单，迷惑地看来看去。她穿着鹅黄色衣裙，秀发高挽，长圆形的鹅蛋脸上，一双美目满含严肃，正是雪盈。

"他买的就是这些乱七八糟的玩意儿？只有松脂还有铁皮炉算是正常的物事。"她斜倚在椅子上，问向弄月，怎么也琢磨不明白，"这也太儿戏了吧？难道是在耍我？"

"回小姐，羊毛和稻草已经送到了，正堆在院外，其余的东西备齐估计要明日了，尤其是那猪尿泡……"

雪盈一听到这三个字，摆了摆手，让她不要再说了："他们现在在干什么？"

"好像……好像在画画吧……"弄月眨巴了一下大眼睛，干巴巴地答。

颜君旭跟方思扬确实是在画画，他们趴在地上挥毫泼墨，衣服上满是墨点，手和脸都弄得黑乎乎的。

珞珞和月曦已经见惯了他们这副模样，一个在舔糖人，一个在操纵着水柱帮他们研墨。

颜君旭把纸一片片裁好，又粘在一起，方思扬记录下每张纸片的数据，两人配合无间，忙得不亦乐乎，连口水都顾不上喝。

如此到了午后，他们终于画出了一张简单的草图。可画了半天，图上却只画着一个圆圈，下面吊着个篮子，唯一能体现出他们的用心之处的，就是这张简陋至极的画上，标注了密密麻麻上百个数据。

雪盈过来找他们，想看看"仙岛"到底是什么玩意儿，见他们身上全是墨痕，屋子里一片狼藉，先是皱了皱秀眉，在看到两人忙碌了半天画出的草图时，则变成了满眼嫌弃，轻轻地摇了摇头。

颜君旭早就见惯了世人不理解的表情，丝毫不以为意，又拉着方思扬和珞珞去后院给薄棉布涂桐油，这下整个院子都臭气弥漫，让雪盈忍不住捏着鼻子又抱怨起来。

如此过了两日，所有的材料都一一送到，所谓的"仙岛"也有了雏形，那是一个足有十丈大小的大布袋子，下面悬着只吊篮。第三日清晨，风和日丽，山影映翠，颜君旭点燃了装满了稻草羊毛还有松脂的铁皮炉，巨大的布袋被热气充盈，渐渐胀满，变成了一个大圆球，居然带着竹篮，晃晃悠悠地浮到了半空中。

远远看来，真的像一座黑褐色的小岛，飘浮在湛蓝天空下。

侍星、弄月，还有梅兰竹菊等侍卫哪见过这等异象，忍不住纷纷拍手叫好。雪盈也没想到采买的破烂似的玩意儿，居然能做出如此高妙的机关，也对颜君旭露出赞许的目光。

颜君旭却丝毫不将他们的称赞放在心上，跑过去将石头放到竹篮中，又跟方思扬一起算了会儿重量，似越发胸有成竹。

"桐油棉布的材料比猪尿泡的材料更轻，但是猪尿泡密封性更胜一筹，不过我们的飞行距离很近，应该用棉布就可以。"两人商量了一番，敲定了材料，颜君旭笑着抹了抹脸上的汗水，"如果没有意外的话，今晚就能去悬崖上探上一探。"

众人皆拍手称快，第一次如此希望天尽快黑下来，好能顺利地去谷中探险。

在大家的期盼中，这一日过得缓慢至极。月曦没事就去池塘边逗一逗鱼；珞珞漫不经心地烤煳了两只鸡；方思扬提笔画出了一个悬在半空中的小岛，不过又不耐烦地将画揉烂了；而雪盈在换衣服，一套接一套，都是方便活动的短衣松裤，显然是在为今晚做准备。

只有颜君旭像是只勤劳的蜜蜂，提着只装着胶的小桶，围着他的棉布袋转来转去，将每一个缝隙都粘好。而在他们看不到的地方，蓝夜也心急如焚，带着三个下属躲在树荫里喂蚊子。他的属下在跟璇玑人鱼湖一战中损失了大半，余下的逃的逃，伤的伤，已经不剩几人。

这次听从长老指点，要做的是只"黄雀"，他怕随从人员太多，稍微管理不慎就露了马脚，所以只带了六个人出来。哪知六个人里还有三个贪财的，不知死活地夜半去黑龙谷盗宝，死在了恶鬼斧下。如今只有三个下属跟着他，这三个家伙轮流望风，传递消息，兼伺候他的饮食起居，每天都忙碌不休。

他今早就听说颜君旭的住处升起了个黑乎乎的，庞大如浮岛的机关，一得到消息就马不停蹄地赶来。可即便也懂些机关的他，遥遥观望了许久，也不知这半空中的浮岛是如何升到半空中的。他不敢再小觑了这少年书生，也暗暗对《公输造物》心生神往。

漫长的下午似过了一个百年之久，傍晚时分，夏末毒辣的太阳才终于落入了西山，只余晚霞如少女的裙摆，瑰丽旖旎地荡在天边。

雪盈带着两名婢女，率先向后院走去，很快颜君旭和珞珞也到了，即便月曦还未完全恢复，仍被方思扬搀扶着，一同来到了后院。

红霞很快被黑暗吞没，夜色像是一重重帷幕，遮住了山峦和树影。

"时间差不多了，正好今晚没有大风。"颜君旭从布袋中掏出一个小风车，测了测风速和风向，满意地点点头，"往峡谷的方向刚好是顺风，真是妙极了！如此从这里出发，大概一盏茶的工夫，就能飘到黑龙谷中。我们身在半空，就算被谷中之'鬼'看到，他也拿我们无可奈何。"

"还未必会被发现呢，毕竟这'仙岛'被涂成了黑色。"珞珞跟在他身后，拍手叫好。

"那谁跟我同去？"颜君旭率先跳入竹篮中，看向身后的众人，"仙岛浮力有限，竹篮中只能载两个人。"

"我要去！"雪盈举手道，却被两名婢女和四名侍卫团团围住，连向前迈一步都不可能。

"主人，你身份尊贵，万万使不得！"

"这竹篮万一从半空中掉下来，岂不是要摔成肉酱？那奴婢们也小命不保了，求求小姐怜惜我们，万万不要犯险呀。"

侍星弄月还抓着她的衣角恸哭起来，仿佛已经看到雪盈从半空中跌下来了似的。

雪盈知道他们是为了自己好，又挣脱不住几人的包围，只能长长叹了口气。

"我要留下来照顾月曦，她身体不好，我哪里也不想去。"方思扬虽跃跃欲试，也遗憾地朝他摆了摆手，"我答应过璇玑先生，一定要保月曦平安。"

只有珞珞笑着朝他走来，纵身一跃，跳入了竹篮中，跟他并肩站在一起。

雪盈看着颜君旭身边笑靥如花、不畏死亡的珞珞，突然明白，她跟颜君旭之间隔着一条看不见的鸿沟，至死无法跨越。

她从出生就被关在黄金鸟笼中，而他却如此自由，天下之大，可以任意翱翔。她在心底长叹一声，却又突然觉得轻松释怀了，眼看着颜君旭点起了火，布袋被热气充满，在她的注视中，渐渐升到了半空中。

黑色的浮岛与夜色融为一体，只剩下一点火光闪烁，宛如浩瀚星空中的一颗星子。

颜君旭和珞珞并肩站在竹篮中，晚风驱散了暑气，月辉沐浴在他们身上。星子低垂，似乎一伸手就能摘到。

他们手拉着手，明知前路崎岖危险，心中却没有丝毫恐惧，反而觉得安宁欢喜。

一阵疾风吹过，巨大的布袋像是一座浮岛，随风漂流，载着他们冲进峡谷。

贰拾捌 峡谷玄机
XIAGU XUANJI

蓝夜和藏在附近的三名属下，同时看到浮岛飞天，知道颜君旭是要去峡谷中取《公输造物》了，他们片刻也不敢耽搁，忙向峡谷奔去。

因怕打草惊蛇，他们只能将马留在了黑龙镇上，变作四只黑狐，在荒草中如流星赶月般狂奔。而就在这时，路上两匹骏马疾驰而来，扬起阵阵烟尘，却是雪盈派出的梅生和竹霜两名侍卫。兰影的任务是贴身保护她，无论如何也不能离开。她只能选力气大的梅生和勘察能力优秀的竹霜跟过去。他们奉命跟随颜君旭，如果发现他遇到危险，要全力助他撤退。

"我需要他，兄长也需要他，华国更需要他，不能让这么出色的机关高手，折损在这深山荒野中。"

雪盈的话犹在耳边回响，两人半点不敢松懈，催促着胯下骏马，风驰电掣地奔向黑龙谷。

风像是一只看不见的手，又似平缓的水流，将飘浮在半空中的布袋缓缓推入了峡谷中。

一具悬棺闯入眼帘，从上面看来，棺盖破败，上面还长着杂草，似已有几十年的历史。

颜君旭朝珞珞打了个手势，两人一起将燃烧炉的盖子阖上了一半，热气减少，浮岛下降，刚好停在了跟悬棺相同的水平位置。

他们悄无声息地滑过了一具又一具悬棺，发现这些棺材越靠近峡谷中心的越新，棺身棺盖的破损程度越少。

这正验证了颜君旭的猜测，悬棺是从外往里依次建造，证明悬棺列最中间的位置，藏着一个神秘的所在。

浮岛晃晃悠悠，很快就载着他们来到了第八具和第九具悬棺之间，可黑漆漆的夜色中，眼前只有嶙峋岩壁，看不出任何异常。

珞珞从竹篮中捡起了一块配重的石块，向岩壁上一处颜色深沉的地方砸去，只听"啪"的一声脆响，岩石掉下来一大块。岩壁竟脆弱得如同纸皮，显然是被人特意贴上去，用以掩人耳目的。

两人见所料不错，兴奋至极。颜君旭也拿出一块长木棒，用力捅向岩壁。岩石发出"哗哗"轻响，纷纷从崖上跌落，竟然露出了一个两尺多宽的洞穴。

"你看，那是什么？"珞珞五感敏锐，听到细微声响，趴在竹篮边，看向脚下的林木。

颜君旭顺着她所指的方向看去，只见荆棘中，站着一个身材魁梧的人影，他的脸是一张血红的鬼脸，正仰着头看他们。

那抹红色在夜幕的衬托下，像是一滴凝固的鲜血，触目惊心。

"果然来了，但他现在拿我们没办法，我们得抓紧了！"颜君旭见状便用力地用木棒拨下碎岩。岩石掉落得更多了，洞穴也慢慢扩大。

"鬼"抬头看了他们一会儿，又步伐缓慢地走了。珞珞见他离开，也松了口气，手中动作更快。

很快洞穴就被他们扩大到了七尺来宽，足够一个人出入。珞珞吸了吸鼻子，闻了闻洞穴附近的空气，奇道："真是奇怪，竟然没有浊气，看来这洞口也才封上不久。"

"没有浊气就更好了，事不宜迟，我们赶快进去看看。"

颜君旭说着，用一只铁钩钩住了洞穴的边缘，将竹篮拉得足够近后，先让珞珞跳了进去，随即自己也跳进了洞穴。他怕"仙岛"随风飘走，还特意带了一捆麻绳，将它缚在了岩洞外一块凸起的岩石上。两人在木棒上缠上了些棉布，用火折点燃，便成了一个简易的火把。火光起处，驱散了黑暗，只见这洞穴只有两丈多宽，但却很深，洞里漆黑一片，不知通向哪里。

"不知这里有没有《公输造物》，若是我帮你找到了，你要以何物回赠小女子？"珞珞见洞内没有危险，放松了警惕，笑着打趣。

"小生无以为报，只有体内灵珠一枚，姑娘若是喜欢，就拿去吧！"颜君旭学着台上唱戏的戏子，朝珞珞抱拳行礼。

此时却听洞内深处传来一声咳嗽。声音虽然很轻，但在空旷的洞穴中却激起回音，两人的笑容同时凝在脸上，冷汗泛上脊背。

火光张牙舞爪，像是一匹凶恶的兽，撕碎了黑暗，也在墙上映出他们战战兢兢的影子。

"有人吗？"颜君旭壮着胆子问，摸索着向洞里走去。

"咳咳咳……"咳嗽声再次响起，听声音的来处，正位于洞穴的东南方。

"会不会是红脸'鬼'呀？它假意离开，其实溜上来在此等我们。"珞珞虽是狐妖，却也如人类少女般怕鬼，躲在了颜君旭身后。

"不、不会的……他在下面，暂时上不来的……"

颜君旭哆哆嗦嗦地走向山洞深处，用火把照亮暗处，果然见里面蜷缩着一团物事，看模

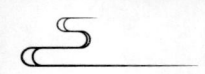

样依稀是个人。

虽然他的衣服满是尘土，辨不清颜色质地，不过看那长过膝盖的下摆，似乎是个文士。

"敢问二位，可带着水吗？"洞中人声音嘶哑地问。

颜君旭听他说话彬彬有礼，不像恶徒，暗自松了口气。他从布袋里掏出了一个装满水的皮囊递了过去，那人一把接过，根本顾不上道谢，咕咚咕咚地仰头喝个不停。

可当珞珞手中的火把照亮了他的脸，颜君旭惊得一下就跌倒在地，比见了鬼还惊讶。珞珞忙将他扶起来，不知他为何惊讶若此，可待她看清洞中人的容貌，也诧异地瞪圆了杏眼。

但见这人面颊消瘦，头发蓬乱，虽憔悴疲惫，眼神却不失睿智，而且他左眼上挂着一块透明的水晶镜片，竟然是莫秋雨。

"莫、莫大人……哦，不，莫大哥，你怎么在这里？"颜君旭没想到在这荒僻的峡谷山洞中会遇上莫秋雨，又惊又喜，连说话都说不利索。

"你们……还、还有吃的吗？"莫秋雨打断了他的寒暄，虚弱地问。

珞珞从怀里掏出用荷叶包着的半只烤鸡递了过去，这是她下午吃剩下的，虽然烤焦了，却没舍得扔。

莫秋雨接过烤鸡，狼吞虎咽地吃了起来，片刻间就将鸡啃得只剩下骨架。

待他吃饱喝足，才跟两人说起自己如何来到此处。原来他跟他们一样，在回京城的路上听到有人说起这黑龙谷，好奇心登时大起，便也转个弯过来看热闹。

为了不引人注目，他将乘坐的机关车藏在了黑龙镇上，独自骑马而来。他比他们早到了几日，没遇到大雨，更未见到黑龙腾空飞舞的奇景，但也发觉峡谷峭壁上的悬棺奇怪，尤其是第八第九两具棺材中的间距太大，便冒险过来探上一探，哪知却被困在这洞穴中。

"我是用绳梯爬上来的，而且为了不被人发现，进洞之后还特意把洞口用碎石补好。但次日我想下去，也不知是何人将绳梯给烧了，想将我活活困死在洞中。若不是恰好你们过来，我就要变成一具干尸了。此贼子真是心狠手辣，我跟他无冤无仇，他却要置我于死地。心肠歹毒若此，待本大人查出来他是谁，定叫他吃不了兜着走……"一提到烧梯子的人，莫秋雨就气得咒骂连连，根本关不上话匣子。

颜君旭和珞珞悄悄地互视一眼，都猜出这烧梯子的，多半就是那在山谷中游荡的红脸鬼。

颜君旭将山谷中可能有宝藏，还有鬼魂杀人的事跟他挑要紧的说了，听得莫秋雨啧啧称奇，他只知这谷中有黑龙出没，没想到还有如此多怪事。

"不过这洞中什么都没有呀。"他一摊手，迷惑地摇了摇头，"不要说宝藏，连铜钱都没有一枚，我只找到些腐烂的绳子和一些小玩意儿。似乎曾有一个精通机关的人住在这里。"

他说罢从地上捧起个玩意儿，是个可以折叠的风灯，只有四寸多高，框架是铁制的，四面镶着透明的琉璃，折起来只有两个巴掌大小，轻便又防风。此物虽不复杂，却充满了巧思，外形玲珑可爱，看得颜君旭爱不释手。

"还有这个……"莫秋雨又拿起一个由竹节拼制的物事，看模样仿佛是九节鞭，但是因时间过了太久，竹子腐烂大半，看不出它的本来面目。

他又把一只沙漏递给了颜君旭:"我这几天观察过,这细沙从一个斗中漏到另一个斗中,刚刚好是一个时辰,而这漏斗装满了沙,就会自动调转到另一边,继续计时。证明住在此处之人,为了不忘记时间,曾用它计时。"

颜君旭打量着四周,果然见岩洞中只有碎石和苔藓。莫秋雨更是身无长物,若是准备充分,他也不会在这里被饿了三天三夜。

他想到了张松之前跟他说过的话,仙人和"黑龙"不知是哪个先出现的,时日应该相差无多,而且他的祖辈还目睹过仙人脚踏白云,凌空飞舞的身姿。

飞舞的仙人、黑龙、红脸鬼,还有悬棺,出现的先后次序似藏着什么玄机。他正在冥思苦想,却听珞珞突然叫了起来:"你们快来看,这墙壁上有图!"

蓝夜率领三名属下追到了谷中,一进去就遥遥见到魁梧的红脸鬼正在浮岛下方打转,只见他仰头看了一会儿,就无可奈何地离去。

蓝夜见半空中的浮岛离地足有十几丈,确实是摸也摸不到,只有干瞪眼的份儿,绝妙至极。

"蓝将军,接下来我们怎么办?"平日里伺候他的瘦小的属下,好奇地等待他的指示。

蓝夜将一根草枝放到嘴里,扬了扬眉毛,只说了一个字:"等!"

他终于发现了长老的高妙之处,他何必急于出手呢?不论崖上的山洞里有什么,颜君旭那傻小子都会带下来。这浮到半空的仙岛也终有落地的时候,他一到地面上,自己只需一刀将他砍了,不费吹灰之力,就可夺走《公输造物》。

他遥遥望去,只见洞中闪烁出火光,心中窃喜。看来这小子本领还不小,居然顺利地爬进了洞中。

他满怀期待地看着峭壁上的洞口,像是在看一个唾手可得的宝物。

可就在这时,身边的属下悄悄拍了拍他的手臂,轻声道:"将军你看,那是什么?"

狐狸的视力在夜晚格外敏锐,他很快就发现,一个戴着红色鬼面,身穿鸦羽斗篷的人踏着荆棘而来,居然是山谷中的"鬼"去而复返。

但这次他的手中多了一个黑黝黝的长矛,他将长矛戳在地上,埋头忙碌不休。

蓝夜困惑地遥遥盯着他看,不知该怎么办。直至火光一闪,照亮了黑暗,也启发了他的神智,他刹那间明白"鬼"要做什么。

"不好,他要放火烧了浮岛!"他话音未落,便见红面鬼将长矛上绑着的布条点着,向半空中掷去。

他这一掷偏了方向,长矛砸在了离浮岛大概有一丈远的峭壁上,发出"当"的一声脆响,火花四溅。这一掷失手,蓝夜哪容他再掷?抽出蛇骨银鞭,"唰"地一下向他的后心袭去。

"鬼"的反应也敏捷迅速,在地上矮身一滚,便躲过了这下偷袭。他衣袖一摆,一条闪光"唰"地一下向蓝夜迎面射来。蓝夜慌忙避开,还未看清那物事是什么,它又飞快地缩回了"鬼"的衣袖。他擅使软兵器,方才闪光激起了刺耳的破空之声,证明使用它的人臂力非凡,跟自己不相上下。

◇ 君子，命中有狐 ◆

两方一照面，俱是一惊，立刻打了起来。红面鬼一手持长矛，另外一只手不断射出奇异武器。一时之间，竟将蓝夜打得不知该如何招架。

他假意落败，在对方再次射出袖底的利器时，手中长鞭一甩，立刻将白色闪光缠住。

虽然夜晚的峡谷光线幽森，他还是看清了对方的武器。那是一个钢丝绞成的软链，链子的一端悬着个三角形的钢锥，锥身上还有放血槽，狠辣残忍。

他狞笑一声，手腕用力，就要将对方的链条锥给夺过来。哪知红面鬼手臂轻轻一甩，立刻有股大力自钢索上传来。

这力量来得毫无预兆，又迅捷非凡，最重要的是，以他臂上的动作无法使出这股巨力。蓝夜一时失察，拿捏不住，手中的长鞭居然被对方给绞夺走了。

他自使鞭以来，武器从未脱过手，而且对方看起来根本没用力。他不可置信地看着眼前鬼面鸦羽的怪人，似看到了从地狱走出的恶鬼。

在崖上山洞中的颜君旭，也听到了下面的呼喝之声，忙趴到洞口去看，却只见一片苍茫的底色中，有两个人影辗转腾挪地打得正欢，但却根本看不清是谁，更不知这两人在为他而斗。

他见火把将燃尽，忙又拿出根木棍点燃，跑回了珞珞的身边。

只见珞珞正抬着头，双臂伸得高高的，做出举火燎天的姿态。火光照亮了洞窟的顶部，只见上面竟然画着白色的花纹，依稀是一幅庞大恢宏的画。

"真没想到，这洞顶竟然有画，我在这里被困了三天三夜，把洞里每个角落都敲遍了，也没有任何收获，却想不到抬头一看！"莫秋雨看着窟顶的画，感慨着说。

"嘿嘿，若是我藏东西，一定会往高处藏，所以就看了一下头顶，没想到真有收获！"珞珞得意地说。

三人举着火把，齐齐研究窟顶壁画，看不清晰之处，还需颜君旭将珞珞扛在肩头，让她凑到近处说明细节。很快他们就看明白了，这窟顶画的是两幅画，一幅画像是轮轴牵引类的机关，而另一幅则扭扭曲曲，又有圆形又有山脉的，不知是什么东西，而且这幅怪画的旁边，还写着个"龙"字。此字是斜着写的，笔画飞舞不羁，倒真像一条腾空的巨龙。此画皆是以白色颜料绘就，只有龙字的眼睛位置是血红色的颜料绘就，不知有何玄机。

颜君旭从布袋中掏出纸笔，粗略地将两幅画描摹下来，线条都歪歪扭扭，不成模样。不由暗叹要是方思扬在就好了，他估计只看一眼，就能一笔挥就，哪像自己如此笨拙。

而下面的吆喝咒骂越来越响，兵刃相交之声不绝于耳，也不知是发生了什么。此时三人已经誊图在手，见崖下乱成一团，只想快点离开。

莫秋雨站在洞口查看，一看到浮在半空中的仙岛机关，立刻赞不绝口，要颜君旭将来一定要教他这"仙岛"的做法。

"事不宜迟，快走吧。"珞珞见峡谷中已聚了七八个人，刀光剑影地打成一团，慌忙催促道。

莫秋雨熟识机关，只看了两眼便知这仙岛的构造原理，他将竹篮拉过来，纵身一跃就跳了进去。

◇ 君子命中有狐 ◆

都不去看看莫秋雨是死是活，就忙着跳崖吗？他并非寻常人，也精通机关，你如何就肯定他是死了？"

她的话像是一道闪电，照亮了颜君旭混沌的神智，他望着脚下深邃的峡谷，连连后退，浑身颤抖不停。

"那、那我该怎么办？"他问向珞珞，火光中，珞珞的眼神镇定而勇敢，宛如琥珀色的宝石般清晰冷彻。

"下崖，才有一线生机。"珞珞樱唇一抿，坚定地答，"崖下的人多半是为了山洞中的秘密在争夺打斗，无论谁胜了，对我们都没有好处，我们不能在此坐以待毙。"

颜君旭听得不断点头，此时如果不趁乱下去，等峡谷中互斗的两派人马争出个结果，第一件事就是上崖来找他们二人。若得胜的是朋友还罢了，可若是敌人，他们的小命就拿捏在别人的手中。

"可要如何下去？"他看了看手中的工具，只有一个铁钩和断了一头的一捆麻绳，看样子只能将麻绳拴在铁钩上，慢慢溜下去。

"从崖壁上溜下去太慢了，容易成为靶子！"珞珞走到洞口，手臂一探，将那杆红面鬼掷上来的长矛拿在手中。

长矛的矛头是以生铁铸就，磨得又尖又利，足有五尺来长，竖起来几乎跟她一样高了。

"把绳子绑在长矛头上，我把它掷到对面的山崖脚下，咱们溜过去。如此瞬息之间就能下崖，谅他们也抓不到我们。"

珞珞边说边动手，很快将绳子绑好。颜君旭也忙将绳子的另一头牢牢地缚在洞口一块凸起的石头上，又不放心地扯了几下，确定绑牢了才住手。

"可是你能掷得过去吗？"颜君旭忧心忡忡地看了看对面黑黝黝的山崖，又看了看珞珞窈窕的身姿，细细的胳膊，不敢相信她有这么大的力量。

"不试试怎么知道。"珞珞扁着头，娇俏展颜微笑，火光之中，像是绽开了一朵娇艳的花。

颜君旭看她自信俏丽的模样，不由一呆。珞珞顺势把他拉过来，将长矛递给他："我们一起掷。"

她经狐狸奶奶提醒，发现自己跟颜君旭靠近时，灵珠会产生共鸣，每次都能令她力量倍增，她便想借此机会，验证自己的想法。

"啊？只有一根矛，两人要怎么掷？"颜君旭连连摆手，不知道她又在搞什么花招。

珞珞却笑嘻嘻地拉起他的胳膊，如游鱼般钻进了他的臂弯中。颜君旭的脸登时羞得通红，只觉一颗心都被她攫去，跟她的心跳同一节拍。随即体内不知从何处生出一股力量，在全身涌动，奔腾不息。接着他只见珞珞纤臂一扬，手中的长矛便划破长空，发出尖厉的啸声，飞向了对面的山崖，绳索也被长矛带着离开，最终在峡谷中形成了一个弯弯的桥。

"我们成功了！"珞珞振臂高呼，开心地拍着手，"矛插进了对面山崖的石缝里，得赶快走。"她将石头上的绳扣解开，将挂在两面峭壁中的绳子绷得笔直，又推了颜君旭一把，"你愣着干吗？我们快溜过去牙！"

颜君旭被这不可思议的奇迹惊呆了，被她一推才想起来要干吗，忙捡起地上的铁钩，挂在了绳子上。珞珞从身后抱住他的肩膀，双腿缠住了他的腰，如八爪鱼般牢牢贴在他身上。

他紧紧握住铁钩，大喊一声，跳下出了山洞，两人宛如流星般顺着绳索，从半空中急冲而下。

身体飞快下滑，山风扑面而来，令他几乎窒息，手也变得酸软，但他想到珞珞还伏在自己背上，强挺着不敢松手，便是这条命不要了，也要将珞珞安全送下去。

下坠之势极其迅捷，转瞬间两人已经溜到了崖下。珞珞见对面的山崖只有两丈多远，生怕撞上去受伤，抱着颜君旭从溜索上跳了下去。此时离地大概一丈来高，两人在灌木中滚了几圈，便停住了下坠之势。颜君旭狼狈地爬起来，见珞珞平安无事，就往浮岛坠落之处奔去。

珞珞知他挂念莫秋雨的生死，也纵身要跟他同去，斜里却飞出一道闪电般迅捷有力的银光抽在她的肩上。幸好她身手敏捷，向后翻了个跟头，才躲开了这一击。只见眼前正站着一个高大壮硕的男人，他的披风在山风中招展如旌旗，越发衬托得他狰狞可怖，竟然是蓝夜。

珞珞从未跟他正面冲突过，只在人鱼湖远远地见过两次。此时在黑夜中照面，只觉他脸上的黑毛狰狞可怖，比她想象的更为凶恶。而且他鞭上的劲力虎虎生风，在夜色中舞成了一张银光闪烁的大网，她几次想要冲过去追颜君旭，却都被长鞭的罡风拦住。

她没想到混战的人中竟然还有他这种厉害人物，只能眼睁睁地看着颜君旭独自一人，跑向了燃烧的浮岛。蓝夜几鞭逼退了珞珞，纵身一跃，就朝颜君旭追去。而梅生和竹霜正在跟十几个红面鬼竭力相搏，在看到蓝夜追向颜君旭后，都暗叫糟糕。

原来蓝夜在看到颜君旭和珞珞从悬崖的洞口溜下来，就从战团中抽身而出，顺势将跟他僵持不下的两个对手，引到了梅生和竹霜的手中。

接着他看准了珞珞跟颜君旭分开的瞬间，强势猛攻逼退了珞珞，便去拿孤身一人的颜君旭了。这一切都在他的算计之中，他望着不远的前方，颜君旭的跌跌撞撞的背影，眼见着《公输造物》唾手可及，不由心花怒放。

他黑色的斗篷在夜风中招展，宛如一只苍鹰，矫健地扑向猎物。

颜君旭心中只牵挂着莫秋雨的生死，根本不知危险正在接近。他正跑向谷中，突然觉得脑后生风，随即夜风送来珞珞的一声惊呼。他知道回头必定性命不保，忙纵身扑倒在地，只见一条银色的钢鞭，"啪"的一声抽在他身侧，激得泥土四溅。

颜君旭飞快瞥了一眼，在认出来人是蓝夜后，登时知道不妙，他连忙一矮身，躲在了山崖下茂密的灌木中。蓝夜像是个好整以暇的猎人般，手持着钢鞭，不徐不疾地向他的藏身之处走去。他看都不用看，只需听那急促的呼吸声，就知道了这小书生的藏身之处。

颜君旭大气也不敢喘，透过茂密的枝叶，窥视蓝夜高大如神魔的身影。他前是劲敌，后是峭壁，根本无路可逃，只能坐以待毙。

随即他只觉脖颈一紧，竟然被蓝夜拎着衣领，一把从树影中揪了出来，提得双脚离地。他呼吸困难，连蹬双腿，想踢蓝夜的胸口脱困，却根本踢不到。

蓝夜第一次如此近距离地接近颜君旭，黑夜中，只见他一头乱发下藏着的脸庞白皙而文静，眼角眉梢透着几分稚气，看起来还是个孩子。可就是这个手无缚鸡之力的少年，却破坏了他两次好事。

而且他身上还隐约散发着同类的味道，难道人类的皮囊只是伪装，这小子其实是九尾狐变作？他收紧了五指，指间的脖颈是如此柔软，稍微用力就能捏断。当他指上加力，却发觉颜君旭脉搏中涌动着一股蓬勃的力量，跟他的力量对抗。

此时珞珞也赶到了，她见颜君旭被擒，生死只在蓝夜一念之间，惊得立在原地，不敢轻举妄动。

"小丫头，你若是踏前一步，我就将这小子捏死！"蓝夜斜睨着她，狞笑着说，"《公输造物》是不是在你们手中？"

珞珞早已猜到他是为了《公输造物》而来，眼珠一转，不慌不忙地答道："如此重要的宝书，我们怎能随身带着？自然将它放在了一个秘密的所在。你快将他放下，我这就带你去取。"

蓝夜见他们一个是文弱书生，一个是个力量微薄的狐妖少女，谅他们也逃不出自己的手掌心，便用力将颜君旭摔在了地上："快带我去找，若是敢使奸耍诈，小心你们的小命。"

颜君旭被掐得头晕眼花，咳嗽不止，一时竟站不起来。珞珞心中担忧，忙过去扶他。

"不、不能将《公输造物》交给这种人……"他扶着珞珞的手，结结巴巴地说，"公输子他老人家写过，若是恶人得到此书，便会为祸天下……"

蓝夜听他咒骂自己，登时火冒三丈，将长老的嘱托忘在脑后，一鞭就朝他抽去。这鞭他使了十成的力气，颜君旭只是个肉体凡胎，若是被打中必定脑袋开花。

珞珞慌忙踏上一步，双手一举，将狐尾琴拿出来，硬生生地接了这一招。她的琴被这千钧之力击中，瞬息间断成了两截。

"小家伙，你们去过的地方我都了如指掌，掘地三尺也能找到书。今日就成全了你们，去地府里厮守吧……"蓝夜残忍地狞笑，又扬起长鞭向两人抽去。颜君旭见这一鞭再也无法抵挡，一翻身将珞珞护在身下，生生就要用自己的脊背，扛下雷霆万钧的一鞭。

就在这生死攸关之际，从灌木中跳出一个人影，动作宛如猎豹般迅疾，瞬息间就撞到了蓝夜的腰上，又飞快地弹开。蓝夜被他撞得一个趔趄，手中长鞭一歪，抽在了离颜君旭半尺之外的灌木中，打得枝叶横飞。

变故实在太快了，颜君旭还未看清那人的面目，他就已经奔入苍茫夜色，转眼间就消失在郁郁林木中。而方才还不可一世的蓝夜，高大的身躯晃了晃，一头跌倒在地。只见他的大手按在腰际，鲜血从手指间汩汩而出。他竟在两人接触的短短瞬间，就被刺成了重伤。

珞珞一见他受伤，立刻窥到了一线生机。她拉着颜君旭撒腿便跑，几个纵跃就已经跑远了。

蓝夜只觉肋下如火烧般疼痛，对方的刀刻有放血槽，伤口血流不止，让他站都站不住。他也不敢再恋战，仰天长啸了一声，两个手下闻声跑过来，扶着他趔趔趄趄地逃进了山谷中。他深一脚浅一脚地踏在荆棘里，背后冷汗涔涔，方才偷袭的人，让他不寒而栗。

那人手法高妙，而且时机抓得刚好，在他挥鞭之时下手，让他连躲都没法躲。

多年来他走南闯北，为涂山会四处征战奔波，杀人无数，又历经了数次大战，却从未如此恐惧。

螳螂捕蝉，黄雀在后！虽然他费尽心思想做只伏击的黄雀，却没想到黄雀之后，还有毒蛇。

梅生和竹霜正跟十几个鬼面人打斗不休，他们发现只需跟红面鬼近身搏斗，他的同伴们就不敢发射"天罗地网"。两人不约而同地收起长刀，以匕首和短刺跟红面鬼们短兵交接。

可如此一来，更难在短时间内取胜，他们被红面鬼们围攻，自顾不暇，根本没发现颜君旭遇到了危险。就在双方打得难解难分之时，谷外喧哗声大作，黑夜中传来阵阵马蹄声，隐隐可见火光闪烁，似有大批人马到来。

红面鬼们见来者非善，都纷纷掉头就跑。梅生和竹霜连忙抽出长刀，拦住了他们的去路。

这批人马来得好快，转瞬就冲入山谷，将谷口重重包围，又分出三支队伍冲进谷中，围住了想要逃跑的红面鬼们。颜君旭和珞珞死里逃生，见到火光中大批人马的影子，宛如被困在黑暗中的人见到一线光明，忍不住雀跃地握住了对方的手。

这队人马训练有素，做官兵打扮，都穿着整齐划一的褐色短衣，头戴铁盔，轻而易举地就将山谷包围得水泄不通。为首的领队骑着高头骏马，是个留着虬髯的威武大汉，高喝道："哪里来的贼子，竟然装神弄鬼，杀人害命？通通给我拿下！"

他这一喝宛如雷霆滚滚，振聋发聩，在山谷中回荡不休，令人闻之生畏。红面鬼们见已无路可逃，只能丢下兵刃，束手就擒。颜君旭凑过去，见为首那脱掉羽衣之人身形十分熟悉，当官兵揭开那人的面具之后，他忍不住"啊"地低呼了一声。

只见这人方脸阔额，浓眉大眼，长得一副憨厚模样，居然是在黑龙谷中巡逻治安，还救死扶伤的张松。张松也认出了他，鄙夷地啐了口吐沫，骂道："什么读圣贤书的书生？不过是阴损下流之辈，连墓地都不放过。"

而且不止他一人，其余十三人的面具被揭下，颜君旭瞧着都眼熟，居然就是在山谷中巡逻的青壮村民。

他万万没有想到，杀人的"鬼"和救人的"佛"居然都是同一伙人，他们嘴上说着慈悲的话语，却对陌生人举起了屠刀。

"顶着慈悲助人之名，做着'恶鬼'之事。你们如此卑鄙无耻，还好意思说别人？"珞珞见颜君旭被辱，愤愤不平地骂道。

"哼，谁让这些人贪心，要去谷中盗宝，害死他们的不是我，而是他们的贪念……"张松刚说了两句话，一个官兵上前就给了他一个耳光，打得他原地转了半个圈子。

颜君旭捡起他们扔在地上的机关查看，竟然是做工精妙的捕猎网。网是钢丝和麻线织成，网上扭了有鱼钩般的倒刺，装在竹筒中，内有发射机栝。只需轻轻一按机关，就能将网弹出三丈多远，捕获瞄准的人。

"这是公输子曾为村民研制的，抓捕野猪的机关吧？"他挠了挠脑袋，想起了张松曾告诉他们，此地曾有野猪成群破坏庄稼，是公输子想办法平息了野猪之害。

"还有这袖里乾坤，是发射放血锥的，应该也是公输子的设计的机关。"珞珞从村民脱下的鸦羽服中翻出了一个可以绑在手臂上的玩意儿，递给了颜君旭。

颜君旭把玩着机关，对公输子的奇思妙想佩服不已，也更加理解了《公输造物》上写的那句话："君子得之，必自强。小人得之，必自毁。"

一样的机关，在公输子手中就是造福百姓的妙物，可为张松等人所用，就成了杀人利器。

他正暗自感慨，只见两人穿过火光，策马而来，正是兰影和菊逸。他们掏出一块木牌在官兵的首领眼前晃了晃，又低声朝他说了几句。虬髯大汉连连点头，神态恭敬有加，似是对两人十分敬畏。

隐约可听见三人在说什么"如此凶徒，当然要尽快处决"，"不要连累他们的妻子儿女"之类的话。

"等等！"颜君旭并不傻，知道他们是要将作恶的刁民就地正法，想到张家村里的妇孺儿童，心中不忍，连忙阻拦，"我能不能替他们求个情？"

虬髯大汉目光如电，在他脸上扫了一圈，见是个小书生，乱发下藏着张稚嫩清秀的脸，看起来还未成年，不由轻蔑地哼了一声。

珞珞也拉了拉他的衣袖，低声道："张松这伙人方才可是要置你于死地呢，手上更是不知沾了多少人的鲜血，何必为他求情？"

"他说我是盗墓贼，我可不想背着这污名……"

他话音方落，便见灼灼火光中，官兵和张家村的十几位犯人都齐齐看向他，目光愤怒中又满含鄙夷，显是觉得他挖坟盗墓，下流至极。

"你看！连官兵都这么想，我、我才不是来盗墓的，再说这谷中的宝物，也不是藏在墓里！"他气得脸庞通红，慌忙为自己辩解，"而且这宝物，也并非是谁的私有之物。"

众人皆是一愣，哪敢再轻视他？一个个眼中都闪烁出异光，既期待又兴奋。住在左近县府的百姓，或多或少地都听过黑龙谷的传说，有人说谷中盘踞着一条龙，还有人说龙穴中藏着庞大的宝藏。可倏忽百年转眼即逝，只见龙影不见龙，传说中的宝藏也虚无缥缈毫无踪迹，日子久了，除了张家村的村民，大家都当这只是一个故弄玄虚的故事，也不再当回事。

如今这少年书生突然说找到了传说中宝藏，众人都按捺不住地既兴奋又期待，好似看到了徘徊百年的黑龙冲出了山谷。而最激动的人非张松莫属，他突然挣脱了官兵的桎梏，奔到了颜君旭面前，"扑通"一声跪了下去。

"我们村的人，世世代代都在找宝藏，仙人曾说过，宝藏里的宝物足够张家村的百姓世世代代吃穿不愁。百余年来，我们翻遍了山谷中的每块石头，却始终一无所获。你若是能告诉我这宝物藏在何处，我死也瞑目了！"他越发兴奋，眼中满含血丝，只差磕头祈求。

颜君旭见他下跪，连忙让开，将他扶了起来，挠了挠脑袋道："我现下不太确定，还需探查一下。如果猜得没错的话，宝藏应该很快就能现世。"

"既然如此，就容这些家伙再多活几日。"虬髯领队打量着颜君旭，沉声道，"小书生，你若是找不到宝藏，戏弄了本官，本官可要处罚你！"

珞珞闻此言，俏皮地吐了吐舌头，悄声对颜君旭道："切，好大的官威！到时候本姑娘带你脚底抹油，谅他掘地三尺也找不到。"

颜君旭提着的一颗心终于放下，看着火光中珞珞容颜娇美，灿若明霞，只觉有她相伴就充满了勇气，再大的困难也无足畏惧。

官兵押着十几个村民，浩浩荡荡地离开山谷。临走前颜君旭还特意去查看了一下已烧成一团焦炭的浮岛，却发现竹篮中空空如也，根本没有莫秋雨的尸骸，提到嗓子眼的心才终于落回肚中。

如此忙碌了两个多时辰，待他们回到雪盈的宅院时，已是午夜时分。院子里灯火通明，雪盈正在大摆宴席，等着他们凯旋。颜君旭和珞珞沐浴更衣后，来到席前，只见雪盈身穿一袭黄色坠珍珠衣裙，秀发上戴着蓝宝石发饰，更显得富贵逼人，令人无法直视。

可面前这位珠光宝气的美人，却丝毫无法让颜君旭心动，他心中只有珞珞，暗想若是自己高中状元，飞黄腾达，一定也要买套同样漂亮的衣裙给珞珞穿。两人又同生共死地在鬼门关走了一遭，愈发心意相通。珞珞也不再嫉妒雪盈，乖巧地陪伴在颜君旭身边，眼中尽是欢喜。

"我已经听人说了，恭喜两位寻得秘宝！"雪盈端起酒杯，朝他们敬酒，笑吟吟地说。

方思扬跟月曦也高兴得对他们赞不绝口。

"可是……"颜君旭面对着大家期许的目光，尴尬地挠了挠头，"我还没有想到宝藏在哪里，只是找到了些线索，还作不得数……作不得数……"

"既有线索，就有迹可循，我们这么多人一起想办法，还怕找不到宝藏？"方思扬仰头将美酒饮尽，"若是需要我做什么，必当赴汤蹈火。"

颜君旭听他如此支持自己，登时精神大振，草草吃了些饭菜，就带着方思扬和月曦，以及珞珞，一起去追查线索了。雪盈也好奇地跟着他们来到月曦房中，只见几人在房中的书桌铺开了一张白纸，像是要作画的模样。

颜君旭从布袋中掏出在洞窟顶部草草誊下来的图，交给方思扬，让他细化完善。

接着他跟珞珞两人，将各自记下的细节告诉给方思扬。方思扬往往只偏头想了一会儿，便运笔如飞，不过半个时辰，便已经画好了跟洞窟顶部一模一样的图。

雪盈见他们配合默契，觉得十分有趣，索性倚在软椅上静静观看。

"这第一幅图，是个滑轮机关，机关上有十六个横柱做支撑，可在这横柱上装置索道，可以运送货物，也能载人。"颜君旭为他们解释第一张图，"公输子为何做这个机关？他是想节省人力，利用天然峭壁，运送某种物资？我想了很久，觉得他要运输的，就是藏在这谷中的宝物。"

"这山中的地形也很奇怪，我似乎在哪里听说过。"珞珞也低头沉思，"谷中的山坡下有很多裂缝，白烟并不是从山坳升起的，而是自地缝中冒出，证明这些地缝是相通的，不知是通向哪里。"

"我们的身体非常敏感……"月曦美目流转，看到了雪盈，将"人鱼"这两个字咽了回去，"吸入这白雾后，我的嗓子和肺部都又干又灼热，像是水分都被蒸发了似的，想来也很奇怪。"

"而且谷中黑龙也很古怪，每次都是先有白雾，它才随雾气腾空而起。张牙舞爪得异常骇人，却从不出谷。如果谷中藏着如此巨型异兽，应该会留下它进食的残骸，或者排出的粪便，但山谷中却根本没有类似的痕迹，仿佛它并非个活物一般。"颜君旭抓了抓头，像是想起了什么关键，朝雪盈道，"雪盈姑娘，你能力非凡，能不能让我再见一次张松？他应该有事隐瞒。"

雪盈毕竟是个少女，听他送来一顶高帽，当然不会拒绝。她玉手轻拍，唤来了脚程快的菊逸，命他将张松尽快带过来。颜君旭本以为要去县里的大狱中跑一趟，想不到她竟手眼通天，能将犯人直接带到自己的宅院中。

不过短短一个时辰后，戴着木枷和脚镣的张松，就在两名官兵的押解下，站在了院子里。

"我轻易不见人，你们有什么话自己出去问他。"雪盈说罢，笑吟吟地躲到了屏风后，岂止是不见人，仿佛连影子也不愿被人窥到。

颜君旭想她一路都神神秘秘，连用餐都要屏退旁人，估计是脸皮极薄，摇头笑了笑，小跑出去见张松了。朗月星辉下，只见张松鼻青脸肿，头发蓬乱地站在树影中，跟前半夜威风凛凛的模样像是变了个人。他见到颜君旭，原本疲惫的双眼，立刻又熠熠生辉，满含期盼。

"你对我们说谎了吧？你曾说过，曾祖父浑身是血，怀疑他是被龙吃了，他强撑着回来，难道没有留下一言半语？"颜君旭眯着眼睛问道，月光之下，乍一看竟像是只狐狸。

张松垂首不语，沉思了一会儿，轻声答："他说，谷里有宝贝……此事本来只有自家的人知道，后来不知被谁嘴快传出去，就有了宝藏的传说。"

"只有这些？"

"雨……他临死之前，一直在说着'雨'，也不知是为什么。"

"还有吗？"

"还有血，他还说了'血'，不过当时曾祖父说他一定是受伤太重，才胡言乱语了。"张松生怕颜君旭思路不清晰，把所有秘密都全盘托出，"悬棺是为了吓唬路人放上去的，根本就没有'鬼'！曾曾祖父去世后，有好多人来谷中探宝，祖父才想出了这吓退人的办法。"

颜君旭问完了张松，像是只陀螺般在院子里不停打转，直至东边天空泛出了淡淡的蟹壳青色，他才终于窥到了一丝真相，猛地停住脚步。

珞珞刚好也揉着惺忪的睡眼出来找他，她方才在窗边榻上小憩了一会儿，半梦半醒间，竟想起了曾听青丘的狐族长辈说过类似谷中的离奇地势。清晨的露水中，他们心有灵犀般对望，不由自主地笑了，仿佛从对方的脸上，读到了自己的心中所想。

颜君旭上前拉住珞珞的双手，好奇地问她："你是不是想到了什么？"

珞珞点了点头："你呢？"

"墙上的画为何是用白色的颜料，我终于明白了。"

他们再也按捺不住心中的喜悦，激动地握紧了对方的手，张松和两个官兵好奇地看着这对少年男女，不知他们在打什么哑谜。

叁拾 HEILONG XUESHI

黑龙血石

颜君旭和珞珞像是放下心中的重担，各自回房就蒙头大睡。雪盈察觉出异样，和颜君旭同屋的方思扬，更看出他必是有了头绪，急得抓耳挠腮，却又不知下一步该怎么办。

张松更是死活也不肯走，非要知道宝藏的秘密。雪盈想留着他或许有用，便命侍卫们将他安置在后院的仓房中。

颜君旭疲惫至极，这一觉睡到了日上三竿才起身，他清醒后就去拜托雪盈，让她帮忙准备皮革衣服、皮囊，还有尽可能多的麻绳。雪盈忙派侍星和弄月去准备清单上的物事，两个小婢女也很想知道宝藏的秘密，来回黑龙镇奔若流星，不到一个时辰便将他所要的东西全买了回来。可之后的一整天，颜君旭都没有任何动作，除了吃饭睡觉，他就是对着方思扬画出的第二张图苦苦思索，像是要将图画看出个窟窿出来。

雪盈几次过去查看，见那张图扭扭曲曲地画了些弯弯的线条，最后都通向了一个圆形的区域，似乎是个湖泊。但她打听过，周围根本没有湖，更是不明白这图中有何玄机。

"喂！你打算什么时候去寻宝？不会是在耍我们！"又过了一天，方思扬也耐不住性子了，催促着在庭院中跟珞珞一起纳凉的颜君旭。

"我也着急，可是得等呀！"颜君旭指着头顶明晃晃的太阳，无奈地摇头。

"等什么？"

"等雨……"珞珞抱着半块西瓜，笑眯眯地说，她美目顾盼神飞，落在了一只停在叶子的飞虫身上，"不过天气已经潮湿，最晚明天就会有场大雨。"

方思扬一听还要等到明日，越发心焦，"我就不懂了，下雨了山路泥泞，进山岂不是更困难？"

"因为雨会带我们去找到宝藏呀！"颜君旭朝他眨了眨眼睛，双眼微弯，恰似只狡猾的狐狸。

正如珞珞所说，次日傍晚果然下起了雨，而且是场气势磅礴的大雨，几人在落雨前就早早赶到了山谷中，同去的还有张松和五名官兵。为了避免被人看到身形，雪盈戴着一顶从头遮到脚的黑纱帷帽，被四名侍卫簇拥着，站在众人之后。颜君旭见落雨之后，山谷中白雾磅礴，便向雾中走去。大家都不知道他去向何方，只能跟在他身后。雾气如海，山地湿滑，又走了一段路，衣饰累赘的雪盈已经不能前行。

"雪盈姑娘，你好好保重，在谷外的马车中等我们吧。"颜君旭见她走得艰难，跟她道别，"若是我此行成功，定然会将宝藏送到姑娘面前。"

"若是不成呢？"她听他的话，似有诀别之意，心中酸涩，轻声问道。

颜君旭并不回答，朝她展颜一笑，拉着珞珞的手，两人并肩奔入浓雾中。方思扬放心不下，也跟她道别，追上了二人的脚步。她看着这些少年的背影，突然想起了张松的话，他说曾祖父回来时血肉模糊，浑身的皮都被剥掉，像是被猛兽吃了一般。

"张松！我命你跟他们一起去，遇到危险时施以援手，若是他们能活着回来，就免了你的死罪。"她命官兵们打开了张松的脚镣和木枷，张松本就迫不及待地要去，现下得到自由，立刻朝她鞠躬道了个谢，撒腿便去追颜君旭。

雪盈又派出梅生和菊逸保护颜君旭一干人，而自己只能像上次一样，只能远远眺望着他们远去的背影。雾气渐浓，云山雾海中，一条庞大的黑龙腾空而起。它足有十几丈长，在浓雾中张牙舞爪，狰狞可怖，随时都能从雾中冲出来。

余下的两名侍卫见情势危险，再也不敢逗留，护着雪盈退出了山谷。

白雾茫茫，浩如烟海。颜君旭依照着记忆，深一脚浅一脚地走在山坡上，还好珞珞身为狐妖，即便被浓雾遮蔽了视线，也不会迷路，两人相携着走了一刻钟，终于停在了山坡下的一条地缝前。地缝比之前他跟珞珞掉进去的地缝宽了三倍有余，雾气喷薄而出，根本看不清深浅。

颜君旭脱下长袍，将皮革衣服套在了贴身衣物外面，又将麻绳绑在腰间，交到了方思扬手中。

"这可是我的命，如今交给你了！初识时真没想到会有小命被你拿捏在手的一天，"他笑着对方思扬道，"跟你做朋友很开心，希望我们还有机会一起进京赶考。"

方思扬见他做了有去无回的打算，登时热泪盈眶，伸臂抱了他一抱："你一定会回来的！无论如何，我都不会放手，说好了一起赶考，你怎能食言？"他还要跟珞珞道别，一回头，却见珞珞已经换好了褐色的皮革衣服，只露出一张雪白的小脸，双眸似星，笑靥如花。

"我们说好了同生共死，你若是有事，我活着又有什么趣味，不如一同葬身在龙腹中。"

他知无法赶走珞珞，心中既难过又幸福。难过的是珞珞一个如花似玉的少女，万一遇到危险可怎么办。幸福的是即便面临如此险境，她也对自己不离不弃。

两人相携着先后跳入了地缝，浓雾苍茫如海，黑龙雾气中腾空飞舞，宛如狰狞的神魔。

方思扬既冷又怕，却始终手握着麻绳，端坐在地缝旁不肯离去。他身边还有五名官兵陪伴，他们见方思扬如此讲义气，临危也不肯舍弃好友，都心中敬佩，不约而同地握住了麻绳。他们手中的绳子缓缓被带进了地缝中，那是颜君旭还活着的证明。

几人都沉默地盯着不断延伸的绳索，心跳如鼓，紧张得连大气都不敢喘，暗暗期盼会有奇迹发生。夏天的雨，宛如雷霆霹雳，来时声势浩大，走时戛然而止。似乎只是转眼间，方才还磅礴的大雨，便悄无声息地停了，只留下雾气茫茫，如幽灵般在深山中徘徊不去。

颜君旭和珞珞跳入地缝中，初时白雾呛着口鼻难受，他们不得不用装满了干净空气的皮袋呼吸，才能勉强而行。珞珞身为狐妖，自有一套憋气的法门，而且她视力即便在暗处也毫不受影响比在天光大亮的白日里还更好一些。地缝中有条黑漆漆的通道，她率先手脚并用地爬了进去，颜君旭两眼一抹黑，什么也看不到，只能跟在她身后。

通道浑然天成，因不是人工开凿，如蛇虫般扭扭曲曲，跟在洞窟中发现的第二幅图极为相似，珞珞只爬了几丈，便知找对了地方。两人又爬了一炷香的工夫，通道渐渐变宽，地势也越来越低，膝盖和手肘接触的地面，隐隐泛出潮意。此时已经不用爬行，顶端和地面有一丈多高，可以站起来行走了。

白烟也渐渐稀薄，颜君旭的眼睛适应了黑暗，也能看出周遭环境朦胧的轮廓。

他从随身的布袋中掏出火折，点燃了半根枯柴，火光像是一簇花般绽放，驱散了黑暗。

只见他们所处的是一个地上满是积水的洞穴，洞顶的石头尖尖，足有千百个，像是编钟般悬着，在摇曳游离的光线中，透着神秘奇异的美。

所幸他们穿着不透水的皮革衣，手拉手蹚水而过。这洞虽扭曲难行，却越走越开阔，不过半个时辰，眼前竟然出现了一个庞大的地坑。地坑足有百丈之宽，深也近二十丈，里面石子嶙峋，满布白灰，白雾从地坑中蓬勃而出。

地坑似已存在了千万年之久，因上面有山石覆盖，一直无人发现。山石上有几道丈许宽的缝隙，天光和雨水便从这缝隙漏入坑中。光还没什么，水落进来滴在白灰上，登时激起烟雾腾腾。颜君旭见到这天坑，全部印证了自己的猜想，激动地走向坑边。

在这鬼斧天工般的浩大洞窟中，山岩为天，白雾为地，雨后金色的光线像是十几把巨剑从穹顶刺了进来，他的身影被衬托得渺小如蝼蚁。

他面对着眼前奇异而恢宏浩大的景象，第一次相信神的存在，几乎要跪下去叩拜。

两人站在坑边，虽用皮囊呼吸，也觉得口鼻灼烧难耐。颜君旭不似珞珞会闭气之法，又被眼前景象震撼，双膝一软，就从坑边跌了下去。

珞珞忙去拉他，却终究慢了一步，然而就在这时，一双蒲扇般的大手从她身边伸出来，一把就抓住了颜君旭的衣领，像是老鹰拎小鸡似的，轻易将他拎了上来。

但见这人穿着一身灰色囚服，方脸阔额，一对浓眉似两柄刀般横在脸上，竟然是张松。

原来张松和两名侍卫同时跑到地缝前，见方思扬和几名官兵正坐在雨中，守着一捆大如磨盘的麻绳，被淋得狼狈而憔悴。他看雨势已经渐小，地缝中白雾越来越稀薄，便纵身跳了进去。

他既没有穿革衣也没带皮囊,一副将生死置之度外的模样,余下几人想拦他却哪里拦得住?

他顺着麻绳在洞中行走,没费多少工夫就找到了颜君旭和珞珞,还好他眼疾手快,又力大无穷,竟然意外地救了颜君旭一命。

"张兄,快看呀!这就是你们一直在寻找的宝藏!"颜君旭一见到他,兴高采烈地说。

"这、这是什么?"张松低头看着脚下巨大的白灰坑,抓了抓裸露在外的胳膊,"还有我的皮肤,怎么又红又痒?"

"坑里全是石灰……"珞珞捂住鼻子,小声答,"你没觉得山谷中地形奇怪吗?其实山谷底下的通道和地缝,就是积年累月石灰岩被腐蚀的,石灰遇水,也会散发出白雾。只是不知为何,这里的石灰散发的烟雾特别大。"

"还有你的曾祖父的离奇去世,估计他是好奇独自来探这石灰坑,却没想到当日下了大雨,他跌入了坑中,皮肤才被石灰灼伤。"

张松愣愣地打量眼前庞大的岩洞,喃喃道:"不、你们骗我……宝藏怎么会是石灰?那黑龙呢?黑龙在哪里?"

"黑龙……应该在外面吧……我猜它应该离此地不远,所以才能将影子映在烟雾中。"颜君旭指着岩石穹顶,"如果你不害怕,我们就去探上一探。"

"当然不怕。"张松摇头苦笑,"我连死都不怕,就算让我葬身龙腹都无怨无悔。"

颜君旭无奈地看了他一眼,挠头道:"应该不会死,它更不会吃了我们。"

他说罢从随身携带的布袋中掏出一只悬在铁链上的小钢爪,解下腰间系着的麻绳,将小钢爪缚在绳头,递给了珞珞。

"麻烦女侠将这绳子掷到岩缝外,我们得顺着此绳爬上去。"

珞珞得意地接过麻绳,甩了两下,手一扬,绳子便如一条灵蛇般钻到了天坑穹顶上的岩缝中,钢爪准确地抓住了一块岩石。

她身子轻盈,朝颜君旭和张松摆了摆手,示意他们不要妄动,随后便如一片翩然的云朵般攀住麻绳,向外爬去。

她脚下是蓬勃白雾,头上是厚重如乌云般的灰黑岩层,道道金色的夕光透过岩缝照在她的纤细的身体上,令她看起来缥缈而虚幻,似踏云腾飞的仙子。

珞珞爬到了穹顶,手攀住岩缝,稍一用力,已如雨燕穿林般从岩缝中溜出去,将麻绳牢牢缚住后,才朝颜君旭招了招手,示意他可以爬上来了。

颜君旭握住麻绳,刚刚要爬,就被张松一把拽到身后:"你胳膊无力,不知要爬到几时,我背你上去。"

颜君旭见他心意坚决,也不跟他推辞了,趴在他宽阔的后背上。张松果然臂力惊人,精肉纠结的双臂握住麻绳上下交错,不过片刻就背着颜君旭一同爬到穹顶,钻出了岩缝。

穹顶上怪石嶙峋,山石比黑龙峡谷中的还要陡峭。张松也从未到过此处,他四处眺望了一下,发现这是位于黑龙谷东侧的一处矮山。

"黑龙在哪里?你不是说它就在这附近吗?"他环顾四周,发现山石上寸草不生,焦急地问颜君旭。

颜君旭看了看头顶的太阳，指向了东边："我第一次见黑龙时，是在傍晚时分，还有一次入谷也恰逢阵雨，但龙却并未出现。而今日又是傍晚时的雨后见到了龙影，所以龙应该是在夕阳直射之处，也就是位于这天坑的东边。"

张松恍然大悟，才想起来自己看到黑龙时，也是在雨后的傍晚时分，可他粗心大意，从未发觉这巧合。

颜君旭说罢，带头向天坑东边走去，果然很快就看到了一块高耸的山石，足有五六丈高，被石灰雾熏得寸草不生，宛如刀削。三人艰难地爬上去，只见在山石上立着一个黝黑的奇怪物事，足有十尺，有山风吹来，便微微晃动，叮当作响。

"这是什么？"张松走过去，用手敲了两下，立刻发出"叮当"脆响，这黑黝黝的怪物，竟是精钢制作。

颜君旭看着眼前的物事，突然想起了在峭壁洞窟中看到的，腐烂得不成样子的竹节机关，终于明白这是什么了。

"是黑龙！这就是黑龙！"他激动万分，查看着眼前的奇异的物事，"公输子在洞里留下的腐烂竹节，就是这个机关的雏形。他先做了个小的演练了精确度，才依样做成了个大的。"

"什么？你这臭小子在耍我？"张松气急败坏，抡起拳头就要揍他，"你说石灰是宝藏，现下又说这堆烂铁是黑龙，你是不是疯了？"

颜君旭吓得后退一步，"咣"的一声，就撞到了身后的钢铁机关上。机关晃了晃，失去了平衡，然而奇迹却发生了。这高大陈旧的机关，居然缓缓发生了变化。此时并没有风，更没有人推动它，但它却像是一只睡醒的卧龙般，舒展了脖颈，张开了爪子。它几百个浑身竹节似的关节"嘎嘎"作响，最终变成了一条凌空飞舞的巨龙，跟洞窟壁画上的"龙"字十分肖似。

"快看，它的眼睛果然是红色的。"珞珞眼尖，指着钢铁巨龙的眼睛道，"里面有东西。"

颜君旭也看到了，但却不知该如何是好。还好过了片刻，龙的关节又扭动，最终变成了最初一堆废铁般的形态。方才还气急败坏的张松，在看到机关巨龙凌空飞舞之时，"扑通"一声就跪在了地上，他脸色苍白，浑身颤抖，似不敢相信自己所见。

颜君旭见机关停歇，从随身携带的布袋中，掏出了一把尖锥，探进了团成一堆废铁的机关巨龙中。方才他仔细观察过，发现这机关做得十分巧妙，平衡稍微被打破，就会触发机关。而当震动消失时，机关又会恢复成原样，所以巨龙并不是每次雨后都会出现，要雾、雨、风、光同时满足，才能将龙影投映在雾气中。

可公输子那样聪明的人，为何要在此地放置这样一个机关呢？他到底要告诉世人什么？

他的锥尖穿过钢铁缝隙，插进了方才看到的红石的位置，刹那间一股热流传来，震得他手腕一麻，尖锥落在了地上。

"血石？"他突然想起鱼翁说过的能令机关自动工作的珍稀矿石，璇玑也曾在无意中提到过，在看到这红石的刹那，这两个字就自动出现在脑海中。

公输子在此地放了条机关巨龙，又以一块红色石头作为此龙的驱动，看样子是在提醒众人，天坑中埋藏的真正宝物。而他也是为此，才在这谷中逗留了数月。

他终于明白，为什么石灰天坑中的雾气会如此大，为何张松的曾曾祖父没有跟任何人说，就独自去了天坑。是因为这坑中不止满是石灰，下面还有一个血石矿。

珞珞见他发呆，拉了拉他的胳膊，悄声道："你在想什么？我看张松怎么有点不对劲呢？"

此时落日沉入了山峦，晚霞宛如一团团黑紫色的棉絮般堆在天边，光线也变得晦暗。

颜君旭忙看向张松，只见他仍跪在地上，失魂落魄，嘴中喃喃不停："不可能，仙人在洞窟中留下了两张图，都是寻找宝藏的线索……你们一定是搞错了。还有黑龙怎么如此小，它在云雾中腾飞，明明比屋舍还大。"

"洞窟中的第一张图，是滑轮车的构造，他教人如何利用机关运送石灰岩；而第二张图，则画着通往石灰岩的路。而且两张图都是白色的，正是以石灰乳绘制而成，所以我才猜到宝藏是岩矿。至于黑龙，阳光将这龙形机关的影子投影在白雾中，如皮影般放大了几倍，所以在雾中才显得如此大……"

他还未说到血石，突然见张松像是发了疯一般，抓着头发跳了起来。他跑下岩石，脚下一滑就摔了个跟头，爬起来又站在了岩缝之上。

"原来这就是宝藏！为了守护它，这么多年来我杀人无数，又是何苦？"他看了眼脚下的天坑，伸开双臂，双眼已被白雾灼伤，满布血丝，虽然在笑，颊边却有两行清泪。

随即他又哭又笑，仿佛在苍茫的薄雾中看到了什么，双手在虚空中抓来抓去，突然一头就从岩缝中跌落坑中。

颜君旭和珞珞只听黑蒙蒙的山谷中，传来了"扑通"一声闷响，随即是凄厉的惨叫，在苍穹下回响，久久不绝。他们抓着对方的手，都被这突如其来的惨祸吓得呆若木鸡，不知该如何是好。

"又要下雨了。"珞珞指着头顶一片厚重积云，提醒颜君旭道，"我们得快走，否则太危险了。"颜君旭忙跟在珞珞身后，顺着麻绳钻进了洞窟中。所幸溜下去比爬上来容易多了，两人谁也没敢看天坑中张松的下场，闭着眼睛回到了来时的岩洞前。

雨簌簌而落，激起了坑中白雾升腾。颜君旭飞快地割断了麻绳，将一头缚在了珞珞纤细的腰肢上。雾气涌起，宛如海潮，他们搀扶着钻进了甬道，向洞外跑去。颜君旭用力拉了拉珞珞腰间的麻绳，那是他跟方思扬约定好的信号。很快麻绳另一端就传来了一股拖力，拽着他们向外走去。

渐渐两人都没有了力气，口鼻灼烧得难过，连眼睛也无法睁开。颜君旭和珞珞紧紧相拥，生怕一松手，就会失去对方。升腾的雾气灌入甬道，淹没了这对少年男女，他们虽然都昏迷不醒，却仍未松手，寂静的岩洞中，似有心跳的声音回荡。起初是两个人的心跳，最终却变成了同一节律，一声又一声，像是一首婉转的歌，奏出一线生机。

颜君旭做了个梦，梦中树木参天，林深不知处，浓浓淡淡的碧色，仿佛海水般将他包围。他在林中徘徊，虽不知归路，却丝毫也不惶恐，宛如回到了母亲的怀抱般安心舒适。

林中深处，盘踞着一只毛发雪白的巨兽，它微微弓着的身体，也有三丈多高，双眼是赤金色的，周身散发着骇人的威慑力。颜君旭见到它，被它的气息震撼，动都不敢动一下。世间本无此庞然大物，他又觉得它的出现是如此理所当然，甚至觉得自己到了这林中，就是为了见它。

巨兽缓缓站起来，它的双耳是尖尖的，眼睛上挑，嘴角微翘，明明是只狐狸，却有着人的表情。它居高临下地看着颜君旭，九条银白色的尾巴徐徐展开，像是孔雀开屏般震撼美丽。

他仰头看着这个高贵而强大的妖兽，终于明白，自己是被它召唤而来。他看了看自己的胸口，想到了珞珞和自己，也想到了困扰他们的难题。

但他并未说话，巨兽已经明白了他的心意。风穿过树林，发出"沙沙"轻响，像是它的回答，随即一道光撕破碧海般的树林，照入了他的眼中。

在他睁开双眼时，耳边似有一个极细的声音在低吟："不取而取，方得灵珠。"

"不取而取？是什么意思？"他喃喃地说着，一睁眼，却看到方思扬一张五官俊朗，高鼻深目的脸。

只是方思扬的双眼红红的，头发也乱得像团破布，而且脸颊上沾着湿泥，实在是难看至极。

"啊……"他吓得大叫一声跳起来，却发现声音嘶哑，身体也绵软无力。

他环顾四周，才发觉天光已经大亮，自己正躺在谷中的山坡上。珞珞拉着他的手躺在身边，犹未醒来，她似沉浸在美梦中，双颊绯红，蔷薇花瓣般的嘴唇也微微张着。

天空碧蓝如洗，雾气丝丝缕缕地荡漾在蓝天下，宛如仙女舞动的衣袖。他看着这静憩美好的景象，终于长长松了口气。

"你终于醒了，真是吓死我了！你昏迷了一整夜，我以为你醒不过来了。"方思扬眼含热泪，用力打了他一拳。

他只觉浑身的骨头都要散架，哀号连连，随即跟方思扬笑闹着打成了一团。

竹霜和梅生听说他醒了，很快就闻讯赶到，同来的还有官兵们。他们赶着马车，将受伤的两人拉走。珞珞也醒了，她绘声绘色地跟侍卫和官兵讲起了藏在山谷深处的天坑，以及奇妙的血石。颜君旭看着她伶俐美丽的模样，只觉心中欢喜，倚在颠簸的马车上。

这几日经历的一切如幻影般在眼前流转，留在脑中的最后一幅画面，却是张松痴狂地跌入石灰坑中的一瞬。财宝和生命在刹那间都变成虚无。他追逐着自己的欲望，却又被欲望吞噬。

"且夫天地为炉兮，造化为工；阴阳为炭兮，万物为铜。合散消息兮，安有常则……"

颜君旭想到过去读书时，夫子摇头晃脑地念出的诗词，当时他还年幼，根本不懂其中深意。经历了这番波折，却发觉这几句诗文道尽了命运无常，他闭上双眼，长长叹了口气。

叁拾壹 初入京城
CHURU JINGCHENG

当日一回到住处,身子刚挨到松软的床铺上,颜君旭便陷入了昏睡。睡到半夜时,身上又痛了起来,有人往他的口中喂了些甘甜清凉的药水,疼痛才稍减。

这一觉足足睡了两日才醒来,他一睁眼,却见珞珞正守在他的床边,面如朝霞,眼如水杏,说不出的灵动迷人。他笑了笑,伸手摸了摸她的秀发,刚想跟她说几句悄悄话,却闻到窗外飘来了饭香,肚中立刻不争气地"咕噜"乱叫。

"哎呀,这是唱起了空城计吗?你两天没进水米,也确实该饿了。"珞珞笑了笑,将他从床上拉起来,又找了件干净的外袍给他披上,两人相携走向饭厅。

出乎他意料的是,清晨和煦的阳光下,竟只坐着方思扬和月曦两人,雪盈跟她的一干随从,竟都不见了。方思扬看出他的疑惑,捧出一坛酒,放到他面前:"雪盈姑娘把咱们救回后,就悄无声息地走了。不过还好她想得周到,留下了个厨娘,只是这厨娘一问三不知,根本查不出她的来历。至于这坛酒呢,就是她临行时放在桌上,应该是给你的。"

颜君旭见这个粉蓝相间的彩釉酒坛上,挂着一张纸条,字迹娟秀,显然是出自女子之手:"恨离别,却离别,不如不告而别。望君勿念,京城再见。"

"看来我们得快点去京城了,摸摸这位雪盈姑娘的老底。"珞珞丝毫不吃醋,迫不及待地想要去京城玩耍。她的话似说到了每个人的心坎里,一想到京城的威严浩大,琼楼玉宇,他们就再也坐不住了。匆匆吃完早饭,就赶着加长马车启程,向黑龙镇走去。

路上方思扬不停地自夸,说多亏有自己,颜君旭和珞珞才没有葬身在地下洞穴。他带着侍卫们奋力拖拽，手上磨起了泡，才将两人拖了上来。

颜君旭却怎么也不肯认，信誓旦旦地说是被只庞大无匹的狐狸救了，珞珞也说自己是骑在狐狸的背上被带出来。两人异口同声，气得方思扬直骂他们忘恩负义，捡了条命回来就不记得救命恩人。四人一路吵吵闹闹，不过半个时辰就到了黑龙镇，镇上像是炸了的油锅一般，人声鼎沸，人流如梭。马车根本驶不进镇里，各色旅人商人都争先恐后地要去往镇外。

几人拉住了一个布衣打扮的伙计来问，那伙计跑得脸上全是汗，抹了把汗后，兴奋地答，"我们去看拆棺呀，听说黑龙谷里发现了一个石灰矿，县里的老爷下了令，要将悬棺拆掉，由京城的工部派人给改成什么运货的玩意儿？以后附近的人都可以靠山吃山，以采矿为生了。"

他们听着俱是一愣，没想到只过了短短两日，黑龙谷就有如此翻天覆地的变化，也不知县丞为何如此雷厉风行？

颜君旭按捺不住，想要去黑龙谷附近看看，其余三人也很好奇，异口同声地同意过去。

颜君旭和方思扬一起赶车，费了半个时辰的工夫，才将车头在熙熙攘攘的车流中调转。

待他们抵达时黑龙谷前时，已是午后时分。黑龙谷不再幽森神秘，谷前密密麻麻地围了几百人，幸而有官兵维持秩序，否则定会乱成一团。

"喂！大胡子大官！"珞珞眼尖，见到一个人斜挎腰刀，骑在高头大马上，正是那晚助他们捉拿"鬼"的虬髯大汉。大汉也见到了他们，纵马过来，他见到颜君旭，仍是一副瞧不起的样子，冷哼道："没想到你这小白脸子，还有点本事。"

颜君旭见他言语中已认可自己，问道："敢问官爷，此地发生了什么，怎么有如此多的百姓过来？"

"本县知府接到命令，要开采这石灰矿，还要建造煅烧炉，造福百姓。石灰能入药、能防虫还能用于建筑，若是开采成功，本地百姓皆能受益。而当务之急，便是将这些碍眼的悬棺拆了，好建设能运送石灰石的机关。可惜张家村人仍食古不化，拼命阻拦，本官只能带人强拆了。"

"张家村的几名凶徒，官爷打算如何处置？"颜君旭好奇地问。

"本想砍了了事，但贵人有好生之德，罚他们十年苦役，搬运石灰石，以示惩戒。"

"那黑龙呢？"珞珞也好奇地问。

虬髯大汉压低声音，神神秘秘地对他们说："莫要跟任何人说黑龙的秘密。听说龙身上有价值连城的宝石，只有当今天子手中才有几颗，已经被连夜秘密送往京城了。"

颜君旭悬着的心，此时才放下来，他也担心血石异宝被歹人利用，如今被官家保护，应该无虞了。

"石灰矿下应该还有别的矿石，此矿石在岩层中散发着热量，才令石灰散发灼灼烟气，请官爷留意。"临走时，他还没忘挠着头叮嘱。

虬髯大汉翻了个不耐烦的白眼："臭小子，你还想指挥我做事？"他说罢又朝颜君旭摆了摆手，"快赶考去吧！路上小心，本官恭候你们的好消息。"

四人见他面冷心热，说说笑笑地离开了。虽然张家村悬棺被拆，但连作恶的村民都没被杀，以后村民们都可以采矿为生，总比守着几亩薄田过得舒坦。

他们调转马头，到了傍晚时分，再次来到了镇中最大的饭馆用餐打尖。因为月曦身体娇弱，也不敢吃街边小吃，唯一能吃饭的也只有此处。他们坐在桌前，想到上次来这里是个雨天，恰逢雪盈作威作福，哪里想到会跟这个骄纵的少女成为朋友。

他们正说说笑笑，却见掌柜的拿着封信，探头探脑地走了过来，双眼不住在他们身上打量。

"四位小客官，可是进京赶考的？"他朝他们鞠了一躬，行礼问。

颜君旭和方思扬连连点头，不知道他为何有此一问。

"有位客人留下一封信，说是要我交给一个六个轮子的马车的主人。我还以为他在开玩笑哩，这世上哪有如此奇怪的马车，结果没想到今日便见到了……"

他说罢将信放到桌上，转身离去。

"咦？是谁的信？难道是雪盈姑娘留给我们的？"方思扬好奇地问。

"我看人类的话本上都有类似的故事，书生和侠客赶路时，总有神秘人一路替他们安排餐食住宿，多半都是美女。"月曦门没怎么出过，看的话本小说倒是不少，振振有词地猜测。

颜君旭打开信，又惊又喜，嚷道："都不是，但却是最让我开心的消息！"

珞珞凑过去看，只见信上写着："君旭吾弟，吾于浮岛落地前跳出竹篮，侥幸逃得一死。但于苏醒后，却发现谷中已空无一人，仅有搏斗痕迹。地上有官马蹄印，料想汝应平安。兄繁务累身，只能先行一步，京城再见。"落款是"秋雨"二字。

"我就说他不会死！"珞珞也高兴得跳起来，"你幸好没有自杀，否则现在想活转都活转不了了。"颜君旭一直担忧莫秋雨的平安，此时见到这信中内容，真是欣喜若狂。

"去京城！"他高声道，"我要去见朋友，还要去考取机关武考状元。"

"我也要去见识见识京城的画家，看他们的画是不是比我的更胜一筹？"方思扬不知从哪里拿出柄折扇，"唰"地一下展开。

珞珞和月曦都没有去过京城，她们更是兴奋，像是两只小鸟般叽叽喳喳地说个不停。

六个轮子的马车，载着少年男女和他们的梦想期盼，绝尘而去，转眼便消失在夕阳的余晖中。

夜色苍茫，宛如一袭华美的黑绸，笼罩了大地。绸缎上缀满了闪烁的星子，恰似璀璨珍贵的宝石，闪耀在苍穹之下。星月辉光照亮了一个院落，它被重重树影环抱，宛如被母亲小心翼翼地环在臂弯中的婴儿。院子里只有一栋奇怪的房子，屋舍占地足有半亩，却没有一扇窗户，方方正正，墙上涂满了浅色的泥灰，像是一个密不透风的匣子。

一缕顽皮的风，溜过了紧闭的大门的缝隙，吹得满室烛光摇曳生辉。跃动的光晕中，只见这房间宽敞而阴凉，纵深足有十几丈，里面摆着一排排高至屋顶的檀香木架。

每个木架都有十层，每层都摆放着各色玉石，有的玉石是淡青色的，有的是莹白色，还有的透着暗哑的金色。而且玉石的大小也各不相同，大者如同碗钵，小者不盈一握。

一个身材高大的男人，正摊开四肢躺在房屋的最中央，他的浓眉像是雀尾般斜飞入鬓，因过于浓郁，显得面带阴郁狠恶。

男人赤裸着上身,露出古铜色的矫健的肌肉和胸口密布的黑毛,但从腰际到腋下,却有一条血肉模糊的伤口,皮肉外翻着,深处隐约可见肋骨。

灯影摇曳,一个人悄无声息地走了过来,他穿着件长及地面的黑色罩袍,衣袍的衣料很奇怪,所有的光都无法将它照亮,它像是世间所有暗的凝聚,又像是黑暗本身。

"长、长老……"这男人正是蓝夜,他感激地看着眼前的人,激动地说,"属下无能,劳烦您施救了……"

穿着罩袍的人席地而坐,从怀中掏出了一只铁盒,又拿出了一块红色的玉,放在指间摩挲。

"这件事不怪你。看你的伤处,砍你的人出手狠辣利落,这一击他必定练了很久,而为了等待这偷袭的机会,他也一定等了很久。"长老的声音沙哑低沉,像是一只宽厚的手,安抚住了蓝夜心底的惶恐,"此人正如毒蛇,你逃不过他的算计。"

接着他打开了铁盒,以指尖捻出了一根弯钩形的锋利钢丝,又拿出了一柄小刀和一卷棉纱。

"你的伤太重,幸好有这枚'华佗之玉',里面承载了高超的医术,可以将重创的伤口像布一样缝合起来……"他说罢随手拿过几个烛台,摆在了蓝夜的伤口旁,将棉纱穿进了钩子形的钢针中,又仔细地将绽开的皮肉细细缝好。

他长指微动,缝得很慢,针穿透皮肉,痛得蓝夜浑身冷汗,但他却哼也不哼一声,咬牙挺了过去。半个时辰后,长老才终于将偌大的伤口缝合,他拿出一小坛烈酒,浇在了蓝夜的伤口上,余下的擦了擦手。

酒一落下,是火烧火燎的疼痛,蓝夜咬紧牙关,忍不住发出"嗞嗞"轻响,脸色也变得惨白。长老将血色的玉在指间摩挲了一下,起身将它放回了架子中。而方才还不敢挪动的蓝夜,挣扎地捂着腰坐起了身。

"等逮到偷袭我的家伙,非得扭断他的脖子。"他握紧坛钵大的拳头,指节"咔咔"作响。

"这块'华佗之玉',还是唐鹤当年冒死从华佗后人的身上取下来的,现下他这么一死,也不知我这'识源玉库'何时才能被填满。"长老打量着身边几十座尚有余地高大的木架,颇为遗憾地说。

"识源玉库"耗费了他几十年的心血,储存着无数人类智慧的结晶,涵盖了天文地理、算术方术,甚至绘画和诗词歌赋等各个方面,堪称包罗万象。涂山狐族自古就入世修行,追求的是掌控人心和制衡时局。而身为长老的他,坚信只有搜集了人类所有的卓越技能,了解人类知识中的精华,知己知彼,才能谈得上制衡,所以才有了这个"识源玉库"。

唐鹤将人类的思绪制成了玉储存在此,而他若是要使用某种技能,只需集中注意力握住玉石,便能掌握方法,施展出来。看着墙边十几个空落落的木架,他也只能长长叹息。

唐鹤是因自己的疏忽而死,这声叹息,便像是一根针似的刺在了蓝夜的心里,比方才挨了几十针的穿肉之痛还令他难受。

"长老,待我休息几日,我一定会抓到臭小子,将《公输造物》送到你的手中……"

长老却摆了摆手道:"不必了,他还有几日就会到京城,而在那里,有'朱雀'在等着他呢。"

"'朱雀'?怎么他也来了?"蓝夜的声音有些颤抖,涂山会有四个本领高超的人,又名"涂山四相",形容他们在组织中如丞相般重要,而为了保留力量,这四个人互不相识,分别跟长老单线对接。

他是"青龙",却根本不知余下的三人是谁,只知其余几人跟他一样,以天空四方星宿命名,余下的便是"朱雀""玄武"以及"白虎"。如今为了对付这么一个少年书生,长老竟然启用了"朱雀"。难道颜君旭这个小小书生,真的有什么通天的本事?

"'朱雀'是自己要来的,他说在南方的密林中待够了,想来京城看看,顺便帮我料理些事情。"

长老按了按蓝夜宽阔的肩膀,仿佛是在安慰他,掌下却隐含着一种深沉的力量,让他把到了嘴边的话咽了下去。身穿黑袍的长老,拿着一盏烛台,起身走远了,宛如一抹裁下的夜色,悄无声息地融入黑暗中。蓝夜在地上休息了一会儿,待疼痛稍减,终于挣扎着站了起来。

他捂着伤口,缓缓移动到玉库的角落,掀起地上一块铁板,露出了一条通往地下的甬道,跌跌撞撞地走了下去。为保证阴凉潮湿,玉库没有窗,大门也常年紧闭,只在危急之时开启。平时进出只能通过这条地下甬道。过去陪唐鹤送玉,这条路他不知走了多少次。

而今天他却觉得这狭窄的路似永远没有尽头,仿佛通往黄泉。

离京城还有三十里路,路上的车马行人就已经络绎不绝,旅人中有赶考的书生;有骑着高头大马,腰悬佩剑的侠士;还有高鼻深目的夷国商人;更有宝马金鞍,结伴游玩的少年郎。

这些形形色色的人汇聚在一起,却没有任何不协调之感,商人们大声地聊天,口音都带着重重的夷国腔调。少年们在谈论昨天打猎的趣事,他们的伴当也时不时插上一嘴。连路边的茶舍酒馆都跟别处不同,光茶就有几十种,既有京城人爱喝的毛尖茶,也有女人们喜欢的玫瑰茶,还有夷国略带辛辣之气的姜茶。

珞珞和月曦哪见过如此热闹景象,将小脑袋伸出车窗不停地看着路上的人,后来珞珞嫌气闷,索性坐在了车顶上,还引来几声风流的口哨声。而本来一路上相互推诿,谁也不想赶车的颜君旭和方思扬,像是哼哈二将般一左一右地坐在车夫身边,再也不嫌弃灰尘和马臭,两双眼睛滴溜溜地看着周围,车夫撵都撵不走。颜君旭改装的六轮马车,也吸引了不少路人的询问,甚至还有个大腹便便的商人,当即就掏出银两,要将车买下来。

"看来将来就算科举落榜,你也能靠改装马车发一笔财呀。"方思扬笑着调侃颜君旭。

可他话音方落,耳朵就被坐在车顶的珞珞伸手掐住了,她笑嘻嘻地问:"你说谁会科举落榜呀?要不要送你去车下吃灰?"

"我的姑奶奶,松手吧,好痛。"方思扬被她掐得连连求饶,突然指着前方道,"快看,那是不是城门?我们到了!"

颜君旭心中一动,忙站了起来,珞珞也不再为难方思扬,四人同时翘首眺望着远方。

只见初秋火辣的阳光下,天色碧蓝如洗,一座高大恢宏的城楼,像是个巍峨崇高的神祇,伫立在蓝天之下。城楼远看是灰黑色的,苍穹金光似海,为它镀上了一层金漆,令它看起来高贵而不容侵犯,正是华国的京都紫云城。

他们向往地遥望着辉煌宏大的紫云城,心中满怀敬畏,宛如朝圣的信徒。

车马从不同的道路涌来，好似百川汇海般，齐齐朝紫云城涌动。一时之间，人马喧嚣，车子行驶的速度更慢了，直至一个多时辰后，他们才来到了城门之下。

城门前站着几队头戴银盔，身穿铁甲的士兵，随身携带的兵械闪烁着冰冷残酷的光。守门的卫士挨个盘查着进京的行人，通过文书不全或过期者，一律被拦在了门外。

颜君旭和方思扬有书院为他们提供的贡函。月曦身材苗条，她将自己藏在了厚厚的被褥中，从外面看来天衣无缝。而珞珞为了避免麻烦，干脆露出原形，变成了一只毛发火红的小狐狸。颜君旭很久没见她变作狐狸，觉得有趣，笑得开了花，不停地摸着她毛茸茸蓬松的尾巴。

珞珞朝他低吼了一声，甩了甩毛茸茸的尾巴，扭过头不去理他。

进城的手续烦冗麻烦，等他们的马车顺利通过城门，驶过城门时，已是傍晚时分。

比起城外的车水马龙，灰尘满天，紫云城内则别有一番天地。京城的道路宽敞干净，主路足有三百步宽，十辆马车并排行驶也不会拥挤。道路两边全是鳞次栉比的楼宇，路上的行人虽形色各异，却井然有序，还有身穿金甲的卫士在街上巡逻。

四人进了城，连马车都不想乘坐，在街上流连忘返地边走边看，一会在书画店门外转转，一会儿又陷在琳琅满目的杂货店里走不出来。直至天色渐晚，夜幕降临之时，他们才想起要找住宿的地方。

华灯初上的京城，灯火辉煌，宛如一座不夜城。路上的行人丝毫不比白日里少，而且街上的行人中，又出现了很多打扮妖娆的美女和衣饰华丽的风流少年，他们像是只能在夜色中发光的珠宝，跟灯火交相辉映。但如此繁华的夜，导致客栈也爆满，他们一路问了十几间客舍，竟然不是住着赶考的学子，就是被商旅队给包了，连一间空房也没有。

"怎么办呀？你不是说来过京城好几次，对此地了如指掌吗？难道第一天我们就要露宿街头？"月曦拉着方思扬的袖子，扁着嘴生气。

方思扬脸色微红，英挺的脸上满是窘迫。颜君旭一眼就看出来，这家伙来京城的次数一定寥寥无几，更可能跟他们一样，是第一次来。

"算了，不行的话就在街上将就一夜吧，反正我们的车大，也住得下。"颜君旭只能想办法为他们解围。

可他们肯将就，车夫却不愿意了，嚷嚷着他们睡在马车中，自己也得找个有屋顶的地方，难道要我在街边露宿吗？况且京城中规矩很多，城中卫士日夜巡逻，若是露宿街头，搞不好就会引来盘查，稍有不慎就会被抓入牢中。听到可能会坐牢，珞珞和月曦倒是无所畏惧，毕竟普通的牢房也关不住她们。颜君旭和方思扬却心下不安，生怕节外生枝，耽误了科考。

而就在他们不知所措，在街上争论不休时，一个人穿过灯影，朝他们走了过来。

这人身形清瘦，锦衣蟒带，左眼还戴着个薄薄的琉璃镜片，惊异地看着他们，忍不住叫出了声："怎么是你们？"

颜君旭见到他，立刻欣喜若狂，激动得一下就扑到了他的身上，完全忘了礼节，快乐得像个孩子。

因为这青年不是别人，正是月余前消失在黑龙谷中的莫秋雨。比起上次见面，他气色好了许多，脸上也有了血色，看来是回到京城后好好休养了一段日子。

"你是担心我受伤吗？我福大命大，跳下竹篮时只在脑后摔出个血包，过了这么久早消了。"莫秋雨看出他的担忧，还特意晃了晃手脚，让他安心，随即他好奇地打量着沮丧的少年男女们，"不过你们为什么还不去投宿？此时已近亥时，亥时一过就是宵禁，任何人都不能在京城中随意走动。"

"这不是'秃子脑袋上的虱子——明摆着'吗？"珞珞小嘴一扁，叹气道，"想不到京城的客栈如此紧俏，我们找了半天，也没找到落脚之处呀。"

莫秋雨在黑龙谷的山洞中见过她，还得她赠送了半只烤鸡，对她还颇有好感，笑眯眯地道："幸好我有个闲置的宅子，应该住得下你们这四个小家伙？"

"我第一次在书院见你，就觉得你这人跟别的官不同，一点官架子都没有。"方思扬走到莫秋雨身边，挎上他的肩膀，亲热地说，"以后我也叫你莫大哥吧，君旭跟你以兄弟相称，我跟他又是好友，如果我不认你这个大哥，岂不是比他低了一头？"

莫秋雨拿这个不拘小节的"画仙"没办法，无奈地点了点头："不过你也得帮我画图，否则认了你这个弟弟，恐怕会被京城的姑娘们排队堵门呀！"

他这话一出口，颜君旭和珞珞都捏了把汗，生怕月曦醋海翻波，搞不好又是一场生离死别的闹剧。

可没想到月曦却美眸含水，满是欣赏地看着方思扬，居然没有半分醋意，似沉浸在对情郎的美好想象中。

颜君旭和珞珞只能心领神会地对望了一眼，终于明白为什么人鱼族爱上人类会至死不渝了，真是人生自古有情痴。

叁拾贰

迷途难返

MITU NANFAN

  莫秋雨坐上马车,指挥着赶车的车夫向他的闲院驶去。在京城遇到了莫秋雨这样的故知,颜君旭一颗悬着的心总算落回了肚中,将头探出车窗,欣赏着京城的夜景。

  京城的道路跟别的城市格外不同,宛如一个庞大无匹的棋盘,方方正正,纵横交错。随处可见高门大院,门楣比他家乡的庙宇还大。更有高达百尺的楼宇,每层都挂着明亮的灯笼,华美壮丽地矗立在夜色中,宛如一条熠熠生辉的通天大道。

  他还想数一下这高楼有几层,马车就飞快地驶进了一条立着牌坊的街道中。跟大路上不同,这条略窄些的街道两侧都是民居,有百姓躺在藤椅上纳凉,还有妇人抱着孩子哼着歌谣,时不时还会窜出来一只三花小猫,从车边一闪即逝。

  弥漫的人间烟火气让他心安,他趴在车窗上,任额发被风吹起,微微地眯起了眼睛,像是在享受着母亲的爱抚。

  不知过了多久,车才慢慢停在了一个宅院前,院子围墙低矮,树影横斜,调皮地从围墙中探出几枝,像是个好奇的孩子打望着深夜到来的客人。

  莫秋雨率先跳下车,打开了大门的锁,习习晚风中,只见门后是个宽敞的小院,院子里却空荡荡的,既没有假山摆设,也没有花草盆景,地上洒满了沙子,像极了他在白鹭书院的临时住处。

  院子后是个宽敞的厅堂,挂着翠竹帘,可以跟客人促膝长谈,更能供主人呼朋唤友一起

◇ 君子，命中有狐 ◆

饮酒作乐。厅堂两侧各有几间卧房，一式的翠竹帘雕花窗，看起来便有十几人住进来也不会挤。

"此处是我演练机关之地，平日有人打扫，被褥家什一应俱全。你们先歇息一晚，等会儿我跟邻居的大嫂说说，让她一日给你们做两餐饭，可不要饿着肚子耽误了读书。"莫秋雨将一串宅院的钥匙交给了颜君旭，目光像是透过云缝的月光般晦涩，在他们的脸上扫了扫，"但是记住，千万不要去后院。"

颜君旭嘴巴动了动，想问他为什么，最终却忍住了。但他能忍住，珞珞可没法忍，于是静夜里立刻响起了她好奇的声音："为什么？后院有什么秘密吗？"

"对，而且是事关重大的秘密，你这个小家伙可千万不要偷看！"莫秋雨笑呵呵地答道，转头又对颜君旭道，"那柄最大的是库房的钥匙，里面制造机关的工具一应俱全，你住在这里应该不会无聊。"

天色已晚，他又交代了些日常之事，就离开了这座闲院，几人送他出了门，他转身就敲开了邻居的门，将这些少年男女交托给了邻居的大婶。

大婶说话爽利，为人热情，还夹杂着京城人特有的腔调，拍着胸脯保证会照顾好他们，"莫大人啊，若是别人我不一定理他，可你就不同了，上次你随手就给我做了个舂米的玩意儿，可省了我不少力气。莫说是我，便是这条街的街坊，只要你莫大人一张嘴，谁都不会拒绝的。"

他们在月光中聊着，颜君旭看着大婶胖胖的脸庞，热情的笑容，心越发安定了。

莫秋雨交代完一切，才放心地离开，很快邻居的大婶就送来了一盆夹肉的馍和热气腾腾的蔬菜汤。

他们吃饱喝足，准备休息，珞珞率先跑进了最靠近厅堂的卧室，却突然尖叫一声跑了出来。

"有、有人……"她哆哆嗦嗦地指着房间的角落，果然，只见月光下站着一个弓着身的人影。

"你、你站在我身后！"颜君旭挺身挡在她身前，却仍吓得哆哆嗦嗦。

方思扬和月曦甚至连门都不敢进，远远地站在院子里。

可过了一会儿，颜君旭发现那人始终弓着身子站着，居然一动不动。他壮着胆子走过去，走到这人跟前，不知踩到了哪里，黑暗中的影子突然发出"咔"的一声轻响，抬起了头。

"哇！"身后的珞珞惊恐地大叫。

但他的心底却暗暗地松了口气，因为这响声他太熟悉了，那是机关特有轮轴摩擦的声音，人类的血肉之躯，根本不会发出如此响动。

他又往前踏了一步，脚下的竹席微微一陷，人影举起了双手。而当他踏出第三步时，对方已经完全直起身，高举的双手中灯火闪亮，照亮了房间。

缥缈的灯光中，只见这人身高六尺，穿着直身短衣，做仆人打扮，五官温良和顺，脸上和手上却隐约有淡淡的木纹，居然是个木偶机关。

颜君旭兴奋至极，绕着它转了好几圈，手止不住在随身背着的布袋中掏来掏去，恨不得将它立刻拆解，看看到底是什么原理。

"吓死我了，这个机关也太可怕了……"珞珞看清是个木偶后，拍了拍胸口，其余的两人也跟她是一样的想法，暗地里松了口气。

但很快他们就发现这机关很实用，如果半夜起来如厕，根本不用点灯找厕桶，只要到它身边走几步就行。遇到贼人进来偷盗，还能利用它吓退小偷。

而颜君旭一走进这房间，便像是发现了宝藏般又惊又喜。破解了捧灯木人后，他又朝木柜走去，发现一拉开柜门，柜里的架子就自动平移出来，将被褥送到面前。

这次连其余三人都觉得有趣，他们捧起了松软的被褥，铺到了床上，又在床上发现了机关。

只见宽度足有两米多的床上，床头前藏着三个木制手柄。方思扬好奇地按了按最上面的一个，只听"啪"的一声轻响，从床下弹出了一张两尺见方的小桌子，刚好可以放得下几碟果子，一壶茶水。

"下一个我来！"月曦也跃跃欲试，她素手纤纤，轻轻按在了第二个木柄上。这次是头顶传来轻响，一袭暖红色的纱帐从架子上落下来，轻云般覆盖了整张大床。

他们四人又惊又喜，偎在这茧壳似的床上，笑闹成一团。

"最后一个木柄，是什么呢？"珞珞黑亮的眼珠轻轻一转，笑眯眯地问。

"我估计也是方便使用的机关，看这床顶是不是缺了盏灯呀？若是有灯，岂不是能挑灯夜读？"颜君旭挠了挠脑袋说。

"切，还灯？你怎么不干脆说藏着毛笔和纸？还方便作画呢。"方思扬三句不离本行。

珞珞已经耐不住好奇，她心心念念的是能床里弹出个烤鸡的架子，睡觉还不耽误烤鸡真是快哉。

可她把手柄压下去，却听脚底床尾处传来"嘎嘎"轻响，一扇三尺多宽的床板缓缓升了上去，露出了一个仅能容一人藏身的密室。

四人都被惊得目瞪口呆，他们手脚并用地爬到床尾观摩密室，只见密室左侧的木板上挂着一柄短刀、两柄短剑，显是为了防身使用。而右侧是三个架子，最下面的一层放着一个装满水的坛子，其余两层是空的。

他们做梦都没有想到，这看似平平无奇的木制架床里，居然还藏着个逃生的密室。若是有人来犯，可以在里面躲上半日，暂避风险。

可不知为什么，刀剑的星芒像是一根看不见的刺，刺进了他们的心中。方才玩耍寻乐的兴致登时烟消云散，他们不发一言地并肩躺在床上，一会儿看向床顶，一会儿又透过绯红纱幔，看着躬身托灯的木偶，此时看来，它的姿态恭顺中又透着诡异。

"京城，果然不同呀……"片刻之后，方思扬喃喃地说道。

"是啊，是床里也有逃生密室的地方……"颜君旭接着叹气，那精巧的密室，背后藏着的是刀光剑影，卑劣的暗杀，还有夜不安枕的恐慌。

"这床已经如此得，那莫秋雨不让我们去的后院，里面又是什么？"昏暗的光线下，幽幽地响起了珞珞的声音。

这声音像是个无孔不入的死魂灵，钻入了他们的心底，月曦忍不住尖叫了一声，捂住了耳朵。

◇ 君子，命中有狐 ◆

颜君旭走下床，推开了北向的花窗，想看看后院是什么样子。可他却只看到了一堵灰白色的墙，冰冷而厚重，恍如一个无法猜透的谜题。

明月高悬，清辉朗朗，云丝像是情人的眼波，丝丝缕缕，缠绵地绕着月影。此时夜色深沉，万籁俱寂，连前半夜辉煌的灯火都熄灭了，大街小巷都空荡荡的，没有一个人影。

宵禁开始，京城仿佛一位褪去了浓妆的美人，显露出苍凉肃穆的真面目。

一队卫士在京城的街巷中巡逻，这是一支十人的组成的队伍，为首一人骑着高头大马，其余九人皆步行，他们身穿银甲，手按着挎在腰间的刀柄，整齐划一地跟在他的身后。

队伍走到了一处暗巷前停了下来。飘摇的夜风中，挂在巷口坊门的灯笼竟然熄了，原本明亮的小巷，现在变成了漆黑一片，乍一看仿佛一条扭曲蜿蜒的蛇。

"此坊由何人值夜？怎么如此玩忽职守？"骑马的卫士不满地说，"去把灯点上，再查查值夜的人是谁。"

走在最后的两名卫士忙小跑着走到坊门前，将灯笼取下来点着又挂好，朦胧的灯光，轻纱似的照亮了小巷的同时，也让他们不约而同地退了一步。

"怎么了？"骑马的领队问道。

"回禀巡街使，地上有个人，但好像是死了……"其中一人答道。

死人？巡街使皱了皱眉，眼底几分慌乱一闪即逝。他飞快下马，向灯笼亮处走去。

果然，只见一个白发苍苍的消瘦老儿，仿佛睡着了般半躺在冰冷的青石砖上，这老儿穿着青蓝色粗布衣裳，灰色布裤，正是值夜人的打扮。

他蹲在老人面前，探了探他的鼻息，可手刚触到他的皮肤，就感受到了凉意，显然此人已经死了很久。

"本月死的第六个了……"他喃喃说道，"没有外伤，没有中毒，像是睡着了般死去……"

他说罢抬起头，惊惧地左右观望，再熟悉不过的寂夜中的京城，此时却透着几分狰狞，鳞次栉比的楼宇中，苍茫如海的夜色里，似藏着个吃人的妖怪。

"阿嚏！"初秋的清晨，比起夏日里多了几分凉意，正在贡院前排队的颜君旭，不由得打了个喷嚏。

跟往年的文考不同，今年增加了机关武考，所有要参加此项考试的书生，须在贡院录下姓名。颜君旭本以为擅长机关的读书人只有寥寥几个，根本不会有人来报考，哪知他一早来报名，却见晨晖中已经有几百人在贡院门外排队，清一色的长袍方巾，竟然全是来赴考的书生。

"敢问这位学子，会做什么机关？"他排在队尾，好奇地问前面的一个青年。

青年看了他一眼，见是个面皮稚嫩，头发蓬乱的少年，轻蔑地说："我会的可多了，我家的桌子坏了，都是我修的。"

"这、这好像不是机关吧？"他惊讶地说。

"是不是机关又不是你说了算的！我想报考不行吗？"青年说罢，不知从何处掏出了个锤子，在他面前耀武扬威地扬了扬。

颜君旭缩了缩头，不敢再问。环顾四周，果然见这些书生一个个都像来浑水摸鱼的，有的拎着个工具或者小机关，有的干脆两手空空，一边排队，还一边摇头晃脑地背诵着四书五经。

"这机关武考是第一年设立，想来应该很好通过，反正跟科举的日期也不同，多个机会多条路吗。"排在他身后的一个娃娃脸的年轻书生叹了口气，"可我没想到，居然有这么多人参加，看来这条路也不好走。"

"可我看京城人对机关很了解啊，应该个个都是能手。"进了城后，他改装的六轮马车没有被众人侧目而视，显然百姓早已见惯了机关。

娃娃脸书生摇了摇头："听说很多年前，有个叫公输子的机关高手在京城生活过许久，留下了不少便民的机关玩意儿，不过他死后，就没什么懂机关的人了。"

颜君旭听了他的话，才明白这些排队的书生都是来碰运气的，对机关也毫无了解。

他登时如释重负，连腰杆也挺直了，打量着四周的书生，觉得他们没一个是自己的对手，今年的机关状元非他莫属！

而且一听到公输子曾在京城居住过许久，他又激动又兴奋，一大早出来排队的辛苦也荡然无存，兴高采烈地看着前面队伍不断缩小，贡院的大门近在眼前。

那起脚飞檐，红柱绿顶的门，像是扇辉煌的龙门，他只需一踮脚，就能轻易地摸到，自此平步青云。

等到他登记完姓名，领了个木头名牌走出贡院，已是中午时分。他在街上转了转，掏出兜中仅剩的几十个大钱，打算买半只蒸鸡和一个糖糕，带回去给珞珞。

今早珞珞一直闹着要跟他过来，他好说歹说才让她留在了闲院里，若是不给她带点吃的回去，恐怕她又要使性子，惹出什么事端。

可他买鸡的时候便见蒸鸡的老板哭丧着脸，不断唉声叹气。卖糖糕的大娘皱纹都挤得在脸上聚成一团，也一副如丧考妣的模样。

"大娘，今天是怎么了？这街上的商家，怎么个个都愁眉苦脸的？"他买完糖糕，好奇地问。

"哎，从今晚起，宵禁提前了，过去是亥时才开始，今日要提前到酉时了……"大娘无精打采地答，"现在天气热，晚上出门的人比白日里还多哩！我们一天要少做多少生意？"

"啊？为什么呀？"颜君旭也不比她好到哪儿去，他原本想等太阳下山了，天气凉快点，要跟珞珞一起逛夜市，赏灯火，欣赏京城的繁华，看来也一并泡了汤。

"谁知道呢！巡街卫士们一个个嘴巴闭得比蚌壳还紧，是不是因为进京赶考的书生太多了？所以……"

颜君旭突然觉得她看着自己的眼神多了几分怨恨，连忙脚底抹油，撒腿便跑。

他才跑到街心，便见两名身穿银甲的卫士呼啸着在街上奔驰而过，卷起阵阵烟尘，他们边跑还边嚷着"宵禁提前，违者处罚金五两，杖责二十"之类的话。街上行人纷纷避让，小贩也推着摊车四处逃窜，方才还井然有序的街道，登时乱成了一团。

颜君旭等烟尘散去，才小心翼翼地往住处走去，又见到告示板前聚满了百姓，大家都怨声载道，有人说是闹鬼，有人说是出了连环杀手，更有人煞有介事地说要打仗了，十几年前的那次跟夷国的大战前夕，京城也毫无预兆地提前了宵禁时间。

他一路战战兢兢地边走边看，生怕真的出了什么乱子，自己这辈子唯一能夺取状元的机会就化为乌有。

直到午后时分，他才磨磨蹭蹭地回到了住处，可更令他意外的是，偌大的院子中竟然空无一人。

"珞珞！方思扬！月曦！你们在哪里？"他翻遍了每个房间，但却根本看不到任何人影。

明明早上出门时，邻家的大婶还送来汤包，四人一起热热闹闹地吃了饭，怎么他才去报个名，就人去屋空了？

只有方思扬的房中留下了一幅画，画是画在挂在窗前的竹帘上的，画中一个身穿飘逸纱衣的少年，在一众宫装仙女的陪同下，脚踏祥云奔向明月蟾宫。

他坐在这巨幅画作面前，梧桐阴凉的树影覆在他的身上，像是为他披上了一袭纱袍。他看着阳光透过树影，洒下金色的斑驳，听着草丛中秋虫的轻鸣，竟觉得凄凉寂寥。

此时此刻，虽然身处热闹繁华的京城，他像是被整个世界抛弃了。

他抱着膝盖，无助地倚在墙上，不知过了多久，竟然隐约听到了心跳的声音。声音像是鼓点般传入他的耳中，起初只是隐隐约约，后来竟越来越响，震得他心中慌乱。

这声音他再熟悉不过，之前几次遇险，他跟珞珞只要一接近，就会听到这样的心跳声。

他一跃而起，循声走去，在庭院中转了一圈，终于在院子的最东侧，发现了一条狭窄的通道，通道中长满了杂草，荒芜而神秘。

心跳声越来越急促，似有人在焦急地催促他，他忙快步走入通道，只见在道路的尽头，竟然有一扇只容一人通过的木门。

门是微敞着的，从门缝中可以看到，里面是一面灰白色的墙壁。

"珞珞！"他再也按捺不住心中的担忧，推开门就走了进去。门后的墙壁边，又是一面墙壁，两面墙之间有一条仅容一人通过的甬道。

他想也没想，一头奔入甬道，这次甬道的尽头是两条岔路，他倾听着心跳声，选择了右边的通道走了进去。

在右边的通道奔了十几步，又出现了一条岔路，依旧是一条向左，一条向右。面对着两条一模一样的岔路，他不由后退了两步，此时他终于明白，自己走入了一座迷宫之中。

他看了看左右的墙壁，足有两丈多高，跟昨晚他在北侧窗外看到的后院的墙壁十分相似。莫秋雨的话再次在耳边响起，怪不得他再三叮嘱，不让他们去后院玩耍，原来并非藏着秘宝，而是一座庞大的迷宫。

他才走过两个岔口，再回头还来得及。可耳边急促的心跳声，像是珞珞殷切地呼唤，叫他快点过去，而且眼前的迷宫似有种神秘的引力，让他忍不住想看看出口通向哪里，迷宫的尽头到底有何秘密。

他回头望了望，最终再次选择了右边的道路，走进了迷宫深处。耳边的心跳声越来越响，他知道自己和珞珞越来越近了。

为了方便找到那扇进来的木门,他每次都选择了向右的道路,可在里面转了足足一个时辰,天边的太阳已经西斜,他既没有找到珞珞,也没有找到迷宫的出口。

　　最要命的是,即便一路小心翼翼地做标记,他还是走丢了,根本不知道方才进来的小门在何处。无论他往哪个方向走,摆在他面前的只有一左一右两条岔路,两侧高大的墙壁,像是两面巍峨的高山,要将他困在其中。

　　他越走越着急,最后竟然跑了起来。天眼看就要黑了,照进来的光线也变成了黯淡的金红色。如果再找不到出口,怕是要被困在这里一整夜。

　　越是焦急,越是慌不择路,他似没头苍蝇般在迷宫中乱窜着,跑着跑着,突然被什么东西绊了一跤,"扑通"一声摔倒在地。

　　他连忙回头看去,只见一个穿着樱红色衣裙,腰系嫩黄色束腰的俏丽少女,正抱着膝盖坐在墙根下。她虽然疲惫,神情却依旧古灵精怪,像是只调皮的小狐狸般,笑吟吟地看着他,正是他找了许久的珞珞。

　　"是你绊倒我的!"颜君旭看着她翘起的足尖,有点气恼地说,"亏我还冒险进来找你,真是个傻瓜。"

　　"你跑得这么快,若不是如此,我可追不上你。"珞珞歪头一笑,起身站起来,抱着他的手臂摇了摇,"呆瓜,不要生气呀,我太害怕你跑得远了,若是我没有绊倒你,你能看到我吗?"

　　颜君旭想到自己方才慌不择路的模样,当时眼前只有一条条岔路,确实没有看到坐在墙根下的珞珞,被她这么一绊,他不再慌乱,头脑也清晰了许多。

　　"咦,你是不是带了鸡过来?"珞珞抽了抽鼻子,往他的布袋中闻去。

　　"哎哟,居然忘了还有吃的……"颜君旭从布袋中掏出蒸鸡和糖糕,递给了珞珞。

　　珞珞含笑接过,撕下一只又香又肥的鸡腿给他,他的惊恐和担忧登时烟消云散。

　　两人并肩坐在墙根下,一边吃鸡,一边看着墙外的天光由金红变成了暗紫,最终化为一片苍茫的黑色。

　　"哎,看来我们要被困在这迷宫里了,只希望方思扬和月曦不要像我们这么有好奇心,我可不想跟那两个令人肉麻的家伙在一起。"珞珞望着夜空中的星辉明月,突然"扑哧"地笑出了声。

　　"若是方思扬来了,他估计会将这些墙上画满了画,搞不好还会成为京城一景。"

　　珞珞想着方思扬郁闷作画的模样,笑得更开心了。可她笑了一会儿,明亮的大眼睛停在颜君旭脸上,难过地说:"对不起啊,都怪我没听话,偷偷钻进了这迷宫,才连累了你也被困。"

　　"也没什么,说来有趣,我在山里也曾走过一个迷宫,根本转不出来,还好那迷宫是由蔷薇花丛搭建的,索性就在花丛中打洞钻了出来,否则真会被困在里面。"颜君旭想起了过去在山里的经历,竟觉得冥冥之中似跟今日的处境相互印证,仿佛自己是被命运的丝线牵引着,才来到了此处。

　　珞珞忍不住心跳不止,她虽然早就知道,那天钻进她的蔷薇迷宫,还顺手给她留下了只香喷喷的鸡的人是颜君旭,可听他亲口提起,更觉得两人缘分深厚。

"说来有趣,我特别喜欢迷宫,自己也曾搭建过简易的迷宫。早上你们都出了门,我就想看看后院里有什么。当我发现门后是个迷宫时,还欣喜万分呢……"珞珞抬起头,看着天空星图灿烂,明月皎皎,长叹口气:"早知道这迷宫如此难走,我就不进来了。"

"虽然你没有取到灵珠,我也没有机会参加科考,可想到会跟你死在一起,我却一点都不害怕……"颜君旭挠了挠头,红着脸道。

珞珞嘴巴一扁,不乐意地说:"谁要跟你死在一起?"

颜君旭见她生气,忙闭上了嘴,不敢再说话。

"因为我们马上就要走出这迷宫了,为何会死?"珞珞指着天空中的星辰,朝他眨了眨眼,"迷宫虽然千变万化,星子却自有运行的规律,亘古不变,它们会告诉我们,该往哪里走的。"

"你还会识星象?真是太厉害了!"颜君旭又惊又喜地看看月光下珞珞莹白如花瓣的玉颜,欣赏之情更胜。

他曾听夫子说过,沙漠中的旅人可以依据夜空中的星子确定方位,跟随身带着司南一样。但他对天文所知甚少,只识得几个星星,还以为观星辨位只是传说,没想到珞珞竟有如此高妙的本事。珞珞跳起来,拍了拍裙子上的尘土,得意地扬了扬小脑袋:"本姑娘养精蓄锐,在此处歇了一天,就是在等天黑呢。大呆瓜,跟我出迷宫吧!"

颜君旭喜不自胜地跟在她窈窕的身影后,拉着她的衣角,向岔路中走去。珞珞一边走,一边抬头确认星子的方位,走走停停,一会儿向左转,一会儿又向右转,有时又连续向右转个不停,兜得颜君旭头昏脑涨。

"奇怪、奇怪,这迷宫确实很邪门,若是不会观星之术,真是难以走出。"她边走边说,"你看我们转了三次右边,按理应该回到原点才对,可却根本不是,这些路其实是斜的,方位完全乱了,才如此难走……"

颜君旭听不懂她在说什么,只能诺诺应是,跟在她的身后。

两人在迷宫中又走了半个时辰,也不知绕了多少个圈子,终于在他们面前,出现了一条三岔路口。颜君旭看到这条从未见过的路,高兴得跳起来。因为面前一条笔直的路尽头,有一扇狭小的木门,显然就是出口。珞珞也很开心,他们手拉着手,穿过甬道,用力推开了门。这门虽然没锁,却因年久而生了锈,在寂静的夜晚中发出"咯吱"轻响,像是垂死之人痛苦的呻吟。门后是一片荒凉的断垣残壁,月光朗朗,照得残破的屋宇越发凄凉。他们没想到在这繁华热闹的天下之都,竟然还有如此景象,不由愣住。

而就在这时,静谧的夜晚突然响起了"沙沙"的脚步声,一个人影从残垣中走了出来。

叁拾叁
DENGWU HUAYING
灯舞画影

"哇！有鬼呀！"珞珞身为狐妖，天不怕地不怕，最怕的就是鬼，她尖叫一声，一下就钻进了颜君旭的怀里。

"呵呵，你这小姑娘如此聪明伶俐，走得出我的'奇门迷宫'，还怕鬼吗？"那人笑着说，声音清朗悦耳。

颜君旭也吓得心惊胆战，但见明月在云丝中探出了脸，皎洁的月光照在那人的脸上，左眼上一块水晶片闪烁发光，却正是莫秋雨。

他立刻松了口气，轻声朝珞珞道："别怕，是莫大哥！"

珞珞这才敢抬起头，在看清来人真的是莫秋雨后，立刻神采飞扬，恢复了自信美丽的模样。

"你怎知是我走出的迷宫呀？"她问向莫秋雨，俏脸上满含得意。

"因为这迷宫你们白日里绝对无法走出来，而据我所知，君旭没有学过天象，当然一猜就能猜到是凭你观星辨位，才走出的迷宫。"莫秋雨笑了笑，"我说过不让你们去后院，现下终于明白了原因吧？你们万一误闯迷宫出不来，我还要费劲去找你们，真是麻烦至极。"

颜君旭的脸立刻涨得通红，莫秋雨虽然没有指责他，但他不顾主人提醒，非要闯人家的私地，怎么看都不是君子所为。

"去后院的是我，而不是他，他是为了救我才不得不进去的。"珞珞看出他脸上的窘迫，忙对莫秋雨解释，"莫大哥，我这个人好奇心很强，一不小心就闯了祸，真是对不住了……"

"没事，没事，反正我也没费神去找你们。天色已晚，我来看看你们过得怎么样，在看到后院的门开了之后，我就知道有人进了迷宫，想着以你们的本事，应该能顺利找到出口，索性就来这里等，没想到真的被我等到了。"莫秋雨颇为欣赏地看着珞珞，"小姑娘，知道为什么你走不出这迷宫吗？"

珞珞摇了摇头，后怕道："幸好你的迷宫没有封顶，不然我怕是绕一辈子都绕不出来，你真的很有本事呀。"

莫秋雨被她一奉承，立刻笑容满面，轻轻咳嗽了两声："咳，也不算什么，不过用了些奇门八卦之术而已。"

"奇门八卦之术？那是什么？"珞珞眼中闪烁出奕奕神采，好奇地问。

"传说在几百年前，曾有一位懂得奇门八卦之术的军师，被一队敌军堵在江边，身后就是滔滔江水，退无可退，他便命手下的兵士利用江滩的岩石，摆起了一个八卦迷阵。敌军轻敌，觉得这几十个破石头成什么气候，就冲了进去，哪知一进去就绕不出来了，只能眼睁睁地看着这位军师率领着兵士扬长而去。"莫秋雨边走边为他们解说，"这个阵流传下来，就名'八卦阵'。我这个迷宫就是以八卦阵为基础而建，若不懂得五行八卦，根本走不出来。"

颜君旭越听越迷惑，珞珞却心驰神往，拉着莫秋雨要学这奇妙的本领。

"奇门八卦从《周易》中衍生而出，变化无穷，改变一个方位可就推演出几十种变数，要十分聪明的人才能掌握。我怕你劳思伤神，反受其害。"他看着珞珞青涩的面庞，颇为担忧，"正如孩童舞大斧，一不小心就会伤及自身。"

"我不是孩童，我一定能学会！求求你教教我吧！我还在山洞里分了半只烤鸡给你呢，甚至你在山谷中失踪，我还找寻了你很久，伤心了好几天。连我心爱的狐尾琴，都因为你被摔得粉碎呢。"珞珞噘起了嘴，半真半假地说起了她对莫秋雨的"恩情"。

莫秋雨被她这古灵精怪的样子逗得忍俊不禁，只能点头答应。

珞珞一张嘴就妙语连珠，一个个问题接连不断，颜君旭根本插不上话，只能低着头，跟在两人身后，绕过断垣废屋，回到了住处。刚巧邻居家的大婶过来送饭，她一看到莫秋雨就笑得嘴都合不拢，忙又跑回家拿了瓶自酿的梅子酒送了过来。三人索性坐在厅堂的木阶前喝酒聊天。知己美酒，朗月清风，是他们进京以来最愉悦舒适的一个夜晚。

唯一美中不足的，就是眼前的景色太差了点。莫秋雨家的庭院荒芜至极，不要说荷塘假山，连枝花都没有。只在卧房前种了几株高大的梧桐树，可以在夏日里借点凉荫。

"哎……"珞珞看着被月光照得白晃晃的沙地，本想抱怨几句，不过一想到还要跟莫秋雨学奇门八卦之术，到了嘴边的话只能生生咽下去，化为一声叹息。

"是不是觉得这庭院太过荒凉，辜负了如此明朗的月色？"莫秋雨猜到她的心意，笑着问她。

"我可没这么说，这可是你说的啊！"珞珞连连否认，推得一干二净。

"这景色怎么了？有那么差吗？"颜君旭却不以为意，在他看来，这沙地不用花心力打理，比那些花花草草好多了。

"看来我得变出个海市蜃楼般的美景，才不辜负如此秋月。"莫秋雨放下酒杯，站起身朝厅堂中走去。

"他要怎么变美景？难道里面藏着什么奇花异草？"珞珞突然一拍手，惊喜地说，"我听奶奶说过，海底有珊瑚树，大的足有一丈多高，即便在夜晚也能散发出耀眼的红光，辉辉然如宝石铸就。他让我们看的，一定就是那个！"

"是吗……"颜君旭又挠起了头，看莫秋雨的衣食住行，虽然比寻常百姓们好些，但怎么也不像是能拥有珊瑚宝树之人。

他们正在胡猜乱想，只见莫秋雨拎着个两尺见方的木头匣子走了出来。这匣子四面都有个巴掌大小的洞，也不知是做什么用的。珞珞一看到这灰头土脸的木匣子，眼中神采骤然消失，连脑袋都耷拉了下来。与她相反的是颜君旭，他知道这定然是个巧妙的机关，放下手中的果子，满含期待地望着莫秋雨。

"这是过去为了逗人开心，我做的一个小玩意儿，好久没用了，也不知还能不能动，希望它能给我们添点乐趣。"

莫秋雨将木匣放在地上，将一根手腕粗的白烛点燃，小心翼翼地放在了匣子正中，烛光从匣子中透出来，在墙壁和白沙上，映出了瑰丽的画面。颜君旭和珞珞起身站起，只见这画面上显示的是一场战争：士兵骑在马上，举着长矛和投枪冲锋；弓箭手拉满弓弦，箭雨如飞蝗般冲向高高的城楼。

画惟妙惟肖，兵士的黑甲，战马飞扬的鬃毛都栩栩如生，画面随着烛光微微晃动，方才还荒芜单调的庭院，瞬间就变得鲜活生动，风中充满峥嵘兵杀之气，墙壁的裂缝也流出鲜血。

木匣发出"吱吱"轻响，在烛焰热气的带动下，缓缓转了起来。于是兵士舞刀的手臂抬了起来，战马嘶鸣着倒下，城墙被投石机投出的巨石压塌。取而代之的是新的画面，百姓们在兵乱中仓皇奔跑，但死神并未放过他们，骑兵冲进了难民之中，像是狮子冲入了羊群，他们挥舞起兵器，活生生的人便被砍得血肉横飞，肢体断离。最后一幅画，停在了一对姐弟的身上，十岁出头的姐姐怀抱着年幼的弟弟，碗口大的马蹄悬在半空，眼看就要将姐姐踏死。

灯影浮动，颜君旭和珞珞却再也没心情喝酒了。兵戈之气，残忍的屠杀，令夜风中都弥漫着悲壮的气氛。即便是甜糯的梅子酒，入口也浓烈如刀割。

"黑云压城城欲摧，甲光向日金鳞开。角声满天秋色里，塞上燕脂凝夜紫。半卷红旗临易水，霜重鼓寒声不起。报君黄金台上意，提携玉龙为君死……"白烛只燃了一半，匣子里的画面伴随着莫秋雨的低吟，又转了起来。

这次的画面跟之前不同，是一个美艳的少女在众人的簇拥下翩翩起舞。她身穿珍珠织成的衣饰，裸露出大片莹白的皮肤，但几乎似什么都遮不住的珍珠网裳，穿在她的身上，却丝毫没有艳俗之气。她秀发高挽，赤裸的足踝上挂着一串金铃，宛如仙子般清丽脱俗。

伴随着木匣的转动，少女在庭院中舞了起来，她时而在沙地上摇曳生姿，时而在墙上如鹤般奔跃，灯光转越快，她婀娜的身影无处不在，仿佛连天上的明月云丝中，都有她轻盈的舞姿。

这绮丽旖旎的景象，终于让他们找到了些对月品酒的兴致，只是欣赏着绝世佳人的舞姿，杯中的青梅酒未免有些不够格调。

"真是太美了！"珞珞仰头喝光了杯中酒，也跳到了沙地上，跟灯影中的舞姬一同跳了起来。

灯光将她的影子打碎，落在地上，像是有十几个人同时起舞似的。跟画上的舞姬不同，她跳得更高，姿态更舒展自由，举手投足却充满了迷人的自信。如果说灯中的美女是天上仙子，那么她就是无拘无束的精灵。灯转得越来越慢，最终停了下来，微弱的烛焰闪了一下熄灭了，庭院恢复了黑暗冷清，兵戈铁马和婀娜舞姬全都消失了。只有珞珞孤独地在沙地上起舞，她踮起脚尖旋转着，裙摆飞扬，宛如一朵淡红色的蔷薇，在月光下纵情绽放。

颜君旭看着月影下的起舞弄清影的珞珞，目不转睛，今晚的她眼角眉梢都透着魅色，平时跟在他身边的少女，仿佛在这个瞬间长成了个风韵十足的女人。她像一束光，穿透了黑暗，照亮了他的心底。他突然觉得身上很热，像是有火在烤着似的，但奇怪的是，他的心却不受控制，一荡就荡到了空中，不由自主地被秋风吹着，不知要去向何方。

"好！"莫秋雨忍不住拍手喝彩。

而他这么一叫，珞珞才发现木匣中的蜡烛熄灭，灯影消失不见，她突然有点尴尬，忙停下了舞蹈。颜君旭也找回了神智，虽然夜色朦胧，但他知道自己的脸一定很红，双颊如火烧般热。

"有'走马灯'相伴，这个夜晚总算没那么寂寞。"莫秋雨喝光了杯中残酒，提起木匣，站了起来，随即他像是想起什么，转身朝珞珞道，"明日酉时，来安定坊找我，我教你奇门八卦之术。"

珞珞欣喜万分，嘴巴像是涂了蜜，连声道谢。

颜君旭不想跟他这么快就分开，恋恋不舍地跟在他的身后，送他走出了院子，两人一前一后地走在寂夜的小巷中，月光拉长了他们的影子，远远看来，像是一个人似的。

"抵京之后，你去贡院领了武考的名牌了吗？"莫秋雨回头看了他一眼，但见他垂着头，书生巾下露出蓬松的头发，像是只乖巧温顺的小狗，忍不住笑了。

"取了，我最近就在琢磨机关，想猜中试题。而且我还听说公输子曾在京城住过很久，为京城百姓做了大量机关，不知是真是假？"

"我也听过这位机关之神的传说，听说他是个儒雅温和的人。如今的机关术，都是以他留下的机关为基础建立的。但是他已经去世很久，我只知如今在京郊还有他的墓冢，其余的就不清楚了。"莫秋雨推了推左眼的镜片，问道，"方才我在院子里给你们看那些画，知道为什么吗？"

"不知……"颜君旭正沉浸在对公输子墓地遐想中，听他这么一问惊异地抬起头，他只知灯影做得十分巧妙，画也画得惟妙惟肖，十分传神，没想到居然这画中还别有深意。

莫秋雨意味深长地看了他一眼，语气低沉地道："以你的本领，是不是觉得机关武状元唾手可得？可在我看来，你离这荣耀却远得很呢。"

颜君旭愣住了，仿佛被人当头浇了一盆凉水，连夜风都变得刺骨。今日他见了排队报考的书生，都对机关一窍不通，难道里面不乏卧虎藏龙之士？

"你知道自己差在哪里吗？"

他急切地摇头，脑袋似拨浪鼓般转个不停。

莫秋雨眼上的水晶片在月色下寒光闪烁，他拉起颜君旭的手，按在了左胸口："你差的，是一颗杀伐决断之心！我方才给你看的，是十几年前鹿城的一场再寻常不过的战争。当今天子特别设立机关状元，就是为了赢得三年一次的演武之战，夺取边境的控制权。若你心怀仁慈，没有赢得战争的必胜信念，怎能拔得头筹呢？"

颜君旭的脸色，在瞬间变得苍白，方才那一幕幕残忍的画面不断在眼前闪现，他始终不懂，为什么制胜只能倚靠武力，书上所说的，不战而屈人之兵的办法，真的不存在吗？

"记住，只有掌握了绝对的力量，才有话语权。到了紧要关头，是否发起战争，就在强者的一念之间。所以要想制止战争，就要足够强大，强大到天下诸国都俯首听命，才能得保太平。"莫秋雨说完了，顿了一顿，"这个道理，你懂吗？"

颜君旭终于明白了他的良苦用心，他今晚特意过来给他们看灯影，表面上是为了助兴，其实是怕他心中挂碍太多，在考场上无法正常发挥。

他心中感激，鼻中一酸，几乎要流下泪来。

"你若是想去祭拜公输子，可以抽空去他陵墓看看。京城东有文庙，西有武庙，闲暇时也可以去这两处逛逛，能看到来自各地的不同考生，开开眼界。北里有京城里最美的姑娘，这时节沿着天河泛舟，可以看到堤边的秋蔷薇次第绽放。城西有片高地，春天那里经常有人赛风筝，秋天百姓喜欢去登高望远。南城外有牡丹园，刚好在天河下游，夏初赏牡丹的人太多，不是堵了路就是堵了天河。西城门出去二十余里，是个猎场，贵人们一到秋天就去围猎，那骑着骏马、牵黄擎苍的气势，比夷国的人可不差呢。"

莫秋雨似看出他的感动，生怕他情绪失控，一连串说出了京城的种种美妙之处，于是在颜君旭眼中，这个压抑沉闷，庞大威严的城市，也变得鲜妍艳丽了。

"真希望能留在这里，好好看看这天下之都呀。"他少年心性，最喜新鲜事物，忍不住心生向往。

"我也希望你留在这里。"莫秋雨笑着拍了拍他的肩膀。

他的手似有魔力，轻而易举地就拨开了颜君旭眼前的迷雾，他不再犹豫，变得坚定而勇敢，正如鱼翁所说，机关之术是用来救人的。而他就算做出威力强大的机关也不算作恶，只要用到正途便是好的。两人边说边走，转眼就走到了坊门前。京城宵禁提前了，原本该繁华热闹的街道，此时变得清冷寂寥，门边一个上了年纪的守夜人慢悠悠地站起来，朝他们走来。

莫秋雨掏出腰间的令牌，给老人查验过后，走出了坊门。而颜君旭只能目送着他离去，看他清瘦的背影消失在夜雾里。他微眯着狐狸般的双眼，下定决心，终有一天要追上莫秋雨的脚步，跟他平起平坐，结伴漫步在京城的夜色中。

◇ 君子，命中有狐 ◆

叁拾肆 SANDAO SHITI

三道试题

这晚珞珞和颜君旭依旧像是平常一样睡在同一间卧房，只是一个躺在宽敞的大床上，一个打着地铺。珞珞散下青丝，将脑袋探出床上的红纱帷帐，跟他聊个不停。

他也毫无倦意，莫秋雨描绘的美好景象，像是一幅画卷般徐徐在脑海中展开。他畅想着自己金榜题名后，平素就在皇宫里研究机关，闲暇时跟珞珞一起赏花游船，再拉着方思扬喝酒谈天，是神仙也不换的好日子。

他想着想着，不知何时陷入了梦乡，梦里有他向往的一切，金榜题名，佳人在侧，以及挚友相伴，恍如织锦般闪亮，一直绵延到夜色深处。

"快起来，快起来！"可这美好的梦只做了半宿，他就被珞珞急切的叫声吵醒。

只见房中捧灯的人偶弓着身体，手中的灯已经亮了起来，房门敞开，凉爽的夜风水一般涌进来，窗外一轮月影，像是个灰蒙蒙的眼，挂在西天上。

天色将明未明，正是黑夜与白天交界的混沌时分，他觉得方才听到的声音一定是做梦，一翻身又抱着被子躺了下去。

"颜君旭你这只睡猪，快起来，快起来！"风里又传来珞珞的叫声，这次他没听错，忙一下就跳了起来。

他头昏脑涨，深一脚浅一脚地走过了铺满了细沙的庭院，果然看到珞珞正站在大门前，而且她身边还站着一个陌生人。

那是一个小小少年，看样子十四五岁的模样，生得眉目如画，最奇怪的是，他面上居然敷着粉，眉眼也特别用炭笔勾勒过，乍一看倒像个女子。而且他穿的虽然是青色直身衣服，做家仆打扮，但衣服外却罩着层金色的纱，让他远远看来，浑身都透着金光似的。

"这位是……"颜君旭哪见过这等富贵打扮的家仆，惊得合不拢嘴。

"他是送信的，你猜送来的是谁的信？"珞珞扬了扬手中的一个信封，挥舞中香气四溢。

颜君旭又挠起了头，他在京城只认识莫秋雨，可这等排场他似乎在哪里见过，但他死也不敢说出心中猜测的名字，只能用力摇头。

"是方思扬啦！这家伙还有点本事，不知在哪里认识了些新朋友，特意派人来接咱们。"

"原来如此。"他暗暗在心底松了口气。

他忙在行李中挑选了最好的一套月白色书生袍，束了条深蓝色绸缎腰带，头戴同色书生巾，又仔细梳理好蓬乱的头发，生怕哪里出了纰漏，让京城的人看笑话。

倒是珞珞只洗了把脸，将一头秀发编成了个麻花辫，发辫中只插了朵黄色的蔷薇，就坐在廊下等他，两只脚不耐烦地晃来晃去，鞋头上绣的一双黄色蝴蝶，在黎明朦胧的光线中上下翻飞。

谁也没告诉他在京城见朋友要带什么，他想了一会儿，只背上了平时随身背着的装满小工具的布袋，在临走前，他又将两本《公输造物》的残卷藏在了床尾的密室中。

前来迎接的青衣少年早已等得不耐烦了。此时东方天空透出了淡淡的芳草色，像是一袭无边无际的青纱帐，笼罩着尚在半梦半醒中的京城。

他们坐上了一辆舒适的马车，拉车的两匹骏马通体黝黑，没有一丝杂毛，但四蹄却是白色的，跑起来神骏平稳，连熟悉动物的珞珞都连连惊叹，说这两匹马简直要成精了，幸好它们没有生在青丘，否则吸收了山里的天地灵气，还有狐狸精什么事儿？

清晨路上行人稀少，但他们看到马车时，皆纷纷避让，嘴里还念叨着什么"安家的马车""用四蹄踏雪的骏马来拉车的，只有安家了。"

颜君旭一头雾水，也不明白他们口中的"安家"到底是何方神圣，只能忐忑不安地坐在车上，任它拉着自己奔向未知的前途。

骏马一路狂奔，不过半个时辰，就穿过了半个京城，停在了城墙外一条宽阔的运河前。

运河波光粼粼，被晨晖染成了赤金色，仿佛一条金色的巨龙盘踞在城边。河堤停着几艘屋宇般大小的船，还有搭载了货物的货船，如游鱼般缓缓从河上划过。一轮红日从东方升起，照得河面波澜壮阔，绵延到碧空之中，宛如一条通天之河。

不知为什么，虽然没人说过，但"天河"两个字，就像烙印般出现在了他的脑海中。

"请二位跟我上船，方公子和我家公子已经等候多时了。"青衣美少年率先跳下车，恭谨地引着他们向河堤走去。

"这个方思扬还有点本事，居然在一夜之间，就结交了这样的富贵朋友。"珞珞看着一条停在岸边的楼船，忍不住感慨。

这艘大船上的船舱足有三层，漆得油光闪亮，船身上以金漆画着只避水金睛兽，赤金色的眼睛足有脸盆大小。船舱上的柱子皆漆成红色，挂着淡金色的纱幔，与黑色的船身互为映衬，奢华中透着威严。

船下有仆从如流，见三人过来，忙架上木梯，伺候他们登船。木梯分为三层，每层以轮轴连接，底座上还装着滚轮，可以在堤岸上推拉挪动，居然也是个别有巧思的机关。

颜君旭十分感兴趣，围着木梯转了两圈，若不是珞珞连连催促，怕是他连船都不想上去。

两人跟在青衣少年的身后，踏上木梯，登上了大船，又上了第三层船舱，极目远眺，只见京城街道如棋盘般井然有序，街上的车马都变成了奔走不息的小兽，而且隐约可以看到位于城北的皇宫巍峨的影子。

他们还想再看一会儿，却被少年连连催促，才不情愿地跟着他离开了栏杆，走进了船舱。

比起船大气的外观，船舱中的装饰柔软奢丽，居然跟地面上的房子做的极为相似，正中是厅堂，左右各有卧房两间。

而他们刚刚被带到厅堂前，就听金色的纱幔中，传来了方思扬爽朗的笑声。两人相视一笑，便有身穿青色纱裙的婢女迎了出来，素手轻挽，为他们掀开了纱帐。

果然只见宽敞明亮的厅堂中，方思扬披着件薰草色长袍，正赤脚散发，斜倚在榻上，而他身后的窗外，可见碧水蓝天，晨光似海。

除了方思扬外，厅堂中还有四个人，而端坐在主座的竟是个年约十五的少年，脸庞圆圆的透着稚气，一双眼睛微微眯着，像是只猫似的，难以琢磨。他穿着件淡蓝色绣金纹的纱袍，一头乌发以金冠束在脑后，腰带也是纯金做的，还镶着指甲大小的宝石，一看就出身富贵人家。

"他腰带上的宝石是鸽血红，衣服上的扣子是玛瑙制作的，我打小就生在山里，还从未见过这么漂亮的红宝石，如此剔透的玛瑙呢。"珞珞凑在颜君旭耳边，悄声说道。

面对这富贵打扮的少年，他竟不免有些自惭形秽，手不知不觉地按在了随身背着的布袋上。

他闭起双眼，回想起这一路走来的奇遇，从白鹭书院到人鱼湖，再到黑龙山谷，都是倚靠机关术化险为夷。

只要自己懂得机关，那便没什么可怕！

"君旭快来，这位公子姓安名如意，是京城首富安家老爷最小的嫡子。"方思扬见颜君旭低着头不说话，忙热情地为他介绍。

他将颜君旭拉到了主座的少年面前，颜君旭这才看清，锦衣少年坐上垫着的是一张白色虎皮，老虎脸上的长须清晰可见，这百兽之王被踏在一双湖蓝色的锦靴下，显得苍白而无力。

"安公子眼力非凡，昨晚一口气买了我五张画，我这一路上画的《江天图》《洛神图》《黑龙图》在京城获得了极高的评价，安公子都收入囊中。"方思扬得意扬扬地炫耀，边说边朝珞珞挤了挤眼睛。

珞珞心领神会，立刻就明白了这家伙的手段，他一定是先找些藏家一番吹嘘，将画的价格抬高，等到了这个花钱不眨眼的冤大头，将画全都高价卖出。他既然特意叫他们过来，料来是这位安公子还有油水可榨。

"安公子，这位小书生就是我昨日跟你提过的擅长机关的朋友了。别看他年纪轻轻，掌握的机关术可非同小可，连工部的官员都对他青眼有加呢。"

果然，下一刻方思扬就开始吹捧起颜君旭，而且还搬出莫秋雨来抬高他的身价，以增加这番夸耀的可信性。

提到工部官员，一直坐在安如意左侧下方的，一位面容冷峻的青年，缓缓抬起了头。

颜君旭听方思扬当众夸奖自己，少年人脸皮薄，不由羞得满脸通红。他连忙扭头摆手，却对上了一道审视的目光。

那目光的来处是坐在厅堂左侧的一个年轻人，他看起来不过二十出头，比他们大不了多少。身穿低调的暗蓝色绣白色云纹的长袍，头戴同色方巾，做书生打扮，一张长圆的鹅蛋脸上，偏生双漆黑的眉，像是两条沉重的云般压在眼上，衬得他一双细长的眼，都多了几分凌厉。

还有站在他身侧的伴读，虽然穿着粗布衣裳，但那挺拔的腰杆，还有手按在刀柄上的姿势，都是如此熟悉，仿佛在哪里见过。

"你懂机关？"安如意从宽阔舒适的椅子上抬起身，似不满意自己被忽略，眉头微皱，"这个月来，我见过的号称精通机关的人，没有一千也有几百，不是骗子就是些木匠村夫，希望你有过人本事。"

"略通一二。"颜君旭见他年龄比自己还小了几岁，却姿态倨傲，不免有气。

"君旭……"方思扬搭着他的肩膀，低声说，"既然来了，露两手给他们看看。喏，那个一直盯着你叫光熙君，我也不知他姓什么。而坐在这位安公子右侧的大胡子来自夷国，叫阿克苏。他们都精通机关，咱们怎么也得杀杀他们威风。"

他这才注意到安如意的右侧果然坐着个留着络腮胡子，身形肥胖的中年人，他的头发是淡棕色，瞳仁是绿色的，再加上他穿着的翠蓝色镶黄边的夷国服装，像个花里胡哨的绣球。

他起初还以为他是个商人，根本没多加留意，万万没想到这个胖绣球竟是个机关高手。

"略通一二？怕是破解不了我的三道试题呢。"安如意轻蔑地摇了摇头，"不如你先去找门外的仆人领些银子，早早回去休息吧。"

颜君旭听了这话，被气得火冒三丈，刚刚要发作，却见一直站在他身边的珞珞盈盈浅笑着走了过去。

她颊边酒窝浅浅，像是个甜美醉人的陷阱。

安如意虽然架子摆得很大，却终究是个少年，正是多情年纪，见到珞珞这样娇俏美丽的女孩儿，脸上不由泛起绯红，紧紧抿住嘴唇。

"这位公子，你只说我们破不了试题怎么办，若是我们能破了试题，又该如何呢？"珞珞笑吟吟地问，一双美目眸光流转，美丽惑人。

安如意挺了挺胸膛："若是你们能破了这试题，我就赏东珠一斛。"

"哎，只有一斛珠呀，未免小气……"

"那你想要什么？"

珞珞打量了一下船舱布置，点了点头："我看这船还不错，若是我们赢了，就将这船送给我们吧！"

"小女娃儿闹什么？这船可是京城独一无二的漏船,而且在两个月前刚刚试水,造价昂贵,怎能轻易送人？"阿克苏粗着嗓子低吼起来,说出的华语不伦不类。

"既然是一条漏船,有什么可惜的？再说我看公子富甲天下,应该不会在乎这点小钱。"珞珞却抓住他话中的错误,乘势追击。

安如意皱了皱眉,圆圆的脸上浮现出不悦,轻轻举起了一只手："哼,虽然漏船很合我的心意,若是他们真有这本事,送了也无妨啊。但是如果你们解不出来,可要付出相应的代价……"

"安公子,这些都是我的朋友,大家切磋一下机关即可,何必如此针锋相对呢？"方思扬见安如意和颜君旭皆面色不善,忙着和稀泥,他又低声朝珞珞道,"这小少爷财大气粗,以重金招揽精通机关之人,君旭轻而易举就能在他身上刮下一大笔银子,可千万不要把如此美事给搞砸了。"

珞珞吐了吐舌头,刚想说话,却听一直沉默不语、宛如爆发前夕的火山般的颜君旭突然出声了："如果我们输了,安公子想要什么尽管拿去,小生身无长物,大不了一辈子给公子为奴为仆。"

成为奴仆就是签了卖身契,一辈子都要受主人使唤,而且身份低人一等,成为贱民,连买田置宅都没资格,更不要说参加科考,入朝为官了。

方思扬被他的话吓出一身冷汗,刚想阻止,却见安如意皱起一双淡眉,嫌弃地摇了摇头："谁要你当仆人？若是你身边的小丫头,还可以考虑……"

他话未说完,耳朵就已经红了,任谁都能看出他的小心思。

颜君旭连忙摇头,可珞珞的柔软的小手却一把按住了他摇个不停的脑袋,她媚眼如丝,看向安如意："想不到安公子居然对小女子青眼有加呢,真希望公子赢了,小女子就可以跟着公子享福了！"

她的声音温柔缠绵,像是根看不见的羽毛,挠在了安如意的心尖上。他轻咳一声,故作镇定地说："既然如此,就请光熙公子和阿克苏先生出题吧。"

颜君旭紧张地拉住了珞珞的手,手掌渗出冰冷的汗水,生怕一不小心便会失去她。

方思扬却悄悄走到他身边,以几乎细不可闻的声音说："本来我觉得这位安公子只是对机关有兴趣,现下看来,好像不止于此。你可要小心应对,摸摸他的底。"

颜君旭点了点头,觉得方思扬说得有道理。若只是寻常富家公子,即便喜爱机关也不过是买些现成的木偶木鸟把玩,怎么会如此认真,甚至连豪华的楼船都赌上了？

方才一直盘腿坐在榻上的阿克苏缓缓站了起来,只见他身材肥胖,腰腹胀满,以一条七彩绸缎腰带扎住,生生将个大肚子勒成了两截,加上身上那花里胡哨的衣服,活似一个花花绿绿的葫芦。

"汝,去把我的机关推来！"他振臂一呼,双眉倒竖,一双碧眼中闪烁着奇异的光,吓得颜君旭和珞珞不由后退了一步。

方思扬将头一缩，也躲在了颜君旭身后。

只听船舱的木制走廊中，传来"隆隆"巨响，似有个沉重的物事在向他们移动。

颜君旭额上不由渗出汗珠，生怕是个从未见过的厉害机关。

很快门口的金纱幔被掀开，四个青衣少年推进来一个两尺来高、三尺多长的木头机关。

在看到这机关的一瞬间，他悬着的心登时落回到了肚中。而且不只是他，甚至连不懂机关的珞珞和方思扬，都不约而同地松了口气。

因为这机关不是别的，竟然是莫秋雨在白鹭书院曾为学子们展示的连弩机。

"如何？汝等下巴佬，定然没见过这腻害的宝贝！怎么样，怕了吧？"阿克苏得意地大笑，络腮胡都根根翘了起来，像是个张牙舞爪的狮子，"只要汝能擦做这个机关，就算你赢！不过看汝这手无缚鸡之力的书生模样，定然是不会咯！"

颜君旭一言不发，松开珞珞的手，上前一步，熟练地操作起弩机，将箭利落地装进了箭匣中。

接着他调整弩机的方向，让它对准了窗口，轻轻扳动了一下弩机侧面的扳手，上弦、发射等操作行云流水，只听"唰"的一声轻响，一支拇指粗细，手臂长短的箭就射出窗外，飞出去十几丈远，才落入了河中。

安如意皱了皱眉，连弩机是应用于战场上的机关，因杀伤力巨大，除了工部的官员和少部分军人，民间根本没人知道连弩机是如何用法。他特意找来了阿克苏，用了一个多月才偷偷复制出这架弩机，没想到却被这个长着狐狸眼的少年书生轻易破解。

"赢了一题，赢了一题！你不许赖账！"珞珞高兴得连连拍手，笑声如银铃般飘出了船舱。

一直盯着颜君旭的光熙君起身离座，朝安如意道："安公子，是不是该轮到我出题了？"

安如意看着光熙君细长的双眼，文静的长相，突然有些担忧。这位光熙君比他大不了几岁，而且名字一听就是假的。他由父亲的朋友引荐，说起机关头头是道，却从未在他面前做出过任何机关。

"放心，我知道的机关，都是最新的。他小小年纪，就算见识再广也不可能知道其中玄机。"光熙君拍了拍他的肩膀，安如意这才又安心地坐回了他的白老虎皮上。

但他的手指却不断地敲打着扶手，显然仍放心不下。

从他的角度看去，颜君旭身体还未长成，有着少年特有的柳枝抽条般的清瘦，甚至他的脸上，还挂着几分初见世面的胆怯。

可不知为什么，他却觉得站在金纱幔影中的，根本不是什么温良无害的少年，而是一匹深藏不露的妖兽。

叁拾伍 SHENLOU ZHIZHOU

蜃楼之舟

光熙君挥了挥手,几名青衣少年上前,将阿克苏沉重的连弩机推出厅堂,"隆隆"轻响中,还夹杂着阿克苏用夷语骂人的声音,虽听不懂他在骂什么,但却听出他的气急败坏。

"他在骂你小兔崽子,一定是有人不怀好意,派过来拆他台的。"光熙君忍不住一笑,低声对颜君旭说。他笑起来细长的双眼弯成了两道月牙般的弧线,脸上的严肃一扫而光,让人顿生亲切之感。颜君旭一愣,没想到他竟然如此亲和,不知该如何回应。

"主人,请小心。"像是影子般站在他身边的护卫上前一步,伸出长刀,隔在了两人中间。

他的刀很奇怪,狭长而没有护手,刀柄处镶着一个古铜圆环,是一条蛇首尾相连的图案。而且这人腰间缠着个蹀躞带,挂着匕首皮鞭,一副随时会跟人拼命的样子。

"风生,你别碍事,他不是危险的人物。"光熙君笑眯眯地,挑了挑颜君旭头上的书生巾,"难道连一个进京赶考的小小书生,我也要怕吗?"风生皱了皱浓眉,回到了自己的位置。而在这一瞬间,颜君旭突然发觉,笼罩在他周身的森森杀气,如潮汐般退却了,自己的脊背上,不由自主地泛起了层薄汗。这位温和亲切的光熙君,似乎比刁蛮任性的安如意更可怕。

一刻钟后,并没有新的机关出现在厅堂,取而代之的,则是一张黑檀木案几,案几上放着宣纸和笔墨,倒像是要考四书五经。颜君旭和光熙君相对而坐,方思扬和珞珞一头雾水地站在一边。只有安如意似知道些什么,阴沉沉地看着坐在桌边的两人,拢在袖里的手中,不停地摩挲着一块巴掌大的木牌。

"我的试题跟阿克苏不同,并非让你操纵现成的机关,而是要你根据我出题的环境,随机设计出新的机关。虽然是文考，却比武考要难得多……"

"这不公平！"珞珞瞪着一双杏眼，不满意地叫道，"什么环境都是你说的算，万一瞎掰出一个上不接天、下不着地的所在，不要说机关了，连飞鸟都上不去，岂不是刁难人？"

光熙君微微一笑："姑娘请放心，我出题的环境，都是真实存在的。你不用出京城，随便找一个对边境战争稍有了解的人问问，便知是真是假。"

"如此甚好，光熙君看样子身份尊贵，谅来也不会欺骗我们这等初来乍到的学子。"方思扬顺势将一顶高帽送到了光熙君头上，同时也提醒他自持身份，不能说谎骗人。

颜君旭见珞珞和方思扬都尽力维护自己，三言两语便将自己心中的顾虑全化解了，暗自松了口气。光熙君点了点头，提起笔，在宣纸上笔走龙蛇，飞快地画起了画。

"边境有城高十丈，顶宽两丈，底宽五丈，长约六里。城墙每隔五丈有敌台一座，每座敌台都有驻兵把守，设连弩机。城外有陷马坑，共十个，每个长两丈，宽一丈有余，坑底置鹿角尖刺，马落入其中，非死即伤……"光熙君边说边画，很快一座城池便跃然纸上，连城上的敌台和城下的陷马坑都一并画了出来，"因有陷马坑，骑兵不能冲锋，又有连弩机，步兵攀墙也困难。"他搁下笔，抬起细长的双眼，眸光森然地看向颜君旭："若是你，如何能利用机关，在伤亡最小的情况下破此城？"

颜君旭盯着纸上的墨迹，想象着它是一座巍峨的城池，高大雄伟地立在边境的朔风中。他的眼前徐徐展开了一幅画，竟是莫秋雨在庭院中给他们看过的，战马驰骋砍杀，士兵身首异处，战争像是一个巨大的杀人机关，吞噬了无数人的生命。他看到上百个冲锋的骑兵陷入了深坑，刹那间战马就被刺得肠破肚烂，骑兵也被敌人用长矛刺死。城墙上羽箭宛如飞蝗，射向企图攻城的士兵，士兵纷纷从工程梯上掉下来，有的仍挂在木梯上，却身中数箭，活似个带血的刺猬。修罗场般的惨相，让他轻轻摇了摇头，不忍再继续驰想。他终于有些理解莫秋雨，若是有机关能制止战争，就是挽救众生。

"怎么？这题你解不出？"光熙君见他摇头，轻轻地问。

一直浑身紧绷着的安如意，也终于放松了些，朝他们走了过来。看来方才是自己的错觉，这个浑身冒着穷酸气的书生，果然毫无本领，能操作弩机估计是误打误撞。而且光熙君出的题太难了，就算是传说中的机关之神公输子在世，也无法在一时片刻想出应对的机关。

颜君旭对他的话充耳不闻，只不停地皱眉挠头，敌台弩机倒还好说，棘手的是这陷马坑。

陷马坑既深又宽，表面还覆盖着掩体，要用什么机关才能将其破解呢？《公输造物》上的四两拨千斤术、轮轴术等他都在脑海中演练了一番，却根本没有合适的机关。

他双手抓着头，紧紧地盯着眼前的画，像是要将宣纸盯出个窟窿。

"他想不出来了，小姑娘，你可得跟我回家了。"安如意看到颜君旭痛苦的表情，凑到珞珞身边，轻浮地打量她，"我在京城有座园子，还没有女主人，你住在里面正合适。我会给你搭个满是鲜花的秋千架子，你穿着价值千金的红绡衣荡秋千，一定会像个仙子。"

珞珞看着他圆圆的娃娃脸，天真又邪恶的眼神，突然笑了："真的吗，我这样的乡下姑娘也没享过这等福气！那你的园子里会有烤鸡吗？"

"你喜欢吃鸡？我会把京城里最好的厨子请来，每天给你换着花样烹鸡！"

方思扬连连朝珞珞使眼色，让她再跟安如意多说几句，为颜君旭拖延些时间。

可安如意虽是个纨绔子弟，却没傻到了家，跟珞珞聊了会儿天，他突然叫了起来："这有一个时辰了吧？太阳都那么高了，这小子还没想出来，要等他到何时？"

恰在此时，放在厅堂一侧的七宝灯漏转了起来，铜制小人敲着手中的铜钵，发出"叮叮"轻响，灯漏最顶端的镶金四象神兽也变了位置，青龙翻了下去，取而代之的是一只振翅飞舞的朱雀，已是正午时分。颜君旭看着房中宝光辉映的计时器，突然想到了什么，一下就抬起了头。他理都不理催促不停的安如意，朝方思扬道："思扬，画图！"

"好！"方思扬就在等他的这句话，拿起毛笔宣纸，按照他的指点挥毫泼墨地画了起来。

他不用尺矩，画出的圆完美如满月，画出的直线也笔直如长剑。颜君旭想一会儿，说一下，方思扬有时根本不用他张嘴，只看眼神，便知他要画的是什么。两人配合默契，颜君旭说得精准，方思扬运笔如飞，很快就画好了两张图。偌大的厅堂中，不只是韩光熙和阿克苏，甚至连伺候的仆人婢女，都被这两个少年的神技倾倒，连大气都不敢喘，生怕打扰了他们行云流水般的节奏。只有安如意在兀自叫嚷着"这不算呀""他超时了"，可却根本没人理他。待墨迹稍干，方思扬将宣纸一抖，一张标注着精准数字的木车图，便如轻云般覆在了楠木案几上。

"这是……"光熙君见这车以两块木板拼装，以金属搭扣连接，共有两个轮子，倒像个运货的推车。

"这是翻车，可让步兵推着前进，上面这块木板可以挡住墙头的弓箭，车一旦落入陷马坑，用力扳手柄，上面的木板和下面的木板就会变成一条木桥，刚好可以撑在坑边，供骑兵通过。"

安如意立刻安静了，这机关简单又实用，轻便还能挡箭，甚至连制作材料都随处可见，自己为何没想到？

"那敌台呢？敌台你该怎么破？"额上渗出丝丝冷汗，他仍不死心地问。

"可以用自飞灯，灯下悬黑水，待灯升到城楼上时，用火箭射破自飞灯，黑水遇火燃烧，就可火烧城楼。"颜君旭拿出了第二张图，上面画着经他改良的小型的"仙岛"，"只是放灯时要观察好风向，才可成事。"

"哼，什么'黑水'？听都没听过！能瞬间燃起倾覆城楼的大火，一定是你们这些小子信口胡编的。"安如意仍不肯认输，昂着头质问。

颜君旭和方思扬你一言我一语，将黑水的产地和在人鱼湖畔用黑水引火的经历和盘托出。

"若是安公子仍不相信，不如派人去调查。以安公子的财力，应该不难。"末了颜君旭还没忘了激他一将。

安如意见他们言之凿凿，目光丝毫没有畏惧，知道两人所言非虚，心"呼"地一沉，一张娃娃脸上血色尽失，瘫坐在了软垫上。光熙君一边听，一边琢磨着纸上画着的机关，突然看向颜君旭，眼中再无笑意："听说有本奇书叫《公输造物》，是不是在你手中？"

他年纪虽轻，却不怒自威，周身都散发着震慑人心的气势，颜君旭被他吓得一愣，不知该如何作答。

珞珞眼珠一转，笑道："这位公子，什么'公输造物''母输造物'的？咱们不是在考题吗，这是扯到了哪里？你倒是说说这两个机关能不能攻破这边境之城？"

光熙君点了点头，轻声道："颜公子博学多才，擅用机关。这两个机关虽然粗陋，但思路是对的，若是略加改进应能破城。"

"那就是解对了！"方思扬也抚掌大笑，朝颜君旭道，"君旭，我认识你这么久，今日才对你的机关术佩服至极。"颜君旭听不出他的场面话，被他说得红了脸，又抓起了头。于是他原本就有些乱的头发，此时已经如同鸟窝。

"光熙公子，你再出一道题，还有一道题呢！"安如意焦急地抓着光熙君的衣袖，苦苦哀求。

光熙君却朝他摇了摇头："我做事讲究'一击必中'。若是这一击不中，接二连三便落了下乘。"

"我、我花重金请你教授机关，需要你之时，你却在此拿架子、讲风度，我、我要你何用？"他气急败坏，指着光熙君骂道。光熙君也不恼，脸上又浮现出似笑非笑的神色，他身后的护卫立刻上前一步，将一个木匣搁在了安如意面前。

"这是公子赠送的金锭和明珠，我家主人丝毫未动，原样奉还。"风生行了个礼，木匣落在案几上，发出一声闷响。安如意气鼓鼓地瞅着珞珞明艳的容颜，又瞪视着颜君旭，解开挂在腰带上的锦囊，掏出了一个木制的物事，说："这是第三道题！你解吧。"

他手中的是一个由几个木条拼成的方块，没有用一钉一铆，只靠木块巧妙的凿刻，如牙齿般紧紧咬在了一起。这是他年幼时父亲给他的玩具，名唤"公输锁"。当时他花了三天三夜才将这木锁解开，从此之后，他就爱上了机关，没事就买些新奇的玩意儿把玩。

今年朝廷科考，竟然加了个机关武考，一贯吊儿郎当的他欣喜若狂，派人去打听考试的方式，又重金招募机关高手，甚至还结交了据说跟出题人熟络的光熙君，对这状元郎志在必得。

当日去贡院取名牌，天还未亮他就打发家仆去替他排队。他是第一个登了名字，换取名牌的考生。可哪知颜君旭的出现，粉碎了他所有的梦想。他平素爱把玩的那些机关，现在看来不过是些玩具，就连他研究了几天才搞明白的连弩机，颜君旭操作起来也是如此轻车熟路。

他的公输锁一拿出来，阿克苏立刻连连叹气，说着别人听不懂的夷语，想来又是骂人的。

这公输锁是京城里常见的小玩意儿，谁家的孩子玩闹不休，大人们便丢给他个公输锁拆解，总能换得半日安宁。安如意拿出它来试探颜君旭，可见他已无计可施，只能赌一赌。

颜君旭虽然从未见过公输锁，但他从小就喜欢木工活，通识榫卯结构，只一刻钟的工夫，就将这木块拆成了六个木条。这结果是众人预料之中的，但当颜君旭挨个将木条摆在案几上时，所有人都不约而同地暗暗惊叹了一声，因为他的速度太快了。

安如意面如死灰，枯坐在椅子上，活似个毫无生气的人偶。

"我们赢了！我们赢了！这条船是我们的了！"珞珞高兴得几乎要跳起来，在看到安如意形若枯朽的脸色后，她更是气人地跑到他面前，笑嘻嘻地说，"这位小公子，你说你还有个园子是不是，要不再赌一局，将它也输给我们？"

"珞珞！"颜君旭忙将她拉回来，悄声叮嘱，"不可落井下石。"

可此时船舱里安静得连掉根针都能听到，他这话清晰地传入所有的耳中，仿佛当众打了安如意个大耳刮子。安如意猛地站起来，冷哼道："不过是条船，给你们了便是！"

"安公子，这船不行……"阿克苏如肉球般扑过来，连胡子都要翘上天，看模样焦急万分。

安如意朝他摆了摆手，拂袖道："大丈夫一言既出驷马难追！不过这船得十日后才能交到你们手中。"阿克苏听他这么说，长长地松了口气。

"为何要十日？难道你要反悔？"珞珞秀眉微皱，极不耐烦。

"船舱里放的都是我的物件，光家具就有几百件，十日之内能搬空算是快的，我只说输给你们这条船，可没说连家居摆件古董金银都一并输了！"

他既如此说，足见磊落，颜君旭悄悄地拉了拉珞珞的手，让她适可而止。

如此大家不欢而散，虽然颜君旭赢了赌局，但下船时船上的奴仆婢女都冷漠相待，不似来时亲切周到。跟在他身后的光熙君，则享受到了比他更多的白眼，甚至有两个身穿青衣的仆人还对他冷嘲热讽了一番，说他是养不熟的白眼狼。光熙君却丝毫不在意，背着手在船舷上踱着步，欣赏着河面上华光万丈，千波如鳞，像是帝王在眺望着版图上的江山。

"你叫颜君旭？"他边走边说，"也是参加机关武考的？知不知道《公输造物》？"

方才光熙君提到《公输造物》，就让他十分警惕，此时再次提起，显然是要探自己口风。

他不知对方善恶，也不想撒谎："公输子的大名，只要懂机关的，都有所耳闻，想来《公输造物》必是本奇书，不知公子找这本书要做什么？"

"我的祖辈曾与这位机关之神有过交往，他曾留下几个机关为我家解围，所以我才想收集公输子前辈的笔记为纪念。"光熙君颇有深意地看着颜君旭，"你应该不知道吧？公输子其实是一位书生，也曾参加过科考，而且进入了殿试，但他却婉拒了功名，宁愿云游四方。我猜本次朝廷设立机关武考，会不会要再选出一位公输子呢？"

"我只是略懂机关皮毛，也确实报考了……"颜君旭挠了挠已经乱成了鸟窝的头，钦佩地看着他，"怪不得公子懂得这么多，原来家中跟公输子有渊源，一道机关考题也顺手拈来。"

光熙君又笑了，笑中却有凉意："这道题不是我想的，而是在十几年前，在边境确有一场苦战，只是当时守城的是华国，攻城的是夷国。"

不只是颜君旭，方思扬也倒抽了一口凉气，而一贯活泼爱闹的珞珞，也难得地安静了。

"其实我们方才的一番机关推演不过是纸上谈兵，在真正的战斗中，你不可能知道陷马坑的尺寸方位，做出适用的翻板车，更不能随手就找到引火的'黑水'。我之所以让你通过，是发现你居然会因地制宜地设计机关，比那些照葫芦画瓢的匠人聪明多了，怎能让这等人才沦为奴仆？"

颜君旭听得脊背发凉，方才光熙君若是有一丝害人之心，自己怕已折堕在安如意手中，连忙拜谢："君旭在此多谢公子了，公子不仅博闻广识，还心怀仁善，真是难得。"

"这位光熙公子，想不到你人这么好，可小女子还有一事不明，不知公子能不能解答呢？"珞珞听了光熙君对他们的偏护后，对他顿生好感，明眸流转，好奇地问，"既然这场围城之战曾真实存在过，当时攻城的军队，是如何破解这陷马坑和连弩机的呢，是用了何种机关？"

此事也是颜君旭和方思扬心中疑问,他们三个少年男女,齐齐地望着韩光熙,等待着他的解答。"夷国人向来狠辣,他们没有用任何机关,而是逮了上千名生活在边境地区的华国难民,将这些百姓像是赶羊般赶向了城池。于是这群百姓,有的陷入坑中被尖竹铁刺刺死,有的被弩机射死。而夷兵就躲在难民之后,以人肉为盾,逼迫守城的士兵大开城门。"光熙君眺望向金光粼粼、宛如巨龙般的河面,感慨着说,"这场仗打到最后,陷马坑被死尸填满,弩机机栝全都变成了一堆废木,守城士兵也死伤无数,城外土地被鲜血染成了黑色,秃鹫乌鸦在天空徘徊了月余,城内连个成年人都找不到。"

颜君旭三人被他描述的残酷景象震撼,久久回不过神来,只觉这初秋的风都裹着兵戈寒意,眼中的天河也变成了一片血色。光熙君见他们脸色都吓得青白,冷笑了一下,似在嘲笑他们的幼稚,拾阶向船下走去。四人走下三层,绕到楼船二层,只见窗户都被木板死死钉住,船舷上的走廊上空空荡荡的,跟三层的奢丽完全不同,而且跟随的仆人在身后不停催促,生怕他们多有停留。不过片刻,他们就踩着木梯下了船,站在岸边仰视,越发觉得这楼船宏伟,如一座浮岛般屹立在朗朗晴空之下。

"哼,安如意这家伙真小气,估计他在二层和底层藏了什么宝贝,怕别人看见,才将这些坊间的门窗尽数钉死的。"珞珞朝大船吐了吐舌头,拉着颜君旭的手道,"呆瓜,待这船到了你手中,咱们将木板都拆掉,给我留几个房间玩耍可好?"

颜君旭拿她没办法,只能笑着连连点头。

"你能得到这船也有我的功劳,记得给我留个画室,再将三层的厅堂借给我待客使用。"方思扬也趁机敲竹杠。

"我画图还少不得麻烦你,当然要与你为伴。"颜君旭早就视方思扬为生死之交,笑着答。

"此船名为'蜃楼'。'蜃楼'传说是由一种叫作'蜃'的妖怪,吐纳的云气形成,再华丽精美,也不过是一场幻象。你们要小心,不要被这幻象吞噬了才好。"光熙君站在他们身后,双眼微眯,负手说道。

颜君旭听他话中有话,想要仔细追问,却见他已经带着侍卫快步走向了一辆停在岸边的黑色马车。马车庄重古朴,没有丝毫装饰,但车窗上的竹帘上绞着细密的铁丝,车板也比寻常的车厚重,怕是内侧还钉着铁皮。

"光熙公子,咱们何时还能再见?"颜君旭见他即将离开,不舍地追了上去,"我还有话想跟你说!"

光熙君驻足停步,朝他粲然一笑:"话说完了,缘分便尽了。你放心,京城虽大,你我终有相见一日。"

跟在他身后的护卫风生,见颜君旭靠近,将手按在腰间的刀柄上,逼得他后退了一步。就这么一晃神的工夫,主仆二人已经乘车离去。拉车的马虽是普通的黄马,脚力却丝毫不比安家的踏雪双驹逊色,转眼间便已绝尘而去,消失在京城的通天大道上。

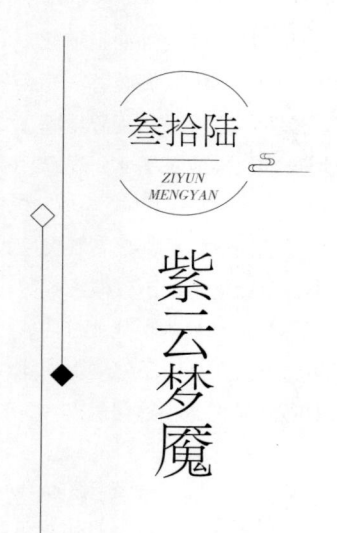

叁拾陆 ZIYUN MENGYAN

紫云梦魇

　　此时已近午时，颜君旭和珞珞连口水都没喝到，早已饥肠辘辘。所幸方思扬得了不少卖画钱，在路边雇了辆车，载着三人向城中驶去。京城又名紫云城。传说百年前曾有龙在紫云中腾空而起，而且每到春夏之交，天河的晚霞都会变成一片蔚紫，而天河被紫霞环绕，宛如一条卧龙围成盘踞，才得此名。月曦正在城中最大的说书馆中听书，她坐在二楼的雅阁中，青色的竹帘遮蔽了登徒子们探视的目光，总算没让她的出尘容貌惹出是非。

　　她见方思扬带着两人走进雅阁，宛如孩子般欣喜，迫不及待地朝他们招手，还让小厮去添茶水瓜果。台上的说书先生讲的是紫云城中客人喜爱的怪谈传奇，多以才子佳人的戏码为主，而且还有戏班伴奏，每说到精彩处，便有伶人上台表演一番，情节跌宕起伏，比戏院的戏还好看几分。颜君旭和珞珞也被这新奇的说戏吸引，两人一边吃，一边听，将上午的惊险奇遇都忘到了脑后。

　　说书人说的是个风度翩翩的英俊书生误入狐国。在此处狐狸自成一国，有皇帝和文臣武将，跟人类的国家并无二致。书生本就饱读诗书，想要报效国家，但在人间屡次落第，想不到在狐国竟高中状元，得到了狐狸皇帝的重用，还将自己的狐狸女儿嫁给了他。结尾处书生的人类身份不小心暴露，皇帝怒不可遏，要将他置于死地。狐狸公主将自己体内灵珠渡给了书生，书生逃出了狐国。他回到人间，再次变得一事无成，他思念狐女，竟然还想回到狐国。可至死都没有找到回狐国的路，终日郁郁寡欢，最终一病不起，在梦中去世。

　　说书的说说停停，时而有扮书生和狐女的伶人出来演一番书中情景。两人含情脉脉，从初遇时的羞涩，到成亲时的欢喜，最后是离别时的难舍难分。

"秋风清，秋月明。落叶聚还散，寒鸦栖复惊，相思相见知何日，此时此夜难为情……"结尾处，说书人婉转低吟道。

悲伤的笛音响起，病弱的书生躺在枯萎的树下，缓缓阖上了双眼。而在树枝上，一个粘毛做的栩栩如生的白色狐狸，满含依恋地看着死去的书生。台下一片寂静，偶尔还夹杂着几声抽噎，却是看客们被凄婉的故事打动，为书生和狐狸的爱情心折。

"人生似幻梦，无论是在狐国，还是在人间，梦终有醒来一日。生死离别，一似庄周梦蝶。"缥缈琴声越来越低，似抚琴之人渐渐远去，而堂内灯火也在刹那间同时熄灭。

说书堂中变成一片昏暗，只有天井洒下缕缕金辉，仿佛方才精彩绝伦说戏，也只是南柯一梦。听客们都神情恍惚，沉浸在这梦中不愿醒来。这折说戏触动了珞珞心事，尤其是狐女献珠的情节，让她想到了自己的处境，不由暗暗焦急。自从跟颜君旭重逢后，她刻意不去想在将来必将经历的天雷之劫，可逃避终不是办法。若是雷劫临头，自己又该怎么办？她正心有戚戚，却觉手心一暖，是颜君旭悄悄地拉住了她的手。

"既然人生如梦，梦醒皆是虚空，重要的是，梦中人是谁，又是跟谁同做的这场梦。"颜君旭看着她，眸光在微弱的光线中，像是宝石般坚定明亮，"珞珞，我会与你一同赴梦，一同梦醒，断不会抛下你。"珞珞知道他口口声声说着的"梦醒"，即是死亡降临之时，心中感动，泪盈于睫，也紧紧回握住了他的手。

"哎呀，你们居然一个上午的工夫，就赢了条大船呀。"月曦大概是听方思扬添油加醋地说完了他们上午的惊险经历，拍着手道，"我最喜欢水了，什么时候能带我去瞧一瞧？"

"你急什么？现下正在从船上往下搬原主的物事，过几日一定带你去看看。"方思扬伸出手指，怜爱地刮了刮月曦挺翘的鼻子，仿佛这船是他赢的一般。

颜君旭和珞珞看得肉麻，恰好珞珞也想去找莫秋雨学奇门八卦之术，忙起身告辞了。

而在他们离开之时，说戏院的后台中，长着山羊胡子的说书先生正端着壶泡了胖大海和川贝的茶喝个不停，几名伶人忙碌地对镜梳妆，准备下一折戏。

方才扮演书生的男子端坐在镜前，跟别人不同，他卸妆并不用手，只轻轻吹了口气，满脸油彩尽数化为虚无，露出一张干净得如美玉般的脸。他双眉斜飞，瞳仁如黑水银般清冷，身穿一袭白色纱袍，是个脱尘出俗的美少年。这人不是别人，正是青丘狐后辈中的佼佼者无瑕。

他似对自己一手操演的戏十分满意，微笑着打了个响指。刹那间后台忙碌的人同时停止了动作，像是木偶般呆立在原地，连说书先生倾倒在杯中的茶水满溢出来，也无一人察觉。

无瑕如游鱼般灵活，穿过人与人的缝隙，走出了狭窄逼仄的后台。而他前脚刚刚踏出戏院的后门，身后的人就恢复了行动，还有人迷茫地问："咱们方才说的戏，到底是什么来着？"

"我也想不起，好像是关于狐狸的，今日真是怪了，处处都不对劲。"

这是他特意为珞珞排演的一出戏，不动声色地提醒她，莫忘了取珠。如今珞珞已经看过，他也没必要再演这折戏了。紫云城宏伟壮丽，从他们所在的乐艺坊去安定坊要一个时辰的工夫。颜君旭和珞珞完全不知方才看的戏是为无瑕为他们精心准备的，正如走马观花般在京城的街道上游玩。珞珞心性宛如小孩，一会儿在小吃店停一停，一会儿又在面具店里徘徊不去，颜君旭不停地督促她，两人紧赶慢赶，才堪堪赶在宵禁开始时，踏进了安定坊。

而此时珞珞手中举着个糖人，头上虚戴着张钟馗面具，哪还有半分淑女模样？

"哎呀，莫大哥只说在安定坊，也没说在哪户人家？这要怎么去找？"颜君旭望着屋舍相连，人流如梭的安定坊，急得额头满是汗水。便在此时，只见淡紫色的霞光中，一个身穿淡黄色衫子的窈窕少女碎步朝他们走了过来。街上的百姓大多身着布衣，不是灰色就是洗得发白的蓝，这娇艳的少女便似一朵飘零的花，穿过这暗的底色，施施然婀娜娜地停在了他们的面前。

"两位可是颜公子和珞珞姑娘？"她未语先笑，以衣袖掩住檀口，虽姿色平凡，脸颊上还有几枚雀斑，但周身都散发着一种难以描摹的风流意态。

"正是我们，不知姑娘如何称呼？"颜君旭第一次跟京城的女子说话，忙拱手行礼，免得被人挑剔。

"我叫茜桃，看你们的年纪，是不是应该叫我声姐姐？"茜桃咯咯笑着，"莫大人吩咐我来寻你们，果然一来到坊门，便见你们在四处张望呢。"

"那就劳烦姐……姐姐引路……"颜君旭脸皮薄，费了好大劲才憋出了"姐姐"两字。

"这孩子，跟你说笑，怎么竟当真了呢？"茜桃从袖底掏出块绢帕，玩笑似的向他脸上一甩。刹那间香风扑鼻，也不知那香料中掺了什么，气味甜腻惑人，颜君旭心中一荡，忍不住就想再闻一闻。珞珞敏感地察觉到，这三言两语就将颜君旭哄得团团转的茜桃并非寻常女子，悄悄将手伸到颜君旭肋下，狠狠地掐了他一把。颜君旭痛得"哎哟"一声，不再将注意力放在茜桃身上。

两人跟在她身后，在街巷中绕了几个弯，停在了一处独门小院前。此时天色已晚，紫色云霞被黑暗吞噬，天幕上仿佛笼罩了一层灰蒙蒙的轻纱，让整个京城的景致都变得暧昧朦胧。

小院紧闭的漆门旁，挂着个翠竹门匾，上书"听雨小筑"四个字，字迹娟秀清丽，似出自女子之手。颜君旭和珞珞见这院子外疏影横斜，竹枝掩映，无处不透着风雅，一时竟愣住了，不知是真是幻。

明月宛如晶莹玉盘，悬在天际，将庭院楼阁上洒下一片银霜清辉，像是一双巧手，将那起脚飞檐，雕梁画栋，都描绘上淡淡荧光，宛如琼楼玉宇。这大宅正是安家的主屋。安家上一辈以贩布起家，积累了些财富后，又做起了贩茶和水运的生意，如今在紫云城买了宅地，结交了不少达官显贵，听说有可能当上皇商。不过此时安老爷的院子中，正跪着个孤单萧瑟的身影。他身量瘦小，似还未成人，但衣服是昂贵的青色软轻纱裁就，绣金色蝙蝠花纹，满头乌发在脑后编成了个独辫，发辫上还以金珠点缀，一看就是富贵公子的打扮，正是安如意。

"你这孽子，整日游手好闲不务正业，今日竟学人打赌，将一条船都输了。你输便输了，若是输给个王孙贵戚倒也能买个人情，结果竟输给了个进京赶考，连个落脚地都没有的穷书生！简直丢尽了我安家的脸面，看我不揍死你！"安老爷虽已是知天命之年，身子骨却保养得像是年轻人般健硕，宛如巍峨大山般立在儿子面前，举起竹条就要打。

"老爷不可！"安如意的母亲，安老爷的正室冲上去，紧紧抱住了夫君，哀求道，"如意从小就体弱多病，所以老爷才为他起名为如意，怎能经得住您的重手狠打呀？"

安老爷气急败坏，却又不得不放下竹条，指着跪在地上的儿子骂道："你大哥已经接管了我的半数家业，二哥当上了秘书丞，只有你一无是处。这次你说要去参加什么机关武考，我还以为你能搞出点名堂，还特意为你招揽了几个精通机关的门客，没想到你这个废物竟然连一个机关都没做出来，除了败家什么都不会！"

"父亲……"一直垂头听训的安如意，突然一头磕在地上，信誓旦旦地说，"儿子已经做出了个世间仅有的绝妙机关，那条船儿子一定会赢回来！"

安老爷哪里信他，一甩手走出了庭院。安如意在母亲的搀扶下站了起来，他揉着酸痛的膝盖，气得咬牙切齿，口中念叨着颜君旭的名字。

同一轮明月，也照亮了位于安定坊的清幽院落。颜君旭和珞珞已经被带进了这名唤听雨小筑的庭院，只见庭院中有一方小小莲池，此时荷花凋谢，池中碧叶宛如华盖，偶尔有一尾红鲤从荷叶中迤逦而过。莲池旁是个种满了紫藤的凉亭，亭中矮桌上摆着副棋盘，棋盘上黑白双子厮杀正酣，留着一副残局。

院子里有栋三层的小木楼，建得精美别致，窗纱上皆绘着姿态各异的莲花，楼中灯影绰绰，照亮了朦胧的夜晚。清凉如绸缎的夜色中，隐约传来女子婉转的歌声，她唱的是再寻常不过的江南歌谣："问莲根，有丝多少？莲心为谁苦？双花脉脉娇相向，只是旧家儿女。天已许，甚不教，白头生死鸳鸯浦？夕阳屋宇，算谢客烟中，湘妃江上，未是断肠处。"

歌声哀而不伤，自有一番风流意态，随着悠扬的琴声飘入天际，像是一团细细的丝线被抛上了天空，随风而散，散落到了每个听者的心中。珞珞也受到了感染，丢下了手中的糖人，眼神深邃，似沉浸在女儿家的心事中。

"大人，您的贵客到了。"茜桃带他们走进小楼，在厅堂坐定后，朝楼上唤了一声。

悠扬的歌声戛然而止，木梯上传来了脚步声，不过片刻，便见莫秋雨穿了件宽松的淡青色常服走了下来。

"怪不得他自己的屋子跟苦修僧似的，除了砂子就是石头，原来另有个如此绝妙的住处。"珞珞压低声音，朝颜君旭道。

颜君旭悄悄捏了捏她的手指，示意她不要乱说话，便朝莫秋雨行了一礼。

"现在京城宵禁，你们来了只能睡在这里了，明早才能离开，希望不要嫌弃此处粗陋。"莫秋雨笑着说。

"此地若是粗陋，天下便没有精致的地方啦！"珞珞走到他面前，调皮笑道，"莫大哥，有句话什么说来着，过谦则近伪？"

"就你话多！"莫秋雨也不生气，一把摘了她头上的钟馗面具，皱眉道，"最近不要戴这种玩意儿了，不吉利。"

颜君旭接过面具，面具上的钟馗瞪目龇牙，狰狞可怖，但不过是哄小孩子的玩意儿，也不知怎么就"不吉利"了？

莫秋雨似看出他的困惑，压低声音道："你可知紫云城宵禁为何提前？"

颜君旭迷茫地摇头，鸟巢般的头发更蓬乱了。

"因为最近接连有人在半夜莫名死去，最奇怪的，是这些死者毫无外伤，有的脸上还带着笑容，就像是在睡梦中死去一般……"他低沉地说，"有人说，紫云城里藏着个吃人的妖怪，能在梦中夺人魂魄呢。"

"啊？竟有此事？到底死了多少人？"颜君旭吓得一哆嗦，连忙将手中面具放在了桌上，连碰都不想碰了。

"我听巡街的卫士说，从初夏到今日，足有百人之多。"他说罢目光在两人脸上转了一圈，叮嘱道，"自己小心就是了，千万不要让人知道，若流言传出去，怕会人心大乱。"

颜君旭和珞珞吓得紧紧地闭上了嘴巴，跟在莫秋雨身后，拾阶来到了二楼，走进了书房。

珞珞见书房中放着两个高大厚重的梨花木书架，密密麻麻地堆满了书籍，除了桌椅摆设，再无别人。忍不住跟莫秋雨炫耀起上午的经历来，她毕竟年轻，得了条楼阁似的大船，恨不得要说给所有人知道。

"哦？安家在京城势力很大，就怕安如意不肯就此认输，还会找你们麻烦。"莫秋雨听完，左眼的琉璃片在烛火辉映中闪烁着冷冽的光。

"不会的，他保证十天之后就将船交给我们。"颜君旭突然想起了那神龙见首不见尾般神秘的光熙君，忍不住向他打听侍卫风生腰间奇怪的刀。

莫秋雨沉默了一会儿，谨慎地答："听你描述，这刀是环首刀，在京城也是保护天家贵胄的侍卫使用的。以后你若是再遇上这位公子，一定要慎之又慎。"

他说罢见天色已晚，忙从书架上拿出一摞书，在灯下教起了珞珞。

颜君旭听他徐徐说着"乾三连，坤六端，震仰盂，艮覆碗"等入门口诀，只觉双眼越来越沉，奔波了一日的疲乏，如潮水般涌上全身。他伏在书案上，不知何时陷入了黑甜的梦乡。梦中有个穿着曳地长裙的女人，踏着细碎的烛光，缓缓从他身前走过。

问莲根，有丝多少，莲心为谁苦？双花脉脉娇相向，只是旧家儿女。

悠扬的歌声响起，女人缀满了珠光的长长裙摆，在黑暗中绽放成一朵莲花。

夜色苍茫，一个醉汉正缩在黑暗的墙根下，他披着件粗黑的麻布外衣，乍一看宛如跟夜色融为一体，便是巡街的卫士在他身边走过，都不会发现。只需躲到天明市鼓敲响时，他便能逃过违反宵禁这一劫，然而就在半梦半醒间，一只手却轻轻推了推他。如此深夜，又是谁在宵禁的城中流连呢？他好奇地抬起头，却在明月星辉中，看到了一张奇怪的脸。这人戴着个古怪的面具，面具嘴巴尖如喙，两边粘着鲜亮的红色鸟羽，像是一只振翅欲飞的鸟儿。

"想不想去跟我去个地方玩玩？若是你赢了，就能得到价值千金的赏赐。"戴鸟羽的人，轻笑着说，声音透着稚嫩。

"那若是俺输了呢？"醉汉呵呵一笑，挠了挠脸，"瞧俺问这废话，俺兜里一个大钱都没有，又不像美娇娘们能卖到烟花里换钱，输了便输了呗，反正你这生意是注定蚀本啦！"

"谁让我偏偏就爱做这蚀本生意呢。"戴着鸟面具的人，低低地笑了笑，"我叫朱雀，记住我的名字,终有一天,它会人尽皆知。"

醉汉哪记得他的名字,跟在他身后,趔趔趄趄地走着。两人的身影,像是在海面上荡漾的小小浮舟,突乎之间,便被浓墨重彩的夜色吞噬。

听雨小筑中也不知熏的什么香,像是一双温柔的手,抚平了游子的心上愁。颜君旭离家两个月来,第一次睡得如此深沉,醒来时只听雨声淋漓,窗外的风濡湿寒冷,竟让他让忍不住裹紧了外袍。

"天已经凉了,还有半月就是八月初一。"莫秋雨不知何时站在了窗前,看着檐下细雨,感慨着说,"八月桂香,希望你能蟾宫折桂。"

颜君旭经他提点,想起科考就是八月初一,留给他的时间已经不多。

"多谢莫大哥提醒,这几日我得抓紧研究机关,不能再虚掷光阴。"他忙从榻上起来,恨不得马上去闲院里研究机关。

"不急这一时片刻,吃完了早饭再走。不过跟你同来的方思扬倒有些本事,我听说在短短几日内,他的画便已受到京城藏家们的追捧,这些人中不乏有身份地位的名仕,都为他写了荐函,只为向他多求一幅画呢。"

颜君旭挠了挠脑袋,不懂其中的缘故:"荐函是什么?"

恰在此时,茜桃笑吟吟地过来请他们用早餐,莫秋雨就带他去了厅堂。

细雨如丝,珞珞也俏生生地坐在餐桌旁,见他过来,将自己的小木桌搬到了他的身边,浅笑盈盈,娇美可爱。

早餐精致而简单,是白粥和卤凤爪、盐水蛋还有水晶看肉。难得是每样菜上都点缀着鲜花,白粥里放了颗琥珀色的蜜枣,令人瞧着就食指大动。颜君旭哪见过如此精美,宛如艺术品般的吃食,连筷子都舍不得动。莫秋雨连连催促,他才敢用上一口。

"方才你问,荐函有什么用?历来科举有两种途径可以名列三甲,一种是在试卷上见真章,文章须写得高人一等;另一种就是名仕举荐,功夫就在考场之外了。若是举荐的名人多了,试卷再措辞流畅,立意不凡,皇上也会格外留心这位考生,运气好的话就会安排殿试,只需长得平头正脸些,最差也能得个探花。"

"原来方思扬还有这种智慧,真是看不出来,我还以为他就是个会画画的公子哥儿呢。"珞珞秀眉微皱,朝颜君旭道,"呆瓜,虽然你的机关术卓越超群,可我看安如意也觊觎这机关状元呢!除了他之外,这京城中卧虎藏龙,也不知还有多少人瞄着这个考试,咱们也得多作准备了。"

颜君旭听他们一说,只觉得手中的清粥小菜都没了滋味,恨不得立刻奔回闲院去制作机关。两人跟莫秋雨定下了每天来学奇门八卦的时间,就匆匆告辞离开了。

雨中的紫云城,像是个披上了面纱的女郎,神秘莫测。亭台楼阁,纵横交错的街道,都被细雨晕染成一幅幅模糊的水墨画。颜君旭和珞珞穿街过巷,刚走出安定坊,便见十几个人聚在一起,不知在看什么热闹。而且旁边还有身穿枣衣灰裤,腰挎官刀的衙役守在一边,显然是发生了重大的事。

他们也好奇地凑过去看，只见街心正铺着一张破草席，席下露出了两只光着的脚。那双脚变成了毫无血色的青灰，脚心有烧灼的痕迹，显然席子下盖着的是个死人。

百姓们皆低声议论道："这是本月死的第几个人了？"

"天也不冷，就算喝醉了也不能冻死呀！"

衙役见人越聚越多，拔出钢刀驱赶，众人才纷纷散去。颜君旭和珞珞也慌忙垂首离去，他们不约而同地想到了莫秋雨说过的话。

难道这如紫云般深不可测的京城中，真的藏着个以人命为食的妖怪？

他们回到莫秋雨的闲宅，却见桌上留着方思扬的字条，他竟在短短两日内就找到了新的住处，带着月曦一起搬到了名人聚集的崇仁坊。颜君旭从床中的密室中拿出两本《公输造物》的残卷，废寝忘食地研究，有了灵感就连忙画下来，不过两日就画出了五六张简略的草图。

莫秋雨的闲宅中制作机关的工具和材料应有尽有，他很快就做出了那天跟韩光熙所说的"翻板车"和"飞天灯"。以韩光熙口中的这场大战为思路，他又设身处地地站在守城方，举一反三地研究出了拴着绳子、可见巨箭射出去再回收的"床弩"和能避火的"贞女墙"。

他白天忙着做机关，傍晚陪珞珞去听雨小筑学奇门八卦，十几日如流水般匆匆而逝。

在听雨小筑中，有几次他都看到了初来那晚唱歌的女人，可她再也没有唱过歌，有时站在帘后，有时站在三楼的窗边，好奇地看着他们。有一次他进门时，刚巧遇到这女人在竹帘后，露出半张白皙娇嫩如芙蕖的脸，他刚想跟她打招呼，她身影一晃，便退回了内室，像是只受惊的蝴蝶。

珞珞提醒他，这个从不露面的女人，应该是听雨小筑的女主人，多半跟莫秋雨关系非同一般。两人都情窦初开，对成年人的感情懵懵懂懂，但也都知既然莫秋雨不提，他们也只当这女人不存在，每次拜访时更加小心，生怕惊扰到这朵深藏在小楼中的莲花。

十几日流水般匆匆而去，珞珞的奇门八卦之术突飞猛进，她对迷宫最感兴趣，学了点方位知识之后，就央求莫秋雨将如何做迷宫教给她。莫秋雨拗不过她的请求，只能将自己在闲院里布置的浅显迷宫教给她。可珞珞的脑子非常人可比，她以一推十，才学了几日，就能设计出更大更繁复的迷宫了。而颜君旭堆在沙地上的机关也越来越多，林林总总竟有十几样，还做出了条号称"永不沉没"的大船模型，差点将整个院子给堆满。

就在他踌躇满志，为三天后即将到来的机关武考摩拳擦掌时，这晚明月如钩，院子外竟然响起了敲门声。门外站着个身穿青衣，面敷白粉的少年，他的纱衣在灯笼的光芒下闪着淡淡的荧光，像是只停在秋夜中的青蛾。

"我家主人有请，请颜公子到船上一叙。公子最好孤身前往，以免节外生枝。"他微微一鞠躬，笑容恭谨而疏离。

叁拾柒

调转乾坤

DIAOZHUAN QIANKUN

  颜君旭想了想，说要回去拿些随身物品，便将大门关上，跑回去跟珞珞商量。
  "算来也到了他跟你交接蜃楼大船的日子了，但是寻常交接重要物事时不都在白日里吗？还该请两个人查点船上的家饰摆件，只叫你一个人去，实在有点古怪。"珞珞眯着杏核大眼，抿紧樱唇道，"不行，我要陪你去！"
  颜君旭惊讶地看着她："你这么一个大活人，要藏在哪里……"
  他话音未落，只觉眼前一花，方才坐在灯下的娇俏可人的红衣少女已经不见了，取而代之的是只生着水汪汪的大眼睛、毛发火红的红毛狐狸。狐狸双眼微眯，露出狡黠笑容。
  于是片刻之后，颜君旭便背着个背篓走了出来，腋下还夹着把伞，踏上了马车。车上青衣仆人不断地看向竹篓，见里面装着的是只毛茸茸的动物，也没说什么。
  宵禁之后的紫云城，寂静得宛如一座巨大的坟墓，马车穿行在空无一人的街道上，仿佛在墓道中游走。路上遇到过几次巡街的卫士查问，每次都是青衣仆人掏出了个木牌，卫士们才让马车放行通过。骏马疾驰，车轮辘辘，不过半个时辰，便已经到了天河河堤旁。夜晚的天河中满蕴星月之辉，波光闪烁，像是缀满了钻石的美人的裙摆。
  而在这条流光溢彩的河边，正停着一条黑黝黝的大船。如此深夜，船上居然没有一丝光亮，三楼的窗没有关，纱幔飘出窗外，随夜风轻雾，像是个不羁的幽灵。
  "颜公子请上船，我家公子已在船上恭候多时了。"青衣仆人朝他鞠了一躬，便要离去。
  "喂！船上连灯都没有，你要我一个人上去吗？"颜君旭看着眼前宛如巨兽般巍峨神秘的大船，咽了咽口水，突然觉得心中害怕。

而且不只是他，背篓中的狐狸也不停地转动着，珞珞也躁动不安。

"对了，忘了给颜公子提灯。"青衣仆人在马车上取下了个绣云纹的绢布提灯，塞在了他的手中，便登上车离去。

"喂！我要的不是灯呀……"颜君旭拎着灯，尴尬地小声嘟囔，他其实想让这仆人陪他上去，哪知他却溜得那么快。狐狸发出轻轻的鸣叫，像是在提醒他，它与他生死相随。

颜君旭听到狐狸叫声，胆子也大了点，硬着头皮一手提灯，一手扶着栏杆，走上了木梯。

寂夜之中，他每踩一步，木梯便发出"吱呀"轻响，像是唱起了一首诡异而断续的歌，随风飘入河心。

而在河堤旁郁郁葱葱的秋蔷薇中，一辆黑色的马车，正躲在暗处，眺望着楼船的影子。

暗夜中，颜君旭提着灯缓缓在木梯上攀爬，遥遥看来，像是一只渺小的萤火虫，歪歪扭扭地飞到了半空中，似乎随时都能跌落。

"主人，要不要去帮他？"风生握紧了腰间的刀，朝车中的人跪拜。

"不用！若是他没法从船上下来，也就不用参加此次机关武考了。"车里的人缓缓说，"真正的强者，都是由命运选择出来的。"

"可是……"

"时候不早了，我得尽快赶回去，你留在这里。若是有人搞阴损的手段，你再出手不迟。"

他话音方落，车便发出"吱嘎"轻响，从蔷薇丛中被抬了出来。无论是抬车的人，还是跟在车辕两侧护卫的，都穿着黑衣，连兵刃上都缠着黑布，完全跟夜色融为一体，若不是他们动起来根本没人发现。

这些人有百人之众，像是一簇黑云般，拥着车子悄无声息地离开，转眼就融入夜色之中。

堤岸边，只有风生一人，握着刀柄，站在芬芳馥郁的蔷薇丛中。他微微眯着双眼，像是只警惕的狼。

花明明是香的，他却闻到了血气。

颜君旭提着灯，花了足足一刻钟，才爬上楼船。他从一层转到二层，想找上第三层的木梯时，却怎么也找不到。

"奇怪？那天船舷边明明有个梯子，怎么就不见了呢？"他绕着这长达二十余丈的船上转了两圈，走得两腿酸软，却怎么也找不到通往三层的路。

二层的船舱窗板都被从里面钉死，黑黢黢的，连一丝光都透不出来，让人看了压抑难过。

然而就在这时，船舷上缓缓走出来一个人，饶是颜君旭眼力非凡，也没看出来他是从何处走出来的，仿佛这人是从苍茫的夜色中凭空出现一般。

"你在找我吗？"他圆圆的娃娃脸上，涌现出调皮的坏笑，正是安如意，"我那天出的第三道题，其实是个玩笑。今晚，才是我的第三道考题！"

颜君旭刚想说话，却听背篓中的狐狸叫个不停，一听就是珞珞生气了。

"可是十几日前公子承认自己输了。如果公子是舍不得此船的话，我就当什么都没发生过，君子不夺人所爱，再说我要这么大一条船也毫无用处。"

"难道你是害怕了？怕解不开我这第三道题？"安如意穿着件红中带黑的长袍，这衣服的颜色过于深沉，但他张开双臂，却像是一只展翅欲飞的红鸟。他仰天长笑道："这是世间最繁复、最难解，要付出生命的代价的机关！谅来你也是怕了！"

颜君旭见他赖账，本想转身就走，可听到他说到"世间最繁复、最难解的机关"，却怎么也挪不动一步。

背篓中狐狸"吱吱"鸣叫不已，还不停用爪子挠着背篓，像是催促他快走。

他并不傻，当然明白这很可能是个陷阱。安如意的话语，明显是在激将，但他又怎能阻挡机关的诱惑。

"那便容小生见识一下，安公子口中的世间绝无仅有的机关吧。"最终他朝安如意行了一礼，朗声说道。

背篓中的狐狸不再叫了，似接受了他的选择。

安如意将手一挥，推开了身后的一道暗门，冷笑道："机关就在里面，你确定要去解吗？"

颜君旭提着灯，走到门边探头看了看，只见里面有一条狭长的甬道，四周都由木板搭就，也没什么特别。

他刚想问安如意，却觉得背后被人用力推了一把，一个趔趄就摔倒在了甬道里，而身后传来"咣"的一声巨响，暗门已经被关上了。

"喂！你这卑鄙小人，快放我出来！"他拍着门板，发现手下触感坚硬冰冷，这门竟然是包铁的，随即骂得更欢了。

"里面就是天下最繁复的机关，只要你能活着出来，便能带走这条船了！知道这船为何要'蜃楼'吗？蜃妖之气，喷薄可成楼阁，这是一座不属于世间的船，也是我赢取机关武考制作的机关。若是你走不出来，自然也没资格得到'蜃楼'！"

门外传来安如意得意的笑声，宛如夜枭的长嗥般刺耳。

"之前只觉得这小子好色，没想到他竟混账如此！"

耳边响起珞珞的骂声，颜君旭一回头，只见珞珞不知何时从背篓中出来了，而且再次变成了人形，一袭淡樱色衣裙，宛如初绽的蔷薇般，俏立在光晕中。

"对不起，我没想到他会这么坏，如果我不好奇就好了……"颜君旭见她明媚可人，但又被自己连累，搞不好就会命丧于此。

"臭呆瓜，是我自己要来的，与你无关。无论是人鱼湖还是黑龙谷，都是本姑娘自己要来的。"珞珞叉着腰，噘着嘴道，"而且我的灵珠在你的身上，你若死了我也不好过。哼，才不是我有多关心你。"

颜君旭听到她的话，感动得差点哭出来，他并不傻，当然知道珞珞屡次犯险都是为了保护自己，只是脸皮薄不肯承认而已。只觉能得此红颜知己，就算走不出这船，此生也无憾了。

"这到底是什么机关？被他吹得玄之又玄的，不就是个破屋子吗？"珞珞转过身，背着手朝甬道中走去，轻蔑地说道。

但很快她就不再说话了，颜君旭忙快步走到她的身边，只见甬道的尽头，竟然是左右两个通道，这两个通道装饰都一模一样，根本无法分辨。

　　"是迷宫……"珞珞低声说。

　　或许是因为珞珞低落的声音，或许是因为颜君旭微颤的手，提灯的火光晃了一晃，竟然熄灭了。四周陷入一片黑暗，如坟墓般绝望。

　　"怎么办？这里太黑了，我什么都看不到。"颜君旭慌乱地扶住了身边的墙壁。

　　珞珞身为狐妖，黑暗根本难不倒她，视力跟有光时相差无几。她拉住了颜君旭的手，领着他缓缓向前走去。颜君旭原本悬着的一颗心，在被她柔软温暖的手拉住之后，终于落回了肚中，笑着道："珞珞仙女，这之后的路，就靠仙女指引，带我离开这迷宫啦！"

　　"哼，嘴巴跟抹了蜜似的甜，一看就是有求于我！小心我心一狠，将你一个人丢在这鬼地方！"

　　珞珞嘴上吓唬他，脚下却不停步，很快就选了条通往右边的通道。她跟莫秋雨学了迷宫，闭着眼就能画出八卦迷宫的图形，但这迷宫却更大，甬道也更狭窄烦琐。

　　所有的迷宫都有规律可循，建造它们的人都是深思熟虑后，才设置出一条条通道的，只要找到这规律，就能走出迷宫。她带着颜君旭绕了几个弯，停在了一个被堵死的墙壁前："这里不对劲，墙上有痕迹。"颜君旭逐渐熟悉了黑暗，但哪有她视力那么好，登时急得抓耳挠腮。

　　"我们俩在一起时，好像总能激发对方的潜力，你试着集中精力跟我的心跳呼吸保持一致……"珞珞想起狐狸奶奶的话，而且之前身处险境，都靠他们体内灵珠之间的感应，才能侥幸过关，便想再试一次。

　　颜君旭听她这么说，闭上眼睛，手指按住了珞珞的脉搏，感受着她心跳的节奏。

　　一片寂静中，珞珞的心跳如晨钟暮鼓般清晰悠远。他轻轻吸了口气，呼吸轻易地也跟她的节奏做了调整。很快，两人胸腔里的脉动不知不觉地协同如一。而就在这刹那间，他眼前的苍茫的黑暗消失了，取而代之的，是如纱雾般朦胧的光亮，宛如晨晖初绽。

　　"我能看到了！"他又惊又喜，连忙揉了揉眼睛，又道，"但是好像不太清晰啊！"

　　"别要求太高，我看到的景象跟你也差不多。"珞珞朝他一努嘴，"看墙上是什么。"

　　他看不清还好，一看清立刻被吓了一跳，差点就双腿瘫软地坐到了地上。

　　只见淡棕色的、满布木纹的墙壁上，赫然有十几道血痕，看痕迹分布和粗细，应是人用手抓出来的。

　　"你说为什么会有好多人抓这道墙呢？走不通折返回去不就好了？而且他们为什么会出血，是遭遇了什么？"珞珞摸着下巴，皱着秀眉犹在凝思，他身边的颜君旭忽然叫了起来。

　　"是机关！这里有机关！你看这墙中央，是不是有个图案？"他手舞足蹈地按了一下墙中央一只鸟状的花纹，果然，墙发出"喀嚓"一声轻响，随即两人身后响起了"隆隆"之声。

　　"笨蛋啊！你触动了机关，这是什么玩意儿落下来了？听起来好像是个大石头！"珞珞气得一下打在他的头上，"快想想办法！"

　　颜君旭立刻急得满头冒汗，耳听身后巨响越来越近。这庞然大物转瞬即至，眼前墙上狰狞的血痕，都让他嗅到了死亡的气息。就在这千钧一发之际，他用力扳了一下墙侧面的凹洞，方才还纹丝不动的墙，发出"嘎嘎"轻响，竟然向左划开了。这墙跟鱼翁住处外的巨石构造相似，在底端凿了个凹槽，嵌以铁轮，即便门又沉又重，只需轻轻一推便能滑开。

珞珞见门开了个一尺宽的缝，想都没想，一把将颜君旭塞进门缝里，自己纤腰一扭，也钻了进去。几乎在两人躲进门后的同时，一个铸铁大球发出"咣"的一声巨响，砸到了方才的木墙上。整个甬道都为之颤动，头顶落下簌簌灰尘，许久方休。

两人心有余悸地躲在墙后的甬道内，此时才明白，这面墙上为何血迹斑斑了。想来之前走这迷宫的人都看不清四周情形，有人走到这死路中，便伸手摸墙上是否有缝隙孔洞，大多都会摸到墙上嵌着的图形，以为能打开通道，没想到按下去便会触动铁球机关。这些人哪有颜君旭这样的眼力和通晓机关的本领，自然被铁球砸得非死即伤，鲜血便飞溅在了墙上。

"方才你按的图形，似乎是只鸟？"珞珞死里逃生，发现眼前果然出现了一条从未见过的新的甬道，她秀眉微皱，想起了墙上的图腾。

颜君旭对图形很敏感，用手比画了一下鸟的大小："对，大概有两个巴掌这么大。"

"那得小心些，看到这鸟的图案要避开。"珞珞摸索着两侧甬道，小心翼翼地向前走去。

如果这是个完整的八卦阵迷宫的话，他们进来的位置应该是"乾"位，再向右方转两次，就能来到"兑"位，然后看到一个位于中心的平台。以此平台为中心，可以绕到"巽"位，依次走完所有的方位后，就能找到位于"坤"位的出口。

可她按照默记下来的方位拐了两次，发现居然是一条死路，再折返回去走另外一条甬道，颜君旭却一把拉住了她，让她留意脚下。她视力本比颜君旭好很多，但满心只想着八卦阵的变化，竟然忘了看脚下。果然，顺着颜君旭所指的所在看去，棕色的地面上，又出现了一只鸟的图腾。鸟振翅欲飞，头上还有羽冠，看起来似只存在传说中的神鸟。

"小心。"颜君旭将她拉到身后。

他手里还提着那盏熄灭的灯笼，只是方才跑得太快，只剩下一根一臂长的竹制手柄了。他伸长胳膊，用力将竹柄向地面上的图腾敲去，稍微凸起的图案，立刻嵌入了地面。

随即只听地面的木板传来"嘎吱"轻响，突然分成两半，露出了一个一丈宽，两丈长的黑洞。

一股热气迎面扑来，珞珞吓得紧紧拉住了颜君旭的衣袖，鲜艳如血的红映入了她漆黑美丽的双眸。洞里竟然铺着尚有余烬的炭，如果不小心踩到机关掉下去，双脚就会被烧烂。

两人相视一眼，不约而同地想到了在街上看到的尸体，双脚有灼烧的痕迹。想必这醉汉的死，以及紫云城提前的宵禁，都跟这迷宫脱不了干系。

颜君旭布袋中有个钢爪，昔日他曾用来对付唐鹤的，他们在黑龙谷中也曾用此爪爬到了岩洞顶层。他故技重施，掏出工具，将钢爪调得更结实些，让珞珞将它扔到炭坑对面，再将爪后的钢索固定在自己这边，就能架设出一道简易的桥。

珞珞扔了两次都没抓到对面的地板，第三次才终于成功了。她身体比人类轻盈，轻易就踩着钢索走了过去，姿态翩跹，宛如舞蹈。而颜君旭就没有那么灵活了，手脚并用才艰难地爬了过去。炭坑的彼端，依然是一条狭窄的通道，与他们之前走过的通道并无二致。

"等等！这里向右转，应该就能见到位于迷宫中央的平台，可怎么仍然是一条路？"珞珞突然站住了，惶恐地看向前后的道路，"不对，这个迷宫不是个八卦迷宫，可、可是它又跟莫秋雨的迷宫那么像……"

"啊？要不我们走到转弯处就做个记号吧，虽然是笨法子，也能找到出口。"颜君旭从布袋里摸出了支炭笔。珞珞一把抢过他的笔，坐在地上，挥手就在甬道的墙壁上画了起来。她画的是方才他们走过的路线，还有八卦的方位。

在颜君旭眼中，这些线条扭曲缠杂在一起，宛如毫无头绪的乱麻。时间一点一滴流逝，他不敢打扰珞珞，只能满怀忐忑地看着她窈窕的背影。

"我懂了！幸好你带了炭笔进来！"珞珞对着墙上的图案沉思了一会儿，突然像是想到了什么，一下就站了起来。她的小脸因喜悦而涨得通红，双眼又黑又亮，激动地说："我想明白了！我明白这迷宫为何如此古怪，它跟莫秋雨的迷宫如此肖似，却又完全不同，永远也找不到的中央……我终于知道为什么了！"

颜君旭根本听不懂她在说什么，只能又像平日一样，困惑地挠了挠蓬乱的头发。

"因为这是一座'反八卦'迷宫！它建造的基础正是来源于周易八卦，但方位和路线完全八卦相反，它的'乾'位其实是'坤'位，'兑'位是'艮'位，'巽'位实际是'震'位……"

"姑奶奶，如今情势紧急，你不要说这些了，快带我离开吧，你说的我一句话都听不懂！"颜君旭见她话匣子一开，似有滔滔不绝之势，连忙打断了她。

珞珞极不情愿闭上了嘴，朝他翻了个老大的白眼，勾了勾手指道："跟我来！"

颜君旭跟她心意相通，见她眼角眉梢的得意之色，便知两人定可走出迷宫，像是温顺的小狗似的，颠儿颠儿地跟在她的身后。珞珞又拉着他往回走，路过炭坑时，发现翻板地面竟然不知何时阖上了，两人还感慨了几句，方才用钢索搭桥真是白折腾。

这次珞珞如有神助，左拐一下，右拐一下，居然一次也没走到死路，遇到过两次有飞鸟图腾的地方，一次是钉板机关，一次是从天而降的大网，都被他们轻易破解了。

"再拐两个弯，应该就能见到中央平台了，验证我的猜测都是对的。"珞珞脚步轻快，像是在跳舞似的，"安如意那坏小子，以为这种雕虫小技就能困住本姑娘吗？待我出去了，非得打他个满头大包！"

可她话音方落，轻跃的脚步却停了下来，只见甬道的尽头竟然是一条死路。

珞珞的脸登时变得惨白，这条死路的出现，意味着她之前的猜测全部被推翻。这座庞大的迷宫，并非是以八卦方位为基础建立的，再找出口就要用颜君旭所说的笨方法，不知还要耗上多久。虽然甬道中黑暗一片，颜君旭也能看出她眉头紧皱，脸色欠佳，连问都不敢问一句，跟在她身后，又沿着原路回去。

可是两人依循着记忆，转了两个弯，却发现面前再次出现了一条死路。就连对迷宫一无所知的颜君旭都发现不对劲了，按照他的记忆，明明此处应该有个向左边拐的通道。

"怎、怎么回事？难道是我记错了？还是这迷宫是活的……"他登时吓得脑后生风，惊恐地看向左右。这一条条千篇一律的钉满了木板的通道，仿佛刹那间活了起来，像是一条条妖怪的触角，要将他们生吞活剥了。

"迷宫哪能是活的？活的是人……"

他正兀自心惊，耳边却传来了珞珞的喃喃低语，想来是怕隔墙有耳，她特意将嘴凑到他耳边说话，可气息拂到他的脸上，像根羽毛似的搔到他的心中，让他心神荡漾。

心跳骤然加快，眼前再次变成了一片漆黑。他暗叫不妙，赶紧抓住珞珞的手，努力跟着她心跳的节奏调整自己，才渐渐又能看清周围的景象了。

珞珞却以为他是害怕，安抚地拍了拍他的肩膀，悄声说："有人在捣鬼，咱们演一出戏，将这躲在暗处的'鬼'揪出来。"

颜君旭还没明白是怎么回事，便听她突然尖声说起话来："呆瓜，前面又有两条岔路了，你说我们是选左边，还是选右边呢？"

"左，左边吧，我记得向左拐，走过那条通道，再向右走几次，就能回到我们来的地方了。到时候再从头做标记，定能走出这迷宫。"颜君旭见她提高了嗓子说话，也大声嚷道。

"好的，我也是这么想的，区区一个迷宫怎么能难得倒我们？"珞珞突然跌倒在地，哀哀呼痛，"哎哟，我不小心崴了脚，得劳烦你扶着我走了。"

颜君旭忙托着她的胳膊，将她扶起来，两人在通道中趔趄前行，速度比之前慢多了。

而就在此时，即便是颜君旭，也听到了通往左侧的通道中，传来了"嘎吱"轻响，似是有一扇门缓缓阖上了。珞珞捏了捏他的手，朝他使了个眼色。

两人选择了左侧的通道，远远望去，记忆中的左右岔路已经消失了，取而代之的，是一面正在合拢的墙，只余下一条尺把来宽的缝隙。珞珞如一道红色旋风般冲向缝隙，一把揪住了藏在后面的人，娇喝道："给我出来！"她手劲比人类男子还大，哪有人经得住她这一拽，那人"哎哟"一声，被拽了出来，一个趔趄就跌倒在地。

颜君旭忙跑过去，抚摸着那扇即将合拢的木墙，才发现它之前竟然是嵌在甬道的墙壁上的，花纹也十分相似，只需用力扳动，就能将它拉出来，挡住整个通道，形成一个完美无缺的死路。

"就是你这家伙捣鬼，你到底是谁？"珞珞抓住那人，气得露出兽性，恨不得扑上去咬他一口。黑暗之中，只见这人衣饰华丽，身材瘦小，似乎骨骼还未完全长成。他缓缓抬起头，脸上竟然还戴着个奇怪面具。

面具是以红色鸟羽织成的，位于中间的是个尖尖的鸟喙，乍一看像只振翅欲望的鸟。

"我？"戴着面具的人阴森森地笑道，"我是朱雀！"

朱雀？颜君旭迷茫地看向珞珞，珞珞也轻轻地摇了摇头。朱雀是传说中的四灵兽之一，能驱邪避凶，是位于南方的一种吉祥的鸟，连紫云城中位于城南的门都叫朱雀门。

这人竟然以"朱雀"自称，不知是不是疯了。

叁拾捌

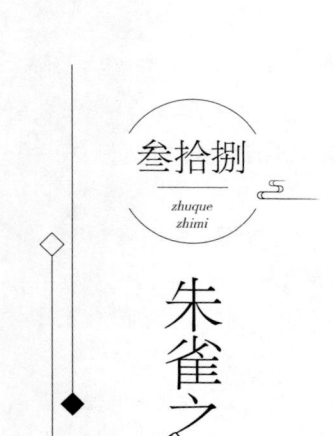

朱雀之谜

　　秋天的夜空广袤深邃，因月色黯淡，群星愈发璀璨，朱雀七宿在今夜格外耀眼，星云宛如淡蓝色钻石，闪烁着华美的光芒。星光之下，两人正端坐在天河边的一座阁楼中对弈。其中一人身材魁梧健硕，一对浓眉斜飞入鬓，正是蓝夜。而另外一个人则穿着件绣万字纹的黑绸长袍，头上却戴着个竹篾编的斗笠，看不清面容。黑白双子厮杀正酣，蓝夜执黑暂处上风，黑子在棋盘上要连成一片，眼看就要形成游龙之势。而白子则零零散散地四散在棋盘中，像是被风吹落的花，只余凋零。

　　"长老，朱雀到底是个什么样的家伙？"蓝夜摩挲着手中的棋子，好奇地问，"既然抓到了小书生，直接抢书不就行了，何必还要在船上耽搁这么久？"

　　戴着斗笠的长老轻轻落下一子，这一子恰好封住了黑子的一口"气"，一下就折损了十几枚黑子，但蓝夜丝毫没有察觉，仍沉浸在自己的困惑中。

　　"朱雀啊，是个奇怪的家伙，很贪玩，脾气却又像是火一样，暴烈而不好控制。"长老摇了摇头，"就像这次，他招呼都没跟我打就从南诏回来了，还自作主张地布置好了一切。"

　　长老眼前的黑白双子渐渐模糊，凄凄冷风，萧萧落叶中，出现了一个少年埋头锯木头的身影。那是十几年前，他传授朱雀机关时的景象。"我不想学简单的玩意儿，要学就学能困住千百人的机关。"少年锯了一会儿，将锯子扔掉，露出犬齿，眼睛变成了幽暗的绿色。

　　"你太贪心了，有时候要的太多，反而什么都得不到。"他翻阅着手中的书，低声提醒着。

　　"我不怕，反正我也没什么可失去的，得不到就全都毁了！"

少年双手一握，将木料在掌中尽数捏成木屑，轻狂的笑声，跟木屑一起随风飘飞。

从那时起，他就失去了对朱雀的掌控。朱雀还未长成时就不怎么听话，学机关术也只拣喜欢的学，后来又钻研起毒药和毒虫的养殖。为了培育这些毒物，他先去了北方的苦寒之地，又到毒虫遍地、瘴气四溢的南诏定居。甚至在朱雀这家伙成年后，他只见过一面。那时南蛮兵乱，当地的土族头领带兵造反，他特意去了一趟南诏，让朱雀想办法将暴乱平息。

此时的朱雀已经不再是少年模样，但却更加桀骜不驯，笑着问他："长老给我几日？"

"两月之内，平息暴乱即可。"

"一个月。"朱雀残忍地握了握手掌，仿佛那万人土族军队都尽在他的掌握。

半个月后，当头领率领几千人的军队穿越密林时，却像是被魔鬼缠上了一般，不过短短十九日便在林中屡次遇险，不是中了瘴气之毒，就是被毒虫叮咬，死伤惨重，几乎全军覆没。这场箭在弦上的战争，如此消弭于无形，当地百姓都纷纷去庙中祝祷，认为是神明显灵，才让百姓免受战乱杀伐之苦。可谁也不知道，这场浩大而沉默的屠杀，其实是朱雀布下的死亡迷宫。棋盘上黑子已经折损了大半，原本零落四散的白子，渐有连贯之势，像是一条白蟒，盘亘在乱局中。蓝夜眺望着窗外的萧瑟河面，清辉之中，一座大船在河心漂泊，像是一匹漫游的水兽。

"你输了……"长老看着棋盘，摇了摇头，盘面上白多黑少，黑方已经无力扭转败局。

"啊，还是长老棋艺技高一筹，我总是顾着远方，却忘了这盘棋了。"蓝夜虽然输了，却丝毫不惋惜，仍遥望着天河中的大船。"你这脾气只顾眼下，毫无筹谋的性格，可真是该改一改。"长老将斗笠抬了抬，也望向在河心船影，"这船上载着的不是人，而是命运！你再关切，又有什么用？"船徐徐而行，像是个沉甸甸的梦魇，驶在命运的川流中。而船上的人，却对外界的情况一无所知，仍在蜃楼中挣扎沉浮。

"去你的'朱雀'！"珞珞走到面具人身前，娇笑几声，一巴掌就将他的面具打落，露出了一张圆润的、略带稚气的脸庞。这人不是别人，正是将他们推进来的安如意。颜君旭见是他，不由暗暗松了口气，这公子哥儿虽然人品欠佳，但实打实是草包一个，就算再坏也折腾不出大风浪。"你打我！"安如意捂着被珞珞扇红的脸颊，委屈得泪水在眼中打转，"我这么喜欢你，你居然打我……"

"你再敢说喜欢我？"珞珞扬起手，瞪圆了杏眼，作势又要打他，他才撇撇嘴不说话了。

珞珞见他窝窝囊囊地坐在地上起不来，愈发生气了，一把将他揪起来："快带我们出去，就凭你这点微末本事，还想装神弄鬼？戴着个破面具，说自己是'朱雀'，可不可笑呀？"

黑暗的甬道中，珞珞的骂声在他听来，也格外娇嫩悦耳。他不敢对珞珞发脾气，只能朝着颜君旭的方向一瞪再瞪。颜君旭见他不停朝自己翻白眼，只能纳闷地挠了挠头，明明是他陷害的自己，怎么他愤愤不平起来了？

安如意被珞珞逼着走在前头，这样他也不敢动歪主意启动机关，否则首当其冲受害的就是他自己。他对这迷宫倒也熟悉，不知转了几个弯，便带着他们来到了一个从未来过的地方。

"这迷宫如此庞大，也不知是谁建造的。"越往下走，颜君旭越心生敬佩，忍不住感慨。

"当然是我呀,自机关武考的消息放出来之后,我就开始着手建这迷宫。哼哼哼,给你这穷酸书生透点消息,我派人去打听了考试的方法,据说每个考生都要做一个机关,选出最精妙的那个,便是状元。"他得意扬扬地说,"而且跟科举不一样,不分状元、榜眼、探花三等,这次机关考试只选拔一个人。"颜君旭第一次听人说机关考试的规则,心中又欢喜又忐忑,不由手心冒汗,只希望他再多说些。

"你的意思是说,这迷宫就是你应试的机关?"珞珞回想了一下方才经过的如蛛网般密布的通道,咯咯笑道,"大是够大了,若论大小,你当是魁首!"

安如意听不出珞珞话中的讽刺之意,还得意扬扬地说:"那是自然。"

"安公子真是好目力,这里如此黑暗,你竟能行走自如呢。"颜君旭见他脚步丝毫没有停滞,居然一点也不比他们慢,也十分惊讶。"哼哼哼,若是你连着两个多月在这毫无光线的迷宫中行走,也会练出夜能视物的本事。"安如意边说边扬了扬衣袖,似又变成了平时高高在上的模样。"哎,可是你建迷宫便建了,为何要杀那许多人呢?"颜君旭见他举手投足都似个孩子,忍不住为他惋惜,"那些人只是平民百姓,也跟你没有仇怨,何其无辜?"

"杀人?"他驻足停下,迷茫地看着他们,怒道,"本公子才没杀人,少含血喷人了!"

"京城中每晚都有人莫名其妙地死去,前几天我看有个醉汉横尸街头,脚底板还烧焦了,难道不是你干的?"珞珞见他否认,一把揪住他的衣领,作势又要打他。

"什么?那人死了?不可能……,不可能……"安如意的脸色却瞬间变得煞白,他推开了珞珞,扶着墙颤抖着说,"我只是带人来迷宫中做实验,看到底有多少人能顺利走出去,可、可这些人,后来都被送出去了呀……"

"那你诱我进来时,也恐吓我说会死在此处!难道还会好心送我出去?"颜君旭却不信他的话,想到方才他推自己进迷宫的狠辣,还心有余悸。

安如意瞥了他一眼,气道,"你跟他们又不一样,我恨不得你这碍眼的穷酸快点死了,我就能……"他说了一半,突然像是被掐住了脖子的鸭子似的,直勾勾地看向前方,似看到了什么可怖的物事。颜君旭和珞珞忙快步走到他的身边,顺着他的视线望去,只见前方骤然开阔,不再是千篇一律的狭窄甬道,而出现了一座高达丈许的平台。

平台下刻着阴阳双鱼的图案,阴鱼中布满了萤石,发出幽暗的绿光,阳鱼则由淡红色的珊瑚珠装饰,红绿两色交相辉映,透着些许诡异。

"喂!你怎么了?"珞珞推了推宛如雕像般一动不动的安如意,纳闷地问道。

"那、那上面……怎么多了个人?我明明将入口锁死,这迷宫中就只有我们三人而已……"

他们定睛看去,果然,在高台上有个黑黝黝的影子,依稀是个人的模样。那人背对他们而坐,似披了件黑色斗篷,兼之光线昏暗,连敏锐的珞珞,都丝毫没有察觉。

"嘻嘻嘻……"高台上突然传来了低低的笑声,在迷宫中回荡,激起阵阵回音,仿佛有无数人在笑似的。颜君旭心中紧张,不由握住了珞珞的手,跟他一样,珞珞的手也冰冷潮湿,柔嫩的手掌中满是冷汗。"是谁?谁在装神弄鬼?"安如意不知哪里来的勇气,又着腰质问,"居然来本公子的船上来撒野?告诉你,我在船下埋伏了很多家丁,等会儿就将你丢入天河喂鱼!"

"嘻嘻嘻……"那人却丝毫不怕，仍鬼祟地笑，"这船已经驶入河心，上不接天，下不着地，你能奈我何？"这下三人的脸色都变得苍白，他们在迷宫中穿梭，完全不知道何时船已经驶离了岸边。这意味着，即便他们跑出迷宫，也仍然无法脱困。天幕低垂，夜色深沉，高大的楼船随波逐流，像是一个不属于人间的魔魅幻影，在黑暗中划过，正如它那不祥的名字。

偌大的迷宫，变得如死寂般沉默，只有紧张而急促的呼吸声回荡。珞珞自狐尾琴碎掉之后，再没找到趁手的兵器，悄悄地握紧了藏在裙下的匕首。而颜君旭则将手探入腋下，抓住了伞柄。

只有安如意毫无准备，他悄悄地往两人身边凑了凑，后退两步，巧妙地躲到了他们身后。

"你给我说实话，这迷宫真是你一个人建的？"珞珞眼尖，一把揪住他的衣领，厉声问道。

"当、当然不是，那是我吹牛的……"

"而且你自称是'朱雀'，还打扮成那样，是不是有人教你的？"

"你怎么知道？是因为那人说，要带陌生人来迷宫内测试，不能被识破真面目，只能戴面具，用假名……"颜君旭心中一紧，也跟着追问："那个人到底是谁？"

"嘻嘻嘻……当然是真正的'朱雀'了！"高台上的人缓缓站起来，萤石暗绿色的辉光中，可见他身材高大，即便背对着他们，也能看出是个魁梧的男人。

安如意盯着这人，似不敢相信自己的眼睛，颤声道："那、那人是阿克苏，可他明明不是这副长相呀……"高台上的人转过身，只见他一头浓密的棕发编成了一条粗粗的辫子垂在脑后，一双碧眼闪烁着诡异的光芒，五官如刀刻斧凿般深邃硬朗，鼻子宛如鹰嘴，突兀地耸立着，宛如鸟喙。他的脸上依稀有阿克苏的影子，但肥胖的肚腩消失了，下垂的双下巴也不见了，原本总是堆满笑意的脸上，此时流露出的却是阴狠的表情。

"你、你到底是谁？"安如意看着这人，觉得脑后生风，惊得连话都说不清，就算他再笨，此时也明白自己落入了别人的陷阱。"我？我叫朱雀呀？安家的小公纸，虫来就没有阿克苏这个人，初斥见面。"他笑嘻嘻地，朝安如意鞠了一躬，又捏着嗓子说了几句蹩脚的华文，声音跟阿克苏一模一样。

珞珞漆黑如葡萄的双瞳滴溜溜一转，明白这个自称为"朱雀"的怪人，骗了安如意那么久，却特意在今晚揭盅，一定另有目的。"真是有趣呀，没想到朱雀先生的易容术如此高妙，今日大开眼界。"她拍着手，装出天真无邪的样子笑道，"那你跟安公子慢慢聊，我们先走了。"

她说罢拉着颜君旭，就要绕过中央的阴阳双鱼，向迷宫中跑去。可他们刚跑了两步，却见眼前黑影一闪，朱雀居然如鬼魅般挡住了他们的去路，也不知他是何时从高台上下来的。"怎么？你要跟我们一起走吗？"珞珞捋了捋颊边的秀发，娇俏地问。

"哼，我建这迷宫在京城守株待兔，就是为了困住你们，怎么能让你们轻易离开呢？"朱雀笑了笑，他仍穿着一件花花绿绿的袍子，像是个戏台上的丑角，可此时看来，却显得格外诡异。"什么？你说建这迷宫是为了助我在考试中夺魁，我为了这机关花了那么多钱，原来也是骗我的？"安如意还没搞清楚状况，仍气急败坏地骂道，"你这死骗子，我要报官去抓你……"

可他话音未落，人便如陀螺般在半空中转了个圈，"扑通"一声重重地跌在地上，摔得哀哀呼痛。方才还挡着他们去路的朱雀，不知何时已经到了安如意的身边，将他一脚踹飞。

他身形宛如鬼魅，倒真像是一只行动敏捷的鸟儿。而到了此刻，即便是迟钝如安如意，也发现了怪异之处，捂着生痛的屁股打量着朱雀，知道眼前的家伙非鬼即妖，绝不可能是人。

"这么说，这几个月在紫云城中死去的人，都是你害死的？"颜君旭走过去，将安如意扶起来，瞪视着朱雀。"没错。"朱雀得意地打了个响指，高台上立刻蹿起了一簇火苗，照亮了周围一条条幽暗的通道，"迷宫，是天才和天才之间的对决，是对庸才的惩罚。

那些平庸的人，只是为了让我的杰作更完美的铺路石，他们应该感到荣幸。"他张开双臂，闭上双眼，微笑着说，"过去我曾在南蛮的密林中，利用迷宫杀死过更多的人。那里瘴气弥漫，到处都是食人蚁和毒蛇，几千人在绞肉机的密林中哀号死去，那声音真是动听！"

颜君旭和珞珞看着癫狂的他，他鸟喙般的鼻子、张开的双臂，仿佛一只以食死人为生的秃鹫。他们不由自主地颤抖，甚至连能攫取灵魂的唐鹤，残暴的蓝夜，都没让他们如此害怕。那些人作恶还有理由，而此刻他们面对的，则是个以杀人为游戏的，彻头彻尾的疯子。

"双翼伸展之处，都是鲜血的朱红。"他狂笑着说，"所以我是朱雀，涂山会最强大的一员。"颜君旭听到"涂山会"三个字，慌乱地看了珞珞一眼，果然珞珞也偷偷捏了捏他的手指。

璇玑曾说过涂山会，是涂山黑狐的秘密组织。他们几次跟黑狐交锋，都是因为《公输造物》，看来眼前的疯子也多半是为此而来。

"《公输造物》在哪里？交出来吧！"果然，朱雀狂笑过后，朝他们伸出了手。

安如意从地上爬起来，悄悄地要躲进迷宫的通道中，他对这迷宫了如指掌，只需一炷香的工夫，便能从此处跑到出口。可他刚刚钻进通道，便尖叫着跑了出来："蛇！蛇啊，怎么到处都是蛇？"颜君旭和珞珞闻声看去，只见地面上盘着十几条五彩斑斓的毒蛇，吐着血红的信子，弥漫着腥臭之气，他们只看了一眼，便差点吐了。

"这迷宫是为你而建的，我费尽辛苦，才将你引进来，除非你交出《公输造物》，否则别想从这里出去。"朱雀挥了挥手，高台上燃烧的火焰随之熄灭。

"我才不会将书交到你这种恶人的手中！"颜君旭虽然害怕，仍不肯屈服，"你有本事就让蛇咬死我，反正我死了，谁都拿不到书。"朱雀偏着头打量着他，这少年虽然看似弱不禁风，眼神却坚如磐石。他碧绿的双眼，微微眯起来，瞳仁变成一线，好似蛇瞳。

一个有趣的主意从他脑海中闪过，这种犟骨头他见太多了，越是逼他越不会说，只能以计诱之。"那我们来玩个游戏吧。"他的语调突然缓和了，像是在哄孩子，"如果你赢了，就能自由，反之则要将《公输造物》让给我。"

命都掌握在他人之手，即便有一线生机，也该竭力争取。颜君旭应了一声，珞珞妩媚的眼神变得坚定，连躲在他们身后的安如意，都不停地点头。

"游戏就是……活着走出这个迷宫！"他尖笑着，宛如夜枭的长唳，"我说过，迷宫是天才和天才的对决，让我看看你的本事吧！"

叁拾玖 命运之火

MINGYUN ZHIHUO

他说罢不知碰了哪里的机关，围绕着平台上燃起了几十簇火焰，照得阴阳双鱼如珠玉造就，青红两色交相辉映，熠熠生辉。原本幽暗如坟墓的迷宫，顿时明亮了许多，仿佛连藏在暗处的重重危机都被驱散。

"太好了，有灯光了，好像也没那么害怕了。"安如意松了口气，拍了拍胸口。

"别想得太好，他把灯火点亮，是为了方便监视我们，怕我们背着他搞小动作。"珞珞冷哼一声，白了高大的朱雀一眼。

"小姑娘，你如此聪敏，若不是你跟这位书生为伍，我还真舍不得你死在这里呢。"朱雀朝珞珞假惺惺地招了招手，像是要她过去。

可在珞珞眼中，面前的根本不是个人，而是只毛发斑斓的碧眼狐狸，穿着件七彩长袍，站在辉辉灯火下，妖异可怖。"游戏开始了！"狐狸嘴巴一咧，露出尖利雪白的犬齿。

安如意逃也似的钻进了迷宫的通道中，珞珞紧随其后，只有颜君旭凝望着高台上的火焰出神，直至珞珞拽了他一把，他才跟随上他们的脚步。只见木板通道的中央，放着一个一人高的金属制的鸟形容器，毒蛇和毒蛛源源不断地从鸟翼下爬出来，不过这难不倒从小在山中长大的珞珞，她抽出颜君旭别在腰间的提灯手柄，左一挑、右一翻，就将几条盘在前方挡路的蛇扔了出去。

"没想到你看着纤纤弱弱的，居然如此胆大，真是令我刮目相看……"安如意欣喜万分地称赞珞珞，还想再说两句溢美之词，却见珞珞纤腰一扭，扬手向他打来，幸好他躲得快，才躲过一个耳光。

他扁着嘴，有些委屈地瞅着颜君旭："这个穷书生有什么好？本公子长得英俊又多金，紫云城里数不清的姑娘要嫁给本公子呢……"

可他说到一半，发现颜君旭和珞珞竟没一个在听他说话。两人手拉着手，相携着走在他的前面，微弱的火光将他们的身影映在墙壁上，仿佛一个人似的，不分彼此。他气得咬牙切齿，又不能离他们太远，小心翼翼地躲避着蛇虫，像是个孤单的影子似的跟在他们身后。珞珞和安如意都对这个迷宫很熟悉，珞珞对付毒虫毒蛇，三人势如破竹，很快就闯过了毒蛇虫阵。

安如意在前面引路，又拐了几个弯，来到了一个狭窄的通道中。

"穿过这条甬道就是出口。"他迫不及待要走进甬道，只想快点逃生。

"等等！"颜君旭却皱了皱眉，一把拉住他的衣袖。

安如意最讨厌的就是他，见他拉住自己，厌恶地甩了甩手："我比你熟悉这座迷宫，莫搅了小爷的好事！"

颜君旭眯着眼睛，看着甬道的顶部："你不觉得这顶棚比之前的通道都矮了一尺吗？"

"是啊，而且上面似乎有什么东西。"珞珞眼神最好，发现了诡异之处。

安如意脱下一只锦靴，扔到了甬道中，只听耳边机栝之声"嗖嗖"作响，竟从顶层射出几支短箭，"笃笃"钉在了地板上。三人心下俱是一寒，若不是小心谨慎，怕是走进去就会被天花板上的机关射成刺猬。"怎么办？"安如意急得团团转，声音都带着哭腔，"这么多箭同时射下来，通道又如此窄，真是躲无可躲，我们岂不是死定了？"

颜君旭抽出了一直夹在腋下的伞，朝他们道："这是我前几天研究的'伞盾'，本来是想挡刀枪的，估计也能帮我们挡一挡漫天箭雨。"

"哇，我说你一直带着这个累赘玩意儿是什么！怎么不早拿出来？方才看到那箭可吓死我了。"珞珞见他有了应对方法，笑着拍手叫好。

颜君旭不好意思地挠了挠头："之前一直没处可用啊！其实拿它是防范有人用刀剑砍我，哪想会真的有用。"他说罢撑开了伞，伞的骨架是铁杆做的，伞面则用钢丝网绞成，宽约三尺，他们挤一挤应该可以顺利走过甬道。颜君旭撑开了伞盾，以双手举过头顶，珞珞跳过去贴在他的胸前。安如意也侧身站在珞珞身边，却被她一把推了出去。

"咱们先走，走过去后再将伞掷给他，我才不要跟这家伙挤着呢。"

颜君旭哭笑不得地劝她："此时当务之急是尽快逃出去，不要意气用事。"

安如意听了忙又凑过来，脸凑在珞珞的发梢旁，脸上流露出窃喜的表情。

三人举着伞，贴成一团走进甬道，果然激起箭落如雨，都被伞盾上的钢丝网拦住，只是箭射中伞盾不断发出"噼啪"轻响，吓得他们心惊胆战。而且走到一半时，由于落下的箭冲力太大，颜君旭已经无法握住伞柄。他们一起帮他撑住伞柄，用了半炷香的工夫，才走过了狭窄冗长的甬道。通过之后，伞盾的伞柄已经歪了，骨架也七扭八歪，变成了一团废铁。

三人看着报废的伞盾，又看了看射在甬道地面上的千百支短箭，都心中后怕，才觉冷汗已浸湿了内衣。穿过甬道，安如意带着他们来到了一扇朱红的大门前。门上以黑漆绘着一只展翅欲飞的大鸟，鸟的眼睛是黑玉雕就，在微弱的光线下熠熠生辉，令这鸟儿似活了一般。

"到了，这里就是出口！"安如意终于松了口气，率先走到门前，"这门还是我托人去泉州买的上好的海底沉木制造的，遇水不腐，哪想被这骗子摆了一道。"

颜君旭盯着门上绘制的鸟，它宛如银钩的利爪，尖利似匕首的喙，怎么看都散发着不祥的气息。安如意上前一步，满怀欣喜地拉开了大门，可他的笑容瞬间凝固在脸上，因为门后并没有出口，竟然是一面木墙，墙上仍然是两扇漆着鸟形图腾的门。

"怎么办呢？该选哪条路？"身后突然响起了戏谑的笑声。

颜君旭站在最后，这声音仿佛是贴着他的耳朵发出的。他打了个寒战，只见一个身穿五彩布袍，棕发碧眼的高大男人，正如影子般站在他的身侧，不是朱雀是谁？

谁也不知他是何时到来的，更不知他从何时起便跟着他们。他像是鬼魅般莫测，又如烟雾般难以琢磨。此时他唇边含笑，戏谑地欣赏着他们脸上惊恐的表情，像是一只玩弄老鼠的猫。

"提醒你们一下，一扇门是生门，走出去你们就会活下去，而另一扇嘛……就是死门，走进去就别想活着出来。"他再次像是飞鸟展翼般张开双臂，尖声笑道，"这就是我给你们的选择，是不是很有趣？"

"疯子！"珞珞怒目瞪着他，低声咒骂。

"当然，如果这位小书生能乖乖将《公输造物》交出来，你们就不必做这种艰难的选择了，我立刻放你们出去。"他朝颜君旭伸出手，碧绿的眼睛贪婪地看着他，"怎么样？应该不需要考虑了吧？反正你已经读过那本书，它对你来说没什么用了。"

安如意吓得涕泪横流，抓着颜君旭的衣袖哀求道："你快把书给他吧！我很有钱，你想要多少补偿都可以。我还有万贯家财，大好人生，我不想年纪轻轻就死在这鬼地方呀。"

颜君旭垂下眼帘，怜悯地看着哀哀哭泣的安如意，一双肖似狐狸的眼中流露出惋惜之情，轻轻摇了摇头。

"对不住了，这书我不能给他。机关之术，能令善者更善，也能令恶者更恶。若是我将它交到这种人手中，天下不知会多出多少如公子般哭泣求助之人。我宁愿死，也不能做这种孽。"

在这刹那，安如意望着他明澈的目光，像是看到了不染尘埃的天光云影。这个穷酸的、清瘦的、貌不惊人的少年，仿佛变成了另外一个人。他如此平凡，又如此坚强，辉映在他身上的火光，也恰似佛光。

他知道自己再哀求也没有用了，松开了拉着颜君旭的手，等待着迎接自己的命运。

朱雀似预料到他的回答，朝他们做出了个恭请的手势，示意他们去选择属于自己的门，

"安公子，你选右边的门吧。"颜君旭轻轻推了他一把，抱歉地笑，"连累你了，不过你选右边的门，定能活下去。"

"你不恨我？"安如意诧异地问，"毕竟是我推你进这迷宫的。"

"他们早就布好了这个局，甚至在我没有进京之前，即便不是你，也会是别人骗我进来。"他说罢又看向珞珞，"你跟安公子都进右边的门吧，我敢保证，那是生门。"

珞珞抬起头，她美丽的双眸宛如秋波潋滟，长睫下还蕴含着点点泪光，万分不舍地看着他，

轻轻摇了摇头。

她拉起他的手，贴在脸颊："从人鱼湖到黑龙山谷，你曾数次说过让我走，我的回答都是'不'。这次，我依旧会陪伴在你身边。"

颜君旭挽住了她的手："不论是生是死，我们都在一起。"

珞珞破涕为笑，轻轻点了点头。

而看到这一幕的安如意，眼含泪水，突然"哇"的一声大叫起来，头也不回地冲向了右侧的大门，拉开门就跑了进去。颜君旭和珞珞一同选择了位于左侧的门，目送着他们的朱雀，在确定门被关上之后，悄悄按动了墙上的一个凸起的木块。

河水潺潺，像是一只命运的流波，将屡楼之舟，推向了夜幕的深处。而在天河边的一座起脚飞檐的凉亭中，对弈的两人已经收起了棋子，专注于河心的魅影。

"已经是寅时了，怎么还没有动静？"蓝夜眺望着如死亡般沉默的楼船，手指不耐烦地敲打着棋盘。

"快了，快了……如果这男孩仍能逃过一劫，那么他一路走来的幸运，便不是'偶然'，而是'必然'。"戴斗笠的人压低声音说，他似有些许期待，唇边含笑，"其实我还真想亲自会会这个男孩，看看他到底有多大的本事。"

蓝夜回想着跟颜君旭的几次交手，眼前浮现出少年稚嫩清秀的脸。他看起来跟普通人无异，但每次被逼到绝境，他总有奇思妙想，能死里逃生，仿佛被一只无形的命运之手，钦点选择了一般。迷宫中回荡着"嗤嗤"的气流声，颜君旭和珞珞身后的门被锁上了。他们选择的果然是一条死路，一股浓郁的香气，在黑暗狭窄的空间中，缓缓扩散。

"你怎么知道这条路是死路？"珞珞拉着他的手，惶恐地看向四周，不知会发生什么。

"因为我选择了哪条路，哪条路就是死路。"颜君旭却一点也不慌张，平静地说，"毕竟这条船、这偌大的迷宫，都是为我准备的。"

"所以你让安如意选择了另外一边的门？"

"嗯，实在不想伤及无辜。"

"咳咳……"珞珞忍不住咳嗽不止，"这气味好难闻，如此重的香气，怎么闻着还这么臭？"

颜君旭悄悄凑到她耳边说："珞珞，你努力闭气，我们才有一线生机。你还记得我们在路上看到的尸体吗？那醉汉身上没有伤痕，便是被这毒气熏死的……"

珞珞将呼吸调整得极其绵长，瞪圆了双眼，似满含疑惑。

"还有，方才我观察了，平台上的灯火，并非蜡烛，也不是煤油，而是通过某种气体点燃的……"香气越来越浓郁，他说话的速度越来越慢，目光也变得涣散，"你、你知不知道，沼泽中发酵的烂草，会产生一种毒气？这船有三层，三层是正常的船舱，二层是迷宫，那么一层……又是什么……"

颜君旭说着眼帘缓缓阖上，他的呼吸越来越弱，似陷入了短暂的昏迷。可就在他即将失去意识之时，他将一个硬邦邦的扁平的物事，塞入了珞珞的手中。

珞珞紧紧地抱住了他，将头凑到他的胸口，听着他的心跳声，"扑通""扑通"，她努力调整着自己的心跳，跟上他的节奏，只有这样他们体内的灵珠才能共振，灵珠的力量会牵引着他如悬蛛丝的命，不堕入黄泉。

毒气渐渐浓郁，让擅长闭气的她也无法忍受了。她剧烈地咳嗽了一阵，痛苦地抓着脖颈，朝向门的方向喊道："我受不了了，快放我出去，你想要什么我都给你！"

她小脸胀得紫红，涕泪横流，凄楚而可怜。

方才一直紧闭的门，发出悠长的轻响，缓缓打开。门后现出朱雀高大的身影，他打量着抱着颜君旭的珞珞，残忍地笑："早说不就好了，何苦受这番罪？"

珞珞只看了他一眼，突然身体虚软，晕倒在了颜君旭身上。

朱雀眼见《公输造物》即将到手，哪能让她死在此处，一个箭步冲进去，就要将她拖出窄小的甬道。可就在他刚要抓住珞珞的肩膀时，濒死的女孩突然活了过来，她的双眼神采飞扬，灿如夜空星子。随即他眼前寒光一闪，胸口传来冰冷的凉意，只见一柄匕首已经插进了他的右胸，直至没柄。

"我也是狐狸哦，所以很会骗人。"珞珞见一击得手，娇俏地朝他眨巴了一下眼睛。

"你、你别以为这点小伤……"朱雀气急败坏，左手立刻变化为一只五指如刀的利爪，就要往珞珞头上抓去。

可下一个瞬间，他碧眼中的凶残立刻消弭于无形，取而代之的是惊恐，他的视线停留在珞珞的手中。只见她手上拿着一个火折子，已被点燃的火绒正冒出丝丝缕缕的烟气。

"不要！"他话音刚落，那簇火花骤然爆炸，气流将通道撕裂，也将他炸得飞了出去。

但爆炸并未结束，一层船舱里的沼气也被点燃了，迸发出了更剧烈的光和热。宛如楼宇般高大的船，在刹那间就被火焰吞噬，照亮了整个天河，仿佛是一轮堕落的红日。与此同时，一个白色的影子从火焰中升腾而起，那是一只巨大的狐影，它像是星云般耀眼，也如流星划过夜空般短暂，只晃了一下，便落入了水中。颜君旭只觉自己被一个灼热而有力的臂弯抱着，虽然很有安全感，但是实在太热了，像是火烧般难受。灼热之后就是寒冷，他像是在被人抛在了冬日的冷风中，飘飘然不知归处。终于他冻得受不了了，刚大喊一声，便呛了口水。

他被呛得连连咳嗽，连忙睁开双眼，只见自己正在天河中沉浮，珞珞正托着他的胳膊，颊边满是泪水，见他醒来，立刻破涕为笑。而在他们身后，火光冲天，豪华庞大的"蜃楼"，已被烈火簇拥，烧得"噼啪"作响，滚滚黑烟四散飘飞，连风里都是焦臭的味道。

"你做到了？"颜君旭欣喜若狂地看着珞珞，眼中满是钦佩。

"是的，就像你猜的那样，船舱一层全是沼气，我点燃了火折，就引燃了毒气。"珞珞搂着他的脖子，激动地说，"真是太危险了，但是不知为什么，我又觉得很刺激！我还捅了那个疯子一刀，可惜没有时间了，不然我还要多捅他两下。"

"呵呵呵，什么命运的抉择？"颜君旭笑着看向珞珞，"命运都是掌握在自己手中的，怎能由他人安排？"

他们正在庆幸死里逃生，却听"哗啦啦"一阵巨响，一根燃烧的巨木朝他们砸来，却是船的桅杆被火烧倒了。

珞珞连忙拉着他游走，才避开了火势。他们泡在水中，看着辽阔的天河，正在发愁如何游回去，却见一叶小舟如游鱼分水般迅疾而灵活地朝火光驶来。

　　船首挂着一盏灯笼，在黑夜中辉辉如明星。颜君旭和珞珞见到小舟，都欣喜若狂，仿佛见到了救命稻草，在水中大呼小叫地召唤。不过片刻，果然见那盏灯光绕了一圈，停在了他们身边。划船的是个孔武有力的汉子，他一身黑衣劲装，脸膛是精悍的古铜色，腰上横挎着柄环首刀，居然是光熙君的护卫风生。

　　他们瞠目结舌，做梦都没想到会在此处遇到他。风生朝他们一拱手，也不说什么，将他们接连拉上了小舟。颜君旭忙提醒他再找找安如意，风生却叫他放心，晕倒的安如意早就被他的家仆大呼小叫地带走了。

　　颜君旭和珞珞坐在风生的小舟上，回首身后，燃烧的大船渐渐被火舌舔舐得露出骨架。他们相视一笑，只觉这船正如其名，如蜃楼般奢华诡异，最终也化为一堆惨灰，随水逐流，不留痕迹，一如人世间那些膨胀疯狂的野心。

　　灼灼烈火，照亮了天河，也照亮了河边的小楼。夜风朗朗，吹起窗前的竹帘，可见人去楼空，只有一个棋盘摆在桌上，旁边还放着一个斗笠，显然走的人去时匆匆，连物品都忘记带走。而将颜君旭和珞珞送走的风生，在跳下水推船时，却见船舱里有一个手心大小的木牌，上面写着颜君旭的名字、籍贯等信息。他这两个月跟随光熙君熟悉机关武考，知道这是考生参加机关考试时的名牌。他想将这木牌还给颜君旭，却见他跟珞珞已经走远了，河岸上只有秋蔷薇在星光下轻摆，送来阵阵暗香，哪里有少男少女的身影？

　　这艘蜃楼之舟，足足燃烧了半宿，才在晨光初起时化为一堆黑灰色的骨架，漂浮在天河中。

　　当最后一簇火苗被河水吞噬时，一只手探入了机关床的密室，拿出了放在暗格中的书。

　　手上缠着素白的绸子，抚摸着书上《公输造物》几个字，缓缓翻开了书页。

　　这双神秘的手捧着书停留了许久，最终还是将书放回了原处，悄无声息地阖上的暗室的门，做出什么也没发生过的样子。此时，一只斑鸠扑着翅膀从窗前飞过，仿佛被方才惊鸿一瞥窥到的秘密惊吓。它振翅而飞，再不回头，划过晴空的羽翼，像是一柄锋利的刀，揭开了阴谋的一角。

（上册完）